外国语言文学高被引学术丛书

李维屏 ◎ 著

乔伊斯的美学思想和小说艺术

上海外语教育出版社
SHANGHAI FOREIGN LANGUAGE EDUCATION PRESS

图书在版编目（CIP）数据

乔伊斯的美学思想和小说艺术 / 李维屏著. -- 上海：
上海外语教育出版社，2023
（外国语言文学高被引学术丛书）
ISBN 978-7-5446-7643-4

Ⅰ.①乔… Ⅱ.①李… Ⅲ.①乔埃斯(Joyce,
James 1882-1941)—文学美学—研究②乔埃斯(Joyce,
James 1882-1941)—小说研究 Ⅳ.①I562.065
②I562.074

中国国家版本馆CIP数据核字(2023)第048378号

出版发行：**上海外语教育出版社**
　　　　　（上海外国语大学内）邮编：200083
电　　话：021-65425300 (总机)
电子邮箱：bookinfo@sflep.com.cn
网　　址：http://www.sflep.com
责任编辑：张　宏

印　　刷：常熟高专印刷有限公司
开　　本：635×965　1/16　印张 15.25　字数 242 千字
版　　次：2023 年 12 月第 1 版　2023 年 12 月第 1 次印刷

书　　号：ISBN 978-7-5446-7643-4
定　　价：49.00 元

本版图书如有印装质量问题，可向本社调换
质量服务热线：4008-213-263

30 岁时的乔伊斯(摄于的里雅斯特)

20 世纪 30 年代初乔伊斯在巴黎

乔伊斯夫妇与他们的两个孩子在巴黎(摄于 1924 年)

出版说明

　　"外国语言文学高被引学术丛书"是基于"中文学术图书引文索引"（Chinese Book Citation Index，简称CBKCI）数据库的入选书目，将入库的引用频次较高的外语研究学术专著，进行出版或者修订再版。

　　该数据库由中国图书评论学会和南京大学中国社会科学研究评价中心共同开发，涵盖人文社会科学的11个学科，以引用量为依据，遴选学术精品，客观地、科学地反映出优秀学术专著和出版机构的影响力。上海外语教育出版社有32种图书入选"中文学术图书引文索引"数据库，占外国语言文学学科类入选专著数量近1/4（共132种入选），数量居该领域全国出版社首位。

　　本着"推广学术精品，推动学科建设"的宗旨，外教社整理再版这些高被引图书，将这些高质量、高水准的学术著作以新的面貌、新的方式展现给读者，这对于促进学者之间的思想交流，提高研究效率和研究质量，记录与传承我国学者在外国语言文学学科的优秀研究成果具有积极意义，同时也为广大语言学者提供了丰富的参考资源。

上海外语教育出版社

2018年9月

再版前言

乔伊斯是现代世界文学史上最杰出的作家之一,其艺术成就几乎像爱因斯坦的科学成就一样辉煌。这位文坛巨匠对文学事业锲而不舍的追求以及在艺术上表现出的创新精神使世界各国的读者对他深表敬意。20多年前,我开始构思《乔伊斯的美学思想和小说艺术》一书,不久便获得了教育部立项。本书自 2000 年出版以来受到国内同仁的关注与好评。2015年,本书经专家认真评审推荐,与我的另一部著作《英美现代主义文学概观》一起作为近 20 年我国高被引著作入选南京大学"中文学术图书引文索引"(Chinese Book Citation Index)。这是学界同仁和广大读者对我的鼓励。得知本书将由上海外语教育出版社再版发行,我十分欣慰,感触良多。

我以为,乔伊斯给读者的遗赠不仅有他的小说,而且还有他的精神。乔伊斯精神的实质也许可归结为两点:执着和创新。毫无疑问,他对艺术事业的执着追求是其成功的重要原因。这位西方现代主义文学大师在创作道路上可谓步履维艰,历尽坎坷。他不仅在欧洲大陆颠沛流离,经常入不敷出,而且还不时遭到各种保守势力的恶意攻击和诋毁。起初,乔伊斯的作品大都无法问世。短篇小说集《都柏林人》先后遭到了 22 个出版商的拒绝,而意识流经典力作《尤利西斯》也遭到过查禁、没收和起诉。从某种意义上说,乔伊斯的创作生涯像荷马史诗《奥德赛》中的英雄人物的冒险经历一样跌宕起伏。不仅如此,乔伊斯长期受到病魔的侵袭,晚年几乎一直处于半失明状态。然而,他以顽强的毅力在文坛上足足耕耘了 40 个春秋,其信念和意志丝毫没有动摇。尤其在创作《尤利西斯》的 7 年中,他几乎放弃了所有的娱乐和社交活动,每天写作长达十几个小时。不言而喻,执着是乔伊斯得以成功的重要原因。

今天,乔伊斯的执着精神无疑对我们具有一定的启示作用。在一个价值、利益、兴趣和生活方式日益多元化的社会中,在种种急功近利的诱惑面前,"执着"对许多人来说似乎已经成为一种不可思议的精神境界。在热衷追求速度的同时,人们似乎变得更加浮躁、短视和功利了。很多人已经不再执着,而是一味寻找获得成功的诀窍或捷径。君不见,五花八门的世俗观念无时不在影响学者的价值取向。显然,在物质利益涌动、浮躁之风盛行之际,想成为一个安心做学问的人很难,而想成为一个为做学问而做学问的人则更难。我认为,乔伊斯的执着精神应当引起我们的深刻反思。

乔伊斯精神的另一个重要特征是创新。他毕生追求小说的改革与创新,在文学道路上独步一时,别树一帜。20世纪初,当已有300年历史的英国小说变得刻板和僵化并在日趋复杂的社会现实面前显得难有作为时,乔伊斯义不容辞地承担起英语小说的重建工作。他毅然摒弃传统,打破常规,相继推出了四部富有创新精神的现代主义作品,其改革力度之大实属罕见。他的小说不仅一部比一部更加成熟,而且一部比一部更加创新。乔伊斯创造性地将时间、意识和技巧作为小说实验的突破口,成功地借鉴音乐、绘画和电影等其他艺术的有效形式,从而为小说注入了新的艺术活力。1982年,时任全国文联副主席的夏衍先生在乔伊斯100周年诞辰纪念大会上明确指出:"虽然世界上对乔伊斯的看法因人而异,但我个人认为,……他那独辟蹊径为文学创新而进行的艰苦实验,是不可一笔抹煞的。"

毋庸置疑,乔伊斯在艺术上的创新对我们同样具有一定的启示作用。从某种意义上说,创新精神不仅是推动我们一切工作的动力源,而且也是中国特色社会主义事业能否成功的关键所在。记得20年前我在英国曼彻斯特大学访学时,一位英国教授曾意味深长地对我说:"乔伊斯是一个不断将小说艺术抛入'废墟'的人。"显然,在乔伊斯看来,艺术形式只能发展和创新,而不能模仿或重复。今天,乔伊斯的创新精神无疑对我们具有十分积极的意义。我以为,不但学者在学术研究中要有问题意识和创新精神,而且一个民族也要崇尚实践,勇于创新,这样才能有效提升国家的核心竞争力。乔伊斯在留给我们传世佳作的同时,也留给了我们一种难能可贵的精神。在对乔伊斯的小说研究了30余年之后,我明白了这样一个道理:即从事乔学研究者不但要执着,而且也要创新。我想,凡是有事业心的人也许都能从乔伊斯精神中获得某种启示。

《乔伊斯的美学思想和小说艺术》的再版不仅反映了乔伊斯在中国学术界的重要影响,而且也体现了我国乔学研究的不断深化。借本书再版之机,笔者由衷感谢上海外语教育出版社长期以来对学术图书出版和我本人学术研究的大力支持。我相信,中国学者在乔伊斯研究领域定将取得更大的成就。

李维屏

2022 年 6 月

于上海外国语大学

前　言

詹姆斯·乔伊斯(James Joyce，1882—1941)是20世纪举世公认的文坛巨匠，也是我最钦佩的小说家之一。1980年，我在上海外国语学院读研究生时开始接触他的一些作品。其实，当初我仅仅读了他的几个短篇，只是一知半解而已。后来在课堂上听了两位美国教授的一番讲解，才茅塞顿开，觉得乔伊斯的小说的确不同凡响，给人一种全新的艺术感受。于是我便逐渐喜欢上了他的小说。然而，我当时并没有想到乔伊斯的长篇小说竟然如此艰涩与费解，更没想到自己在20年之后竟然斗胆写了一本关于他的书。乔伊斯曾经说过，他的最后一部长篇小说《芬尼根的苏醒》(又译《芬尼根的守灵夜》)是写给那些"患有理想的失眠症的理想的读者"的。我不知本人是否属于他所说的那种读者。不过，我总算明白了这样一个事实：将乔伊斯当作学问来做的人不仅要有勇气，而且还得为之付出极大的代价。

平心而论，我喜欢的外国作家莫可指数，但最使我敬重和青睐的还是乔伊斯。在我看来，他不仅是现代主义文学的伟大开拓者，而且也是数百年来世界上最杰出的几位小说家之一。他是一位极其罕见的艺术天才，一位在艺术成就上也许能与爱因斯坦的科学成就相媲美的文学巨匠。1922年，乔伊斯的经典力作《尤利西斯》问世时，他曾对一位爱尔兰青年作家说："我总是描写都柏林，因为我只要将都柏林的本质反映出来，我便反映了世界上所有城市的本质。"窃以为，乔伊斯是西方现代主义文学的核心人物，如能充分揭示其美学思想和小说艺术的本质，便有助于我们了解西方整个现代主义文学的基本特征与历史概貌。在欧美各国，乔伊斯批评已有80年的历史，有关论著可谓层出不穷、浩如烟海。然而，西方学者的研究方法和文论史观虽有独到之处，但对置身于西方文化传统之外的中国读者来说难免有隔靴搔痒之嫌。自20世纪80年代初以来，我国学者对乔伊斯的小说作了不少介绍和评论，其间不时闪烁着智慧的火花，充分反映了我国学者的真知灼见。近几年，由著名学者萧乾先生与夫人文洁若女士合译以及由金隄教授独译的两个《尤利西斯》中文本的出版不但进一步扩大了乔伊斯在我国读者中的影响,而且也对我国乔伊斯批评的发展起到了推波助澜的作用。然而迄今为止,中国还没有一部全面系统地研究乔伊斯的专著,这似乎与我国改革开放以来学术研究的繁荣景象形成了强烈的反差。但愿拙著能起到抛砖引玉的作用,为我国乔学的发展尽一份力量,同时也为纪念乔伊斯120周年诞辰、《尤利西斯》出版80周年以及"布鲁姆日"(Bloomsday)100周年献上一份菲薄的礼物。

在写作过程中,我既注重将乔伊斯的作品置于当时的历史氛围、社会背景和文化思潮中加以考察,又力图揭示其文本的艺术特征与发展轨迹。我设法从乔伊斯的作品、文论和书信中理出一条可供研究的清楚脉络,在此基础上探讨他的美学思想和小说艺术,并展示他从早年仰承文学传统到追求革新而最终走向极端的创作过程及其错综复杂的原因与动机。本书共分十二章。前四章为宏观描述,分别讨论了乔伊斯的创作经历、他与爱尔兰以及他与现代主义之间的关系,并阐述了其美学思想的形成与发展。第五章至第十章属于微观剖析,在分析乔伊斯的诗歌与戏剧的艺术特征与美学价值的同时,着重探讨了其小说的主题、结构、技巧、语言和风格,并揭示了三者之间在艺术上的联系。最后两章则分别对乔伊斯的小说艺术和批评历史作了概述,揭示了其小说的美学原则、艺术价值和社会效果。应当指出,读者是善变的。社会在变,经验在变,价值取向在变,审美意识也在变。昔日西方学者对乔伊斯的态度与评价因人而异,不一而足,有些无疑具有稳定和长远的参考价值,而有些在今天看来则显得既不客观,也不成熟。鉴于乔伊斯的小说深奥艰涩,难以卒读,我力图采用便于中国读者理解的方法来探讨他的美学思想和小说艺术,同时又设法在乔伊斯批评史上历来普遍认同的标准和当代最新的批评理论之间获得某种平衡。乔伊斯曾经声称《尤利西斯》会迫使教授和学者们"争论几个世纪",而《芬尼根的苏醒》则"将使批评家们至少忙上三百年"。我想自己不过忙了十几年,因此既担心书中写的只是一孔之见,又生怕东鳞西爪、挂一漏万。

《乔伊斯的美学思想和小说艺术》于1996年10月经我国专家评审,有幸被列入教育部人文社会科学"九五"博士点基金研究项目。近三年来,我在种种消遣娱乐或急功近利的诱惑面前力戒浮躁,甘于寂寞,专心致志于学术研究。我始终认为,勤于治学才是一个知识分子的安身立命之本,所以在写作过程中不敢稍有懈怠。由于本人学养不足,因此更需孜孜不倦、一丝不苟。记得 1900 年，乔伊斯在一本英国文学评论杂志上发表了一篇题为《易卜生的新戏剧》的评论文章。次年，他在给易卜生的一封信中写道："我理应写得更好些……相信文章中有不少糊涂之处，我也不再为自己辩解了。"我想，这本书中或许也有"不少糊涂之处"，在此，我也不打算为自己辩解，只是恳请读者多提建议，不吝指教。

我由衷地感谢教育部对我的信任与厚爱，先后批准我的《英美意识流小说》(1993 年)、《乔伊斯的美学思想和小说艺术》(1996 年)、《英美现代主义文学概观》(1998 年)以及《英国小说艺术史》(2000 年)四个研究课题，并为我提供了所需的研究经费。本课题完成后，参加评审的专家有王长荣、吴延迪、黄关福、黄勇民和虞建华五位教授(按姓氏笔画排列)。他们在百忙之中认真审阅了书稿，并提出了宝贵的建议，令我感激不尽。在写作过程中，我经常得到上海外国语大学的许多领导同志、科研处的全体同志以及不少同行专家的关心与勉励。上海外语教育出版社的领导对我的研究工作给予了热情的支持与帮助。蔡黎玲和高筠女士不辞辛苦，承担了书稿的全部电脑打字工作。谨在此一并致谢。

最后，我谨以此书献给贤惠体贴、知书达理的妻子杨理达和在复旦附中发奋读书、品学兼优的儿子李明扬，与他们共享多年辛勤耕耘之后的成果所带来的一份喜悦。

李维屏
1999 年 10 月
于上海外国语大学

目 录

第一章

生平传略与创作经历

> 严格地说,都柏林人都是我的同胞。但我不愿像他们那样歌颂我们的"可爱、肮脏的都柏林"。①
>
> ——乔伊斯

> 我决不会为我不再信仰的事业去效力,即便它自称是我的家庭、我的祖国或是我的宗教。我将以某一种生活方式和艺术形式来自由地、充分地表达我的思想,并将使用我允许自己使用的唯一武器来保护自己——沉默、流亡和聪明。②
>
> ——斯蒂芬

詹姆斯·乔伊斯于1882年2月2日生于爱尔兰首都都柏林南郊布莱顿广场西区41号的一个中产阶级家庭。乔伊斯后来似乎对自己的生日十分满意,不仅因为这一天是西方的"圣烛节"(Groundhog Day),而且还因为其生日的年、月、日恰好都是双数,给人一种匀称与和谐的感觉。为了使自己能更好地拥有这一天,乔伊斯曾千方百计使自己分别在40岁和57岁生日那天从出版商手中得到了《尤利西斯》和《芬尼根的苏醒》这两部小说的第一本样书。

乔伊斯出生时家境尚可,全家住在一幢宽敞、舒适的楼房里。他父亲约翰·乔伊斯是名税务员,略懂医术,有一副男高音嗓子,平时爱好杯中之物,且喜欢夸夸其谈。约翰·乔伊斯在政治上具有明显的民族主义倾向。乔伊斯的母亲玛丽是个虔诚的天主教徒。于是,在童年时代,乔伊斯便从父母身上看到了当时在爱尔兰社会中无孔不入的两股势力:狭隘的民族主义和保守的宗教思想。在全家的10个孩子中,乔伊斯与比他小两岁的弟弟斯坦尼斯勒斯(Stanislaus)之间的关系最为密切。1888年,乔伊斯作为长子有幸进入条件优越的克郎戈斯·伍德教会寄宿学校读书。开学伊始,僵化的教育制度和冷酷的生活环境使乔伊斯感到孤独不堪,忧愁烦闷。但不久他便适应了环境,并在学习上取得了优异的成绩。他表现出极强的记忆力,对诗歌和文章往往能过目成诵,这使教会学校的神父们感到无比惊讶。课余时间,乔伊斯经常参加学校的各项文体活动。他不仅在学生的戏剧表演中扮演过一些角色,而且还在学校举行的跳栏和竞走比赛中得过奖杯。然而,1891 年,乔伊斯的父亲被税务局解雇,加之他投资失误及平日挥霍无度,家境日趋贫寒。因经济拮据,他父母不得不多次卖房搬迁,家中居住条件越来越差。由于家庭无法再替他支付每年 25 英镑的学费,乔伊斯不得不离开克郎戈斯教会学校。从此,乔伊斯对家境的破落一直耿耿于怀,逐渐变得沉默寡言,并时而表现出愤世嫉俗的态度。

19 世纪末恰好是爱尔兰的多事之秋。由爱尔兰著名政治家和社会活动家帕纳尔(Charles Stewart Parnell, 1846—1891)领导的民族独立运动蓬勃兴起。乔伊斯对这位反对外来统治、争取国家独立的民族运动领袖深表敬意,并将他看作理想中的英雄。然而,正当帕纳尔领导的为实现爱尔兰独立所进行的斗争取得显著成效时,他本人却遭到了各方敌对势力的联合攻击。不久,他因受一桩离婚案的纠葛以及身边一个名叫希利的亲信的倒戈而被迫退出政治舞台。爱尔兰也因失去了一位杰出的民运领袖而变得四分五裂,不久陷入内战的深渊。帕纳尔的倒台及去世使乔伊斯幼小的心灵深受打击。尽管他当时才 9 岁,但他怀着愤怒的心情写了一首题为《而你,希利》("Et Tu, Healy")的诗歌,严厉谴责势利小人的背叛行径。乔伊斯的父亲对儿子的诗作赞不绝口,欣然将它印发给亲朋好友传阅。1893 年,乔伊斯进入另一所教会学校读书。由于他智力超人、勤奋好学,因此很快在学校中鹤立鸡群,成为一名出类拔萃的学生。在一次全爱尔兰中学生统考中,乔伊斯名列前茅,并获得了政府颁发的 20 英镑奖金。

1898 年,年方 16 的乔伊斯进入都柏林大学攻读语言学课程。他主修英语、法语、意大利语和拉丁语,并对文学产生了浓厚的兴趣。这位平日沉默寡言、不修边幅、脸无表情的青年学子在学校的图书馆里博览群书,逐渐成为校园中小有名气的才子。有一次,当一位教授在讲课时提及中世纪的一部戏剧并询问大家是否读过时,在场的学生无人应答。这时他转向乔伊斯并问道:"乔伊斯先生,你读过这部剧本吗?"乔伊斯漫不经心地答道:"读过。"在显示了自己渊博的学识之后,他从此不再去听这位教授讲课了。③不久,以爱尔兰著名诗人叶芝(William Butler Yeats, 1865—1939)为代表的文化知识界人士掀起了一场轰轰烈烈的"爱尔兰文艺复兴运动"。叶芝与诗友们共同创立了唯美主义的文学社团"诗人俱乐部"和"爱尔兰文学会",并创办了都柏林"阿比剧院",为振兴爱尔兰民族文化提供了艺术阵地。在乔伊斯看来,这场文艺复兴运动既有传播民族语言和文化的一面,又有美化贵族政治与封建制度的一面。尽管乔伊斯对叶芝怀有敬意,对他的诗歌创作理论抱有同感,但他认为这场文艺复兴运动不仅存在着脱离现实的倾向,而且还反映了一种狭隘与自负的民族心理。然而,当都柏林大学的一部分天主教徒对叶芝的话剧《凯瑟琳伯爵夫人》(*Countess Cathleen*, 1899)首次公开上演表示抗议时,乔伊斯断然拒绝在抗议书上签名。他似乎感到这种可怕的攻击行为已经毁掉了不少爱尔兰的救星,因此,他不愿看到帕纳尔的悲剧在叶芝身上重演。乔伊斯对落后的爱尔兰文化毫无兴趣,同时对所谓的"新爱尔兰"运动也不以为然。在他看来,爱尔兰人不应坚持固步自封的文化观念,而应按照欧洲大都市的现代艺术标准来发展自己的文化事业,并尽快与欧洲大陆文化接轨。乔伊斯的态度不时遭到一些师生的指责,使他在校园内备受冷遇。孤独与愁闷使他对社会、宗教和家庭的反叛心理日趋强烈。

在大学期间,乔伊斯不仅形成了一种与市侩文化格格不入的性格,而且也显露出卓越的写作才华。1900 年 4 月,他在一本颇有影响的文学杂志《双周评论》(*Fortnightly Review*)上发表了一篇对挪威剧作家易卜生(Henrik Ibsen, 1828—1906)的新剧《当我们死者醒来时》(*When We Dead Awaken*, 1900)的评论文章。乔伊斯的独特见解和精辟论点使周围的师生大吃一惊,不得不对这个平日不苟言笑、性格孤僻的青年人刮目相看。在这篇题为《易卜生的新戏剧》("Ibsen's New Drama")的文章中,乔伊斯明确指出:"易卜生本人的沉默极大地提高了他对两代人的影响力。他很少与自己的对手论战,看来论战的强烈风暴难得冲击他那美妙的平静。那些彼此矛盾的声音丝毫没有影响他的作品。"④当大多数爱尔兰青年作家在模仿叶芝的诗艺并从本地的文化源泉中摄取创作素材时,乔伊斯则将目光转向了欧洲大陆,并试图从戏剧大师易卜生的作品中寻找艺术灵感。更重要的是,乔伊斯的文章引起了易卜生的注意。这位挪威戏剧大师对一位英语翻译说:"我阅读了或者说费力地琢磨了詹姆斯·乔伊斯先生在《双周评论》上发表的一篇文章。文章写得非常客气。要不是我的英语水平有限,我真想好好感谢这位作者。"⑤ 易卜生的及时反应使年方 18 的乔伊斯深受鼓舞。他后来对这位英语翻译说,"我要永远记住易卜生的话"⑥。不久,他用挪威语给易卜生写了一封长信,表达了他对易卜生的敬意,同时也坦率地表明了自己的创作观点。如果说,帕纳尔对乔伊斯世界观的形成产生了重要的影响,那么,易卜生则是他早年崇拜的偶像和激励他在文学道路上不断奋进的巨大动力。

1902 年,乔伊斯向学校提交了一篇有关 19 世纪爱尔兰诗人詹姆斯·克拉伦斯·曼根(James Clarence Mangan,1803—1849)的学士论文。对于向来崇尚欧洲大陆文学的乔伊斯来说,曼根是爱尔兰作家中的佼佼者。他选择曼根作为毕业论文的研究课题,不仅因为这名爱尔兰诗人受到过一部分狂热的民族主义者的攻击,而且还因为大学生们对他了解甚少。乔伊斯似乎认为自己有责任向国人介绍这位曾备受侮辱且正在被人遗忘的爱尔兰诗人,并对其作出客观与公正的评价。1902 年夏天,乔伊斯大学毕业。此刻,他对爱尔兰的政局极为不满,对天主教会深恶痛绝,对国家前途丧失信心。同时,他也清楚地意识到,爱尔兰无法向他提供施展才华的机会。于是,他断然拒绝了学校和家庭让他担任神职的要求,决意离家出走,赴欧洲大陆追求艺术。同年秋天,乔伊斯先在伦敦逗留了数日,并拜访了叶芝,然后去巴黎攻读医学课程。从此,他开始了长达 40 年的侨居生活。

在欧洲大陆,乔伊斯先后在巴黎、罗马和苏黎世等城市从事文学创作。他曾当过英语教师和银行职员以谋生计。最初几年,他对都柏林做过几次短暂的回访,其中一次是由于母亲病危,还有一次则是对都柏林的一家电影院进行小额投资。1904 年 6 月,乔伊斯与爱尔兰西部的一位农家少女诺拉(Nora Barnacle)萍水相逢,两人一见钟情,并于同年 10 月赴欧洲大陆。乔伊斯起初在意大利东北部港市的里雅斯特的一所中学担任英语教师,但常常入不敷出,经济拮据。这位眼睛深度近视而又默默无闻的年轻人开始为报章撰稿,发表了不少颇有见地的文章。当他的写作初见成效之后,他变得更加雄心勃勃,几乎同时进行小说、诗歌和戏剧的创作。1905 年 7 月,乔伊斯与诺拉的第一个孩子吉奥吉尔(Giorgio)出世。三个月之后,乔伊斯的弟弟斯坦尼斯勒斯来到的里雅斯特探望哥哥。1905 年末,乔伊斯将他的短篇小说集《都柏林人》(*Dubliners*,1914)的手稿交给一位出版商。然而,该书因涉嫌渎神和诋毁某些爱尔兰政客与神职人员的名誉而遭到拒绝。在与出版商交涉的同时,他继续奋笔疾书,撰写自传体长篇小说《斯蒂芬英雄》(*Stephen Hero*,1944)。与此同时,他在诗歌方面也一试身手,先后完成了两本诗集:《室内乐》(*Chamber Music*,1907)和《每只一便士的苹果》(*Pomes Penyeach*,1927),前者收集音乐诗36首,后者包括抒情诗13首。

当乔伊斯与家人在欧洲大陆过着颠沛流离的生活时,他的创作生涯也同样坎坷不平。1907年,他的女儿露西娅(Lucia)出世,这使他的生活更加拮据。正如乔伊斯在给一位出版商的信中所说:"我靠80英镑的年薪艰难地生活并扶养了两个对我深信不疑的小家伙。"⑦1910年,他在都柏林投资的那家电影院破产,这好比雪上加霜,使他的家庭生活更加艰辛。幸亏有热心人资助,乔伊斯才能勉强从事文学创作。然而,他的作品大都历尽挫折,难以面世。短篇小说集《都柏林人》先后遭到了22个出版商的拒绝。虽手稿最终被人接受,但一直难以出版。1912年7月,乔伊斯为出版该书对都柏林作了最后一次回访之后依然大失所望,于是愤然写下了《炉中煤气》("Gas from a Burner")一诗。他严厉谴责了爱尔兰的道德瘫痪和市侩作风,并以讽刺的口吻写道:

> 这个可爱的国家
> 总是将她的作家和艺术家送去流放;
> 以一种爱尔兰的欢乐精神
> 逐个背叛她自己的领袖。⑧

乔伊斯对严酷的现实极度不满,对本人的创作前途也似乎失去了信心。他一怒之下将文笔粗糙、内容杂乱的长篇小说《斯蒂芬英雄》的数百页手稿扔进了火炉。幸亏妹妹艾琳(Eileen)在场,及时抢出才未付之一炬。不久,乔伊斯在的里雅斯特的一份报纸上撰文公开抨击爱尔兰的势利小人。在这篇题为《帕纳尔的影子》("The Shade of Parnell")的文章中,乔伊斯愤怒地指出:"帕纳尔最终绝望地向国人呼吁,求他们别将他像打狗的肉包子一样扔向正围着他们狂叫的英国狼群。他们很讲信誉,没有拒绝他的呼吁。他们没有将他扔向英国的狼群,而是亲自将他撕得粉碎。"⑨显然,乔伊斯从帕纳尔的不幸遭遇中看到自己的真实处境。像他心目中的这位民族英雄一样,乔伊斯同样遭到了爱尔兰的遗弃。

1913 年 12 月,乔伊斯通过叶芝的介绍结识了正在伦敦发动"意象主义"(Imagism)和"漩涡主义"(Vorticism)运动的美国著名诗人埃兹拉·庞德(Ezra Pound,1885—1972)。这位英美现代文坛的风云人物独具慧眼,甘当伯乐,为出版乔伊斯的作品四处奔走,穿针引线,从而使这位在欧洲大陆奋斗了十年却依然默默无闻的爱尔兰青年作家的创作生涯出现了转机。1914 年,乔伊斯的短篇小说集《都柏林人》(*Dubliners*,1914)在经历了长达十年的折腾之后终于问世。同年,他的自传体长篇小说《青年艺术家的肖像》(*A Portrait of the Artist as a Young Man*,1916)经庞德推荐也在一本名为《自我》(*Egoist*)的文学杂志上以连载形式发表。从此,这位名不见经传的爱尔兰作家引起了评论界的注意。不久,他完成了自己唯一的剧本《流亡者》(*Exiles*,1918)。尽管他在早期的诗歌、小说和戏剧方面的成功是十分有限的,但对多种文学体裁的尝试无疑使这位初出茅庐的青年作家获得了可贵的创作经验。与此同时,乔伊斯受到了发源于巴黎的现代主义思潮的影响,并对法国作家杜夏丹(Edouard Dujardin,1861—1949)、左拉(Emile Zola,1840—1902)和福楼拜(Gustave Flaubert,1821—1880)等人的作品产生了浓厚的兴趣。乔伊斯对杜夏丹的意识流小说《月桂树被砍掉了》(*Les Lauriers Sont Coupes*,1887)推崇备至,并兴奋地对友人说:"你读一下便知道那是什么书了。"⑩在乔伊斯看来,这位被人们认为是过时的象征主义者的法国作家其实是一位新文学的创始人。不过,乔伊斯虽然对这些法国作家十分敬重,但他却不肯仰承鼻息,一意模仿,而是决心在创作中另辟蹊径,独树一帜。此外,乔伊斯在欧洲大陆也受到了弗洛伊德(Signund Freud,1856—1939)和荣格(Carl Gustav Jung,1875—1961)的现代心理学理论的影响,并对柏格森(Henri Bergson,1859—1941)的直觉主义与心理时间学说也颇感兴趣。显然,他从正在现代主义的发源地巴黎盛行一时的形形色色的哲学思潮和文学、美学及心理学理论中摄取了他所要的东西,并找到了为自己日后从事小说的实验与改革可资借鉴的理论依据。

在文坛崭露头角之后,乔伊斯开始潜心撰写意识流长篇巨著《尤利西斯》(*Ulysses*,1922)。1920 年,乔伊斯在给友人的一封信中写道:"这是一部关于两个民族(犹太人与爱尔兰人)和人体循环的巨著,同时也是描写一天生活的一个小故事。尤利西斯这个人物当我甚至还是个孩子时就一直令我着迷。简直难以想象,十五年前我开始写它时只是将其作为《都柏林人》的一篇短篇小说！这部作品我整整写了七年——够呛！"⑪这部世界小说史上最富有实验性与创造性的经典力作于 1918 年 3 月起在美国的一本刊登新作者尝试性文学作品的杂志《小评论》(*Little Review*)上以连载形式发表。1920 年 10 月,当《尤利西斯》的第十四章《太阳神的牛》("The Oxen of the Sun")刊出后,美国一个"抵制精神污染协会"(Society for the Suppression of Vice)指责该书内容庸俗,传播色情,从而迫使小说停止连载。尽管如此,乔伊斯一如既往,笔耕不辍。1921 年,他几乎放弃了所有的娱乐和社交活动,每天写作长达十几个小时,终于在同年 10 月完成了这部洋洋洒洒、气势恢宏的文学巨著。当一位试图翻译《尤利西斯》最后一章《珀涅罗珀》("Penelope")的意大利朋友要求看全书的写作提纲时,乔伊斯仅交给他部分内容,并幽默地说:"如果我将一切都和盘托出,我将无法流芳百世。我在小说中投放的暗喻和谜语能让教授们争论几个世纪,这是让人永垂青史的唯一办法。"⑫1922 年 2 月 2 日乔伊斯 40 岁生日那天,在世界现代文学史上具有划时代意义的意识流长篇巨著《尤利西斯》问世。这部经典力作的出版在欧洲文坛引起了强烈的反响。人们对乔伊斯别具一格的创作手法众说纷纭,褒贬不一。诗人艾略特(Thomas Stearns Eliot,1888—1965)对这部作品大加赞赏。一天,他在与伍尔夫(Virginia Woolf,1882—1941)一起喝茶时说:"乔伊斯消灭了 19 世纪,使所有的文体都显得无足轻重;他也破坏了自己的前程,他无法再写另一部小说了。"⑬而伍尔夫对《尤利西斯》则表现出十分矛盾的态度。起初,她认为这是"一部自学成才者写的书",作者是一个"没有教养的人","一个用手搔自己丘疹的令人讨厌的本科生"⑭。然而,伍尔夫不久便改变了自己的态度。她在 1925 年发表的《现代小说》("Modern Fiction")一文中指出:"乔伊斯先生是精神主义者。他不惜任何代价来揭示内心火焰的闪光,这种火焰在头脑中稍纵即逝。为了将它记载下来,乔伊斯先生鼓起勇气,将一切在他看来是外来的因素统统抛弃。"⑮尽管身居巴黎的美国女作家格特鲁德·斯泰因(Gertrude Stein,1874—1946)对自己实验主义领袖的地位受到挑战感到不快,但她不得不承认,"乔伊斯是一位优秀作家"⑯。美国"迷惘的一代"作家海明威(Ernest Hemingway,1899—1961)对《尤利西斯》赞不绝口。他在给美国作家舍伍德·安德森(Sherwood Anderson,1876—1941)的信中写道:"乔伊斯出了一本极为了不起的小说。"⑰有趣的是,爱尔兰小说家乔治·穆尔(George Moore,1852—1933)却极力贬低自己同胞的实验之作。他曾对一位朋友说:"有人送我一本《尤利西斯》,并告诉我必须读一读。但这种东西怎么读得下去? 我读了几处,天哪,它使我感到多么的乏味!"[18]倒是爱尔兰著名诗人叶芝对《尤利西斯》表现出较为客观的态度。几年前,他在《小评论》杂志上读了该书的一两章后曾将其称为"一本疯狂的小说"。但后来他对友人说:"我犯了一个严重的错误。这也许是一部天才的作品。现在我看到了它的连贯性。"[19]显然,《尤利西斯》的问世使西方文坛极为震动。它不仅是对传统文学的有力挑战,而且也将盛行于欧美各国的现代主义文学运动推向了高潮。

意识流长篇巨著《尤利西斯》的发表使作者名声大振,同时也使他告别了艺术道路上的蹒跚,并确立了自己在西方现代文坛的领袖地位。长期处于困境之中的乔伊斯在成功面前终于能扬眉吐气了。他曾声称:"如果《尤利西斯》不适合人们阅读,那么他们也就不适合去生活。"[20]不过,乔伊斯并没有满足自己所取得的艺术成就。此刻,他正在大胆地构思一个新的创作计划。当他的赞助人维弗女士(Harriet Shaw Weaver)问他下一步将写什么时,乔伊斯说:"我想我将写一部关于世界历史的书。"[21]1923年3月,乔伊斯开始起草一部当时暂名为《进展中的作品》(Work in Progress)的长篇小说,即后来令专家学者都望而却步的意识流巨著《芬尼根的苏醒》(又译《芬尼根的守灵夜》)(Finnegans Wake,1939)。1927年4月至1929年11月,《进展中的作品》在一本名为《转折》(Transition)的实验性文学杂志上连载发表。但这部作品因内容晦涩、语言怪诞而声誉不佳。当时不少评论家曾怀疑这位意识流大师的神经出了毛病。连乔伊斯最热心的赞助人维弗女士也对他的创作举动感到心灰意冷。她在一封信中毫不客气地说:"我丝毫不喜欢你那个安全双关语批发工厂的产品,也不喜欢你那种被蓄意搅乱的语言体系的黑暗与晦涩。我觉得你在浪费自己的才华。"[22]20多年来与乔伊斯在欧洲大陆颠沛流离、同甘共苦的诺拉也埋怨说:"你干嘛不写些人们看得懂的合乎情理的书呢?"[23]批评家们的贫嘴薄舌和亲朋好友的不满情绪使乔伊斯极度失望。他曾几度辍笔,甚至一度产生让一位名叫詹姆斯·斯蒂芬斯(James Stephens,1882—1950)的爱尔兰作家来替他完成这部小说的念头。然而,处于失望之中的乔伊斯并未料到,他的命运将面临更加严峻的考验。

长期的紧张与劳累极大地损害了乔伊斯的健康,使他不断受到病魔的侵袭。同时,无休止的笔耕使这位自幼深度近视的文坛宿将的视力越来越弱。1917 年,乔伊斯经历了首次眼科手术,但其视力却每况愈下。自 30 年代起,乔伊斯几乎一直处于半失明状态。此外,因忧惧频袭,他常年饮酒过度,从而导致了严重的胃溃疡。1931 年末,乔伊斯的父亲不幸去世;次年,他的女儿露西娅突然精神失常。这无疑使他痛苦万分,备受打击。由于他长年处于醉态与半失明状态,并不时被自己的胃病和女儿的精神病所缠,因此,《芬尼根的苏醒》的创作难度便可想而知了。尽管如此,他以顽强的毅力足足耕耘了 17 个春秋,终于完成了这项艰难而又巨大的艺术工程。《芬尼根的苏醒》是现代主义文学由盛转衰、世界局势不断恶化时期的产物。乔伊斯以离经叛道的艺术形式和令人费解的文字谜语来表现两次世界大战期间西方人的混乱意识。然而,他的创作手法完全超越了合理的界限,从而使他的小说问津者寥寥无几,能读懂者更是凤毛麟角。不少评论家认为,乔伊斯在《芬尼根的苏醒》中所体现的"语言自治"和"词汇革命"已经拉开了后现代主义文学的序幕。

乔伊斯在创作道路上步履维艰,一生坎坷。他的晚年也同样充满了忧郁与烦恼。在双目几乎失明、胃溃疡不断恶化的困扰下,乔伊斯出于对遗产的考虑,1931 年 7 月同诺拉正式登记结婚。1933 年 12 月,美国一家法院作出《尤利西斯》并非色情小说的判决,并取消了对该书长达 11 年的禁令。然而,当他得知英国小说家劳伦斯的《查泰莱夫人的情人》(*Lady Chatterley's Lover*, 1929)比《尤利西斯》更畅销时,心情极不愉快。身为异乡客,乔伊斯的内心充满了一种莫名的悲哀与严重的失落感。他热爱勤劳朴实的爱尔兰人民,但对那些腐化堕落的政客和诡计多端的势利小人恨之入骨。1936 年,他在与一位德国评论家交谈时说:"我描写了我国的人民和现实;我表现城市中某个社会阶层的某些典型。他们因此不肯原谅我……他们全都对我进行报复。"[24] 乔伊斯晚年病魔缠身,郁郁寡欢。"他看上去很虚弱,神情忧伤。对于未来他没有任何计划,甚至根本不想谈论。"[25] 此刻,他更加挂念自己患病的女儿露西娅,并经常独自去精神病疗养院探望她。为了使女儿明白"她的过去并未失败",并使她相信她面临的不是一个"无望的未来",乔伊斯以露西娅的名义自费出版了《乔叟入门》(*A Chaucer ABC*, 1936)一书,并在女儿 29 岁生日那天送上了这份珍贵的礼物。第二次世界大战爆发不久,法国沦陷。病情不断恶化的乔伊斯被迫迁居中立国瑞士的苏黎世。1940 年 12 月 17 日晚上 8 点,乔伊斯一家乘火车抵达苏黎世。在车站附近的一家餐馆吃了晚饭之后,他们住进了一家小旅馆。

1941 年 1 月 9 日,乔伊斯参观了一个法国 19 世纪绘画作品展览之后再次来到这家餐馆吃饭。不久,他突然感到胃部剧烈疼痛。次日凌晨 2 点,他的胃痛加剧。他弟弟乔治立即请来了一位医生。为了止痛,医生给乔伊斯服用了吗啡,但依然无济于事。早晨,当人们将乔伊斯送往医院时,他在担架上疼得直打滚。医生决定马上动手术,但乔伊斯不同意。当弟弟乔治前去说服他时,乔伊斯问他:"你将如何支付这笔医疗费?"乔治回答说:"不要紧,我们总会有办法的。"[26]下午,手术完毕,乔伊斯恢复了知觉。他拉着妻子诺拉的手说:"我想这次我是挺不过了。"[27]起初,乔伊斯的精神似乎好了许多,但不久他又昏迷过去。1 月 13 日凌晨 2 点 15 分,西方文坛巨星陨落。现代主义文学大师乔伊斯不幸离开了人世,卒年59 岁。

乔伊斯为文学事业呕心沥血,耗尽了毕生的精力。尽管他的艺术道路艰难曲折,但他的文学成就辉煌灿烂,举世瞩目。半个多世纪以来,乔伊斯的创作对世界文学产生了巨大的影响。这位长年侨居海外的爱尔兰作家的小说在西方文坛久盛不衰,掀起了阵阵热浪。今天,有人将他推崇为现代主义文学的杰出领袖;有人称他为"20 世纪文学革命中的布尔什维克";也有人将他视为现代世界文坛的天王巨星。文学评论界似乎达成了这样一个共识:乔伊斯不仅是西方现代文学史上一位最彻底的改革家,而且也是最卓越的小说家之一。

注释:

① *James Joyce*, Richard Ellmann, Oxford University Press, New York, 1959, p.225
② *A Portrait of the Artist as a Young Man*, *The Portable James Joyce*, The Viking Press, New York, 1955, p.518
③ *James Joyce*, Richard Ellmann, p.59
④ *The Critical Writings of James Joyce*, edited by Ellsworth Mason and Richard Ellmann, The Viking Press, New York, 1959, p.48
⑤ *James Joyce*, Richard Ellmann, p.77
⑥ Ibid., p.77
⑦ Ibid., p.228

⑧ *The Portable James Joyce*, p.660

⑨ *James Joyce*, A. Walton Litz, Twayne Publishers, Inc., New York, 1966, p.22

⑩ *James Joyce*, Richard Ellmann, p.535

⑪ *Letters of James Joyce*, edited by Stuart Gilbert, The Viking Press, New York, 1957, p.146

⑫ *James Joyce*, Richard Ellmann, p.535

⑬ Ibid., p.542

⑭ *James Joyce*, Richard Ellmann, p.542

⑮ "Modern Fiction", Virginia Woolf, *The Norton Anthology of English Literature*, W. W. Norton, New York, fifth edition, Vol. 2, 1986, p.1997

⑯ *James Joyce*, Richard Ellmann, p.543

⑰ Ibid., p.543

⑱ Ibid., p.543

⑲ Ibid., p.545

⑳ Ibid., p.551

㉑ Ibid., p.551

㉒ Ibid., p.603

㉓ Ibid., p.603

㉔ Ibid., p.701

㉕ Ibid., p.752

㉖ Ibid., p.754

㉗ Ibid., p.754

第二章

乔伊斯与爱尔兰

爱尔兰之所以贫困是因为英国的法律破坏了这个国家的产业,尤其是它的羊毛业;因为在马铃薯饥荒的年代里,英国政府的忽略使这个国家最好的人死于饥饿。[①]

我仿佛觉得自己在与爱尔兰的每一种宗教和社会势力进行较量,我孤立无援,只得依靠自己。[②]

——乔伊斯

爱尔兰是一个具有两千五百年文明史的岛国,风景秀丽,文化悠久。乔伊斯出生时,爱尔兰不仅是英国的殖民地,而且也是欧洲最贫困的地方。千百年来,这片面积仅八万多平方公里的土地上灾祸横行,战乱不断,侵略者肆虐,百姓遭殃。尽管乔伊斯于1902年"忠诚地出走",置身于爱尔兰社会动荡之外,但他时刻挂念自己的祖国,尤其是他的故乡都柏林。爱尔兰为他提供了源源不断的创作素材,同时也激发了他的艺术灵感。在长达40年的艺术生涯中,乔伊斯将自己的创作视线牢牢地盯在故乡这片令人伤感的土地上。他与爱尔兰之间存在着一种不可调和却又难以分隔的关系。

爱尔兰的历史充满了纷争与祸乱。早在六千多年以前,这片位于英国西部的土地上首次出现了来自西班牙和法国的移民。乔伊斯对这些具有石器时代文化的欧洲居民的生活方式在《芬尼根的苏醒》的第一章中做了较为详尽的描述。这些原始部落的社会结构与风俗习惯同古希腊伟大诗人荷马在他的长篇史诗《奥德赛》(*Odyssey*, 700 BC)中所描写的情景十分相似。"如今他们全都进了坟墓,灰归灰,土生土。"[③]公元前500年,居住在中欧与西欧的部落集团凯尔特人(Celts)入侵爱尔兰,并带去了他们的语言和文化。当这些黄头发、高个子、生性好战的凯尔特人击败了当地皮肤黝黑、身材矮小的说印欧语系语言的人之后便四分五裂,自相残杀,最终形成五六个规模不一的封建王国。其中北爱尔兰王国(Ulster)和芬尼亚王国(Fenian)的军事实力较强,文化也较为发达。公元432年,帕特里克神父(St Patrick,385—461)将基督教传到爱尔兰,从而使那里的宗教势力日益强大。从6世纪起,爱尔兰几乎成为欧洲的文化中心,其寺院学问和具有宗教色彩的绘画、雕塑、建筑等艺术令世人赞叹不已。爱尔兰的僧侣们纷纷来到苏格兰及欧洲其他地区传播基督教。勤劳的爱尔兰人民凭借自己的智慧与双手创造了大量的财富;同时他们还制造了许多新颖别致的金银器皿。挪威与丹麦的海盗对此极为眼红,便不断骚扰和掠夺那里的居民。海盗不仅用武力将无辜的百姓运往斯堪的纳维亚半岛和冰岛当奴隶,而且还侵占了都柏林,并使其成为他们从事海上非法贸易的重要基地。难怪乔伊斯认为都柏林基本上是一座斯堪的纳维亚式的城市。然而斯堪的纳维亚人并未占领整个爱尔兰。当地贵族领兵抵抗,终于在1014年将入侵的海盗赶出国土。乔伊斯曾经指出:"任何一个读过英国人入侵之前三百年历史的人都会牢骚满腹,因为爱尔兰各部落之间的互相冲突以及同丹麦人、挪威人……之间的冲突连续不断,凶恶残忍,从而使这个历史阶段成为名副其实的屠杀期。"④

1170年,英国国王亨利二世任命斯特朗鲍伯爵为统帅进兵爱尔兰。然而,英国军队占领爱尔兰之后,他们不仅宣布脱离英国国王的管辖,而且还与凯尔特民族同化。不少英国将军摇身一变,成为爱尔兰各个部落的头领。这便导致了英国统治者在后几个世纪中的一系列入侵。乔伊斯在《尤利西斯》的第二章中对有关的事件作了生动的描述。自15世纪起,英国的亨利七世、伊丽莎白一世、护国公克伦威尔以及威廉三世都曾先后派兵残酷镇压爱尔兰的起义军,不仅使成千上万的无辜百姓家破人亡,而且也使爱尔兰田园荒芜,民不聊生。17世纪末,英国统治者平息了爱尔兰的农民暴动,没收了他们的土地和财产,并使其成为英国的殖民地。由于18世纪以前的爱尔兰历史并无多少文字记载,加之历史学家们对此众说纷纭,这就更使其蒙上了一层神秘的色彩。对于乔伊斯的读者来说,爱尔兰的这段历史显得尤为重要,因为它贯穿了《尤利西斯》和《芬尼根的苏醒》这两部小说的全过程。

18世纪对于都柏林乃至整个爱尔兰来说是一个极为重要的时期。受欧洲大陆文化的影响,都柏林街头出现了许多风格优美的高楼大厦,而古朴典雅的乡村别墅也比比皆是,屡见不鲜。这是爱尔兰大文豪斯威夫特(Jonathan Swift, 1667—1745)的时代。乔伊斯十分赞赏都柏林18世纪的建筑风格,同时对伟大的小说家斯威夫特和爱尔兰的一些著名演说家表示出由衷的钦佩。然而,18世纪也是爱尔兰历史上最贫困和人口增长最快的时期。18世纪初,爱尔兰的人口尚不足250万,而到了18世纪中叶,它的人口已超过400万。这便使这个本来已经十分贫穷的国家陷入极端困境之中。百姓饥寒交迫,哀鸿遍野。斯威夫特当时曾以讽刺的笔调写了一篇题为《一个温和的建议》(A Modest Proposal, 1729)的散文。他以嘲弄的口吻向奴役爱尔兰人民的英国统治者提议,先将儿童养得又肥又嫩,然后将他们分批宰杀,上市销售。这不但可以减轻他们父母的负担,而且还能改变爱尔兰贫穷的面貌。18世纪末,受法国革命的影响,爱尔兰再次爆发民族独立运动。以沃尔夫·托恩(Wolfe Tone, 1763—1798)领导的"爱尔兰人民联合阵线"(The United Irishmen)在韦克斯福得(Wexford)地区发动起义。尽管这次革命很快遭到英国当局的残酷镇压,但它对爱尔兰来说具有深刻的象征意义。不久,爱尔兰各地流传起大量的爱国歌曲和谴责英国统治者的政治民谣。其中有几首曾在《尤利西斯》的《塞壬》("Sirens")一章中使主人公布鲁姆感慨万分,遐想联翩。

19世纪初,英国政府为了平息动乱,消除爱尔兰人的不满情绪,不得不颁布《联合法令》(Act of Union),从而使部分爱尔兰上层人士进入议会。但这并不意味着政权的移交,真正统治爱尔兰的依然是那些经常出入威斯敏斯特的英国政客。正当爱尔兰的民族独立运动受到挫折时,天主教势力却日益蔓延。1829年,一位名叫丹尼尔·奥康内尔(Daniel O'Connel, 1775—1847)的律师发起了"天主教解放运动"(Catholic Emancipation),从而使爱尔兰的天主教势力更加巩固。19世纪中叶,爱尔兰的天主教徒已占总人口的70%以上,整个社会处于严重的精神瘫痪之中。教会与英国统治者狼狈为奸,共同麻痹和奴役人民。乔伊斯"对教会恨之入骨"。他曾在信中写道:"我在当学生时就曾偷偷地反对过它,拒绝担任神职……如今,我要公开对它口诛笔伐。"⑤1845年,爱尔兰发生了历史上最严重的饥荒。这次长达5年的"马铃薯饥荒"(potato famine)使当时的人口从850万降至650万。数百万爱尔兰人遭受灾难,他们或死于饥饿,或移居海外,到1904年(即《尤利西斯》所描述的年份),爱尔兰的人

口仅剩 450 万。据有关史料记载,19 世纪下半叶移居英国的爱尔兰人超
过 80 万,而前往美国和加拿大的爱尔兰移民多达 200 万。难怪《尤利西
斯》中那个具有强烈的反英情绪的"市民"(Cyclops)戏称"我们在海外有
一个更大的爱尔兰。在黑色的 47 年,他们被迫离乡背井……爱尔兰人很
快就会像美国红皮肤的印第安人一样罕见"⑥。显然,"马铃薯饥荒"和人
口骤降是爱尔兰近代史上极其重要的事件,对乔伊斯的创作产生了十分
重要的影响。19 世纪下半叶,尽管人口锐减,爱尔兰始终无法摆脱贫困,
平民百姓一直生活在水深火热之中。到乔伊斯出生时,爱尔兰的经济依
然十分萧条,社会局势动荡不安。

　　20 世纪初,尽管爱尔兰的经济开始缓慢复苏,生活水平也有所提
高,但其政局更加混乱不堪。帕纳尔领导的民族独立运动日益高涨。这
位爱尔兰近代史上著名的民族主义者为实现国家自治纲领进行了长期
和艰苦的斗争。与此同时,"爱尔兰共和兄弟会"(The Irish Republican
Brotherhood)试图用武力推翻英国统治,建立自己的共和国。1905 年,爱
尔兰政治家格里菲思(Arthur Griffith,1872—1922)建立了新芬党(Sinn
Fein),旨在联合一切力量反对英国统治。面对来自国内外的强大的政治
压力,英国首相格莱斯顿(William Ewart Gladstone,1809—1898)曾被迫
两次将爱尔兰《地方自治法》(Home Rule Act)提交议会表决,但均告失
败。1914 年,英国自由党内阁再次呈交提案,终于使议会通过了《地方自
治法》。然而,爱尔兰各方势力对民族自治却意见分歧。反对自治者成立
了"北爱尔兰自愿部队"(Ulster Volunteer Force),而支持者也毫不示弱,
立即组建了"爱尔兰自愿军"(The Irish Volunteers)。双方势不两立,剑拔
弩张,导致爱尔兰局势极为紧张,一触即发。1914 年夏天,第一次世界大
战爆发,爱尔兰《地方自治法》的实施也随之搁浅。大战期间,爱尔兰"新
芬党"的势力不断扩大,与此同时,"爱尔兰共和军"(The Irish Republican
Army)宣告成立。1919 年,"新芬党"在爱尔兰大选中获胜,并组建了议
会。英国政府立即宣布爱尔兰议会为非法机构,于是,双方卷入了激烈的
武装冲突。爱尔兰义军不仅在都柏林建立了严密精干的情报机构,而且
在农村神出鬼没,展开巧妙、机智的游击战,使英国军队遭受沉重的打击。
1921 年,英国政府被迫让步,与新芬党举行谈判。同年 12 月,"爱尔兰自
由邦"(The Irish Free State)宣告成立,南部 26 个郡享有自治权,而北爱尔
兰 6 个郡则由英国管辖。然而,1922 年,爱尔兰又陷入了内战的深渊。

尽管乔伊斯从 1902 年起流亡海外，但他时刻密切关注爱尔兰的局势，对爱尔兰人民的痛苦极为担忧。他的小说所反映的便是这一时期爱尔兰的社会现实。民族独立运动的严重受挫，社会政治力量的四分五裂，宗教势力的恶性蔓延以及整个爱尔兰的道德瘫痪在他的小说中均得到了充分的展示。身在异国他乡，乔伊斯对爱尔兰的混乱局势极为不满，同时也感到脸上无光。他在给弟弟斯坦尼斯勒斯的一封信中写道："说实在的，当我的里雅斯特有一两次听到一位加拉茨姑娘嘲笑我的贫穷的国家时，我深感耻辱。"⑦乔伊斯对英国殖民主义者进行了严厉的谴责，多次借人物之口称其为"家里的陌生人"，表达了他对异族统治者的痛恨，但他同时对爱尔兰的教会和政客也进行了无情的抨击与嘲弄。

爱尔兰从 1923 年到 1941 年乔伊斯去世的那段历史庸俗乏味，平淡无奇。其间，中产阶级阵营不断扩大，国民经济发展起伏不定。爱尔兰继续保持着自己的文化，并竭力抗拒异族的同化。第二次世界大战期间，爱尔兰因保持中立，未遭浩劫。然而，北爱尔兰的归属问题成为英国与爱尔兰之间争论的焦点；"爱尔兰共和军"的政治与军事活动十分频繁。当然，九泉之下的乔伊斯对此并不会感到惊讶。

作为 20 世纪西方的文坛巨匠，乔伊斯不仅属于欧洲大陆，而且也属于他的家乡都柏林。他在这座城市生活了整整 20 年，对它具有深刻的认识和复杂的感受。"它的人民、他们的言论、幽默、悲伤、情绪、讽刺和痛苦都使他难以忘怀。"⑧1904 年，都柏林是一座规模不大但功能齐全的城市，其人口约 25 万。它的建筑优美典雅，在宽窄不一的街道上矗立着许多具有欧洲古典建筑艺术风格的高楼大厦。这不是一座生产型城市而是消费型城市。除了几家酒厂和饼干厂之外，都柏林基本上是一个商业城和贸易港，其经济主要依赖牛肉和其他农产品的交易与出口。作为爱尔兰最重要的城市，都柏林不仅是小贩和商人的云集之地，而且还居住着一大批在银行和保险公司就职的白领人士。在都柏林的大街上，顾客、水手、酒鬼、妓女和乞丐川流不息，当然还有许多像《尤利西斯》的主人公布鲁姆那样的闲逛者。在都柏林的大街上，英国士兵和警察比比皆是，教堂、舞厅和供有产阶级消闲的俱乐部也屡见不鲜。此外，都柏林还是爱尔兰的政治与文化中心，官僚与政客在这里勾心斗角、争权夺利，而贵族与富翁则花天酒地、追求享乐。20 世纪初，天主教势力无孔不入，几乎渗透到爱尔兰社会的每一个角落，从而使这块英国的殖民地陷于道德瘫痪之中，而当时的都柏林则是瘫痪的中心。在乔伊斯看来,都柏林不仅体现了欧洲大都市的许多特征,而且还具有广泛的象征意义。因此,他耗尽了毕生的精力来表现自己故乡的人生百态,不遗余力地描绘这座城市的社会现实。

应当指出,在都柏林的芸芸众生中,乔伊斯最了解和最感兴趣的莫过于中产阶级。这一群体在爱尔兰的社会生活中虽然没有举足轻重的地位,但在人口中却占有很大的比例。他们并不富有,但竭力扮演绅士或女士的角色。他们大都喜欢音乐、饮酒和赛马,对文学艺术也略知一二。他们喜欢社交,且爱传流言。然而,使他们聚合在一起的最重要的纽带则是他们的宗教与政治信仰。爱尔兰的中产阶级大都是虔诚的天主教徒,对去教堂作弥撒情有独钟。在政治上,他们虽对民族自治的形式与纲领并未达成共识,但他们同仇敌忾,对"家里的陌生人"横眉怒目。乔伊斯在小说中对爱尔兰中产阶级的描述可谓入木三分,《青年艺术家的肖像》中的主人公斯蒂芬的父亲、《尤利西斯》中的主人公布鲁姆夫妇和莫利根以及《芬尼根的苏醒》中的主人公伊尔威克等人物都是地地道道的中产阶级代表。斯蒂芬在《青年艺术家的肖像》中对他的父亲作了这样的描述:他曾是"一个医科学生、划船手,有一副男高音嗓子,一名业余演员,在政治上爱夸夸其谈,当过小地主,搞过小额投资,平时喜欢杯中之物。他是个老好人,爱讲故事,当过别人的秘书,又在酿酒厂干过,还当过税务员,后来破了产,现在却老是喜欢吹嘘自己的过去"⑨。同乔伊斯的父亲一样,斯蒂芬的父亲虽已囊中羞涩,但他依然是个绅士,照样抽雪茄,喝威士忌。然而,爱尔兰的中产阶级因其社会与经济地位的微不足道常常显得焦虑不安。在冷酷的现实面前,他们大都意志消沉,精神孤独,内心充满了一种莫名的悲哀。出身于中产阶级家庭的乔伊斯对这一社会阶层的现状十分了解。因此,在他的整个艺术生涯中,乔伊斯将创作焦点完全集中在都柏林的中产阶级身上,不厌其烦地揭示他们的孤独感和异化感。

作为西方现代主义文学的杰出代表,乔伊斯从爱尔兰的民间传说和文学遗产中也摄取了大量的创作素材。由于特殊的历史背景所致,爱尔兰的民族文化具有两条相对独立却又难免互相影响的历史线索。一条是以凯尔特语记载的爱尔兰古典文学(Celtic literature);另一条则是起源于中世纪并于 18 世纪步入鼎盛期的爱尔兰英语文学(Anglo-Irish literature)。尽管凯尔特语艰涩难懂,只是一部分专家学者的专利,但它却记载了丰富的史料,留下了大量的民间故事。同其他爱尔兰文人一样,乔伊斯对爱尔兰古典文学颇感兴趣,年轻时曾阅读了许多重要的英语译本,对凯尔特人的文化遗产略知一二。凯尔特文学拥有不少史诗,它们并不像某些学者所说的那样忧郁与伤感,而是文风粗野,且充满了幽默与讽刺。这无疑对斯威夫特的《格列佛游记》(Gulliver's Travels, 1726)和乔伊斯的《芬尼根的苏醒》产生了一定的影响。然而,更重要的是,乔伊斯不仅将凯尔特文学掺入了《芬尼根的苏醒》之中,而且还在他的小说中大量地引用爱尔兰的神话典故和民间传说,并将爱尔兰古老的历史与文化传统作为创作的重要源泉与基石。

当然,爱尔兰辉煌灿烂的英语文学对乔伊斯的创作产生了更重要的影响。从 12 世纪起,随着英国语言和文化在爱尔兰的不断传播与渗透,英语文学发展迅猛,久盛不衰。爱尔兰历史上出现过许多闻名遐迩的英语作家,而乔伊斯本人便是其中最杰出的代表之一。这一文学传统到了 18 世纪大文豪斯威夫特手中得到了进一步发扬与光大。尽管大多数评论家将斯威夫特视为一名伟大的英国作家,但他出生在爱尔兰并长期生活在这片土地上。斯威夫特不仅公开反对英国政府的殖民主义政策,而且还在他的文学作品中对英国统治阶级作了严厉的抨击和无情的嘲弄。乔伊斯十分欣赏斯威夫特的个性,同时对他作品中所表现的辛辣的讽刺、荒诞的逻辑和精湛的语体赞不绝口。在《尤利西斯》的"太阳神的牛"一章中,他有意模仿斯威夫特的语体,用它来叙述一个有关罗马教皇和爱尔兰公牛的荒诞故事。在《芬尼根的苏醒》中,乔伊斯不仅掺入了斯威夫特的生活细节,而且还经常引用他的妙语和警句。

另一位出生在爱尔兰的小说家劳伦斯·斯特恩(Lawrence Sterns, 1713—1768)对乔伊斯的创作同样产生了一定的影响。斯特恩可算是英语心理小说的先驱。他在长篇小说《特里斯川·项狄》(Tristram Shandy, 1759—1767)中首次打破了传统小说的框架结构,摒弃以钟表时间为顺序的创作方法。这部长达九卷的小说主要描写了一个孩子的精神世界与心理变化。小说中的事件不仅没有连续性,而且也缺乏逻辑性。主人公项狄直到小说的第四卷才呱呱落地,到第六卷刚穿上长裤,随后便在作品中失去了踪影。斯特恩将有关主人公社会生活经历的描写降到了最低程度,而是以极大的篇幅来展示其丰富多彩、变化多端的感性生活。乔伊斯对斯特恩别具一格的创作手法颇感兴趣。1923 年,他曾对一位朋友说:"我试图建立不同层次的叙述形式来达到同一个美学目的。"随后他问道:

"你读过劳伦斯·斯特恩的作品吗?"[10]显然,乔伊斯从斯特恩新颖独特的表现手法中获得了创作现代意识流小说的艺术灵感。

尽管乔伊斯对19世纪末的爱尔兰作家并不抱有足够的敬意,但他十分熟悉他们的作品。在乔伊斯看来,萧伯纳(George Bernard Shaw,1856—1950)算不上一位具有独创精神的剧作家,却是"一位天生的说教者"。不过,萧伯纳使乔伊斯大胆地步入了现代戏剧艺术宫殿的大门。从某种意义上说,使乔伊斯感兴趣的与其说是萧伯纳的代表作,倒不如说是他的一篇题为"易卜生主义的精髓"("The Quintessence of Ibsenism",1891)的评论文章。这无疑使乔伊斯进一步了解了易卜生的美学思想和创作风格。与萧伯纳同时代的另一位爱尔兰重要剧作家王尔德(Oscar Wilde, 1854—1900)也曾对乔伊斯产生过一定的影响。不少研究乔伊斯的学者认为,他对王尔德的态度与评价显然更加"客气",甚至更加"友好"。王尔德不但看到了资本主义制度与艺术创作之间的矛盾以及工业机器对文学的敌视态度,而且竭力反对功利主义和传统价值观念对艺术家的束缚和压抑。在王尔德看来,艺术家不该丧失自己的个性去迎合资产阶级的道德观和审美观。他认为,在充满敌意的环境中,艺术家更应提高自身的美学修养。乔伊斯似乎对王尔德的主张抱有同感,并对他宣扬自我和具有朦胧美的作品表示欣赏。从某种意义上说,萧伯纳和王尔德对乔伊斯创作剧本《流亡者》产生了潜移默化的影响。在爱尔兰的小说家中,乔治·穆尔可算是一位佼佼者。但由于他经常贬低乔伊斯的作品,因此,乔伊斯对他颇有成见,并在《尤利西斯》中以嘲笑的口吻描写过他。不过,穆尔比乔伊斯更早运用法国的自然主义和象征主义创作技巧,所以对乔伊斯早年的短篇小说《都柏林人》产生过一定的影响。

在所有爱尔兰作家中,最受乔伊斯敬重的也许是著名诗人叶芝。同戏剧和小说相比,爱尔兰的诗歌显然稍逊一筹。叶芝的出现使爱尔兰的诗歌创作取得了长足的进步。乔伊斯早在1902年便结识了叶芝,从此两人结下了深厚的友谊。尽管乔伊斯对叶芝的戏剧不敢恭维,但对他的诗歌赞不绝口。而叶芝也十分器重乔伊斯的才华,但对他的傲慢与自负却颇有微词。当他与乔伊斯初次相见之后便对一位朋友说:"有一个名叫乔伊斯的小青年也许会有出息。他非常傲慢,不过他写的诗技巧完美,有时质量也不错。"[11]乔伊斯认为,叶芝是爱尔兰有史以来最伟大的诗人,他的诗歌不仅语言精练,结构严谨,而且韵律优美、节奏明快,具有很强的音乐效果。受叶芝的影响,乔伊斯早年曾涉足诗坛,并于 1907 年出版了他的第一部诗集《室内乐》。尽管乔伊斯具有诗人的气质与才华,但他不愿拙劣地模仿叶芝,成为一名三流的诗人。同时,乔伊斯似乎意识到了诗歌的篇幅与容量的局限性。他直言不讳地对叶芝说:"概括性和广义化的结论不是由诗人而是由文人作出的。"[12] 不过,乔伊斯早年在诗学方面的修养与造诣为他日后长篇小说的成功奠定了良好的基础。他凭借自己的创作经验将诗歌的表现手法巧妙地运用于意识流小说之中,从而使他的内心独白和感官印象等叙述笔法既包含了诗歌的意蕴,又体现出强烈的仿诗效果。当然,这其中也有叶芝的一份功劳。

尽管在自己的故乡生活了 20 年的乔伊斯对都柏林的大街小巷十分熟悉,对他所属的中产阶级的情况也了如指掌,但他似乎对爱尔兰的其他地方了解甚少,对贵族和农民的生活方式也只是一知半解。"他既瞧不起愚昧无知的农民,也蔑视那些势利的却被叶芝理想化了的贵族。"[13] 他熟悉都柏林的天主教堂和那里的神父,了解那些在寄宿学校中的学生的生活情况,并知道市井百姓最爱喝的饮料或最想听的歌曲。然而,无论是爱尔兰乡村的牧民或渔夫,还是都柏林豪华宅邸中的达官贵人,对乔伊斯来说,他们就像来自其他星球的居民一样令人陌生。正因为如此,乔伊斯的小说不仅集中地表现了他故乡都柏林的社会现实,而且自始至终描写他最熟悉的中产阶级。

乔伊斯与爱尔兰之间存在着一种极为复杂的关系。当他独自站在都柏林的海滩遥望着东方的欧洲大陆时,他不仅清楚地意识到自己身后那片土地上充满敌意的强大的黑暗势力,而且也十分明白自己同时作为一个社会的弃儿和自由的艺术家所面临的严峻的挑战。他热爱哺育过自己的这片土地,同情那里平民百姓的疾苦,但他对爱尔兰腐败的社会制度、反动的宗教势力、可怕的市侩作风以及所有的势利小人深恶痛绝。他知道,爱尔兰不仅无法向他提供施展才华的机会,而且还会消磨他的意志,耽误他的前程。为了成为一名真正的艺术家,并发扬一种新的民族精神,乔伊斯必须像古希腊神话典故中的能工巧匠迪德勒斯一样展翅飞出迷宫,远走高飞。他曾对妻子诺拉说:"我也许是这一代最终能从我们这个糟糕的民族的灵魂中制造良心的作家之一。"[14] 乔伊斯懂得这场斗争的性质以及他所需要付出的代价。他明白,自己将孤军作战,并经常会遭到攻击和诽谤。他必须依靠自己的力量来战胜敌人。"我仿佛觉得自己在与爱尔兰的每一种宗教和社会势力进行较量，我孤立无援，只得依靠自己。"⑮

　　乔伊斯将爱尔兰的各种邪恶势力看作束缚人的自由、禁锢人的精神的罗网与枷锁。他在《青年艺术家的肖像》中借主人公斯蒂芬的喉舌表达了他的看法："当一个人在这个国家出生时有许多张网束缚着他，使其无法动弹……我试图从这些罗网中飞脱。"⑯在乔伊斯看来，爱尔兰社会的瘫痪状态不允许个性的发展。他在的里雅斯特曾公开表示，凡有自尊心的人决不愿留在爱尔兰，他们都逃离了那个受上帝惩罚的国家。作为一个正直、自由的作家，乔伊斯从不隐瞒自己疾恶如仇的态度，也从不违心地同爱尔兰的现存制度妥协。他曾经对一位德国评论家说："对一名作家来说，直言不讳是最自然不过的事了。然而今天有些道德家还在犯这样的错误，他们与其说恨那些令人不愉快的现象，倒不如说更恨那些记录这种现象的人。"⑰为了寻找某种恰当的艺术形式来记录都柏林的现实，乔伊斯20岁时"忠诚地"离去。经过四十年的勤奋创作，他不仅全面、真实地表现了自己家乡的生活气息和精神面貌，而且也为祖国赢得了荣誉，成为爱尔兰人民的骄傲。

注释：

① *Joyce's Politics*, Dominic Manganiello; Routledge & Kegan Paul, London, 1980, p.14

② Ibid., p.218

③ *Finnegans Wake*, James Joyce, Faber and Faber, London, 1980, p.17

④ *Joyce's Politics*, Dominic Manganiello, p.8

⑤ *James Joyce*, Richard Ellmann, Oxford University Press, New York, 1959, p.169

⑥ *Ulysses*, James Joyce, Vintage Books, A Division of Random House, New York, 1961, p.329

⑦ *Joyce's Politics*, Dominic Manganiello, p.124

⑧ *Twentieth Century English Literature*, Harry Blamires, Macmillan, London, 1982, p.104

⑨ *A Portrait of the Artist as a Young Man*, *The Portable James Joyce*, The Viking Press, New York, 1955, p.511

⑩ *James Joyce*, Richard Ellmann, p.566

⑪ Ibid., p.104

⑫ Ibid., p.108

⑬ Ibid., p.104

⑭ *Joyce's Politics*, Dominic Manganiello, p.217

⑮ Ibid., p.218

⑯ *The Portable James Joyce*, p.468

⑰ *James Joyce*, Richard Ellmann, p.701

第三章

乔伊斯与现代主义

尽管艺术家可能运用群众的智慧，但他非常注意使自己与众不同。这种艺术自律的激进原则在一个危机的时代尤为重要。今天，当艺术的最高形式被人们不遗余力地保留下来的时候，我们奇怪地看到艺术家正在哗众取宠。①

——乔伊斯

乔伊斯先生是精神主义者。他不惜任何代价来揭示内心火焰的闪光，这种火焰在头脑中稍纵即逝。为了将它记载下来，乔伊斯先生鼓起勇气，将一切在他看来是外来的因素统统抛弃。②

——伍尔夫

如果20世纪西方文坛没有发生那场声势浩大的现代主义运动，那么人类在科学、技术和经济等领域所取得的巨大成就无疑会使这一世纪的文学变得不足挂齿。如果说20世纪没有出现乔伊斯这样的文坛巨匠和他那新颖独特的意识流小说，那么这将会使西方整个现代主义文学黯然失色。乔伊斯以反传统起步，以先锋派的面貌出现，执着追求艺术形式的改革与创新，对西方固有的文学秩序进行了大胆的反拨与重建。他的创作活力与现代主义思潮一起涌动，息息相关。从某种意义上来说，乔伊斯不仅代表了现代主义文学的最高成就，而且也已成为这场举世瞩目的文学革命的象征——这样说也许并不过分。

20世纪初，随着科学技术和工业生产的飞速发展，文学艺术的现代化和多元化也自然成为西方文化人关注的焦点。当乔伊斯在大学读书期间，西方社会正面临一场石破天惊的文化大地震，传统的价值观念、艺术标准乃至整个文化根基受到了前所未有的怀疑。当欧洲自文艺复兴时期以来所建立的文学秩序开始土崩瓦解时，当艺术家们长期以来所遵循的准则将被公然抛弃时,在爱尔兰正对前途感到渺茫的乔伊斯变得兴奋不已,并跃跃欲试。他曾公开撰文指出:"一个未超越奇迹剧水平的国家无法向艺术家提供文学样板,他必须面向世界。"③他直言不讳地告诫自己的同胞,处于瘫痪状态的爱尔兰社会既无法振兴自己的文化,也不可能为新世纪的文学革命提供适宜的土壤。在乔伊斯看来,即便令爱尔兰人顶礼膜拜的小说家穆尔也"与未来的艺术毫无关系"。他明确指出:"在目前情况下很有必要表明立场。假如一个艺术家想哗众取宠,他便无法摆脱盲目崇拜和自欺欺人的恶劣影响……在他摆脱周围的不良影响之前,他决不能成为一名真正的艺术家。"④这无疑是乔伊斯在19世纪末现代主义诞生之际对文学改革发出的最初的呐喊。

"现代主义"是一个用于19世纪末以来在所有创造性艺术领域出现的主张脱离经典和传统表达方式并寻求新的艺术形式的国际性倾向的综合性术语。"现代"是"现在这个时代"的简称,它不同于过去,给人一种"新式"与"入时"的感觉。而"主义"则是人类对客观世界、社会生活以及学术问题所持的系统的理论与主张。就此而言,现代主义是一种背离传统的全新的艺术观。现代主义不仅泛指从整体上表现传统与未来对立关系的各种新颖的艺术形式,如雕塑中的结构主义、绘画中的立方主义和音乐中的无调主义等等,而且也包括20世纪在西方文坛崛起的诸多文学流派和五花八门的违时绝俗、标新立异的文学作品。乔伊斯在生前虽从未使用过"现代主义"这一术语(这一名称直到70年代初才被评论家广泛接受和使用),也从未正式发表过有关的理论或纲领,但他无疑是现代主义文学的杰出代表,是与这场轰轰烈烈的文学运动朝夕相处却又独步一时的艺术天才。同其他现代主义者一样,乔伊斯自觉地接受了一种不受任何传统标准和固有模式束缚的现代艺术观,按照自己独特的美学原则来反映现代意识和现代经验。他认为,艺术家只有砸破身上的枷锁,从旧世界的文化桎梏中解放出来,才能有机会超越必然王国,向自由王国挺进。不言而喻,乔伊斯对传统文学强烈的反叛心理和改革意识是他不断将艺术推向深奥、美妙和新奇的领域的根本原因。

应当指出,乔伊斯对现代主义思想从接受到弘扬不仅具有一个历史过程,而且也取决于一个特定的艺术环境。从某种意义上来说,巴黎作为西方现代主义的重要发源地为乔伊斯积极投身于文学革新运动提供了极为有利的条件。1902年秋天,乔伊斯只身来到巴黎攻读医学,但他不久便对那里的现代主义思潮产生了兴趣。乔伊斯在巴黎居住了两年之后因生活所迫曾先后移居的里雅斯特、罗马和苏黎世,随后在巴黎一住便是 20 年。巴黎当时是群星荟萃、名流云集之地。绘画、摄影、雕刻、音乐和建筑等领域的现代主义思潮对文学的改革产生了强烈的催化作用。毫无疑问,在这座既古老又现代的国际大都市中出现的种种与传统决裂的艺术观念和试图在旧文化的"废墟"上创造新文化的"先锋派"(avant-garde)对乔伊斯的创作产生了重要的影响。在这座令现代艺术家兴奋不已的城市中,乔伊斯不仅接受了大量的现代主义思想和学说,而且也与法国的文人雅士和流亡巴黎的英美作家交往密切,经常与他们交流思想,共同探讨文学创作的最新理论。显然,巴黎不仅孕育了一批 20 世纪最优秀的艺术家,而且也为乔伊斯艺术上的腾飞提供了极为有利的环境。假如当初乔伊斯不去巴黎而是留守爱尔兰,那么,世界文坛也许就不会出现《尤利西斯》这样的传世佳作了,而乔伊斯自然也就名不见经传了。

乔伊斯超人的智慧与才能为他接受与弘扬现代主义思想提供了先决条件。据有关文学史料记载,乔伊斯不仅聪明过人,而且还具有极强的记忆力。他对像纽曼(John Henry Newman,1801—1890)这样自己所崇敬的散文作家的许多优秀文章往往能过目成诵。此外,他具有非凡的语言技能,精通意大利语、法语和德语(乔伊斯家庭成员使用的是的里雅斯特方言),并熟悉挪威语和拉丁语。这不但为他博览群书,了解欧洲各国的文化与思想奠定了良好的基础,而且也是他得心应手地创造文字谜语和运用词汇新艺术的一个重要原因。不仅如此,乔伊斯也许是学识最为渊博的现代主义作家之一。他的知识远远超出了文学的范畴。他对哲学、美学、宗教、历史、政治、医学、音乐和心理学都略知一二,可谓学富五车,博古通今。这不仅有助于他全面而又深刻地反映纷乱复杂的现代经验,而且也为他成功地创作《尤利西斯》和《芬尼根的苏醒》这样百科全书式的现代主义作品提供了必要的条件。

乔伊斯的艺术生涯与西方现代主义运动的发展彼此交融,息息相关。现代主义大致可分为三个不同的发展阶段,即:现代主义初期(Early Modernism,1890—1910)、鼎盛期(High Modernism,1910—1940)以及后期(Late Modernism,1940—1970)。从少年时代起,乔伊斯亲眼看见了传统社会秩序的解体。他既能看到汽车与马车迎面而过,又能看到富商与乞丐摩肩接踵。在都柏林宽窄不一的街道上电灯与煤气灯交相辉映。在大学时代,乔伊斯与他的同学们开始听到了"维也纳心理学""新戏剧""新享乐主义"以及"后印象主义绘画"等现代名词。当乔伊斯初到欧洲大陆,正试图大展宏图时,现代主义的旋律已经响彻于整个爱德华时代。正如英国意识流小说家伍尔夫所说:"1910年12月左右,人性变了……人的一切关系都在变化——主仆关系、夫妻关系、父母同子女的关系。当人际关系发生变化时,宗教、行为、政治和文学也同时发生了变化。"⑤尽管具有反叛与改革意识的乔伊斯当时尚未找到系统的现代主义理论,但他已看到了未来文学创作的多元化态势以及探索前人至今尚未探索的领域的可能性。事实上,乔伊斯初出茅庐时便已觉察到了在文学领域发生巨大变革的必然性。他敏锐地发现,尽管新的文学秩序尚未建立,但许多表面上确凿无疑的艺术标准开始令人怀疑。一个正在日益现代化、都市化、工业化和世俗化的世界和一个新旧交替、鱼龙混杂而又危机四伏的时代必然要求文学对此作出相应的反应。文学必须与历史同步。

同其他现代主义者一样,乔伊斯不仅感受到了矛盾重重的西方社会给现代人造成的巨大压力,而且也看到了传统的文学观念和陈旧的艺术标准同现代思想和先进技术之间的格格不入。正当他兴奋地接受旧的文化秩序已经全面解体这一事实的同时,他已认识到自己面临着一个比以往任何时候更复杂、更令人费解的时代。它不仅重新修正了人与人以及人与社会之间的关系,而且对文学创作提出了新的要求。此外,时空观念的变化、距离的缩短和生活节奏的加快也使传统的文学模式陷入窘境。第一次世界大战的爆发使整个西方社会疮痍满目、惨不忍睹,同时也严重地摧残了亿万人的心灵。人类随之而产生的前所未有的精神危机和混乱意识更使传统的表现方法显得无能为力。乔伊斯清醒地意识到:传统文学必须经历一次重大的改造与革新,他必须寻找一种新的艺术形式来表现自己所面临的这种不可思议而又难以名状的现实。正当同时代的绝大多数作家感到一筹莫展或力不从心时,乔伊斯与一批具有革新意识的艺术家则在跃跃欲试,全力捕捉能带来艺术上重大突破的良机。

通常,对一位作家的创作影响最大的往往是其上一辈的文学大师,这对乔伊斯来说也不例外。然而,他所崇拜的艺术偶像似乎并不在爱尔兰,而是在欧洲大陆。爱尔兰戏剧大师萧伯纳和王尔德的作品对作为小说家的乔伊斯所产生的影响是十分有限的。同时,乔伊斯认为穆尔"不是有独创精神的作家",只是"具有了不起的模仿能力"⑥。尽管叶芝晚年在现代主义文学道路的最初征途上勇敢地跑了一阵,但他所创作的《驶向拜占庭》(*Sailing to Byzantium*, 1926)、《在学童们中间》(*Among School Children*, 1926)和《塔》(*The Tower*, 1928)等穿越广阔的经验领域和反映复杂的现代意识的优秀诗篇在《尤利西斯》问世多年之后才得以发表,而此刻乔伊斯早已跻身于西方文坛名流的行列。从某种意义上来说,这些爱尔兰的文学前辈与其说对乔伊斯的创作产生过直接的影响,倒不如说是激励他独树一帜、争取在文坛早日崛起的动力和竞争对手。

　　应当指出,对乔伊斯早期的文学创作影响最大的是挪威戏剧大师易卜生。当然,乔伊斯并未有意模仿易卜生精湛的创作技巧,也未直接借用他的戏剧题材或模式,而是十分仰慕他的实验与开拓精神。易卜生不仅是 19 世纪末欧洲文坛的领袖人物,而且也是西方现代主义文学的先驱。他首先提出改造诗剧的口号,主张采用散文剧来表现当时的社会问题。他坚持不懈地致力于戏剧语言的开发,从人们的日常用语中提炼精华,从而使戏剧语言更加鲜明活泼、精彩动人。不仅如此,易卜生还对戏剧的艺术形式做了大胆的实验与改革,使其既能生动地反映社会现实,又能巧妙地展示人物的心理与幻觉。显然,易卜生的《群鬼》(*Ghosts*, 1881)和《当我们死者醒来时》(*When We Dead Awaken*, 1899)等戏剧已经使人们看到了现代主义的萌芽。乔伊斯极为欣赏易卜生那种"对公认的艺术经典决不理睬"的态度,并认为他的作品为文学创作开辟了一条新的途径。乔伊斯晚年曾明确表示:"我钦佩易卜生完全出于两个原因:他的道德感不仅在于公开表明自己的理想,而且还在于他为艺术的完美所作的艰苦斗争。"⑦此外,乔伊斯在高度赞扬易卜生在描绘现实和塑造人物方面所体现的精湛纯熟的技巧的同时,还将他视为与社会格格不入的现代艺术家的典型代表。这一现代神话构成了《青年艺术家的肖像》与《尤利西斯》的基本主题。同易卜生一样,乔伊斯主张个性解放,并强调艺术家独立自主的精神和在揭示社会本质、表现民族意识方面的积极作用。同易卜生一样,乔伊斯执着追求文学形式的改革与创新,不遗余力地将实验主义的种子播向反映现代经验的艺术土壤。同易卜生一样,乔伊斯与腐败的社会制度不共戴天,与恶劣的市侩作风势不两立,为了追求艺术事业,毅然离开了自己的国家。尽管乔伊斯晚年并未像易卜生那样受到自己同胞的敬仰,但他生后则像易卜生一样受到国人乃至全世界读者的爱戴。第二次世界大战前夕,乔伊斯曾经断言:"很难相信易卜生会失去魅力,他将在每一代人面前树立起新的形象。随着时间的流逝，人们将会用新的目光来审视他。"⑧从某种意义上来说，这也是乔伊斯对本人未来在世界文坛的地位的一种预言。今天，这一预言已经得到了验证。每逢"布鲁姆纪念日"（Bloomsday，6月16日），乔伊斯受到无数爱尔兰人和世界各地的读者及乔学家们的追思与怀念。

此外，乔伊斯还在一定程度上受到法国最新文学思潮的影响。19世纪下半叶，法国文学尤其是小说领域新质萌生，出现了可喜的变化。乔伊斯离开祖国之前是一位爱尔兰人，而当他侨居海外之后便成了一位欧洲人。他广泛地阅读了欧洲尤其是法国的文学名著，并对当时的各种文学和艺术流派极为关注。乔伊斯早年曾受到法国著名小说家福楼拜和左拉的影响，对他们细腻的心理描写和人物分析颇感兴趣。这两位法国作家虽手法不同、风格迥异，但他们对消极平庸的人物性格的刻画和对单调乏味、死气沉沉的现实生活的揭示则超出了同时代的小说家。显然，福楼拜对庸俗卑劣的社会现实的生动描绘以及左拉的自然主义创作手法使乔伊斯深受启迪，对他早期反映僵死和瘫痪的爱尔兰社会的短篇小说《都柏林人》产生了较为直接的影响。

引人注目的是，乔伊斯对在法国文坛几乎默默无闻的上一辈作家杜夏丹的小说颇感兴趣。这位名不见经传的法国作家在《月桂树被砍掉了》（Les lauriers sont coupés）一书中首次运用了现代意义上的内心独白，成为西方意识流小说的开山鼻祖。杜夏丹大胆地摈弃了传统的叙述手法，在他的作品中真实地揭示人物隐微的意识活动，取得了与法国传统小说迥然不同的艺术效果。杜夏丹的创作实验不仅使《月桂树被砍掉了》成为世界文学史上第一部真正的意识流小说，而且也极大地动摇了传统文学的根基。尽管他的小说在当时并未博得文学评论界的赞誉，但它毕竟引起了包括乔伊斯在内的一些现代主义作家的青睐。乔伊斯认为《月桂树被砍掉了》在艺术上的确不同凡响。"在这部小说中，读者一开始便发现自己步入了主人公的思绪之中，这种连绵不绝、流动不已的思绪取代了通常的叙述形式，向我们传达了人物正在做或正面临的事情。"⑨乔伊斯不但与杜夏丹互相交换过各自创作的小说，并多次与他在巴黎会面，而且还经常在公开场合赞扬他的艺术成就。《月桂树被砍掉了》在西方现代主义文学史上具有十分特殊的地位。它不仅悄然拉开了意识流小说的序幕，而且对乔伊斯日后在创作技巧上的重大突破具有一定的参考价值。

乔伊斯同样耳濡目染了法国另一位意识流小说家马赛尔·普鲁斯特（Marcel Proust，1871—1922）的现代主义创作手法。尽管这两位文学大师只有一面之交，且彼此之间并无多大好感，但不少评论家认为，乔伊斯的意识流小说在一定程度上受到了普鲁斯特的影响。这位法国意识流文学大师巧妙地运用柏格森的心理时间学说和弗洛伊德的心理学理论，成功地创作了共七卷长达三千余页的意识流长篇巨著《追忆似水年华》（*A La recherche du temps perdu*，1913—1927）。这部作品无论在创作题材还是表现技巧上均为现代主义小说树立了成功的典范。作者打破了以钟表时间为顺序的框架结构，采用了心理时间与物理时间彼此交融、互相渗透的叙述方式，并随心所欲地将小说的时空颠倒错置，以此来揭示人物离奇复杂的神智活动。这种标新立异的表现手法无疑是对传统小说的一个重大突破，同时也对现代主义作家追求文学形式的实验与创新产生了积极的推动作用。尽管乔伊斯本人未公开承认普鲁斯特对他的影响，但有一点是肯定的，即他对比《尤利西斯》提前将近十年问世并且当时十分走红的《追忆似水年华》非常熟悉。不过，乔伊斯并未效仿普鲁斯特的艺术风格。当一位朋友问他是否喜欢普鲁斯特的风格时，乔伊斯回答说："法国人喜欢，不管怎么说，他们有自己的标准。"[⑩] 显然，同其他法国作家一样，普鲁斯特与其说为乔伊斯提供了一个可依样画葫芦的文学模式，倒不如说使他看到了英语小说走出困境、重新崛起的可能性。

除了法国文学的影响之外，西方现代哲学思潮和心理学理论对乔伊斯的创作也产生了一定的熏染作用。同其他现代主义作家一样，身居巴黎的乔伊斯对 20 世纪西方形形色色的哲学思想和现代心理学中新硎初试的理论颇感兴趣。他在这一特定的社会氛围和文化背景中不仅了解了各种最时髦的观点和学说，而且还在一个不确定的、甚至是混乱的历史漩涡中进一步修正了自己的审美观念，并逐渐积累了一股巨大的艺术能量，萌发了一种强烈的创作冲动。

对乔伊斯的现代主义思想和小说艺术产生重要影响的是法国非理性主义哲学家亨利·柏格森（Henri Bergson，1859—1941）的直觉主义（Intuitionism）和心理时间（psychological time）学说。美国的两位著名乔学专家在他们合写的一部有关乔伊斯的专著中明确指出：乔伊斯"对性格的透视使人联想起柏格森。他的独创性在于将各种观念结合起来，并使以数学时间为特征的空间转换的本质一清二楚"[⑪]。柏格森的哲学理论对处于两个世纪之交的西方艺术家的文化观念和审美意识产生了猛烈的冲击。这位非理性主义哲学家将人的直觉看作一种神秘而又特殊的主观感受与透视能力。在他看来,人的内心生活中的"绵延"(duration)和"生命冲动"(élan vital)才是真正的现实,而外部的客观世界只是一种表象。他认为,"我们感到最有把握的,了解得最多的存在显然是我们自己的存在,因为我们对任何其他事物的看法都可以被认为是外在的和表面的,而我们对自身的认识则是来自内部的,并且是深刻的。"⑫他反复强调,人们不能靠视觉或经验而只能凭借本能的、不受理性支配的直觉来认识这种心理现实。此外,柏格森为了打破一个机械论者目光中的物质世界,大胆地提出了有关"心理时间"的学说。他明确指出:真正的时间不是许多单独、孤立和分散的分秒单位的机械组织,也不是由过去、现在和将来一条直线构成的历史进程,而是一种立体的、多层次的并与人的意识融为一体的"具体过程"。在柏格森看来,钟表时间是人为的、机械的和刻板的,而"心理时间"才是自然的和有意义的。他认为,内心生活中的"绵延"有机地将许多时刻融为一体,无论那个特定的"绵延"有多短,那些时刻则是无限的。尽管柏格森的哲学理论具有明显的唯心主义色彩,但他的观点却使现代作家大开眼界,并为乔伊斯在小说的时间安排和结构布局上的大胆实验提供了一条新的思路。

此外,现代心理学的迅速发展也为乔伊斯的艺术革新奠定了极为重要的理论基础。从某种意义上来说,奥地利心理学家西格蒙德·弗洛伊德(Sigmund Freud, 1856—1939)的"精神分析法"和对梦的解释使乔伊斯得益匪浅,使他终于找到了将创作视线从外部世界转向精神领域的机会。弗洛伊德的"精神分析法"成功地揭示了千百年来使人类感到困惑不解的精神世界的许多奥秘以及人的心理活动的普遍规律,从而将人们对精神和意识的认识提高到了一个新的层次。弗洛伊德将人的整个精神领域比作一块巨大的浮冰。露出水面的那部分是人感觉得到的并能主宰其行为的意识;沿着水面漂浮晃动的那部分是此起彼伏、时隐时现的前意识;而位于水下看不见的那部分则是隐秘的、不自觉的、且不受人控制的广阔的无意识领域。弗洛伊德明确指出:"我们赋予心理过程以三种品质:意识的、前意识的和无意识的。这样划分既不是绝对的,也不是永久的。我们知道,我们不必加以任何干涉,前意识的会变成意识的;无意识的经过我们的努力,也会变成意识的。"⑬在弗洛伊德看来,意识与前意识之间的互相转换易如反掌,而无意识与意识之间也没有不可逾越的鸿沟。不仅如此,弗洛伊德还将人的性格结构分为"伊德"(id)、"自我"(ego)和"超我"(superego)三个部分。他认为,"伊德"是一种混沌状态,既没有组织,也没有统一的意志,只有一种使本能需求按照快乐原则得到满足的原始冲动。"自我"承担着调节与保护"伊德"的任务,使其符合"超我"(即伦理、道德和理性)的要求。弗洛伊德认为,如果"伊德"盲目地释放能量,一意孤行,全然不顾"超我"的约束而奋力满足自己的需要,就会产生破坏作用,最终难免毁灭。但如果"超我"对"伊德"的压抑过度,就会使"自我"感到力不从心,从而有可能导致精神分裂。显然,弗洛伊德的"精神分析法"使乔伊斯深受启迪,使其看到了现代小说转入内省并自由自在地探索自我、反映意识的可能性。正如两位美国评论家指出:"即便是《芬尼根的苏醒》的漫不经心的读者,如果这种读者存在的话,也会感到弗洛伊德直接帮助乔伊斯创作了这部小说。"⑭从某种意义上来说,乔伊斯在小说中刻意表现的正是受到资本主义机械文明严重压抑的孤独、焦虑和恐惧的"自我"。

同时,弗洛伊德关于梦的最新解释也对乔伊斯的现代主义小说产生了一定的影响。经过长期的自我检测和临床分析,弗洛伊德发现梦是通向人的潜意识领域的一条隐秘的途径。他明确指出,人的心理活动具有严格的因果关系,因此梦绝不是偶然形成的幻觉,而是潜意识的反映。他认为,人们之所以做梦是因为他们在睡眠时大脑皮层并未完全停止活动。人在夜间的心理活动与白天的现实生活脱节,因此意识大门的防守松懈,从而有可能倒退到原始机制中去。此刻,潜意识中的各种欲望乘机闯入意识领域,使人的心理需要以梦境的形式表现出来,其欲望也因此得到满足。弗洛伊德认为,梦境中的意象不但使人的精神世界戏剧化和图像化,而且还具有丰富的象征意义。显然,乔伊斯从弗洛伊德关于梦的学说中找到了表现人物种种隐秘而又奇特的精神活动的理论依据。"乔伊斯也希望闯入梦的世界。尽管他并不喜欢弗洛伊德,但他从青年时代起就对梦产生了极大的兴趣。"⑮值得一提的是,乔伊斯在1916年曾经对妻子诺拉的各种梦幻做过详细的记录,并对它们进行了极为有趣的解释。"乔伊斯的解释体现了弗洛伊德的影响。"⑯尽管我们不能过分强调弗洛伊德与乔伊斯之间的关系,但20世纪初在西方社会盛极一时的"弗洛伊德主义"不仅对现代主义文学的崛起产生了强烈的催化作用,而且也使乔伊斯深受启迪,为他深入探索人物的精神世界提供了可资借鉴的理论依据。

作为一名文学革新家,乔伊斯与同时代的一些杰出的现代主义者保持着密切的联系。在欧洲大陆,他广交朋友,结识了不少来自各国的具有现代主义思想的作家和艺术家,并经常与他们交流思想,共同探讨现代文学改革中的新理论和新问题。他同福特(Ford Madox Ford,1873—1939)、菲茨杰拉德和海明威等英美著名作家都有过不同程度的交往,而他同庞德、艾略特和贝克特等现代主义杰出人物之间的关系尤为密切。其中,美国著名诗人庞德为出版乔伊斯的作品曾四处奔走,鼎力相助,从而使这位爱尔兰青年作家终于在文坛脱颖而出。第一次世界大战前夕,庞德在伦敦先后发起了震惊西方文坛的"意象主义"(Imagism)和"旋涡主义"(Vorticism)运动,成为现代主义文学运动的风云人物。他不仅发表了大量的实验性诗歌,而且还甘当伯乐,凭借自己与当时欧洲一些颇有影响的文学刊物之间密切的合作关系,为现代派作家发表实验性作品大开方便之门。"庞德渴望发现乔伊斯,正如乔伊斯渴望被人发现一样。"⑰1913年末,庞德通过叶芝了解到乔伊斯的情况,并主动写信向他征稿。此举使在欧洲大陆奋斗了十个春秋却依然默默无闻的乔伊斯备受鼓舞,使他终于看到了在文坛崛起的契机。在庞德的热情帮助下,乔伊斯的短篇小说集《都柏林人》在折腾了十年之后终于面世,他的第一部具有现代主义风格的长篇小说《青年艺术家的肖像》也从1914年起在《自我》杂志上以连载形式发表。不仅如此,庞德还撰文高度评价乔伊斯的语言风格,称之为"当代英语中最接近福楼拜散文体的语体","这种清晰明快的句子令读者喜闻乐见"⑱。毫无疑问,庞德为乔伊斯在文坛崭露头角起到至关重要的作用,为他成功地走向现代主义文学的顶峰鸣锣开道,摇旗呐喊。从某种意义上来说,乔伊斯之所以能成为西方现代主义文学的杰出代表,不仅因为他有非凡的天赋和超群的智慧,而且还因为他处于现代主义的中心,受到了当时最新理论和思想的深刻启迪,并得到了不少热心人的无私的帮助和关照。

20世纪初,当现代主义的旋律已经响彻整个欧洲大陆时,乔伊斯率先对此作出了积极的响应。尽管他尚未找到系统的现代主义文学创作理论,但他不仅感受到了社会与文化的巨大变革,而且也看到了未来文学作品的多元化倾向以及探索前人尚未探索过的领域的可能性。尽管他十分珍重传统文学中的艺术精华,并在青少年时代受到过它的哺育和熏陶,但他明显地意识到了传统文学形式的局限性及其彻底改革的必要性。事实上,乔伊斯早年的作品并无多少"现代性"可言,而是一再显示出传统艺术的痕迹。正因为如此,他在最初的十余年间始终步履蹒跚,难以摆脱艺术道路上的困境。来到欧洲大陆后,他预感到一场石破天惊的文化大地震即将来临。欧洲自文艺复兴时期以来所建立的文学根基开始动摇,传统的艺术标准和价值观念受到了前所未有的怀疑。乔伊斯在感到兴奋不已的同时期待着重大突破的良机。他曾公开表示,一名真正的艺术家应"非常注意使自己与众不同。这种艺术自律的激进原则在一个危机的时代尤为重要"[19]。正当不少传统的现实主义作家依然在哗众取宠,或在纷繁复杂的社会生活面前显得一筹莫展和力不从心时,乔伊斯全身心地投入到了现代文学的改革浪潮之中。

当然,乔伊斯崇尚现代主义,追求艺术革新并不意味着他彻底否定现实主义的伟大传统。事实上,他从小就对优秀的古典文学作品爱不释手,对荷马和莎士比亚等艺术大师推崇备至。显然,乔伊斯的改革意识是在他经过传统文学的长期熏陶并感受到其局限性时才萌生的,而他的现代主义作品则是在传统的现实主义文学进退维谷且必须改革的形势下诞生的。乔伊斯既不可能对现实主义置若罔闻,也不可能彻底割断他与传统文学之间的关系,更不可能白手起家,凭空臆造新文学。他只是对传统文学中某些刻板、僵化和过时的成分加以蔑视。其实,在他现代主义的脉络中流动着不少富有生命力的现实主义的细胞,即便他的现代主义经典力作《尤利西斯》也包含了无数生动的现实主义描写镜头。因此,乔伊斯的创作既有独辟蹊径、标新立异的一面,又有承前启后、继往开来的一面。他批判地吸收和继承了人类文学的光辉遗产,并大胆地对之加以革新与改造。正如 T・S・艾略特在他著名的《传统与个人才能》("Tradition and the Individual Talent", 1919)一文中所说:"我们已经看到许多小溪很快在沙土中消失;新颖比重复更好。传统具有更广泛的意义,它是可以继承的。"[20]从某种意义上来说,乔伊斯的创作不仅反映了一个现代主义者对文学改革的巨大决心,而且也完全符合文学发展的基本规律。

乔伊斯既是英语意识流小说的倡导者,也是现代主义的代言人。从第一次世界大战前夕他发表《都柏林人》起到第二次世界大战前夕他推出《芬尼根的苏醒》为止,乔伊斯艺术的泉源与两战期间声势浩大的西方现代主义文学潮流一起涌动,他的实验与革新为现代主义文学的繁荣与发展起到了积极的促进作用。从某种意义上说,乔伊斯离不开现代主义,而现代主义也不能没有乔伊斯。尽管乔伊斯并没有为现代主义文学制定任何纲领或发表任何宣言,但他刻意追求新的艺术形式来表现新的内容的实验主义精神使其成为现代主义的具体化身。虽然他对旧文学强烈的反叛心理和改革意识一度使他的艺术翻新出现了极端和离谱的现象,但就总体而言,他的实验是健康的,他的追求是进步的。乔伊斯在一场多元的甚至是混乱无序的文化大潮中逐渐确立了自己独特的审美意识,并大胆地超越公众的认同原则和读者的文化心理,采用别出心裁的艺术手法表达了他对生活与世界的现代主义的感受。毫无疑问,他的感受既是真实的,也是耐人寻味的。他的作品不仅深刻地揭示了极其复杂的现代经验和现代意识,而且还无情地修正了人们的审美观念,并对普通读者的理解能力提出了强烈的挑战。乔伊斯的经典力作《尤利西斯》几乎包含了 20 世纪所有新潮文学的艺术精华,成为现代主义文学的集锦。不言而喻,他的创作对 20 世纪整个西方文学的发展产生了极其重要的影响。

乔伊斯的现代主义风格充分体现了一个以时间、意识和技巧为创作兴奋点的三位一体的艺术核心。从某种意义上来说,对时间的处理、对意识的发掘以及对技巧的创新不仅构成了乔伊斯创作实验的主要特征,而且也是持各种批评态度的乔学专家们迄今为止对这位文学巨匠所达成的基本共识。然而,乔伊斯的创作兴奋点和突破口无论在文学评论界还是在广大读者中都引起了激烈的争论。有人对此推崇备至,赞不绝口;也有人视其为洪水猛兽,不可向迩。经过了半个多世纪的争论,乔伊斯所坚持的三位一体的艺术核心不但已被多数人理解和接受,而且对 20 世纪初勃然兴起的西方现代主义文学运动的发展产生了极为重要的影响。

乔伊斯对小说时间问题的处理充分展示了现代主义者的实验精神。众所周知,乔伊斯的前辈在创作中刻意遵循以钟表时间为顺序的原则,始终无法摆脱时间对文学作品的制约作用。他们由于受到哲学上机械论和唯理主义的影响,往往采用循序渐进的直线形或梯子形结构来表现人物和事件的发展过程。在几乎所有的传统小说中,故事情节往往随着时间推移逐步展开,由低潮走向高潮,自始至终沿着时间的轨迹合理地、有序地发展。偶尔,小说中也会出现一些倒叙或插述,但这并不改变整部作品的直线形结构。尽管乔伊斯在创作初期也一度受到钟表时间的制约,但他越来越明显地感受到了建立在时间顺序之上的文学作品的局限性。如果说《都柏林人》依然清晰地留下了钟表时间的痕迹，那么，在《青年艺术家的肖像》中，这种痕迹已变得十分模糊。而在《尤利西斯》中，乔伊斯毫不留情地推翻了钟表时间对文学作品的长期统治，按照柏格森"心理时间"的原理成功地组建了足以表现复杂的现代意识与现代经验的新的时空秩序。在他的最后一部意识流长篇巨著《芬尼根的苏醒》中，他已完全成为时间的主人，根据自己的创作需要随心所欲地支配时间的力量，毫无顾忌地将其颠倒、重叠或分解。乔伊斯创造性地建立了以一日为框架和一夜为布局的现代小说模式，充分发掘了时间的艺术功能，巧妙地采用有限的时间来展示无限的空间，或在有限的空间内无限地扩展心理时间的表现力。作为一名现代主义者，乔伊斯不仅十分强调时间的经验对揭示小说主题的重要性，而且也极为注重其对人物意识的渲染作用。他往往将人物对时间的感触视为一种反映心理现实的特殊手段，借此折射出人物的种种焦虑与不安。显然，乔伊斯对小说时间问题的处理极大地修正了现代读者的时间观念和审美意识，同时也为英语小说的现代化进程注入了新的活力。

　　乔伊斯对现代主义文学的一个更重要的贡献是他对意识的成功揭示和生动表现。尽管西方某些持理性主义态度的批评家对乔伊斯艺术手法的科学性表示怀疑，但他的实验与探索毕竟使西方文坛产生了涉及人类意识范畴的文学作品，同时也使现代作家得以表现距离人类的语言最远的包括模糊的潜意识和无意识在内的纷乱复杂的精神世界。乔伊斯创造性地开发了语言的表意功能，形象地再现了纯属个人的最隐秘、最幽暗的意识活动乃至言语前最原始、最混沌的欲望和冲动。虽然第一部意识流小说诞生在法国，但它并没有成为法国人的专利。长期侨居法国的乔伊斯对表现意识的形式和技巧进行了一系列重大的实验与革新，从而成为英语意识流小说最杰出的倡导者和开拓者。在英美现代主义作家中，他率先大胆而果断地将小说从描绘外部世界转入内省，将反映意识作为现代小说改革与创新的突破口。此举不仅充分体现了他对西方历史悠久的传统文学的改革意识，而且也使他成为促进英语小说现代化和推动现代主义文学发展的一名伟大的实践者和真正的"先锋派"人士。乔伊斯之所以将反映意识视为现代主义文学的艺术核心问题，那是因为他发现了传统的作家尚未发现的一面能更为直接、坦率和真实地反映生活的镜子。

在乔伊斯看来,这面镜子不仅能以最自然的方式来揭示生活的本质,而且还成为一部文学作品能够出神入化、达到超凡境界的重要前提。毫无疑问,成功地揭示意识是几乎所有的现代主义者恪守不渝的创作宗旨和梦寐以求的艺术境界,同时也是乔伊斯的小说能在现代西方文坛点上突破、面上开花的关键所在。

当然,乔伊斯对现代主义文学的艺术核心中最为棘手的技巧问题的处理同样表现出超群的智慧和非凡的才华。对 20 世纪初的现代派作家来说,创作技巧的革新不仅是成功地反映意识和驾驭时空的重要前提,而且也是文学现代化的必由之路。从某种意义上说,在创作中不落俗套、推陈出新是千百年来几乎所有作家执着追求的共同目标。然而,乔伊斯无论是在对文学技巧改革的力度上还是在实验的结果上均令人瞩目。如果说,现代科学技术的最新成果取决于研究方法的重大突破,那么乔伊斯的现代主义也完全体现了艺术技巧的改革与创新。正当传统文学在一个急速现代化的世界中进退维谷之际,他在没有路标的艺术道路上披荆斩棘、探幽索隐,并成功地找到了一系列足以反映现代意识和现代经验的新颖独特的创作方法。不少评论家指出,他的意识流长篇巨著《尤利西斯》几乎汇集了当时所有的新潮艺术和实验手法,成为 20 世纪西方现代主义文学技巧的集锦。乔伊斯不遗余力地对小说的人物塑造、叙述方式、谋篇布局和语言风格进行了全方位的改革,充分显示了一名伟大艺术家的雄才和气魄。视角的频繁转换,叙述笔法的诗歌化倾向,文理叙事的印象主义色彩,形象、象征、梦境、幻觉和意识流技巧的巧妙运用,以及以一日或一夜为框架的小说结构,这些都构成了乔伊斯小说的现代主义艺术特征。毋庸置疑,乔伊斯对技巧问题的处理是极其成功的。他的智慧与才华不仅为西方现代主义文学增添了新的辉煌,而且使其步入了一个空前繁荣的时代。

如果说现代主义是 20 世纪上半叶西方文学的主流,那么乔伊斯则是这一主要文学潮流中的核心人物。尽管他既不像美国诗人庞德那样热衷于发表文学宣言或艺术纲领,也不像英国女作家伍尔夫那样公开与传统的现实主义作家进行论战,但他在充满困难与曲折的创作实践中所表现出的那种坚定不移的改革精神和美学英雄主义不同程度地影响了 20 世纪几乎所有的现代主义者。正如著名现代派诗人艾略特所说,《尤利西斯》不仅"是朝着艺术反映现代世界的可能性迈出的一大步"[21],而且也

"是对当今时代最重要的反映,是一部人人都能从中得到启示而又无法回避的作品"[22]。显然,乔伊斯对西方文学的现代化和多元化起到了十分积极的促进作用。他的创作涵盖了 20 世纪上半叶各种激进的艺术思潮,并高度集中地反映了现代主义者的反叛心理和改革意识。他那无与伦比的艺术才华和独具一格的创作技巧不仅将现代小说推向空前绝后、登峰造极的地步,而且也充分显示了现代主义的力量和胜利。毫无疑问,对西方20 世纪的现代主义文学曾经起过巨大推动作用的乔伊斯对世界文学未来的发展仍将产生重要的影响。

注释:

① "The Day of the Rabblement", *The Critical Writings of James Joyce*, edited by Ellsworth Mason and Richard Ellmann, the Viking Press, New York, 1959, p.69

② "Modern Fiction", Virginia Woolf, *The Norton Anthology of English Literature*, W. W. Norton, New York, fifth edition, Vol. 2, 1986, p.1997

③ "The Day of the Rabblement", *The Critical Writings of James Joyce*, p.70

④ Ibid., pp.71 - 72

⑤ "Mr. Bennett and Mrs. Brown", *Collected Essays*, Virginia Woolf, Hogarth Press, London, 1966, Vol. 1, p.321

⑥ "The Day of the Rabblement", *The Critical Writings of James Joyce*, p.71

⑦ *James Joyce*, Richard Ellmann, Oxford University Press, New York, 1959, p.701

⑧ Ibid., p.707

⑨ *James Joyce*, Richard Ellmann, p.534

⑩ Ibid., p.524

⑪ *Joyce: The Man, the Work, the Reputation*, Marvin Magalaner & Richard M. Kain, New York University Press, New York, 1956, p.201

⑫《创造性的进化》,亨利·柏格森,商务印书馆,北京,1958 年,第 120 页。

⑬《精神分析概念》,西格蒙德·弗洛伊德,转引自《意识流》,柳鸣九主编,中国社会科学出版社,北京,1989 年 12 月,第 357 页。

⑭ *Joyce: The Man, the Work, the Reputation*, Marvin Magalaner & Richard M. Kain, p.231

⑮ *James Joyce*, Richard Ellmann, p.559

⑯ Ibid., p.450

⑰ Ibid., p.361

⑱ Quoted from *Joyce: The Man, the Work, the Reputation*, Ezra Pound, p.106

⑲ "The Day of the Rabblement", *The Critical Writings of James Joyce*, p.69

⑳ "Tradition and the Individual Talent", T. S. Eliot, *Norton Anthology of English*

Literature, fifth edition, Vol. 2, 1986, p.2207

㉑ Quoted from *Joyce: The Man, the Work, the Reputation*, T. S. Eliot, p.268

㉒ *Critiques and Essays on Modern Fiction, 1920 – 1951*, T. S. Eliot, The Ronald Press Co., New York, 1952, p.424

第四章

乔伊斯的美学思想

美是具有审美意识的人所渴望的，这种渴望能在可感觉的事物的最佳关系中得到满足。①

艺术是出于某种美学的目的对可感觉的或可理解的事物的人工处理。②

——乔伊斯

美学作为一门研究自然界、人类社会和艺术领域中美的原则与一般规律的科学对文学的发展具有十分重要的推动作用。美学理论是艺术哲学的首要问题，它不仅对人们探讨艺术美的本质、文学与现实之间的关系以及文学创作的一般规律提供了重要的依据，而且也对作家的创作观念和艺术风格具有一定的导向作用。19世纪末和20世纪初，西方美学界和文艺理论界出现了审美批评与美学思想多元化的倾向，对现代主义文学的崛起产生了难以估量的影响。与他同时代的作家一样，乔伊斯也曾经受到当时各种美学思潮的熏染，并在他的日记、文章和小说中坦率地表达了自己的文学思想和对艺术美的追求。但迄今为止，西方学者和评论家大都热衷于探讨乔伊斯的创作技巧和小说艺术，而对他的美学思想进行深入与系统研究的文论并不多见。于是，尽管人们对这位文学大师的艺术成就赞叹不已，对他的美学思想却了解甚少。造成这种现象的另一个原因是乔伊斯并未像詹姆斯和伍尔夫那样发表过有关小说创作的著名文论，也未像他们那样与爱德华时代的现实主义作家公开论战。此外，乔伊斯有关美学和文学创作的零星日记与文章大都写于他在文坛崭露头角之前，而当他名扬四海之后几乎从未撰文明确表达过自己的美学思想和创作观点。这无疑对深入探讨乔伊斯的美学思想及其作品的美学价值造成了一定的困难。然而，作为一名举世公认的艺术家，乔伊斯不可能没有自己的审美原则。尽管昔日的批评家们经常抱怨成名之后的乔伊斯对其本人的创作思想一直守口如瓶,但我们从这位文坛巨匠早期的日记、随笔和散文中不仅能找到他日后文学革新的理论基础,而且也能从他的作品中理出一个可供研究的较为完整的美学体系。

乔伊斯是最关注美学问题的现代主义作家之一。早在大学时代,他就对美学理论产生了浓厚的兴趣,如饥似渴地阅读了大量的西方美学经典著作。现有史料表明,乔伊斯的美学思想先后受到三位西方著名哲学家的影响。首先他合乎情理地从古希腊哲学家亚里士多德(Aristotle,384—322 BC)起步,随后出人意料地转向中世纪意大利经院哲学家阿奎那(Thomas Aquinas,1225—1274),最终则令人惊讶地将目光投向 18 世纪初意大利著名哲学家维科(Giambattista Vico,1668—1744)。乔伊斯美学思想的这一转变过程同他的创作发展具有密切的联系。亚里士多德的戏剧理论不仅使乔伊斯对易卜生的新戏剧产生了兴趣,而且也激励他在剧坛一试身手,并写出了剧本《流亡者》。阿奎那的美学思想对乔伊斯的小说《都柏林人》《青年艺术家的肖像》和《尤利西斯》的创作产生了不同程度的影响。而维科的历史循环论既导致了 20 世纪最难以卒读的英语小说《芬尼根的苏醒》的问世,又恰巧象征性地为乔伊斯本人的创作循环画上了一个圆满的句号。根据有关史料记载,乔伊斯最初的美学观点形成于 1900 年左右,主要反映在他读大学期间撰写的《戏剧与生活》("Drama and Life",1900)和《易卜生的新戏剧》("Ibsen's New Drama",1900)两篇论文之中。大学毕业后,乔伊斯前往欧洲大陆寻找发展机会,并不时将自己的美学思想记录下来,从而产生了两本鲜为人知却令今天的乔学家们欣喜若狂的乔伊斯日记:《巴黎日记》(Paris Notebook)和《普拉日记》(Pola Notebook)。前者写于 1903 年初作者在巴黎生活期间,而后者则写于 1904 年秋天他在当时的奥地利城市普拉的一所中学任教期间。随后,乔伊斯将他早期的美学思想大都掺入到第一部长篇小说的初稿《斯蒂芬英雄》之中。最终,他的这些思想以戏剧对话的形式在《青年艺术家的肖像》中得到了充分的反映。引人注目的是,乔伊斯在其最后两部长篇巨著中很少公开讨论美学问题或直接表明本人的审美态度,而是默默地将自己的美学思想贯穿到创作实践之中。

乔伊斯对亚里士多德美学理论的思考与认识构成其美学体系的原始成分。青年乔伊斯在成为艺术家之前从西方哲学与美学的奠基人亚里士多德的著作中寻找创作理论似乎在情理之中。因为在他看来，这位古代"最博学的人"率先用科学的钥匙为人类打开了美学和文艺学殿堂的大门。然而，乔伊斯在研究亚里士多德美学理论的同时大胆地构筑起自己最初的美学体系。他在《巴黎日记》中对亚里士多德的"艺术是对自然的模仿"的观点作了如下的解释：

> 亚里士多德并未在此给艺术下定义，他只是说："艺术模仿自然"，他的意思是艺术的过程好像是一种自然的过程……③

尽管乔伊斯并不否定艺术的模仿特点，但他认为艺术应模仿自然和现实的本质，从而也就肯定了艺术的真实性与创造性。亚里士多德将戏剧作品分为喜剧和悲剧两种，并认为它们"借人物的动作进行模仿"。"喜剧总是模仿比我们今天的人坏的人，悲剧总是模仿比我们今天的人好的人。"④在这位古希腊哲学家看来，"人从孩提的时候起就有模仿的本能"，因此"人对于模仿的作品总是感到快乐。"⑤然而，乔伊斯似乎对亚里士多德的"模仿"论持有异议。他明确指出："我认为戏剧旨在运用各种情感来表现真实；戏剧是任何形式的冲突、演变和运动。"⑥乔伊斯强调，"只有当艺术表现真实时其本身才是真实的"⑦。他还颇有远见地预言，"如果戏剧要真实地体现自己的价值，它将来会与传统发生冲突"⑧。

此外，乔伊斯对亚里士多德有关戏剧效果的论点也做了大胆的修正与补充。亚里士多德认为，戏剧不但应注重艺术效果，而且也应打动人的心。他明确表示："最完美的悲剧的结构不应是简单的，而应是复杂的，而且应模仿足以引起恐惧与怜悯之情的事件。"⑨他进一步指出，"恐惧与怜悯之情可借'形象'来引起，也可借情节的安排来引起，以后一种方法为佳"⑩。乔伊斯基本赞同亚里士多德的这一论点，但他对此作了进一步的补充。他认为，悲剧不该使我们感到厌恶，但应该使我们感到恐惧和怜悯。同样，喜剧也不该唤起我们的欲望，而应该使我们感到愉快。他明确指出："欲望是一种促使我们走向某种事物的情感，而厌恶则是促使我们离开某种事物的情感。艺术如果试图通过喜剧或悲剧来激发我们的这些情感是不恰当的。"⑪因为在他看来，艺术应该走向一个美学的目标，而不该具有道德感化和说教的意图。但乔伊斯认为，"恐惧、怜悯和愉快是精神状态"⑫，是静态的情感，因而与可能促使人们行动的动态的欲望和厌恶具有明显的区别：前者是作品的美学效果所致，而后者则是道德感化的结果。他直言不讳地指出:"促使我去阻止人类痛苦的悲剧艺术是不恰当的;同样,促使我对造成人类痛苦的某些明显的原因感到愤怒的悲剧艺术也是不恰当的。"[13]尽管乔伊斯同亚里士多德一样声称悲剧也可能使人感到愉快,但他认为"悲剧是一种不够完美的艺术形式,而喜剧则是一种完美的艺术形式"[14]。其理由是:一部成功的喜剧定会使我们感到愉快,而意大利哲学家阿奎那曾经说过:"那些使我们感到愉快的东西是美好的。"[15]当然,乔伊斯早期的这些观点并非无懈可击,而且同他后期的创作思想也并非完全吻合,但是,这些观点不仅真实反映了一名才华横溢的爱尔兰青年对西方美学理论的奠基人亚里士多德的学说的深刻反思与大胆修正,而且也为我们深入了解乔伊斯早期的美学思想提供了重要的依据。

然而,对乔伊斯的美学思想产生更大影响的则是中世纪意大利经院哲学家阿奎那的美学理论。乔伊斯早年在都柏林几所教会寄宿学校接受教育。这些学校大都将托马斯·阿奎那圣人的学说作为课程的重要内容来传授。此外,都柏林于1901年成立了"圣托马斯·阿奎那学院",足以证明其理论和学说在当时的影响。乔伊斯从小就接触到这位意大利哲学家的思想,而到欧洲大陆之后他对"托马斯主义"(Thomism)产生了更加浓厚的兴趣。这一点可以在他的《普拉日记》中得到证实。有些乔学家认为,乔伊斯的第一部长篇小说的初稿《斯蒂芬英雄》(Stephen Hero)正是在他认真研究阿奎那的美学理论之后写成的。在《青年艺术家的肖像》中,乔伊斯通过主人公斯蒂芬对阿奎那的学说做了更加深入的探讨。他有意将自己对阿奎那的认识与思考写进小说,并借助斯蒂芬的喉舌来表达本人的美学观点。正因为如此,斯蒂芬的朋友林奇曾对他说:"听你一而再,再而三地引用他(阿奎那)的话,就像一个小家伙围着一个修道士团团转一样,我感到非常有趣。"[16]而斯蒂芬本人也承认:有人"将我的美学理论称为应用阿奎那学"[17]。

从某种意义上来说,乔伊斯对阿奎那学说的认识与思考不仅使其美学思想的发展步入了成熟阶段,而且也构成其美学体系的核心成分。毫无疑问,这对他的小说创作产生了极为重要的影响。阿奎那的美学理论使乔伊斯对美的本质和艺术美的特征产生了新的认识。阿奎那认为:"那些使我们感到愉快的东西是美好的。"[18]乔伊斯在《普拉日记》中对美作了进一步的阐述:"美是具有审美意识的人所渴望的,这种渴望能在可感觉的事物的最佳关系中得到满足。"[19]尽管乔伊斯对美的解释同阿奎那的定义在本质上是一致的,但他更明确地将"可感觉的事物的最佳关系"作为美的具体特征。同英国浪漫主义诗人济慈一样,乔伊斯将美与真有机地结合起来。他明确指出,"真与美是值得渴望的事物中最持久的两种……真与美是精神上享有的东西。前者靠才智,后者靠悟性"[20]。在《青年艺术家的肖像》中,乔伊斯借主人公斯蒂芬之口对美作了进一步的阐述:

> "让我结束我刚才对美的讨论,"斯蒂芬说。"因此可感觉的事物的最佳关系必须符合对艺术理解的必要过程。一旦找到了这些关系你便找到了一般美的特征。阿奎那说……美需要三个条件:完整、和谐与辐射。"[21]

为了更好地解释阿奎那的论点,斯蒂芬特意采用篮子作为美学形象。当我们在一个特定的时间与空间内看到一个独立于其他事物的自成一体的篮子时,我们便看到了一个"完整"的美的形象。这是审美过程中的第一步。当我们发现这个篮子具有一个合理的结构,它的各部分之间以及各个部分与整体之间的关系十分协调,我们便看到了一个"和谐"的美学形象。这是审美过程的第二步。我们只有经历了上述两步才能到达审美过程的最后一步,即"艺术的发现"。此刻,篮子的"完整"与"和谐"的特征开始"辐射",它突然变得美妙无比,光彩夺目。"当这个美学形象首次在艺术家充满想象的头脑中形成时,他便感受到了这种美妙的特征。"[22]

显然,乔伊斯对阿奎那所提出的"完整、和谐与辐射"的美学理论十分赞赏,并将其运用于小说创作之中。在他看来,"完整、和谐与辐射"三要素不仅是审美过程的三个不同阶段,而且互相联系,密不可分。它们是文学作品从内部结构到外部形式达到完美的静态平衡的重要前提,小说家只有按照这种审美原则来构思作品才能获得艺术上的统一与和谐。值得一提的是,从他创作短篇小说集《都柏林人》起到发表意识流长篇巨著《尤利西斯》为止,乔伊斯较为自觉地遵循了"完整、和谐与辐射"的美学原则,使小说的框架结构和寓意内涵均体现出一种静态的艺术美。真正对他的小说创作产生重要影响的与其说是亚里士多德和易卜生,倒不如说是阿奎那。而有趣的是,在 20 世纪杰出的现代主义作家中,乔伊斯也许是唯一钟情于阿奎那的美学理论的人。这恰恰是他在文学创作中的与众不同之处。

阿奎那的美学理论不仅使乔伊斯进一步认识了美的本质,而且也使他更加了解了艺术的性质与特征。在《巴黎日记》中,乔伊斯明确地表达了本人对艺术的认识："艺术是出于某种美学的目的对可感觉的或可理解的事物的人工处理。"[23] 他以问答的形式对此作了进一步的说明：

> 问：为何粪便、孩子和虱子不是艺术品？
>
> 答：粪便、孩子和虱子是人的产物，即对可感觉的事物的人工处理。由于他们的生产过程是自然的而不是艺术的，并且也不是出于美学的目的，因此他们不是艺术品。
>
> ……
>
> 问：房子、服装和家具等东西是艺术品吗？
>
> 答：房子、服装和家具等东西未必是艺术品。它们是人工对可感觉的事物处理的结果。当它们出于某种美学目的被处理时，它们便成了艺术品。[24]

显然，乔伊斯对艺术下了一个十分明确而又非常严格的定义。在他看来，艺术品不但应具有艺术价值和美学效果，而且还应体现一定的创造性。据此，他认为，照片也不是艺术品，因为尽管照片"可能出于某种美学目的，但它不是对可感觉的事物的人工处理"[25]。此外，乔伊斯将艺术分为抒情的、史诗的和戏剧的三种形式：

> 抒情的形式使艺术家表现与其本人直接相关的形象；史诗的形式使艺术家表现与其本人以及他人间接相关的形象；戏剧的形式使艺术家表现与他人直接相关的形象。[26]

在乔伊斯看来，抒情是艺术的最初形式。"抒情的形式其实是对瞬间情感的一种最简单的语言点缀，是早先敦促人用力划桨或将石头拖上山坡的那种有节奏的吆喝声。"[27] 乔伊斯认为，在史诗的形式中，艺术家有意"使自己和他人在情感的重心保持等距离"。此刻，"叙述已不再纯粹是个人的。艺术家的个性融入了叙述本身，犹如充满活力的大海一样在人物与事件的周围涌动"[28]。而戏剧的形式是艺术的最高形式，因为"戏剧形式中的美学形象是在人的想象中经过提炼并重新展示的生活"[29]。显然，乔伊斯所说的"戏剧的形式"并不是泛指一般的戏剧特征，而是指作品的戏剧化。

应当指出，尽管乔伊斯十分重视阿奎那的美学理论，但他并不盲目接受他的思想。有时他将阿奎那的观点同自己对某些美学问题的思考结合起来；有时他将阿奎那的某些术语作为自己的美学用语；还有的时候他则干脆推翻阿奎那的论点，并坦率地提出自己的观点。例如，阿奎那认为，艺术家的创作是"最高形式的智力行为……是极其活跃的，并能使其感情产生极强的震撼"[30]。然而,乔伊斯的观点则与其截然相反。他反对艺术家介入作品,或使作品感情化、个性化。他在《青年艺术家的肖像》中借斯蒂芬之口明确地表达了自己的观点:

> 像造物主一样,艺术家隐匿于他的作品之内、之后或之外,无影无踪,超然物外……[31]

乔伊斯的这一观点无疑是对阿奎那的论点的一次重要反拨。他强调作家的艺术独立性及其在创作过程中无动于衷、不偏不倚的超然态度。显然,他的这种观点不仅与艾略特有关艺术的"非个性化"理论在本质上是一致的,而且也反映了大多数现代主义者对艺术家的作用的基本共识。应当指出,乔伊斯的这一观点与其对喜剧的偏爱密切相关。他似乎认为作家在悲剧中是难以无动于衷、超然物外的。因此,乔伊斯的长篇巨著《尤利西斯》和《芬尼根的苏醒》不仅充分体现了他的超然态度,而且也具有一定的幽默和喜剧色彩。总之,阿奎那的学说对乔伊斯的创作思想产生了极大的影响,并为他构筑自己的美学体系提供了重要的基础。

乔伊斯对意大利哲学家维科的关注反映了他创作后期美学思想的变化。几乎所有的乔学家都认为,维科的历史循环论为乔伊斯的最后一部小说《芬尼根的苏醒》的结构提供了理论依据。然而,迄今为止,有关维科对乔伊斯后期的美学思想和创作观念的影响的学术文论并不多见。著名学者艾尔曼在他的乔伊斯传记中写道:大约在1913年,"乔伊斯对这位那不勒斯哲学家产生了极为浓厚的兴趣"[32]。当一位朋友在与他讨论弗洛伊德心理学理论时,乔伊斯十分肯定地说:"维科是弗洛伊德的先驱。"[33]不少史学家认为维科是西方最早按照人类社会兴衰的周期与循环来解释历史的哲学家之一。他通常将神话、典故、诗歌以及语言作为研究历史的依据。他的著作《新科学》(*La Scienza Nuova*, 1725)对西方近代哲学与文化的发展产生了重要的影响。正当乔伊斯开始起草长篇小说《芬尼根的苏醒》时,维科的学说为他提供了一条构筑这部小说框架的新思路。

应当指出,乔伊斯并不是维科思想的忠实信徒,他只是找到了一位能使他发挥想象、拓宽视野的哲学家。维科认为,人类历史处于反复更迭和不断循环之中,每一个周期包括"神灵时代""英雄时代""凡人时代"和"混乱时代"四个历史阶段,尔后又回到起点,周而复始,循环不已。在维科看来,人类社会必然从上帝创世记开始,经过君王贵族统治和民主政治阶段,最终走向虚无主义和极端无政府主义,这是历史发展的自然模式和必然规律。不仅如此,维科在他的《新科学》中阐述了人类的三个共同特征:

> 我们看到所有的民族,无论是野蛮的还是文明的,尽管他们因在时间和空间上如此遥远而互相分隔,都保持了三种人类的习俗:他们都具有某种宗教,都具有严肃的婚约,都埋葬他们的死者。[34]

显然,维科的历史循环论以及他对人类本质的思考使乔伊斯萌发了创作一部象征人类全部历史的小说的念头。在阅读了用意大利语撰写的维科的著作之后,他有选择地运用维科的理论来构思自己的作品。1926年,乔伊斯在给他的资助人维弗女士的信中写道:

> 我不知道是否有人翻译过维科的著作。除了采用他有价值的理论之外,我不会过分注重他的思想,但是他的理论在我本人的生活中逐渐对我产生了影响。[35]

由于乔伊斯的《芬尼根的苏醒》创作于两次世界大战期间,因此维科的历史循环论对他具有很强的吸引力。乔伊斯似乎认为,当时人类历史正处于维科所说的第四阶段,即一个社会动荡、文明衰落、无政府主义猖獗的混乱时代。为了充分表现这一思想主题,他不仅将《芬尼根的苏醒》分成四个部分,使其与维科所谓的四个阶段保持对应关系,而且还有意采用以一夜为布局的小说框架,用茫茫黑夜以及噩梦与狂想来象征暗无天日、混乱无序的西方社会,并用黎明的来临和芬尼根的苏醒来象征混乱时代的结束和新时代的开始。

此外,维科对人类语言的论述对乔伊斯的"词汇革命"也产生了极为重要的影响。这位意大利哲学家在《新科学》中着重讨论了人类语言的发展过程。维科将人类语言的发展分为三个阶段:

一、民族时代的语言,那时原始部落的人初识人性。这是一种与他们希望表达的思想具有自然关系的一种用符号和物体表示的无声的语言。

二、凭借英雄的标志或直喻、比较、形象、隐喻和自然描绘来表达的口语。它们在英雄统治的时代所说的英雄语言中占有主导地位。

三、使用人们约定俗成的词汇的语言,人们是这种语言的真正主人,这种语言适合全体国民和君王统治的国家。[36]

在今天的语言学家看来,维科将人类语言的发展分为象形、象征和通俗三个阶段的观点似乎并无新意,但在 18 世纪初这无疑使人们大开眼界。尽管在 20 世纪初语言学研究尚未取得重大突破,但乔伊斯已经从维科有关语言发展的论点中看到了"词汇革命"的可能性。为了使《芬尼根的苏醒》反映爱尔兰民族乃至所有西方人各个时期的集体无意识,并使其成为人类历史活动的一个缩影,乔伊斯采用了一种世界语言史上绝无仅有的语言。他通过对英语词汇的重新组合与改编创造出无数令人费解的杜撰新词。显然,维科的哲学思想不仅使乔伊斯后期的美学思想发生了重大转变,而且也使他的小说艺术步入更加复杂与艰涩的境地。

综观乔伊斯美学思想的发展过程,人们也许会惊讶地发现,这位当今世界卓尔不群、赫赫有名的现代主义大师竟然如此钟爱几乎已被他同时代的人遗忘的西方古典哲学和美学思想。20 世纪初,正当一部分崇尚现代主义的青年知识分子热烈追求时髦理论和新潮艺术时,乔伊斯却悄悄地将目光投向了西方传统哲学思想的宝库,以其独特的审美意识去重新发现其中的价值。如果说亚里士多德作为西方哲学与美学的奠基人在知识界尚有一定的影响的话,那么,阿奎那,尤其是维科的学说只能是一部分从事学术研究的文人的专利。正如乔伊斯所说,维科"在我见到的意大利男人中几乎默默无闻"[57]。然而,在长达四十年的创作生涯中,乔伊斯的目光却始终未离开过这些古典哲学家。珍视古人的智慧、学习前辈的经验,并将其与自己的思想糅合在一起,这正是他的高明和与众不同之处,也是他能成为一名无与伦比的艺术天才的关键所在。

应当指出,乔伊斯的美学思想不仅是他对西方古典哲学和美学理论深刻思辨的结晶,而且也是西方现代主义运动发展的必然产物。同其他现代主义者一样,乔伊斯受到了 20 世纪初科学技术的最新成果和各种初来乍到的艺术思潮的影响。同其他现代主义者一样,他也表现出强烈的求知欲望、革新精神和反叛意识。但与他们不同的是,他不仅更加懂得如何从经典学说中摄取可资借鉴的理论,而且也更善于将经典学说、现代思想和个人智慧巧妙地结合起来,从而构成自己的美学体系。不仅如此,在现代主义思潮风起云涌之际,他凭借自己独特的审美意识成功地捕捉到了一次又一次能使艺术取得重大突破的良机。

乔伊斯美学思想的发展与变化对其文学创作产生了直接的催化作用,同时也为我们深入研究其精湛的艺术提供了重要的依据。亚里士多德的戏剧理论使青年乔伊斯首次敲开了艺术宫殿的大门,并对易卜生的戏剧产生了浓厚的兴趣。亚里士多德的学说使他深受启迪,从而写出了《戏剧与生活》和《易卜生的新戏剧》等具有独创见地的文章。尽管乔伊斯创作剧本《流亡者》是第一次世界大战期间的事,但这次并不成功的创作举动无疑与他早期的美学思想密切相关。乔伊斯对阿奎那美学理论的关注直接影响了他对《都柏林人》《青年艺术家的肖像》和《尤利西斯》的创作。在此期间,他对美的性质和艺术的本质有了新的认识,并刻意遵循"完整、和谐和辐射"的美学原则,在艺术上取得了一系列重大的突破。读者既看到了《都柏林人》中新颖独特的创作技巧"精神顿悟",也目睹了《青年艺术家的肖像》中不同凡响的"新质的萌生",又领略了《尤利西斯》中精彩纷呈的艺术技巧和完美至极的小说结构。而当我们考察乔伊斯的最后一部小说《芬尼根的苏醒》时,我们隐隐约约地察觉到维科的历史循环论的痕迹,同时也注意到了乔伊斯对两次世界大战期间社会动荡和人类命运的思考以及他在文学创作中登峰造极之后试图将艺术形式推向极限的决心。不仅如此,我们还从他的艺术道路和美学思想发展的进程中寻觅到了这样一个事实:即从他最初清晰明快的诗集《室内乐》开始到他最后一部难以卒读的长篇小说《芬尼根的苏醒》为止,其作品的结构日趋复杂,内容越来越艰涩,语言形式也呈现出更加朦胧的倾向。

总之,乔伊斯在长达四十年的创作生涯中,通过对西方经典学说和20世纪初欧洲大陆各种新潮理论的思考与借鉴以及本人的探索与实践,逐步建立起自己的美学体系。他的美学思想不仅是他文学创作的理论基础,而且也是我们深入研究其作品的重要依据。今天,正当乔伊斯研究不断向纵深发展时,他的美学思想引起了越来越多的专家与学者的浓厚兴趣。

注释:

① *The Critical Writings of James Joyce*, edited by Ellsworth Mason and Richard Ellmann, The Viking Press, New York, 1959, p.147

② Ibid., p.145

③ Ibid., p.145

④ 《西方古典作家谈文艺创作》,段宝林编,春风文艺出版社,沈阳,1980年,第20页。

⑤ 同上,第22页。

⑥ "Drama and Life", James Joyce, *The Critical Writings of James Joyce*, p.41

⑦ Ibid., p.44

⑧ Ibid., p.41

⑨《西方古典作家谈文艺创作》,第 30 页。

⑩ 同上,第 31 页。

⑪ "Paris Notebook", *The Critical Writings of James Joyce*, p.143

⑫ Ibid., p.145

⑬ Ibid., p.144

⑭ Ibid., p.144

⑮ Ibid., p.145

⑯ *A Portrait of the Artist as a Young Man*, *The Portable James Joyce*, The Viking Press, New York, 1955, p.475

⑰ Ibid., p.475

⑱ *The Critical Writings of James Joyce*, p.147

⑲ Ibid., p.147

⑳ Ibid., pp.146－147

㉑ *A Portrait of the Artist as a Young Man*, *The Portable James Joyce*, pp.477－478

㉒ Ibid., p.479

㉓ *The Critical Writings of James Joyce*, p.145

㉔ Ibid., p.146

㉕ Ibid., p.146

㉖ Ibid., p.145

㉗ *A Portrait of the Artist as a Young Man, The Portable James Joyce,* p.481

㉘ Ibid., p.481

㉙ Ibid., p.481

㉚ *Joyce's Aesthetic Theory: Its Development and Application,* Dolf Sorenson, Amsterdam, Netherlands, 1977, p.13

㉛ *The Portable James Joyce*, pp.481－482

㉜ *James Joyce*, Richard Ellmann, Oxford University Press, New York, 1959, p.351

㉝ Ibid., p.351

㉞ *James Joyce's Aesthetic Theory: Its Development and Application,* p.32

㉟ Ibid., p.29

㊱ Ibid., pp.31－32

㊲ Ibid., pp.29－30

第五章

《室内乐》及其他：有益的尝试

我写《室内乐》是对自己的抗议。[①]   ——乔伊斯

在表达爱情时他发现自己不得不使用他所谓的封建术语，而当他无法以那些封建诗人同样的信念和意图使用它时，他只得以略带讽刺的口吻来表达爱情。[②]

——《斯蒂芬英雄》

乔伊斯最初是一位诗人。这与不少著名小说家的创作经历十分相似。也许他此刻虽才华横溢，但却未能找到适合自己的文学样式，因而只能采用他所谓的"最初的艺术形式"——抒情。也许他此刻志得意满，确信本人能成为一名像拜伦或雪莱那样卓越的诗人。但无论如何，乔伊斯涉足诗坛是一次有益的尝试。

乔伊斯最早的文学尝试是他9岁那年写的一首严厉谴责势利小人蒂莫西·希利背叛爱尔兰民族运动领袖帕纳尔的可耻行径的短诗《而你，希利》（"Et Tu，Healy"，1891）。据说，乔伊斯的父亲对儿子的诗作赞不绝口，并将它私下印出。可惜这首诗早已失传。应当指出，在乔伊斯所有的作品中，诗歌是最能表达他个人情感的艺术形式。这些诗歌大都反映了作者早年对爱情的向往，对大自然的赞美和对艺术的追求。乔伊斯一生共发表了52首诗歌，其中36首收入他的第一部诗集《室内乐》（*Chamber Music*，1907）中，另有13首收入他的第二部诗集《每只一便士的苹果》（*Pomes Penyeach*，1927）之中。乔伊斯用"苹果"（Pomes）代替"诗歌"（Poems），以显示自己的谦虚。就题材与形式而论，它们大都是表达作者个人情感的清新、明快而又充满乐感的抒情诗，并不时体现出传统的浪漫主义色彩。但引人注目的是，《室内乐》中的有些诗歌被美国著名

诗人庞德收入了他的《意象派诗选》(*Des Imagistes*, 1913)之中。这不仅表明乔伊斯曾经想与庞德和艾略特等现代主义诗人为伍，而且也反映了其诗歌的某些实验成分。

《室内乐》是乔伊斯的处女作，写于1901年至1905年期间。当时，乔伊斯虽已完成了短篇小说集《都柏林人》，但没有一个出版商愿意出版他的作品。他的长篇自传体小说《斯蒂芬英雄》的初稿也已完成过半，但其粗糙的内容和低劣的艺术质量使他大失所望。无奈之下他只得挥笔作诗，希望能以此敲开艺术宫殿的大门，为自己跻身文坛搭桥铺路。乔伊斯后来对一位朋友说："我写《室内乐》是对自己的抗议。"因出于一位名不见经传的爱尔兰青年作家之手，《室内乐》出版后销路不畅，五年内仅售出一百多册。尽管如此，一位评论家在一本刊物上对这部诗集发表了较为肯定的评语："这部集子包含了纯粹的诗歌，不受流派的影响。每一首诗都是诗人'创作的一种永恒'。不仅如此，这些诗歌非常优美，且具有一定的音乐性。"[3] 不过，爱尔兰著名诗人叶芝似乎并不欣赏乔伊斯的诗歌，他在一封信中直言不讳地对乔伊斯说："这是一个年轻人、一个正在练他的乐器并只是乐意将手按在风琴的音栓上的年轻人的诗歌。"[4] 显然，叶芝坦率地表达了一位艺术家的中肯的见解。

平心而论，《室内乐》不是一部卓越的诗集，而是一部艺术上不太成熟的习作，或者说是一个立志从事文学创作的青年作家在奋斗数年之后献给读者的一份微薄的见面礼。其中有些诗歌显示出19世纪英国浪漫主义诗歌的痕迹，有些模仿了伊丽莎白时代的抒情诗的风格，还有些则体现了爱尔兰民歌的基调和韵律。然而，对《室内乐》影响最大的也许是19世纪法国象征主义诗人魏尔伦(Paul Verlaine, 1844—1896)的注重音调和节奏上的细微差别以及强调明朗和朦胧相结合的音乐诗。由于乔伊斯的父亲传给了他一副好嗓子，因此他不仅从小爱唱歌，而且特别喜欢英国伊丽莎白时代的古典音乐。从某种意义上来说，《室内乐》是作者的音乐天赋、艺术模仿和个人创造力的结晶。正如这部诗集的书名所显示的那样，其中的作品大都充满了音乐形象和音乐主题。乔伊斯曾经对他的弟弟说：

> 我并不喜欢这部作品，但希望它能出版，随后被人指责。然而，这是一个年轻人的作品。我想是的。我认为这根本不是一部爱情诗集。但其中有些诗歌很美，完全可以让人谱曲。我希望有人、有一个像我一样喜欢英国音乐

的内行来为它谱曲。⑤

应当指出,《室内乐》在一定程度上反映了乔伊斯对作品的整体构思与设计能力。作者按主题和基调对这部集子中的 36 首诗歌作了精心编排。正如乔伊斯于 1909 年在写给一位正在为其中的某些抒情诗谱曲的爱尔兰作曲家的一封信中所说:

> 第十四首是主题歌,随后乐章的基调开始下降,直至第三十四首,那是全书至关重要的结尾。第三十五和第三十六首是尾声,正如第一和第二首是前奏曲一样。⑥

尽管我们在解读这部诗集时不该拘泥于这一形式结构,但我们的确可以从这些诗歌的主题和韵律中察觉艺术设计上的某种模式。它们不仅追述了一种虚幻的爱情从和谐到解体的演变过程,而且也从比喻的层面上描绘了一种从安全到孤独的心灵的旅程。与上述两种过程相辅而行的是从春天到冬天的季节的变化过程。此外,某些反复出现的主题与形象也将这些看上去分散独立的诗歌有机地联系起来,使整部诗集的内部结构获得某种艺术上的和谐与统一。

这种精心设计的艺术模式和作品的音乐性在《室内乐》的第一首诗歌中得到了充分的展示。在这首"前奏曲"中,作者向我们描绘了一种自然、爱情和音乐互相交融的景象:

> 琴弦在大地和天空中
> 　　奏起甜蜜的乐曲;
> 琴弦在小河边弹奏
> 　　那里柳树成荫。
>
> 音乐在河边回旋
> 　　因为爱情在那里徘徊⑦

在这首诗中,乔伊斯通过生动的形象和明快的节奏展示了一个美妙的世界,字里行间充满了诗情画意。作为"前奏曲",诗中的"琴弦"和"乐曲"构成了整部诗集的音乐基调。"大地和天空"是集子中反复出现的形象,与"小河"一起成为大自然的象征。"柳树成荫"构成了春天的背景。而"爱情在那里徘徊"则揭示了《室内乐》的基本主题。可见,乔伊斯在第一首诗中不仅为整部诗集铺垫了音乐的气氛,而且也为爱情的演变和心灵的旅程这两个基本主题以及季节的循环这一基本框架奠定了基础。

引人注目的是,乔伊斯在《室内乐》中以不同的人称并从不同的角度来抒发感情,从而使"我""你""他"和"她"竞相迭出,最终以"我们"的分离而结束,构成一支从浪漫到忧伤的爱情交响曲。尽管这些抒情诗的人称不尽相同,但他们所表达的似乎是同一个人的不同经历,展示了同一个人的心灵的旅程。在第五首诗中,当"我听到你在唱歌"时,

> 我离开了我的书,
> 　　我离开了我的房间,
> 因为我听到你的歌声
> 　　从幽暗的地方传来。

此刻,"我"的心灵充满了美好的希望,对崇高的爱情紧追不舍。"我的爱情油然而生,／用轻巧的手拉着她的衣裙。"(VII)"啊,这是我真正的爱情,／她是如此年轻和美丽。"(VIII) 随着时间的推移,"我"的爱情火焰越烧越旺,"海洋和大地不能／将我的爱情与我分开。"(XIII)在被乔伊斯称作"主题歌"的第十四首诗歌中,"我"对爱情的追求达到了高潮:

> 我的鸽子,我美丽的鸽子
> 　　飞起来,飞起来吧!
> ……

值得一提的是,乔伊斯在此表达的是他青年时代对爱情的向往。有些诗歌模仿了伊丽莎白时代的风格,试图以传统的手法取得新的效果,而有些则明显反映出浪漫主义诗歌的痕迹。至此,诗中所表达的情感与作者在世纪交替时期的心理现实比较吻合。此刻,乔伊斯既未涉足爱河,也未尝过其中的酸甜苦辣,因而他对理想中的爱情紧追不舍似在情理之中。从某种意义上来说,他对爱情的赞美程度与维多利亚后期的诗人相比有过之而无不及。

然而,当乔伊斯的人生经历更趋复杂时,他个人的情感世界也随之发生了变化。1904 年,他结识了爱尔兰西部的农家少女诺拉,首次感悟到了爱情的真谛。当《都柏林人》出版无门而《斯蒂芬英雄》又成功无望时,当家境日趋贫寒而他在欧洲大陆的生活又不尽如人意时,乔伊斯的诗歌风格发生了明显的变化,其"基调开始下降",伤感情绪和心理冲突逐渐取代了原先的热忱与浪漫。莫名的失落感导致"爱情的演变",这一主题在《室

内乐》的第十五首诗中已见端倪：

> 我的灵魂从纯洁的梦中升起，
>> 从爱情的酣睡和死亡中升起，
> 瞧，这些树都在叹息
>> 树叶发出了早晨的警告。

显然，《室内乐》中爱情的基调开始下降，作者首次采用"酣睡""死亡""叹息"和"警告"这样的词语来象征爱情的演变和心灵从安全走向孤独的旅程。往日浪漫的激情被蒙上了一层阴影。"此刻山谷中充满凉意，/ 爱情，我们将去那里。"（XVI）在炽烈的情感开始降温的同时，叙述者还失去了与同伴之间的友谊：

> 没有言语和行动
>> 能够弥补，
> 他曾经是我的朋友
>> 现在却是陌生人。（XVII）

不言而喻，"当一个人失去朋友时，/ 他就会感到悲伤。"（XVIII）此刻，叙述者似乎从爱情的失败和自身的孤独境地中感悟到了人生的复杂性。尽管他对昔日的浪漫经历依然十分怀念，但他对爱情的态度已从热烈追求变为心灰意冷，并开始以讽刺的口吻自我解嘲：

> 难道我们不该像他们那样明智些？
>> 尽管爱情只能生存一天。（XXIII）
> ……
> 所有爱情都将在墓中长眠，
>> 现在爱情已经疲惫不堪。（XXV）

在《室内乐》中，爱情的演变和心灵的旅程这两条线索并行不悖，相辅而行，构成了整部诗集的情感基调。在集子的最后几首诗中，叙述者似乎已从失恋的痛苦中解脱。在经历了一阵感情的波折和深刻的反思之后，他的心情已经恢复了平静。此刻，"冬天的嗓音/ 已从门口传来；""在平静中继续酣睡吧，/ 你那骚动不安的心灵。"（XXXIV）至此，诗集所表达的爱情的演变和心灵的旅程均告结束，并与从春天到冬天的季节循环彼此呼应，从而使整部作品的主题与结构获得了某种艺术上的和谐与统一。

在作为诗集"尾声"的第三十六首诗中，乔伊斯采用了一系列声觉形象来表达叙述者心灵的骚动,其风格与叶芝在 19 世纪末创作的某些感情强烈的抒情诗十分相似。在这首诗中,讽刺的色彩已不复存在,取而代之的是一个富有象征意义的战斗场面：

> 我听到一支军队在陆地上冲锋,
> 万马奔腾,蹄声雷动,马腿踢蹬,
> 马后站着身穿黑色盔甲的驾车武士,
> 他们目空一切,摆弄缰绳,挥舞鞭子。

引人注目的是,乔伊斯的诗歌风格在此已经发生了明显的变化,诗句变长,节奏加强,形象增多,气韵无穷。尽管这首诗充满了生动的声觉形象,但它却成功地展示了一幅具有深刻象征意义的精彩画面：千军万马冲锋陷阵,以雷霆万钧之力形成排山倒海之势。乔伊斯通过这一惊心动魄的场面揭示了一幅纷繁复杂的心理画面,用"万马奔腾,蹄声雷动"来暗示叙述者混乱无序、骚动不安的意识："当我听到他们回荡在远处的笑声时,我在睡梦中呻吟。"随着诗歌的进展,武士冲锋的镜头更趋形象化、立体化,与此同时,叙述者的噩梦也得到了更加生动的展示。诗歌结尾,他无可奈何地问道：

> 我的心啊,难道你如此不明智地甘于沉沦?
> 我的爱、我的爱、我的爱,你为何离我而去?

显然,《室内乐》的最后一首诗不仅充分体现了乔伊斯早期对爱情的态度从乐观到悲观的重大转变,而且也为这部诗集画上了一个完整的句号。不仅如此,它还反映了作者诗艺的进一步成熟。美国著名诗人庞德对乔伊斯这首诗所表达的"客观的"意境赞不绝口,并将它收入了《意象派诗选》。

《室内乐》较为全面地反映了乔伊斯早年的情感生活,同时也客观地体现了他对艺术的追求以及对作品结构与模式的关注。显然,《室内乐》既有作者模仿的痕迹,也有其独创的成分,虽不是传世佳作,但却值得一读。此外,它为我们深入研究乔伊斯早期的审美观念及其创作发展提供了重要的依据。

同《室内乐》一样,乔伊斯的第二部诗集《每只一便士的苹果》不仅也包含了清一色的抒情短诗,而且也表达了他个人的情感。然而,不同的是,这 13 首抒情诗大都创作于作者的中年时代(即 1912 年至 1924 年),

而且彼此之间在结构上并无多少联系。不仅如此,诗集中的每一首诗都具有明确的标题。有趣的是,尽管绝大多数评论家认为《室内乐》的艺术质量更高,但乔伊斯本人却更看重他的第二部诗集。1926年,在诗集出版之前,他曾将作品交给诗坛名流庞德过目,征求他的意见。但庞德将诗稿送还之后一言不发。经乔伊斯一再催问,他才说出了自己真实的想法:"它们属于《圣经》或带有肖像的家庭相册。""你认为它们在任何时候都不能发表?"乔伊斯问道。"我想不能,"庞德说。⑧显然,庞德对这位在文坛已享有盛誉的天才小说家的诗歌不敢恭维。不久,在一位朋友的鼓励下,乔伊斯决意将诗稿送交出版商。1927年7月,一本苹果绿封面的诗集《每只一便士的苹果》在巴黎问世。引人注目的是,《每只一便士的苹果》比《室内乐》更为走俏。也许因为这部诗集出于意识流经典力作《尤利西斯》的作者之手,也许因为文学评论界当时正对《芬尼根的苏醒》最初面世的几章口诛笔伐,闹得满城风雨的缘故。《每只一便士的苹果》刚出版便受到了各国书商的青睐。正如乔伊斯在写给资助人维弗女士的信中所说:"几天前一名伦敦书商订购了850册,都柏林拿去250册。我还看到了来自那不勒斯、海牙和布达佩斯等地的订单。"⑨显然,这与《室内乐》当初的境况已不可同日而语。令人惊讶的是,当时标价仅一先令的《每只一便士的苹果》的初版本今天在美国匹兹堡的一家旧书店中标价竟高达400美元。

概括地说,《每只一便士的苹果》主要表达了作者两种不同的情怀:一是他对大自然的态度,二是他对家庭生活的感受。就此而言,这部诗集也同样包含了许多自传成分。诗集的第一篇《十三》("Tilly")写于1903年。由于这首诗的基调与风格与作者早年的抒情诗具有明显的区别,因此未被收入《室内乐》中,而是同另外十二首短诗一起发表,其标题故此称为"十三"。(Tilly是习语a baker's dozen中的第十三)。此诗原名为"卡布拉"(Cabra),即乔伊斯在都柏林老家所在地的地名。作者对大自然的感触首先在这首诗中得到了充分的展示:

> 他起程于隆冬的太阳落山之后,
> 沿着一条寒冷的红色道路赶着牛群,
> 用一种熟悉的嗓音对它们吆喝,
> 他在卡布拉街上驱赶牲口。
> 嗓音告诉牛群家里暖和,
> 它们的叫声和蹄声犹如粗犷的乐曲。

上述诗句以生动的形象和优美的韵律表现了作者家乡的自然景色和生活气息。隆冬季节夕阳西下,牧民在红色的道路上赶着牛群回家,展示了一种安然与祥和的气氛。人与牛、太阳与道路、嘈音与乐曲以及寒冷与暖和构成了自然界的对立与统一。然而,当诗歌结尾时,乔伊斯通过反衬的手法描绘了叙述者与这种自然背景格格不入的孤独的心境:

> 我在黑色的小溪旁流血,
> 为了我那根折断的树枝。

显然,眼前的自然景色并未使"我"感到欣慰和安闲,反而使"我"倍感孤独和失落。这首诗从一个侧面反映了乔伊斯早年在创作《室内乐》中那些热情奔放的诗歌时所怀有的感伤情绪。

《在圣赛巴观赛船》("Watching the Needleboats at San Sabba")同样表达了作者对大自然的心理反应。乔伊斯在观看了他弟弟在意大利东北部一个名叫圣赛巴的地方参加的一次船赛之后颇有感触,便作诗一首。此诗作于1913年夏天,当时作者已经31岁,他常称这一年龄为青春的结束。诗曰:

> 我听到他们年轻的心灵在呼唤
> 飞快的船桨上飘着爱的气息
> 我也听到草原上的野草在叹息:
> 青春不再,一去不复返!

当体格健壮、精力充沛的年轻选手高歌猛进,冲向终点时,乔伊斯却在一旁发出了"青春不再"的感叹。诗中"心灵在呼唤"与"野草在叹息"形成了鲜明的对照和强烈的反差,从而生动地揭示了作者在青春的气息面前对本人"青春不再"所表现的忧伤情绪。

同19世纪英国的浪漫主义诗人一样,乔伊斯也将大自然视为激发灵感和抒发情怀的重要媒介。他不仅善于从大自然中捕捉生动的形象并借此折射出象征意义,而且也善于将自然景色同个人情感联系起来,借景抒怀,表达自己对人生的感悟。例如,《在奉太那的海滩上》("On the Beach at Fontana")和《洪水》("Flood")等诗歌都不同程度地反映了这种意境和风格。

此外,《每只一便士的苹果》还不时表达了乔伊斯对家庭生活的感受。同英国的浪漫主义诗人一样,他也乐意凭借诗歌的形式来揭示本人最隐秘的思绪,包括他对子女的情感和对妻子诺拉的态度。例如,在《给我女儿的一朵花》("A Flower Given to My Daughter")中,乔伊斯真实地表达了自己对女儿的疼爱。一天,当一位老太太送给他女儿一朵白玫瑰时,他不仅看到了老太太那双"虚弱的手",而且也仿佛窥见了她"比惨淡的时光更加枯萎和苍白的灵魂"。于是,他触景生情,有感而发:

> 娇嫩和美丽的玫瑰
> 却是最易受伤害的花朵,
> 你遮住了温柔的眼睛,
> 我最宝贵的孩子。

显然,乔伊斯不仅从老太太身上看到了时间的流逝和岁月的无情,而且也从"最易受伤害的"玫瑰花联想到自己天真年幼的女儿。上述诗句既表达了他对孩子的疼爱,也暗示了他内心的忧患意识。

《她在拉荷恩哭泣》("She Weeps Over Rahoon")真实地表现了乔伊斯对妻子诺拉与她昔日的情人之间的关系的微妙反应。1912 年乔伊斯与诺拉一起从欧洲大陆返回都柏林探望家人。其间,他曾陪同诺拉前往拉荷恩墓地祭奠她已故的恋人博德金。《她在拉荷恩哭泣》不仅生动地描绘了这次祭奠过程,而且也反映了乔伊斯本人对这件事情的复杂感受。全诗分为 3 节,共 12 行,呈 ababcdcdefef 韵。第一节描绘"她"站在雨中祭奠昔日恋人的情景:

> 雨在拉荷恩轻轻地下着
> 这里躺着我那黑暗的恋人
> 他呼喊我的声音是多么悲伤,
> 此刻已是月色朦胧。

面对眼前的一切,作者仿佛看到了诺拉对已故恋人的怀念之情,不禁醋意大发,并以略带讽刺的笔调描绘了自己的复杂情感:

> 爱情啊,我们的心灵也同样黑暗,
> 像他那悲伤的心灵一样冰冷地躺下。

值得一提的是,《她在拉荷恩哭泣》不仅是乔伊斯自传性最强的一首诗,而且也为他的短篇小说集《都柏林人》中的压轴篇《死者》(The Dead)提供了创作素材。

就总体而言,《每只一便士的苹果》生动地反映了乔伊斯复杂的情感世界，揭示了他对大自然的心理反应和对私生活的真实感受。尽管这部诗集在艺术质量上并未超越《室内乐》，但它却更具真实性和自传性。集子中几乎每一首诗都与乔伊斯本人的生活经历密切相关，因此对研究乔伊斯的生平与创作具有一定的参考价值。

除了《室内乐》和《每只一便士的苹果》这两本诗集之外，乔伊斯还创作了《神圣的职责》（"The Holy Office"，1904）、《炉中煤气》（"Gas from a Burner"，1912）和《瞧这孩子》（"Ecce Puer"，1932）三首诗。《神圣的职责》反映了乔伊斯在创作初期对艺术家的形象、责任和义务的看法，追述了他本人的创作感受，并表达了他努力追求艺术事业的决心。《炉中煤气》模仿 18 世纪爱尔兰著名作家斯威夫特的讽刺口吻，严厉地谴责了爱尔兰的社会腐败和道德瘫痪，辛辣地嘲弄了那里的势利小人和市侩作风。乔伊斯在诗歌一开头便率直陈言：虽然自己遭到爱尔兰势利小人的恶意攻击，"但我对爱尔兰负有责任，／我将她的荣誉握在手中"。他愤怒地指责爱尔兰的反动势力"将她的作家和艺术家流放"，"将石灰撒向帕纳尔的眼睛"。他还一针见血地指出："在这片国土上耶稣与恺撒互相勾结"。从某种意义上来说，《炉中煤气》是乔伊斯的政治立场最鲜明、对社会批判最严厉的一首诗。《瞧这孩子》是乔伊斯所创作的最后一首诗，写于 1932 年他父亲去世和他孙子出生之际。诗中悲喜交加的情感是显而易见的。该诗从某种意义上来说也是作者对自己流亡生涯概括的评论。在诗歌结尾时，他不禁流露出一种内疚的心情：

> 一个孩子正在熟睡，
> 一个老人离开人世。
> 啊，父亲遭抛弃，
> 原谅你的儿子！

乔伊斯的诗歌真实地反映了他早年的情感世界，同时也是他在文坛崭露头角之前对文学创作十分有益的尝试。尽管乔伊斯算不上一名伟大的诗人，但这些诗歌却在一定程度上反映了他的创作灵感和艺术才华。他的诗歌风格不时受到形式的支配，叠言、头韵、拟声、谐音以及富有乐感的形象与节奏在他的诗歌中比比皆是，给读者带来了一定的艺术享受。从某种意义上来说，这些诗歌不仅是作者早期美学思想的具体体现，而且比其小说更真实地反映了一个喜怒哀乐的乔伊斯。当然，乔伊斯在诗歌创作中的成就是十分有限的。他本人也直言不讳地说:"《一朵浮云》(即《都柏林人》中的一个短篇)中的一页文字要比我所有的诗歌更使我感到愉快。"⑩显然,诗歌创作既为他提供了习作练笔的机会,也使他看到了自己的艺术潜力。经过有益的尝试之后,乔伊斯不仅明智地选择了小说这一艺术形式,而且将他对具体作品谋篇布局的技巧和总体设计的能力更加成功地运用于他的下一部短篇小说集《都柏林人》之中。

注释:

① *James Joyce*, Richard Ellmann, Oxford University Press, New York, 1959, pp.154 – 155

② *Stephen Hero*, James Joyce, New Directions, New York, 1944, p.174

③ *James Joyce*, Richard Ellmann, p.270

④ Ibid., p.118

⑤ Ibid., p.241

⑥ Ibid., p.272

⑦ *Chamber Music*, *The Portable James Joyce*, The Viking Press, New York, 1955, p.629(本章引用的乔伊斯的诗歌全部出自这一版本)

⑧ *James Joyce*, Richard Ellmann, p.603

⑨ Ibid., p.607

⑩ Ibid., p.241

第六章

《都柏林人》：告别传统

> 我的目的是为我国谱写一部道德史。我之所以选择都柏林为背景是因为我觉得这座城市是瘫痪的中心。对于冷漠的公众，我试图按以下四个方面来描述这种瘫痪：童年期、青春期、成年期和社会生活。这些故事都是按照这一秩序编排的。①
>
> 我深信，在我按照现在的方式谱写了这章道德史之后，我已经向我们国家的精神解放迈出了第一步。②
>
> ——乔伊斯

乔伊斯本质上是一位小说家。当他以"抒情的"方式创作那些充满情感和乐感的诗歌时，他已悄悄地对小说产生了兴趣，并经常习作练笔，跃跃欲试。乔伊斯的第一部短篇小说集《都柏林人》(*Dubliners*, 1914)创作于 1904 年至 1907 年期间。早在 1906 年 2 月，作者便将这部当时包括十二个短篇故事的小说集的原稿交给伦敦的一位出版商，但印刷商因对其中某些片段的描写心存疑虑而拒绝印刷。此后，乔伊斯又为集子增添了《两个浪子》《一朵浮云》和《死者》三篇小说，从而使作品的数量达到十五篇。全书正式脱稿时，作者年方二十五岁。

《都柏林人》的出版过程可谓一波三折，困难重重。这不仅充分反映了 20 世纪初西方出版商的偏见、假正经和市侩作风，而且也在一定程度上体现了乔伊斯创作道路的艰难与曲折。作者在给一位出版商的信中详尽地描述了《都柏林人》在出版时所遇到的困难：

> 这本书使我在诉讼、车费和邮费上花去了大约三千法郎。它花去了我九年的时间。我联系过七位律师、一百二十家报社和好几位文坛名流，但除了埃兹拉·庞德先生外，他们全都拒绝帮助我。第一个流产的英国版本(1906)的铅

字排版已被销毁。第二版(都柏林,1910年)几乎当着我的面被全部烧毁。第三版(伦敦,1914年)是我当时写的也是我九年之后请我的出版商发表的文本……《都柏林人》在上述提到的事件中遭到过四十个(一说是二十二个)出版商的拒绝。③

《都柏林人》之所以屡遭厄运是因为它涉嫌渎神和诋毁某些爱尔兰政客与神职人员的名誉。作品所提及的真实的人名与地名以及对爱尔兰的政治腐败、社会瘫痪和道德堕落所作的深刻暴露无疑激怒了不少达官贵人和势利小人。然而,《都柏林人》出版难的另一个原因是当时人们并未真正了解乔伊斯的小说艺术和创作意图。由于这部短篇小说集创作于西方现代主义文学的萌芽期,因此,受传统小说影响颇深的出版商一时无法理解这部作品的巧妙设计、精湛手法和象征意义。在他们看来,这部集子似乎包含了由一个名不见经传的爱尔兰青年所写的一系列分散独立的具有自然主义色彩的小故事。然而,随着现代主义文学的不断发展和批评水准的进一步提高,《都柏林人》的艺术质量和美学价值受到越来越多的评论家的肯定与好评。

应当指出,《都柏林人》标志着乔伊斯决心告别传统、走上文学实验与革新道路的一个重要开端。乔伊斯似乎认为,传统小说的改革任重而道远,而最初的实验必须从短篇小说开始。在创作《都柏林人》时,乔伊斯既受到欧洲传统文化的熏陶,又受到现代主义思潮的影响,因此这部短篇小说集不仅是新旧文学观念彼此交融的结晶,而且也是作者为告别传统、追求创新而迈出的重要一步。《都柏林人》在创作技巧上体现了自然主义和象征主义相结合的原则,而在艺术风格上则与当时十分走红的法国作家莫泊桑(Guy de Maupassant,1850—1893)和俄国作家契诃夫(Anton P. Chekhov,1860—1904)的短篇小说比较接近。正如庞德在评论《都柏林人》时所说:"我可以放下一篇优秀的法国小说,随手拿起一篇乔伊斯先生的小说而不会觉得自己好像受到了蒙蔽。"④同时,美国著名乔学家艾尔曼先生声称:"与乔伊斯的短篇小说最接近的是契诃夫的短篇小说。"⑤不过,莫泊桑与契诃夫之间存在着极大的差别,他们的短篇小说代表了19世纪末欧洲文坛的两个不同流派。对当时相对贫乏的英国短篇小说来说,他们的作品无疑体现了一定的超前意识。然而,过分强调他们对乔伊斯的影响是不足取的。事实上,乔伊斯只是将莫泊桑和契诃夫视为艺术的楷模,而不是蓄意模仿的对象。显然,乔伊斯从他们的作品中看到的与其说是具体的创作技巧,倒不如说是英语小说告别传统、走上革新之路的可能性。

《都柏林人》创作于一个英语短篇小说相对受到冷落和缺乏方向的时代。当时,幸亏来自大洋彼岸的亨利·詹姆斯为短篇小说注入了一定的活力,才未使英语的短篇小说创作显得过于萧条。作为一种初来乍到的文学样式,短篇小说具有短小精悍、灵活多样和自成一体的特点,因而往往成为小说实验者的首选目标。乔伊斯在初出茅庐之际将短篇小说作为自己从事文学革新的试验场,这不仅因为他试图迅速、及时地表达自己对都柏林现实生活的切肤之感,而且还因为他具有一种尽快取得艺术突破的迫切心情。不少评论家指出,《都柏林人》是 20 世纪英国文坛一部引人注目的短篇小说集,而其中的某些作品无疑属于英语短篇小说中的上乘之作。今天,文学评论界对《都柏林人》的美学价值和艺术成就已达成了普遍的共识。

《都柏林人》的一个最主要的艺术特征是作品内在的统一性。这种统一性在小说的背景、结构、语体和技巧上得到了充分的展示。首先是小说背景的统一性。《都柏林人》中的十五篇小说全部以作者的家乡都柏林为背景,深刻揭示了这座城市在世纪交替之际的社会现实和人生百态。在乔伊斯看来,这座当时人口仅四五十万、面积不过数百平方公里且具有十分狭隘的地方观念的普通城市不仅反映了弥漫于爱尔兰社会的一种麻木不仁、死气沉沉的瘫痪状态,而且在西方世界具有普遍的象征意义。乔伊斯曾经明确指出:"我之所以选择都柏林为背景是因为我觉得这座城市是瘫痪的中心。"他还说:"我想还没有一位作家向世界展示过都柏林……'都柏林人'这一称呼对我来说具有某种意义。"⑥在十五个短篇中,乔伊斯始终将创作视线牢牢地盯着自己的故乡,不仅生动地描绘了那里的街道、集市、教堂、酒吧和学校,而且还深刻地揭示了形形色色的都柏林人同僵死和瘫痪的社会之间的激烈冲突,以及他们失败之后痛苦不堪的精神感受。引人注目的是,都柏林既是乔伊斯的短篇小说也是他所有长篇小说的共同背景。毫无疑问,相同的背景在一定程度上缩短了作品与读者之间的距离,同时也进一步增强了作品内在的统一性。

其次是小说结构的统一性。尽管《都柏林人》由十五个单独的短篇组成,但它却体现了作者的巧妙设计和精心编排。乔伊斯曾向他人透露自己的艺术构思:"我试图按以下四个方面来描述这种瘫痪:童年期、青春期、成年期和社会生活。这些故事都是按照这一秩序编排的。"《都柏林人》的第一组"童年期"包括《姐妹们》《偶遇》和《阿拉比》三篇小说。第二组"青春期"由《伊芙琳》《车赛之后》《两个浪子》和《寄宿公寓》四篇小说组成。第三组"成年期"同样包括四篇小说,即《一朵浮云》《无独有偶》《粘土》和《痛苦的往事》。而第四组"社会生活"则由《常青藤日》《一位母亲》和《圣恩》三篇小说组成。至此,上述四组作品已形成三、四、四、三的格局,显得十分匀称与和谐。最后一篇《死者》不仅是全集的尾声,而且也是对所有作品的归纳与总结,起到画龙点睛的作用。《都柏林人》的结构与布局清楚地表明:瘫痪的阴影笼罩着人生的各个阶段,严重地摧残了爱尔兰男女老少的心灵,几乎无人得以幸免。不言而喻,这种建立在人物年龄模式(the age pattern)上的框架结构使全书井然有序、首尾呼应,形成一个极为和谐的整体。

此外便是小说语体的统一性。作者曾经声称:"在很大程度上,我采用了一种处心积虑的刻薄的语体(a style of scrupulous meanness)。"⑦应当指出,"刻薄"(meanness)一词在此具有双关意义。其一是尖酸和冷酷,即采用一种毫不留情的语体来描绘冷酷无情的社会现实,从而使语言形式同小说内容彼此吻合。其二是吝啬和小气,即强调遣词造句的经济性,不浪费一个词语,使每个单词都用得恰到好处,并发挥出应有的艺术效果。《都柏林人》的语体自始至终体现了这种一丝不苟和耐人寻味的"刻薄性",从而极大地增强了作品内部的和谐与统一。

最后是小说技巧的统一性。引人注目的是,乔伊斯在《都柏林人》中已经开始将他的创作视线转向了人物的精神世界。虽然他尚未采用令人眼花缭乱的意识流技巧,但他运用了一种新颖独特的创作技巧——"精神顿悟"(epiphany)——来展示人物错综复杂的思想感情。几乎在每一篇小说的结尾处,主人公不禁豁然开朗,顿时看清了自己的困境,并从中悟出了人生的本质。这一人物觉醒的关键时刻被乔伊斯称为:"精神顿悟",即一种猝然的心领神会。"精神顿悟"不仅构成了小说的高潮,而且还具有深刻的象征意义。在《斯蒂芬英雄》中,乔伊斯借主人公之口对此作了这样的解释:

> 他(斯蒂芬)认为精神顿悟是一种突然的精神显灵,它往往通过某种粗俗的言语或动作,或头脑本身异常的意识活动得以实现。他认为作家要非常仔细地

记录这些精神顿悟,因为它是最微妙、最短暂的时刻。⑧

"精神顿悟"一词源自希腊语,意为"显灵"(manifestation)。在基督教中,它通常指 1 月 6 日(即"第十二夜")耶稣显灵的日子。在古希腊戏剧中,它往往指上帝在关键时刻突然出现并主宰一切的场面。在《都柏林人》中,乔伊斯将它作为一种特殊的技巧加以运用,旨在揭示主人公对人生与社会现实瞬间的感悟。早在 1900 年,乔伊斯在日常生活中收集了许多有关"精神顿悟"的素材。其中不少经他加工或修改后应用于自己的作品。通常,"精神顿悟"具有两种截然不同的形式:一种是通过人物之间"某种粗俗的言语或动作"的戏剧对话来表现,而另一种则是通过描写人物"头脑本身异常的意识活动"的抒情片段来展示。以下便是两个极为典型的例子,可见一斑:

(一)

年轻女士:(说话样子非常谨慎)……哦,是的……我在……教……
堂……
年轻男士:(说话听不清楚)……我……(还是听不清楚)……我……
年轻女士:(说话时娇声娇气)……哦……你……太……恶劣了……⑨

这是一对青年男女之间极其无聊的对话,显得既粗俗又杂乱。但乔伊斯认为,这种表面上毫无意义的对话有时在作品中可以起到象征作用。说者无意,听者有心,它在某个特殊的时刻和特定的环境中会引起主人公的心理变化,使其产生微妙而又深刻的精神顿悟。

(二)

手臂与嗓音的魅力——犹如白色手臂的道路对紧紧的拥抱作出了许诺;犹如黑色手臂停泊在月光下的高大船只正在叙述异国他乡的传说。这些手臂在向我招手:来吧,这里只有我们。那些嗓音也在与它们一起呼唤:我们是你的亲人……⑩

以上这段抒情散文引自《青年艺术家的肖像》的主人公斯蒂芬在小说结尾时所写的日记,充分展示了人物"头脑本身异常的意识活动"。它生动地描绘了主人公在选择人生道路时的心理感受。他仿佛从"白色的手臂"与"黑色的手臂"中突然感悟到了自己所面临的故乡的许诺和异国他乡的召唤。显然,这段抒情散文言近旨远,具有深刻的象征意义。

乔伊斯在《都柏林人》中广泛地运用"精神顿悟"技巧来反映形形色色

的人物的精神困惑和对人生及社会现实的深刻透视。几乎每一篇小说在结尾时都展示了人物的一种猝然的心领神会。从某种意义上说,整部小说集是都柏林乃至爱尔兰全部生活的"显灵"。

综上所述,小说的背景、结构、语体和技巧的统一性构成了《都柏林人》最显著的艺术特征。这不仅反映了乔伊斯在诗集《室内乐》之后对小说框架的精心设计和总体布局的驾驭能力,而且也体现了他在英语短篇小说创作缺乏方向及相对萧条时期的艺术尝试。不少评论家指出,《都柏林人》的艺术成就和美学价值还充分体现在作者的谋篇布局上。虽然这些短篇都有开局、发展和结局,但它们似乎已不再具有传统意义上的情节。这些小说大都反映了人物的处境,揭示了人生的重要时刻,并有条不紊地朝着人物最终的"精神顿悟"运动。它们看上去似乎十分简单,但却寓意深刻,耐人寻味,因而与报刊杂志上的通俗小说不可相提并论。毫无疑问,《都柏林人》是乔伊斯告别传统、走向革新所迈出的难能可贵的第一步。

《都柏林人》的第一组作品由《姐妹们》《偶遇》和《阿拉比》三篇反映"童年期"的小说组成。这一组小说全由一个不知名的孩子用第一人称叙述,构成一个三部曲。它们通过小孩的目光来审视都柏林的道德瘫痪。在这三篇小说中,乔伊斯成功地采用了一系列具有象征意义的形象来暗示作品的主题,渲染人物的意识。作者告别传统、走向革新的意向在此已初见端倪。

《姐妹们》(*The Sisters*)是小说集的开首篇,也是一篇较为耐人寻味的小说。作品详细地描述了一个小孩对教区一位神父去世的心理反应,并以此来揭示宗教的死亡。小说自始至终围绕神父生前死后的情景展开叙述,通过一个孩子对某些生活片断的回忆和感受,道出了"瘫痪"这一基本主题。小说一开始便展示了一种令人窒息的死亡的气氛:

> 以后这次他没希望了,这是第三次中风了。每天晚上,我经过这间屋子(那是在假期里),仔细观看那被灯光照亮的方窗;每天晚上,我看到了同样的灯影,黯淡而不闪烁。我想如果他死了,我会看到黑暗的窗帘上烛光摇晃,因为我知道,尸体的头边必须点上两支蜡烛。[11]

显然,这种描写具有深刻的象征意义。它不仅向读者暗示了都柏林笼罩在死亡的阴影之中,而且还开宗明义地为整部小说集奠定了死亡的基调，并与压轴篇《死者》遥相呼应，从而巧妙地构成了作品主题的统一性。

引人注目的是，乔伊斯在第一篇小说的开头就直截了当地使用"瘫痪"两字。小孩从濒临死亡的神父身上看到了一种可怕的瘫痪状态。"每天晚上当我仰起脸望着窗户的时候，我总是喃喃自语：瘫痪……这使我非常害怕，却又渴望更加接近它，看看它致命的作用。"（p.19）神父曾是小孩的"老朋友"，"他教我准确地读拉丁文……并向我解释各种弥撒仪式和牧师祭服的含义"（p.23）。这无疑暗示孩子幼小的心灵受到了宗教的消极影响。当神父死后，小孩"发现自己有一种获得自由的感觉，仿佛他的死亡使我摆脱了某种东西"（pp.22-23）。乔伊斯通过南尼和伊丽莎姐妹俩长时间的闲聊充分揭示了隐藏在神父死亡背后的一种不可救药的精神瘫痪。"祸根是他打碎的那只圣杯……那是不祥之兆……人们说是那孩子闯的祸。"（p.28）

圣杯是上帝的象征，打碎圣杯暗示了神父的宗教信仰的破灭。"那件事使他的头脑深受刺激"（p.28），精神开始失常，最终因瘫痪而死。小说结尾，当姐妹俩依然在滔滔不绝地闲聊时，小孩突然感到整个房间笼罩在瘫痪和死亡的阴影之中：

> 我也竖起耳朵听，可屋里一片死寂。我这才感悟到，老神父僵硬地躺在屋子里，正如我们刚才看见的那样：他在死亡中显得狰狞可畏，胸前放着一只无用的圣杯。（p.28）

显然，小孩虽从神父的死亡中"发现自己有一种获得自由的感觉"，但他同时也感悟到宗教势力苟延残喘，阴魂不散。毋庸置疑，《姐妹俩》成功地揭示了一个孩子对爱尔兰道德瘫痪的"精神顿悟"。作品的语体朦胧而刻薄，形象生动，寓意深刻，是乔伊斯较为出色的一个短篇。

《阿拉比》（*Araby*）是这部集子中的第三篇小说，也是"童年期"三部曲中的最后一个短篇。作品生动地描述了一个孩子对朦胧爱情的浪漫追求及其幻想破灭的过程。小说主人公"我"是个天真无邪、正在成熟的孩子，住在一条名叫"北理齐蒙德街"的"死胡同"里。作者在小说开头对环境的描绘具有深刻的象征意义：

> 北理齐蒙德街是一条死胡同，除了基督教兄弟学校的孩子们放学回家那段时间外，平时很寂静。在街的尽头有一幢无人居住的两层楼房，与这块方

地上的其他房子保持着一段距离。街上的其他房子似乎都自以为是,以阴沉的脸色互相凝视着。(p.39)

这段描述以象征的手法揭示了都柏林的瘫痪气氛。"死胡同"里的房子阴森可怕、虎视眈眈,暗示着社会的腐朽与昏暗,同时也预示了幻想与现实之间的冲突和"我"的浪漫追求的必然失败。然而,这位稚气未脱的孩子对自己所处的环境缺乏应有的认识。出于对朦胧的爱情和理想的本能的追求,他渴望在一个名叫"阿拉比"的集市上为自己心目中的姑娘"曼根的姐姐"买件礼物。"阿拉比"这个名称具有阿拉伯的异域色彩和东方世界的无限魅力,象征着主人公刻意追求的目标。从某种意义上来说,赶赴"阿拉比"集市不仅象征着他追求理想的浪漫经历,而且也暗示着他探索自我、认识自我的心灵旅程。

然而,都柏林的道德瘫痪与孩子的美好理想格格不入。日复一日,"她的形象甚至在那些对浪漫爱情最富有敌意的地方陪伴着我。"(p.40)在都柏林的大街小巷里,小孩"被醉鬼和讨价还价的婆娘们挤来挤去",听到"劳工们的诅咒声""伙计们的尖叫声"和"街头卖唱人带有浓重鼻音的歌声"。"这些嗓音对我来说统统汇集成一种生活的感受:我仿佛觉得自己捧着圣杯安然地在一群仇敌中间穿过。"(p.41)当他左思右盼的星期六终于来到时,早先答应给他钱的姑父直到晚上九点之后才回家,随后又因火车的耽搁而误了时间。到达"阿拉比"集市时,他又为寻找一个门票只需六便士的入口浪费了不少时间。最后,他生怕集市关门,便急忙将一个先令付给了一位疲惫不堪的看门人,匆匆走进集市。此刻,大厅里几乎所有的摊位都已打烊,大半个集市已是黑灯瞎火,一片昏暗。"我感受到一种刚做完礼拜的教堂所具有的寂静。"(p.45)他不由自主地来到一个即将打烊的摊位前,刚好听到一名举止轻浮的女售货员在与两名青年男子打情骂俏:

> "哦,我从没说过这种事!"
>
> "哎,肯定说过!"
>
> "哦,肯定没说过!"
>
> "难道她没说过?"
>
> "说过,我听见她说的。"
>
> "啊,这简直是⋯⋯胡扯。"(p.45)

　　这段男女青年调情时的庸俗谈话在孩子的心中引起了强烈的反响，使他产生了"精神顿悟"。此刻，主人公的幻想终于破灭，他突然看清了自己的窘境："我抬头凝视着黑暗，感到自己是一个受虚荣心驱使和嘲弄的可怜虫，于是眼睛里燃烧起痛苦的怒火。"（p.46）显然，主人公听到的这段无聊的谈话具有深刻的象征意义，使其产生一种猝然的心领神会。他顿时感到自己梦寐思之的"阿拉比"只不过是个昏暗的集市，而那名庸俗的女售货员仿佛是对他的心上人"曼根的姐姐"以及他的浪漫追求的一种无情的嘲弄。

　　《阿拉比》生动地揭示了一个都柏林孩子的浪漫追求及其幻想破灭并最终获得"精神顿悟"的过程。主人公赶赴这个令人神往的集市实际上使他经历了一次探索自我、认识自我的心灵的旅程。乔伊斯通过象征的手法以及对人物微妙的心理变化的描述向读者表明了这样一个严酷的事实，即在危机四伏、死气沉沉的都柏林社会中，甚至连一个天真无邪的孩子也无法摆脱瘫痪的阴影。

　　《伊芙琳》（*Eveline*）是反映"青春期"的第二组短篇小说中的第一篇，在整部集子中具有一定的代表性。这篇小说首次展示了《都柏林人》中的一个重要主题，即试图逃避瘫痪的现实以及逃避的最终失败。十九岁的女主人公伊芙琳对都柏林的生活感到厌倦。小说一开头便清楚地表明："她累了。"（p.46）伊芙琳的母亲已经去世，而父亲则是个恶棍，平日对她十分凶悍，"她不时觉得自己受到父亲暴虐的威胁"（p.48）。不仅如此，百货店里的女同事也对她百般刁难，而她却不得不为七先令的月薪忍气吞声。都柏林的生活死气沉沉，令伊芙琳的心情倍感压抑。"现在她要像其他人那样离乡背井了。"（p.47）乔伊斯在小说一开头便展示了逃避的主题。

　　然而，都柏林严重的道德瘫痪剥夺了伊芙琳离家出走的勇气，并最终使她过新生活的希望化为泡影。伊芙琳的情郎弗兰克是"一个心地善良、性格开朗而又有男子汉气概"的水手。尽管她父亲不准她与弗兰克交往，但他俩经常暗中约会。今晚，"她将同弗兰克一起去开辟新的生活……她将搭乘夜班船与他私奔，成为他的妻子，并将与他在阿根廷首都布宜诺斯艾利斯共同生活。"（pp.48-49）但此时此刻，伊芙琳却犹豫不决，心中充满了矛盾。一方面，她无法忘却自己对家庭应负的责任。她爱自己年幼的弟弟，"她发现父亲正日趋衰老"。"她想起了自己对母亲许下的诺言：保证尽力支撑这个家。"（p.50）但另一方面，都柏林沉闷乏味的生活简直令人感到窒息。"逃跑！她必须逃跑！弗兰克会救她的。他会给她带来新的生活，也许还有爱情。但眼下她想生活。她为何要备受不幸？她有权得到幸福。"（p.50）然而，当轮船正要起航时，伊芙琳却面对汹涌澎湃的大海动摇了，退缩了：

> 所有的惊涛骇浪在她的心中翻腾。他正将她拖进波涛之中，他会使她淹死的。她用双手紧紧地抓住铁栅栏。
>
> "来呀！"
>
> 不！不！不！不行！她疯狂地抓住铁栅栏。面对大海的波涛，她痛苦地哭了起来。（p.51）

不言而喻，伊芙琳是爱尔兰道德瘫痪的受害者，她既没有胆量逃离"可爱、肮脏的都柏林"，也没有勇气选择新的生活道路。在小说结尾时，她突然感悟到自己"就像一只走投无路的动物"（p.51），孤立无援，濒临绝望。乔伊斯在《伊芙琳》中巧妙地运用了象征主义的手法来揭示主人公无力追求美好生活的主题。伊芙琳家的灰尘和挂在墙上的"一张泛黄的神父的照片"暗示着道德瘫痪；而码头上的铁栅栏则是牢笼的象征。相反，大海和轮船意味着逃避、前程和希望。这些形象为烘托主题、铺垫气氛起到了极为有效的作用。《伊芙琳》生动地叙述了一个都柏林姑娘既无法逃避现实又无力追求理想的故事，读来令人伤感，发人深省。

《一朵浮云》（A Little Cloud），即反映"成年期"的第三组小说中的第一篇，同样表现了主人公在瘫痪的社会现实面前无法实现美好理想的主题。这篇小说不仅继续揭示都柏林人逃避与失败的主题，而且还首次展示了一个在枯燥乏味的生活面前无足轻重而又无可奈何的艺术家的形象。小说主人公小钱德勒是一名都柏林的小职员，业余爱好写诗，虽已过而立之年，却在事业上毫无建树。他与妻子缺乏共同语言，婚后生活枯燥乏味。同其他形形色色的都柏林人一样，他每时每刻都受到瘫痪的侵袭。小说开局，他听说一位名叫加拉赫的朋友在海外功成名就之后返回都柏林，便前往一家酒吧与其约会。于是，作品便拉开了主人公逃避瘫痪和追求理想的序幕。

乔伊斯借小钱德勒在赴约途中的所见所闻和凝思遐想对都柏林混乱的现实和他微妙的心理反应作了详细的描绘：

> 街上到处是肮脏的孩子，他们站在道路上或到处乱窜，不然就爬上敞开

着大门的台阶，或像老鼠一样蹲在门槛上。小钱德勒不理睬他们。他敏捷地
穿过那群害虫般的小鬼……

有时，他却想从恐怖中寻找刺激。他故意选择那些最黑暗、最狭窄的街
道。他虽然壮着胆往前走，但在他脚步声之后的一片死寂不免使他心慌意
乱；有时那些像鬼魂似的黑影和窃窃的笑声使他不寒而栗。(p.81)

都柏林严重的道德瘫痪和可怕的现实生活在作者的笔下一览无遗。
小钱德勒十分厌恶这座死气沉沉、肮脏堕落的城市，不禁发出了无奈的
叹息声："不错，如果你想成功，就得远走高飞。在都柏林，你将一事无
成。"(p.83)小钱德勒将他与老朋友加拉赫的约会视为一次可能使自己摆
脱困境、改变人生的重要机会，因此，"他加快了步伐。生平第一次，他觉
得自己比街上来往的行人更了不起。"(p.83)"他每走一步便更靠近伦敦，
而离他那缺乏艺术性的沉闷的生活更遥远了。他的内心深处开始闪现出
一丝希望之光。"(p.83)

然而，小钱德勒与加拉赫的会面不仅使小钱德勒备感失望，而且也为
他最终对逃避的失败和无力追求理想的"精神顿悟"奠定了基础。小钱德
勒发现，这位八年前被迫逃离都柏林的老朋友虽然在欧洲大陆混得不错，
但他却显得狂妄自大而又俗不可耐。"他感到有些失望。加拉赫说话的
声调和腔调使他感到很不愉快。在他的朋友身上有一种他以前未能注意
到的庸俗的东西。"(p.87)与此同时，小钱德勒对加拉赫的成功既羡慕不
已，又愤愤不平：

他觉得这世道太不公平了。加拉赫的出身与教养比他差。他相信，一旦
有机会他肯定干得比他更好……究竟是什么东西在阻碍他，使他无法出人头
地呢？(p.91)

小钱德勒从加拉赫得意忘形的声调中不仅看到了两人在生活中的强
烈反差，而且也意识到了他本人的懦弱无能和无足轻重。他诚心邀请加
拉赫来家里做客，但却遭到对方的拒绝，这无疑使他感到羞愧。显然，小
钱德勒与加拉赫在酒吧的约会既使他萌发了远走高飞、追求新生活的念
头，又预示了他无法逃避和无力追求的结局。

随着两人约会的结束，乔伊斯巧妙地将镜头转向小钱德勒的家庭，进
一步展示主人公的生活困境。小钱德勒与妻子安妮同床异梦，时有摩擦。
当他冷淡地望着挂在墙上的安妮的照片时，她的眼睛也冷淡地回看他。

"当然这双眼睛很漂亮,脸蛋也很漂亮,但他发现它们有些卑鄙……那双眼睛排斥他,在向他挑战,"(p.94)甚至连"室内美观的家具也有些卑鄙"(p.94)。此刻,小钱德勒的内心充满矛盾和疑虑:

> 他能逃出这间小屋子吗? 像加拉赫那样大胆地生活是否已经太晚了? 他能去伦敦吗? 家具的借款还未付清呢。他若能写一本书并设法使它出版就好了,那样也许会给他带来一条出路。(p.94)

然而,当小钱德勒正试图阅读拜伦的诗歌并从中寻找创作灵感时,他抱在怀里的孩子突然号啕大哭起来,震耳欲聋的哭声使他无可奈何地丢下诗集,去哄孩子。但孩子却哭个不停,而且哭声越来越响,小钱德勒发现自己成了"一名终生的囚犯"(p.95)。此刻,他妻子安妮突然冲进屋子,从他怀里夺过孩子,然后用凶狠的目光瞪着他,并对他厉声训斥。小说结尾,小钱德勒获得了"精神顿悟",终于看清了自己的窘境。"他羞愧难言,无地自容……眼中淌下了悔恨的泪水。"(p.96)

不言而喻,《一朵浮云》生动地叙述了一个都柏林成年人在瘫痪的社会中无力追求理想的故事。小说的标题"一朵浮云"具有深刻的象征意义。它既影射了笼罩在小钱德勒心头乃至整个都柏林的瘫痪的阴影,又暗示了主人公追求理想的希望犹如天上的浮云一般,飘忽不定,且稍纵即逝。在结构上,《一朵浮云》充分体现了作者谋篇布局的能力。全篇由赴约途中、酒吧对话和家中顿悟三部分组成,结构严谨,布局合理。此外,作品的主题深刻,形象生动,语言优美,是整部集子中较有代表性的一篇。

《痛苦的往事》(*A Painful Case*),即第三组反映成年期的小说中的最后一篇,叙述了一对男女因缺乏感情而无法相爱的故事,并以此来揭示瘫痪的主题。男主人公达菲先生是一位自命不凡、性格孤僻的银行职员,平日喜欢独来独往,除读书和听音乐之外无其他爱好。"一名中世纪的医生也许会称他是一个忧郁的人。"(p.119)达菲先生的生活单调乏味,平淡无奇,成为都柏林人孤独和异化的象征:

> 他既没有伴侣,也没有朋友;既没有加入教会,也没有宗教信仰。他过着自己的精神生活,不与他人交流思想或感情,只是在圣诞节看望他的亲戚,而当他的亲戚死后则护送他们的遗体去墓地。(p.120)

不久,达菲先生在音乐厅邂逅一位船长的妻子辛妮科太太,两人情投意合,交往频繁。"辛尼克船长对达菲先生的来访表示欢迎……由于辛尼克船长平时只顾寻花问柳早已将太太置于脑后，因此他决不会怀疑有人会对她感兴趣。"（p.121）在空虚的日常生活中，达菲先生和辛尼克太太似乎找到了一种能使他们度过愉快的时光的方式。然而，达菲先生孤僻的性格和清教徒式的拘谨作风使他们无法真正相爱。当"辛尼克太太满怀激情地抓住他的手并将它贴在自己的脸上"时，"他感到惊慌失措"（p.123）。从此，两人便断绝了关系。达菲先生重新回到以往单调乏味的生活中。

然而，达菲先生与辛尼克太太的这段往事并未就此结束，而是继续对他的思想产生了重要的影响。四年后，达菲先生从报上的一条新闻中获悉：辛尼克太太在喝醉酒之后被火车压死。达菲先生读完新闻报道之后起初感到十分厌恶。他认为"她不仅侮辱了自己，而且也侮辱了他"（p.127），并暗自庆幸自己早已同这个沉沦与轻生的女人一刀两断。然而，当他重温他和她共同度过的那段生活历程时，他开始感到坐立不安了：

> 现在她离开了人世，他明白她当时夜复一夜地独自坐在房间里是多么孤独。他也将孤独地生活下去，直到死亡，不再存在，变成一种记忆，要是还有人记住他的话。（p.128）

此刻，达菲先生开始感到十分内疚，并责问自己："为何不给她留条活路？""为何判她死刑？"（p.128）小说结尾，达菲先生在寒冷的夜晚独自在公园踱步沉思，并由此获得了"精神顿悟"：

> 他感到自己是一个被人生的盛宴排斥在外的人。有一个人似乎已经爱上了他，而他却拒绝给她生命和幸福。他侮辱了她，并使她无脸活下去……他感到自己孤身一人。（pp.128－129）

《痛苦的往事》深刻地反映了人性的扭曲与爱情的死亡，通过一对男女之间痛苦的往事揭示了都柏林严重的道德瘫痪。主人公达菲先生在小说中经历了一个从清高到惭愧、从厌恶到自责、从无知到顿悟的心理发展过程。尽管有证据表明，乔伊斯本人对这篇作品并不满意，但不少评论家却感受到了这篇小说的艺术魅力。《痛苦的往事》不但结构严谨，而且形象生动，语言优美，节奏明快，人物逼真，读来耐人寻味。

《常青藤日，在委员会办公室》（*Ivy Day in the Committee Room*）在第四组反映"社会生活"的三篇小说中具有一定的代表性，同时也是乔伊斯最喜欢的短篇之一。《常青藤日》首次将都柏林的政治瘫痪展示在读者面前，深刻地揭示了一个十分敏感的思想主题。在爱尔兰，每年的10月6日为"常青藤日"，即纪念民族运动领袖帕纳尔去世的日子。小说生动地反映了1902年的"常青藤日"爱尔兰民族党在竞选市议员时的拉票活动，从而揭露了帕纳尔死后爱尔兰的政治腐败。应当指出，帕纳尔是乔伊斯小说中政治题材的核心人物，在他以后的三部长篇小说中反复出现。乔伊斯称帕纳尔是爱尔兰的"无冕之王"，是民族独立运动最杰出的领袖。在小说中，作者通过一群帕纳尔的"信徒"在委员会办公室内的谈话，真实反映了爱尔兰的政治混乱和那些所谓的"信徒"对帕纳尔的背叛。值得一提的是，《常青藤日》的创作素材来自乔伊斯的父亲和他弟弟斯坦尼斯勒斯的一段生活经历。正如他弟弟在一部有关乔伊斯的传记中所说："我父亲曾在都柏林一次市议员的选举中为一名候选人当过选举代理人和游说人，而我则是他的办事员。我给在巴黎的吉姆写信，向他描述委员会的办公室和常去那里的人，与那些出现在《常青藤日，在委员会办公室》中的人物很像。"[12] 显然，同其他作品一样，《常青藤日》不仅深刻地揭示了瘫痪的主题，而且也是20世纪初都柏林社会生活的真实写照。

《常青藤日》集中反映了都柏林市议员竞选期间在一个选区委员会办公室内所发生的故事。主要人物有老管家杰克和几位受雇于一个名叫蒂尔尼的爱耍滑头的都柏林政客的竞选代理人：奥康纳、海因斯和汉基先生。小说并不具有一个生动有趣的情节，而是自始至终围绕这些人物的谈话展开叙述。乔伊斯借这些人物之口表达了都柏林人对政客、英国国王、帕纳尔以及党派斗争的态度，充分揭示了爱尔兰的政治腐败和社会黑暗。小说开局，竞选代理人奥康纳先生因气候寒冷、风雨交加而无法外出游说，只得在委员会办公室里同老管家杰克一边烤火，一边闲聊。随后，海因斯和汉基等人也先后来到办公室。他们围坐在一起喝酒聊天，言语中不时流露出对爱尔兰政治腐败的不满情绪。海因斯和奥康纳两人以下的这段谈话内容无疑揭露了政客们贿选的肮脏内幕：

"他付给你钱了吗？"

"还没有，"奥康纳先生回答，"我希望看在上帝的分上他今晚不会丢下咱们不管。"

海因斯先生笑着说："哦，他会付钱的，别担心。"

"我希望他放聪明点，如果他真想办事情的话。"(p.132)

另一名竞选代理人汉基先生的话更是一语道破,彻底暴露了都柏林的政治腐败:"我想我明白他们玩的鬼把戏了。如今你要是想当市长就得花钱孝敬市里的神父们,然后他们才会让你当市长。"(p.139)显然,都柏林的议会选举充满了肮脏的金钱交易,从而使这座瘫痪的城市变得更加腐朽与黑暗。雇他们游说的政客蒂尔尼是民族党人,但"他是个爱耍花招的人,他有一双小眼睛,眯起来像头猪,一看就不是好东西"(p.135)。这个所谓帕纳尔的"信徒"早已蜕化变质,成为一个卑鄙的政治小丑。

在小说中,乔伊斯不时提及爱尔兰民族运动领袖帕纳尔,借人物之口表达了人民对他的崇敬和怀念。海因斯指着佩带在外衣领子上的一片常青藤叶子说:"如果这个人还活着,咱们根本不会谈论对英国国王的欢迎词了。"(p.134)小说结尾,海因斯在办公室内向大家朗诵起十一年前他为悼念帕纳尔逝世而写的一首诗歌:

> 他去世了,我们的无冕之王去世了。
> 啊! 爱尔兰,沉痛地哀悼吧!
> 现代伪君子结党营私,
> 打倒他,迫使他长眠地下。
> ……
> 于是爱尔兰的希望和梦想
> 都在领袖的骨灰中葬送。(p.146)

海因斯可谓是帕纳尔真正的信徒,"像个男子汉一样始终追随他"(p.145)。海因斯在小说结尾时朗诵的这首语调虽有些俗气但感情真挚的诗歌不仅以讽刺的口吻揭露了都柏林的政治腐败,而且也是对这座城市的道德瘫痪的一次"显灵",并高度概括了他本人对现实的精神感受。因此,《常青藤日》以诗歌结尾的方式与其他作品中用以表现"精神顿悟"的手法在本质上是一致的。

《死者》(*The Dead*)是《都柏林人》的压轴篇,也是对瘫痪这一基本主题的归纳与总结。不少评论家认为,《死者》不仅是乔伊斯早期的代表作,而且也是20世纪最杰出的英语短篇小说之一。乔伊斯的"精神顿悟"技巧在这篇小说中得到了最精彩的发挥。他通过一对爱尔兰中年夫妇之间的感情危机向读者揭示了这样一个事实:爱尔兰的社会生活死气沉沉,令人窒息,家庭与人际关系充满着矛盾。都柏林人精神空虚,在百般无聊之中甚至与死者争风吃醋,成为社会瘫痪的牺牲品和精神上的死者。显然,这篇小说具有深刻的象征意义和极大的讽刺意义。

《死者》集中表现了大学教授加布里埃尔在参加一个圣诞晚会时获得自我认识的复杂过程,以及他最终对自己婚姻的失败和本人的可怜与可鄙的"精神顿悟"。故事的前半部分发生在加布里埃尔的两位姑母举行的圣诞晚会上,后半部分发生在他与妻子格丽塔当晚下榻的旅馆里。在小说中,主人公加布里埃尔情绪反复,心潮起伏,内心冲突不断加剧。他时而因自己具有与众不同的身份和阅历而洋洋得意、自命不凡,时而又因自己与其他客人之间缺乏共同语言而深感孤独和寂寞。他傲慢自负的心理先后受到三个女人的伤害,从而使他最终感悟到自己的无足轻重和微不足道。小说一开始加布里埃尔便在与帮忙照料客人的莉莉小姐闲聊时讨个没趣:

> "告诉我,莉莉,"他以友好的口气说,"你现在还上学吗?"
>
> "噢,不,先生,我今年起不再上学了,"她回答。
>
> "喔,那么我想我们会在某个好日子里参加你同你那位年轻人的婚礼了吧?"他快活地说。
>
> 莉莉回过头看了他一眼,毫不客气地说:
>
> "现在的男人只会胡说八道,光想占你的便宜。"(p.193)

莉莉小姐对男人的无情责备使"加布里埃尔脸红了,他仿佛觉得自己做错了事情似的"(p.193)。为了挽回面子,不使自己过于难堪,加布里埃尔掏出一枚硬币送给莉莉小姐,却遭对方的拒绝。最后他不得不"将钱硬塞到她的手中",然后"几乎是小跑着奔上了楼梯"(p.194)。加布里埃尔一进门便遭到一位女佣人的奚落,其窘态和难堪的程度也就不言而喻了。

加布里埃尔与其舞伴艾弗丝小姐之间的对话使他的自尊心再次受到了伤害。艾弗丝小姐是一位心直口快的爱尔兰民族主义者。她对加布里埃尔这样崇尚英国及整个欧洲大陆文化的爱尔兰知识分子抱有偏见,称其为"西不列颠人"(West Briton)。在舞会上,艾弗丝小姐对加布里埃尔进行了一番无情的讽刺与嘲弄。他俩之间的以下这场对话使加布里埃尔十分羞惭,简直无地自容:

> "你为什么要去法国和比利时而不去你自己的土地上看看呢?"艾弗丝小姐问道。

"噢,"加布里埃尔说,"一方面为了能同那几种语言保持接触,另一方面为了换换空气。"

"难道你就没有自己的语言——爱尔兰语需要保持接触吗?"艾弗丝小姐问道。

……

"难道你就没有自己的土地可以去看看吗?"艾弗丝小姐继续问道。"你对这片土地一无所知,还有你自己的同胞,你自己的国家。"

加布里埃尔突然顶撞她说:"老实告诉你,我对自己的国家感到厌烦了,厌烦了!"(pp.205–206)

艾弗丝小姐的步步紧逼不断追问使加布里埃尔满面羞惭。然后,她踮起脚尖,凑近他的耳朵悄声说"西不列颠人"。这不仅使他羞惭万分,而且也极大地动摇了他的自尊和自信。

值得一提的是,《死者》的场景具有深刻的象征意义。尽管故事发生在圣诞节的夜晚,但死亡的阴影却时刻笼罩着加布里埃尔姑母家的晚会。在这个代表诞生与复苏的夜晚,人们却大谈死亡,并不时对那些已经埋在地下的死者表示出眷眷之情。加布里埃尔在家庭宴会上慷慨陈词,道出了大家的心声:"假如过去美好的日子已经一去不复返了,那么我们希望,至少在像今天这样的聚会上,我们谈起它们时依然感到自豪与亲切,我们仍将缅怀那些死者的形象,这个世界将不甘心让他们的名字就此消亡。"(p.221)尽管屋内灯火明亮,温暖如春,但人们却感到悲伤愁闷,无法摆脱死亡的阴影。此刻,屋外大雪纷飞,冰冷的雪花在夜空中纷纷扬扬,悠闲地飘落在爱尔兰的城市与乡村。对在屋内感到窒息的加布里埃尔来说,大雪仿佛是一种解脱与逃避的象征。

如果说莉莉和艾弗丝小姐在一定程度上伤害了加布里埃尔的自满心理,那么他妻子格丽塔则在旅馆里将他的自尊心与虚荣心一扫而光。在晚会结束时,一位客人唱起了一首名为《奥格里姆姑娘》的民歌,引起了格丽塔对往事的回忆。到旅馆后,她一直沉默不语,闷闷不乐,在丈夫的追问下,才透露了多年来隐藏在心中的秘密。原来格丽塔昔日的恋人迈克尔·富里也经常唱《奥格里姆姑娘》这首歌向她倾诉爱情,甚至患了肺结核还站在夜雨中唱歌,终于因病情恶化而死去。格丽塔对已故恋人的深切缅怀使一向自命不凡、洋洋得意的丈夫大吃一惊。震惊之余,他似乎依然对本人大学教授的身份与地位感到自信,因而故意问妻子那个年轻人是干什么的,试图以此来贬低对方。但格丽塔毫不在乎,十分干脆地答道:"他在煤气厂工作。"(p.238)在她看来,他的职业与自己丈夫的职业并无区别。加布里埃尔因讽刺落了空而深感羞惭。然而,他并未善罢甘休,继续坚守最后一道心理防线,试图为自己捞回一点面子。他假装同情地问道:"他怎么那样年轻就死了呢,格丽塔?因为生肺病是吗?"(p.238)但妻子却直言不讳地答道:"我想他是为我死的。"(p.238)

> 听到这个回答,加布里埃尔感到一种朦胧的恐惧向他袭来,在他渴望达到目的的时刻,仿佛有一种难以捉摸的、惩罚性的东西在跟他作对,并正在那个朦胧的世界里聚集力量来反对他。(p.238)

同乔伊斯笔下的其他都柏林人一样,加布里埃尔也在小说结束时获得了"精神顿悟"。他豁然开朗,顿时看清了自己的无足轻重以及与死者争风吃醋的窘境。他突然感到自己虽生犹死,并正在无可奈何地加入死者的行列。"他的灵魂已经接近那个住着大批死者的区域……他本人正在一个灰色的、难以捉摸的世界中逐渐消逝;一个结实的世界,这个无数死者曾站立过并生活过的世界正在溶化和消逝。"(pp.241-242)小说结尾,乔伊斯采用诗歌般的语言来描述主人公"头脑本身异常的意识活动",并以此引申出深刻的象征意义:

> ……该是他动身去西方旅游的时候了。是的,报纸说得对,整个爱尔兰都在下雪……大雪纷纷飘落,厚厚地积压在歪歪斜斜的十字架与墓碑上,飘落在小篱笆门的尖顶上和光秃秃的灌木上。他的灵魂渐渐地消失了,一边倾听着雪花微微地穿过宇宙,微微地,如同先前的雪花一样,飘落在所有的生者与死者身上。(p.242)

此时此刻,加布里埃尔的意识突然出现了跳跃,他仿佛感到这场大雪正在将他与所有活着的和死去的都柏林人连在一起。这时,雪的形象似乎产生了新的含义。它象征着冷若冰霜的人际关系,僵死的爱尔兰社会和精神上的死亡。显然,这不仅是《死者》的主人公加布里埃尔个人的"精神顿悟",而且是整部集子中所有人物共同的感悟和最终的结论。

综上所述,"精神顿悟"不仅是乔伊斯在《都柏林人》中采用的别具一格的创作技巧,而且也为这些短篇小说提供了一个共同的模式,从而使整部集子获得了艺术上的统一与和谐。半个多世纪以来,乔伊斯的"精神顿悟"技巧对西方小说产生了一定的影响,同时也引起了一些评论家的浓厚兴趣。尽管人们对这种新颖独特的创作技巧各抒己见，但他们似乎取得了这样一种共识，即"精神顿悟"是表现道德瘫痪极为有效的艺术手段。就这些短篇小说的结构与布局而言，乔伊斯的"精神顿悟"技巧具有以下三个明显的艺术特征：

一、"精神顿悟"不是一种无缘无故、出乎意料的感悟，而是与故事的情节和人物的经历密切相关。在获得"精神顿悟"之前，人物往往有意或无意地经历了一个心理上的准备过程。

二、"精神顿悟"通常发生在人物心理变化的关键时刻，同时代表了小说真正的高潮。它是一种由作者精心策划、有意安排的一幅生动的心理画面。"精神顿悟"作为小说的结尾不仅恰到好处，而且寓意深刻，耐人寻味。

三、"精神顿悟"往往需要外部条件的刺激与配合，即通过某种情景或某些事件唤起人物的感情，使其茅塞顿开。因此，它不仅是人物个人的一种狭隘的自我认识，而且还具有广泛的象征意义。

《都柏林人》是20世纪初传统文学观念与现代主义思潮彼此交融的产物，也是乔伊斯为告别传统、走向革新而迈出的重要一步。这部短篇小说集不但深刻地揭示了道德瘫痪这一中心主题，而且还成功地采用了"精神顿悟"这一独特的创作技巧，从而在内容与形式上体现出某种统一与和谐。《都柏林人》的问世表明：作者已经摆脱了本人在《室内乐》中难以抑制的感伤情绪，转向对芸芸众生的精神危机的关注以及对小说技巧的尝试与实验。从某种意义上来说，"精神顿悟"手法为乔伊斯的小说转入内省及其意识流技巧的诞生奠定了基础。毋庸置疑，《都柏林人》不仅为当时不太景气的短篇小说创作注入了新的艺术活力，而且为作者日后从事长篇小说的实验与革新提供了重要的过渡。

注释：

---

① *James Joyce*, A. Walton Litz, Princeton University, Twayne Publishers, New York, 1966, p.48

② *Joyce: The Man, the Work, the Reputation*, Marvin Magalaner and Richard M. Kain, New York, 1959, p.54

③ *James Joyce*, Richard Ellmann, Oxford University Press, New York, 1959, p.429

④ *James Joyce*, A. Walton Litz, p.50

⑤ *James Joyce*, Richard Ellmann, p.171

⑥ *James Joyce*, A. Walton Litz, p.49

⑦ Ibid., p.50

⑧ *Stephen Hero*, James Joyce, Jonathan Cape, London, 1956, p.216

⑨ Ibid., p.216

⑩ *A Portrait of the Artist as a Young Man, The Portable James Joyce*, The Viking Press, New York, 1955, p.525

⑪ *Dubliners, The Portable James Joyce*, The Viking Press, New York, 1955, p.19（正文中有关这部作品的引文的页码在引文后的括号中标出）

⑫ *James Joyce, A Student's Guide*, Matthew Hodgart, Routledge & Kegan Paul, London, p.48

第七章

《青年艺术家的肖像》：
新质的萌生

有些读过我的《青年艺术家的肖像》的读者忘了这部小说名叫做"青年艺术家的肖像"。①

——乔伊斯

去发现某种生活方式或艺术形式从而使你的精神能够完全自由地表达出来。②

——斯蒂芬

这种文体与其说在表达思想倒不如说在表达富于感情的形象……虽然这种技巧并非无懈可击，但乔伊斯对它的发现才使《青年艺术家的肖像》得以成功。③

——艾尔曼

如果说《都柏林人》是乔伊斯毅然向文学传统告别的重要标志，那么他的第一部长篇小说《青年艺术家的肖像》(*A Portrait of the Artist as a Young Man*, 1916)则是他朝着现代主义的文学实验与革新迈出的难能可贵的第一步。著名现代派诗人艾略特在谈及乔伊斯的创作时曾经说过：

他后期的作品必须通过他早期的作品才能使人理解，而他的第一部作品必须通过他的最后一部作品才能使人理解；是整个创作经历而不是其中的某个阶段最终确立了他在伟大艺术家行列中的地位。④

就此而言，《青年艺术家的肖像》是乔伊斯早期的"精神顿悟"手法与后期的意识流技巧之间的一个必然的过渡。这部起草于1904年而完成于1914年的长篇小说不仅是作者创作生涯中期的重要艺术成果，而且为我们全面了解乔伊斯的美学思想和小说艺术提供了一个不可多得的文本。概括地说,《青年艺术家的肖像》是 20 世纪的一部具有示范意义的小说。它既客观地反映了作者在现代主义初期(early modernism)的革新精神,也在一定程度上拓宽了同时代的作者和读者的视野,为现代主义小说的发展提供了一个杰出的范例。同时,《青年艺术家的肖像》又是 20 世纪一部出类拔萃的小说。1998 年 7 月美国兰登书屋(Random House)下属的"现代文库"编审委员会公布了一份百年百部最佳英语小说的书单,乔伊斯的意识流巨著《尤利西斯》名列榜首,而《青年艺术家的肖像》则令人瞩目地排名第三。这足以说明当今专家学者对乔伊斯小说的厚爱,同时也充分反映了《青年艺术家的肖像》在 20 世纪英美文坛的显著地位。

然而,同《都柏林人》一样,《青年艺术家的肖像》的问世也困难重重,历尽挫折。造成这种困难与挫折的原因主要有两个方面:一是作者本人的艺术功力不足,二是出版界的偏见。当乔伊斯于 1904 年开始起草《青年艺术家的肖像》的初稿《斯蒂芬英雄》(Stephen Hero, 1944)时,他只是一名酷爱写作但缺乏创作经验而又尚未发表过文学作品的青年。尽管他当时完成了《都柏林人》中的十余篇小说,但他对长篇小说的谋篇布局缺乏足够的艺术功力。1905 年,乔伊斯已经写完了前十章(约 500 页),但手稿文笔粗糙,内容杂乱。1908 年,《斯蒂芬英雄》的手稿已长达近千页,其内容与结构显得更加混乱不堪。乔伊斯大失所望,称这部作品是"垃圾",一怒之下将数百页手稿扔进炉火,幸亏他妹妹艾琳在场,及时抢出才未付之一炬。1909 年,乔伊斯在完成《死者》等名篇之后艺术功力大有长进,决心改写《斯蒂芬英雄》一书。显然,这是他创作生涯中的一个极为重要的艺术举措。应当指出,尽管《斯蒂芬英雄》本身并无多少美学价值可言,但它不仅客观地记载了乔伊斯早期的美学思想和审美观念,而且还为 20 世纪一部颇具美学价值的长篇小说——《青年艺术家的肖像》的诞生奠定了基础。

此外,当时西方出版界对青年作家的偏见也是《青年艺术家的肖像》难以问世的另一个重要原因。1914 年初,当《青年艺术家的肖像》正式脱稿后,没有一个英国或爱尔兰出版商愿意接受它。在那些审阅书稿的人看来,乔伊斯虽具有艺术才华和独创精神,但他只是文坛的一个无名小卒。他们认为,《青年艺术家的肖像》"太离题、太杂乱、太松散,而且阴暗面和肮脏的词语太多……除非作者采用严谨与和谐的手法,否则他无法赢得读者"⑤。

由于当时出版商对英国作家 D. H. 劳伦斯的小说《虹》(*The Rainbow*,1915)所涉及的诉讼案感到震惊,因此他们心有余悸,对《青年艺术家的肖像》全都采取了回避的态度。尽管在美国诗人庞德的鼎力相助下,《青年艺术家的肖像》从 1914 年初开始在《自我》(*Egoist*)杂志上以连载形式发表,但连载完毕之后依然没有一位出版商愿意印刷此书。1915 年冬,乔伊斯在写给其资助人维弗女士的一封信中苦涩地说:

> 我没有从我的两个出版商手中得到过任何钱,我不喜欢像出版《都柏林人》那样再等上九年。我正在写一本名叫《尤利西斯》的书,希望另一本书(即《青年艺术家的肖像》)能即刻出版,因为与出版商打交道实在使我感到厌烦。⑥

在庞德和维弗女士等人的共同努力下,一位美国出版商总算答应出版这部小说,但条件是维弗女士包销 750 册。1916 年 12 月 29 日,《青年艺术家的肖像》单卷本在经历了长达十二年的磨难之后终于面世。

应当指出,《青年艺术家的肖像》既是一部"青春小说"(the novel of adolescence),也是一部自传性很强的"发展小说"(the novel of development)。主人公斯蒂芬·迪德勒斯的成长过程同作者本人的遭遇极为相似。乔伊斯从本人的生活经历与精神感受中积累了丰富的创作素材。经过反复提炼与艺术加工,作者成功地塑造了一个从童年到青年、从幼稚到相对成熟的青年艺术家的形象。就此而言,乔伊斯在小说主题的选择上与 19 世纪末 20 世纪初的某些英国作家十分相似。在此以前,塞缪尔·勃特勒在《众生的道路》(*The Way of All Flesh*,1903)、劳伦斯在《儿子与情人》(*Sons and Lovers*,1913)以及毛姆在《人性的枷锁》(*Of Human Bondage*,1915)中也都表现过类似的主题。无论乔伊斯是否有意沿袭他人的小说模式,《青年艺术家的肖像》无疑反映了当时一部分作家的创作倾向。同他们一样,乔伊斯不仅从个人的生活经历中摄取创作素材,而且也刻意描绘了一名青年在充满敌意的环境中的精神发育和心理发展过程。然而,与他们不同的是,乔伊斯在《青年艺术家的肖像》的创作过程中朝着现代主义的方向尤其是技巧的革新上迈出了难能可贵的第一步。尽管这部作品在改革的力度和实验的结果上无法同《尤利西斯》相比,其结构、风格和技巧还不能使其排在意识流小说之列,但它却在一定程度上采用了象征主义的手法以及感官印象、内心独白和自由联想等意识流技巧。因此，《青年艺术家的肖像》不仅是一部自传性很强的"发展小说"，而且也充分体现了20世纪初西方新潮文学的许多特征，为作者日后的意识流小说奠定了基础。不言而喻，它使读者看到了乔伊斯小说艺术的发展和新质的萌生。

同时，《青年艺术家的肖像》又是一部别具一格的心理小说。如果说，读者在《都柏林人》中看到的大都是沉沦于"道德瘫痪"之中芸芸众生偶发的"精神顿悟"，那么，在《青年艺术家的肖像》中，读者更多地领略到了人物错综复杂的意识活动。乔伊斯似乎有意在作品中将他对物质世界与外部客观事物的描写降到了次要的地位，进一步将创作的焦点集中于人物的精神世界，明显地展示了由表现外部世界转入内省的现代主义倾向。作者以生动、细腻的笔触描述了主人公从婴儿朦胧时期到青年成熟时期的心理发展过程。小说自始至终以主人公的心理矛盾和精神感受为基本内容，深刻地揭示了他隐秘的内心世界同外部社会势力之间的激烈冲突。因而，就小说的创作技巧及表现的内容而言，《青年艺术家的肖像》不仅标志着乔伊斯创作生涯的一个新的开端，而且也代表了现代英语小说的一个新的发展方向。

同大多数现代主义小说一样，《青年艺术家的肖像》并不具有一个妙趣横生、曲折动人的故事情节。乔伊斯无疑是最早淡化小说情节的现代主义作家之一。如果说，《都柏林人》中的短篇小说大都具有一条相对清晰的故事线索的话，那么，在《青年艺术家的肖像》中，作者已经对传统小说的情节化倾向不以为然。他似乎认为，在一个日趋异化和多元化的时代，如果采用完整、合理的情节去表现混乱无序的社会生活和骚动不安的精神世界显然不合时宜，且无法唤起读者的真实感受。因此，乔伊斯有意淡化传统的情节观念，大胆按照"完整、匀称与辐射"的美学原则来谋篇布局，从而使《青年艺术家的肖像》展示出一种建立在一系列似乎平淡无奇的事件、场面、回忆和印象之上的现代主义小说情节。这无疑是作者对现代英语小说的实验与革新所作的一次十分重要而又极为成功的探索。

《青年艺术家的肖像》全书共分五章，其情节实在不足挂齿。小说描述了主人公斯蒂芬从童年到青年在"道德瘫痪"状态中的成长过程。斯蒂芬出生在都柏林的一个中产阶级家庭，从小受到各种社会势力的影响和压抑。他从父母身上看到了当时在爱尔兰社会无孔不入的两股势力：狂热的民族主义和保守的宗教思想。六岁时，斯蒂芬进入一所教会寄宿学校读书，那里的生活和环境使他产生了各种印象与感触。他经常觉得孤独不堪，并不时受到教师的体罚和同学的欺侮。圣诞节期间，斯蒂芬回家度假，却看到亲友们对刚去世的爱尔兰民族运动领袖帕纳尔的功过是非争得面红耳赤。不久，斯蒂芬随父亲去了爱尔兰港市科克，但他发现自己与父亲缺少共同语言。随着年龄的增长，他的异化感日趋严重。他平日沉默寡言，并暗恋上了一位名叫 E. C. 的姑娘。他寂寞时经常独自一人在都柏林肮脏、狭窄和昏暗的街道上游荡，曾经投入一个妓女的怀抱。斯蒂芬对自己的放荡行为悔恨不已，于是到教堂去忏悔。都柏林严重的"道德瘫痪"使他无法抵制各种诱惑，更无法抗拒社会与宗教势力的影响。上大学后，斯蒂芬勤奋好学，对艺术和美学产生了浓厚的兴趣。由于他反对某些师生狭隘与自负的民族心理和固步自封的文化观念，因此他在校园里备受冷遇，处于非常孤立的地位。一次，斯蒂芬在海滩踯躅徘徊时看到一位天仙般美丽的"涉水少女"，并仿佛听到海上有人用希腊语在呼喊他的名字。此刻，他情绪激昂，对人生有了新的感悟。小说结尾，他决意远走高飞，赴欧洲大陆追求艺术事业。

《青年艺术家的肖像》的问世在西方文坛引起了不小的反响，其主要原因并不在于作品的主题，而是在于作者现代主义的创作倾向。首先，《青年艺术家的肖像》成功地向读者展示了一种新型的小说结构。全书五章与其说建立在合乎逻辑和按时间顺序进展的情节之上，倒不如说建立在明快和跌宕起伏的节奏之上。这部篇幅仅为《斯蒂芬英雄》五分之一的现代主义小说不但结构严密，内容坚实，而且还充满了长短不一、强弱交错的节奏感。与传统小说不同的是，《青年艺术家的肖像》的节奏感并不是建立在词汇或句型的有规律的重复之上，而是建立在小说某些形象的迭现、语言风格的变化以及主人公波澜起伏的心理冲突之上。正如一位评论家指出："乔伊斯在 1904 年已经看到了这种确定《青年艺术家的肖像》的结构的基本节奏。"⑦在小说中，乔伊斯成功地采用了两组意义截然不同的形象来揭示主人公的成长过程。一组是由"街道"和"嗓音"等组成的静态形象，用来暗示斯蒂芬成长过程中的阻力与障碍；另一组则是由"大海"和"飞鸟"等组成的动态形象，用来影射他内心的骚动和意识的觉醒。这两组形象的彼此呼应、交相迭现使小说在结构上产生了一种明快的节奏感。此外，语言风格的变化与轮转也极大地增强了作品的节奏感。

乔伊斯巧妙地采用不同风格的语体来表现主人公不同时期的性格特征与心理变化,加之现实主义、自然主义、象征主义、印象主义和意识流手法的轮番运用,使小说的结构给人一种抑扬顿挫之感。然而,最富有节奏感的莫过于主人公跌宕起伏的心理冲突。主人公的成长过程是一个内心充满了矛盾与冲突的过程。在小说中,他经历了一次又一次的精神斗争。《青年艺术家的肖像》的每一章几乎都以冲突开始,并以矛盾的缓和告终。然而,前一章冲突的结束又引出了后一章新的冲突。这种环环相扣、一波未平一波又起的小说情节不仅生动地展示了斯蒂芬的心理骚动与心理障碍,而且也进一步增强了小说跌宕有致的节奏感。显然,《青年艺术家的肖像》这种建立在多种节奏之上的新型的小说结构充分体现了乔伊斯与众不同的审美意识和别具一格的小说艺术。

此外,《青年艺术家的肖像》在谋篇布局上也反映了作者的现代主义创作倾向。由于这部小说表现的大都是主人公对生活的印象和心理感受,因此作者采用了主观与客观互相结合、现实主义与印象主义彼此交融的艺术手法来处理小说的材料。不仅如此,他在维持小说总的时间框架的同时,不断打破时间顺序,从而使作品给人一种虚虚实实、乱中有序,既清晰又朦胧的感觉。全书五章并未按主人公的生活经历循序渐进地展开叙述,也未将时间按他的成长过程合理分配。例如,小说的第一页揭示的是主人公尚处在婴儿时期的朦胧意识,而第二页则向读者展示了他在学校操场上的情景。两页之间的时间跨度如此之大,而作者对此又不作任何解释或说明,这的确使不少读者感到困惑不解。然而,在随后的几章中,时间的步伐似乎停止了,读者始终看到一个同社会、宗教及家庭抗争的青年艺术家的形象,并目睹了他波澜起伏的心理冲突。而作者将那些带有残章破句的日记片段作为小说的结尾则更使读者惊诧不已。《青年艺术家的肖像》犹如一部耐人寻味的交响曲,如果它的第三、第四章不算太难的话,那么它的第一、第二和第五章的确令人费解。难怪《青年艺术家的肖像》问世不久便在评论界引起了激烈的争论。有人将其称为"一本像探照灯一样能将真实传递给读者但即刻又使困惑的读者处于黑暗之中的小说"[⑧]。但也有人指出,"那些攻击这部小说的人忽略了其中微妙的心理分析以及某些细节与突兀的静态运动的价值。这部作品打破了每本六先令的小说的传统"[⑨]。不言而喻,乔伊斯在《青年艺术家的肖像》中独具匠心的谋篇布局方式充分体现了其小说艺术的成熟与发展。

《青年艺术家的肖像》通过一位青年艺术家的生活经历揭示了深刻的社会主题。小说生动地描述了一名青年艺术家为摆脱宗教桎梏与道德瘫痪、为追求高尚的艺术事业而努力斗争的经历。作品自始至终围绕主人公斯蒂芬的心理成长过程以及他为逃避家庭、教会和社会的不良影响所作的精神斗争展开叙述。应当指出，《青年艺术家的肖像》不是乔伊斯宣扬自我、发泄个人情感的工具，而是他展示现代艺术家与充满敌意的环境之间的必然冲突的艺术途径。作者通过其笔下人物向读者传达了这样一个事实：即主人公正处于一个严重异化和摧残人性的时代中，他的遭遇具有一定的代表性和普遍性。正如一位美国著名评论家指出：

> 信念和服从的习惯在社会的游戏中遭到失败之后逐渐消失，斯蒂芬感到自己被他所相信的东西"背叛"了……是社会背叛了他，而不是他背叛社会。他发现自己与都柏林之间有冲突。⑩

《青年艺术家的肖像》在很大程度上反映了一名都柏林青年在现实生活中逐渐成熟和不断觉醒的过程，追述了他最终背井离乡、流亡海外的社会根源。斯蒂芬发现自己的家庭不可靠，社会不道德，教会不可信，于是在无奈之下一走了之。"我不会为我不再相信的东西服务，无论它称自己为我的家庭，我的国家，还是我的教会。"（p.518）显然，《青年艺术家的肖像》所反映的绝不是斯蒂芬个人的心理问题，而是深层次的社会问题。它深刻地揭示了西方艺术家严重的异化感以及艺术家与社会制度之间不可调和的矛盾。

值得一提的是，乔伊斯在《青年艺术家的肖像》中刻意追求神话与现实之间的有机结合，并巧妙地凭借神话典故来反映作品的主题。从某种意义上来说，整部小说的主题同主人公的姓名"斯蒂芬·迪德勒斯"（Stephen Daedalus）密切相关。据史料记载，圣徒斯蒂芬（Saint Stephen，? —35）是基督教第一个殉教士。这位耶路撒冷基督教会执事在一次犹太教公会辩述原始基督教义时被反对者用乱石击死。显然，《青年艺术家的肖像》的主人公斯蒂芬在作者看来也是一名环境的受害者，象征着现代西方社会中殉难的艺术家（a martyred artist）。然而，主人公的姓"迪德勒斯"似乎同小说主题的联系更为密切。在希腊神话中，迪德勒斯是一位能工巧匠，曾为克里特国王建造迷宫用以关押牛头人身怪物弥诺陶洛斯。为了不让世人知道迷宫的奥秘，国王下令将迪德勒斯和他的儿子伊卡罗斯因禁起来。迪德勒斯制作了蜡翼,与其儿子飞离克里特岛。迪德勒斯成功地逃脱,但其儿子因飞得太高,蜡翼被太阳融化而坠落爱琴海身亡。乔伊斯不仅通过主人公的姓而且还通过小说开头的引语来强调《青年艺术家的肖像》这一神话背景。他引用了古罗马诗人奥维德(Ovid, 43BC—17AD)的长篇诗歌《变形记》(*Metamorphoses*)的第八卷中有关描写迪德勒斯父子俩的故事中的一句话——"他关注起未知的艺术"——作为小说的引语。显然这句用以表示迪德勒斯决意采用新颖的技巧来制作蜡翼的诗句不仅充分地揭示了斯蒂芬的性格特征,而且对《青年艺术家的肖像》的主题也起到了画龙点睛的作用。

《青年艺术家的肖像》以一段不到五百个词、内容极为紧凑且富有深刻象征意义的描写开头,通过斯蒂芬婴儿时期的微观世界来预示整部小说的基本主题:

> 从前,那可是一个很好的时代,有一头牛从路上走来。这头在路上行走的牛遇到了一个乖孩子,他的名字叫塔科娃娃……
>
> 他的父亲对他讲了这个故事,他父亲通过一面镜子望着他,他脸上长满了胡须。
>
> 他就是塔科娃娃。那头牛从贝蒂·伯恩家旁的那条路走来,贝蒂是专卖柠檬片的。
>
> 啊,野外的玫瑰花
> 在小小的绿地上盛开。
>
> 他唱那首歌,那是他的歌。(p.245)

《青年艺术家的肖像》的开局以小见大、微言大义,通过一个充满形象和象征意义的童话故事不仅反映了斯蒂芬的朦胧意识,而且也预示了他未来坎坷不平的生活道路。乔伊斯的象征主义手法在此得到了充分的展示。牛是爱尔兰的象征,代表着社会势力,而路则代表着方向、旅程和选择。小孩在人生道路的起点与牛狭路相逢,意味着他未来的生活充满着阻力、威胁和凶险。而父亲则代表着家庭势力,同时也象征着国家机器。他满脸胡须,形象不佳,从而预示了将来孩子同家庭及社会之间的矛盾与冲突。此外,乔伊斯还通过主人公对歌曲和音乐的喜爱来暗示其未来的艺术生涯。可见,小说的开局充满了象征主义的意境。寥寥数词既概括了小说的基本主题,又预示了作品全部的冲突气氛。

值得一提的是,在《青年艺术家的肖像》中,一个十分显著的艺术特征是作者小说语体的变化。乔伊斯巧妙地运用不同的语体来表现主人公不同时期的生活经历和性格特征。这种艺术手法在小说开头便得到了充分的展示。作者有意采用了符合小孩感觉方式和思维习惯的词汇和句法来表现一个儿童的感性生活。天真、稚气的儿童用语和朴实、单调的句法结构不仅真实地反映了孩子的语言习惯和思维方式，而且也形象地展示了他的朦胧意识。然而，随着斯蒂芬的不断成熟与发展以及冲突的不断加剧，小说的语体也发生了变化，句子逐渐变长，句法日趋复杂。不言而喻，语体的变化使小说在形式和内容之间获得了统一，同时也极大地增添了作品的艺术感染力。

小说的第一章生动地描绘了主人公童年时期的生活和印象。该章由四个部分组成，分别反映了斯蒂芬在婴儿时期、初入学校和圣诞节期间的感官印象以及他在学校无故受罚并上告校长之后获得"胜利"的经过。在小说的最初几页，乔伊斯以细腻的笔触描绘了斯蒂芬童年时期的各种印象和感觉。此刻，主人公因年龄和生活经历所限，对周围的事物尚缺乏合理思考和正确判断的能力，只能凭借自身的感觉器官作出本能的反应：

> 当你尿床的时候先是热乎乎的，然后是冷丝丝的。他母亲铺上了一块油布，那油布有股怪味。
>
> 母亲的气味比父亲的气味更好闻……(p.245)

此外，都柏林一家旅馆的厕所内的两个分别能放冷水和热水的龙头同样使年幼的主人公作出了本能的反应：

> 那间白色的厕所使他感觉很冷，然后又感觉很热。你把那里的那个龙头一拧，水便流了出来：冷水和热水。他先感到很冷，然后又感到很热。(p.250)

可见，乔伊斯在小说一开始便集中地表现一个小孩的感官印象和朦胧意识，使外部的物质世界通过一个小孩的特殊而又灵敏的感觉得到了生动的展示。随着小说情节的逐步展开，乔伊斯刻意模仿现代电影的表现技巧，生动地展示了斯蒂芬在各种场合与环境中的感官印象，并借助各种形象和物象来揭示其变化多端的心理反应。

例如，在教室里：

> 他想他的脸色一定是苍白的，因为他感到自己的脸很冷。他无法回答这些数学题，但这并没有关系。白玫瑰与红玫瑰：这些都是想来很美的颜色。(p.251)

在教堂里,斯蒂芬闻到了一股特殊的气味:

> 一股冷飕飕的、夜晚的气味……不过,这是一种神圣的气味。这不像在
> 星期天做弥撒时跪在教堂后面的农民身上发出的气味。那是一种空气、雨
> 水、草皮和木排的气味。(p.257)

在学校的寝室里,他听到了一阵阵嘈杂声:

> 有窗帘被拉开时发出的哗啦声,有脸盆中的水发出的溅泼声,有寝室里
> 的学生的起床、穿衣和梳洗声,还有那位级长跑上跑下催人赶快起床时发出
> 的击掌声。(p.261)

以上一组生活镜头真实地反映了斯蒂芬所生活的世界。生活中的各种颜色、形态、气味和声音像纷乱的原子一般活跃地涌现在他的头脑中,使他不断对它们作出自己的心理反应。作者别开生面地采用了印象主义的手法将主人公从一个场面带到另一个场面,使一幅幅逼真的生活画面像电影镜头一般频繁转换,迅速更迭。在此,乔伊斯既没有运用转折或过渡手段,也没有作任何明确的解释。作者仿佛已经在作品中消失,"无影无踪,超然物外"了。读者发现,小说中的每个生活镜头都充满了丰富多彩的形象,而主人公微妙的感官印象大都发端于这些生动的形象之中。此外,每个生活镜头都真实地展示了主人公的心理反应,而这些镜头之间的每个间隙都象征着他意识中的空白或心理成长过程中暂时的停滞。作品开局不久,斯蒂芬的心理骚动和心理障碍已有端倪可察,并逐渐成为整部小说的基调。正是在这样一个个充满形象的生活镜头中,斯蒂芬开始了一个发现自我并逐渐走向成熟的心理旅程。

在具有深刻象征意义和预示效果的篇幅仅两页的开局之后,第一章的第二部分集中地表现了斯蒂芬在寄宿学校的生活经历。与传统的现实主义小说不同的是,《青年艺术家的肖像》并未严格按照时间顺序或故事线索来描绘主人公的成长过程,而是通过自由联想和各种形象来反映斯蒂芬纷乱无序的印象、回忆、想象和实际经历。例如,当斯蒂芬患病后住在学校的病房时,他的思绪一直飘来转去,头脑中的回忆和想象交织一体:

> 他们离他是那么的遥远!窗外是寒冷的阳光。他担心自己可能会死去。
> 你在有阳光的日子里同样会死亡。在母亲赶来之前他也许就会死。那么别
> 人就会在教堂为他做弥撒,就像利特尔死的时候那样,这是同学们告诉他的。

所有的同学都会去做弥撒。他们将身穿黑衣服，脸上露出痛苦的表情。威尔斯也会去，但没人会瞧他一眼……威尔斯对他的所作所为会感到后悔的。然后钟声会慢慢地敲响。

　　他听到了钟声。他情不自禁地唱起了布利奇德教他的那首歌曲：

　　　　铛铛！教堂的钟声！

　　　　再见吧，母亲！

　　　　将我埋在那块古老的墓地里，

　　　　同我的大哥葬在一起。（pp.264－265）

　　以上这段描写充分反映了乔伊斯新颖独特的叙述手法。文中没有作者客观的描述，只有人物主观的臆想；没有合乎逻辑的文理叙事，只有随心所欲的自由联想。初次离家的斯蒂芬在教会寄宿学校心绪不宁，他在生病时更觉得孤独不堪。于是，他便在病房里胡思乱想，其意识完全建立在自由联想的基础之上。他从窗外"寒冷的阳光"想到"死亡"，继而联想起"弥撒"，并由此想到去教堂做弥撒的"同学们"和对他极不友好的"威尔斯"。教堂的"钟声"又使他情不自禁唱起了他的"歌曲"。乔伊斯的这种叙述笔法几乎贯串了整部小说，成为充分揭示人物性格与心理特征十分有效的艺术手段。正如美国著名乔学专家廷德尔先生（William York Tindall）所说："这种将包括感情、回忆和思绪的头脑分割的手法为乔伊斯在《尤利西斯》中更加完善的意识流技巧奠定了基础。"[11]

　　在第一章的第三部分中，乔伊斯生动地描绘了斯蒂芬在家庭圣诞晚餐上的所见所闻，通过其父亲与其他亲戚之间在餐桌前的激烈争论来揭示爱尔兰的道德瘫痪、宗教危机和政治腐败。在这一部分中，斯蒂芬已成为一名旁观者，他原先飘来转去的主观印象已被其他人物的"戏剧对白"所替代。在乔伊斯的笔下，圣诞晚餐已成为间接反映爱尔兰社会现实的重要途径。斯蒂芬的父亲西蒙·迪德勒斯和但蒂阿姨等人物似乎在餐桌前上演了一出爱尔兰的社会悲剧：

　　　　"真的，西蒙，你不能在斯蒂芬面前说这种话，这样不好。"

　　　　"噢，他长大后会记住这些话的，"但蒂激动地说。"他在自己家里听到的那些亵渎神灵、宗教和神父的话他都会记住的。"

　　　　"还要让他记住那些神父及其走狗用来撕碎帕纳尔的心并将他赶进坟墓的话。让他长大时也记住它。"坐在对面的卡西先生说。

　　　　"狗娘养的！"迪德勒斯先生大声骂道。"当帕纳尔落难时，他们群起而

攻之,背叛他,像阴沟里的老鼠一样将他撕得粉碎。卑劣的杂种!等着瞧!上帝,让他们等着瞧!"(p.286)

显然,乔伊斯对圣诞晚餐一幕的描写充分体现了他的艺术匠心。这段长达 15 页的"戏剧对白"不仅深刻暴露了爱尔兰的道德瘫痪和社会腐败,而且也对坐在一旁的天真无邪的斯蒂芬产生了重要的影响。从某种意义上来说,这是作者首次极为生动而又详细地向读者展示的主人公最终决意远走高飞的现实背景和社会根源。

在第一章的第四部分中,作者再次将镜头移向寄宿学校,生动地反映了斯蒂芬无故遭受级长的体罚以及他向校长申诉的经过。斯蒂芬因眼镜镜片掉落在操场跑道上砸碎了而无法在教室做作业。尽管神父原谅了他,但级长多兰神父却蛮横无理,骂他是个"游手好闲的小懒骨头"(p.295)并用惩戒皮带狠狠地抽打他的手心。级长当众对斯蒂芬的侮辱和体罚使他备受委屈:

> 这既不公平又十分残酷,因为医生曾告诉他如不戴眼镜就别看书,而那天上午他已给家里写信让父亲给他寄一副新的眼镜。阿诺神父对他说过在新的眼镜寄来之前他不必学习……让他跪在教室的中间,这既不公平又十分残酷。(pp.296-297)

生性胆怯的斯蒂芬在同学们的怂恿下鼓起勇气前往校长办公室申诉,向校长反映了自己所遭受的"既不公平又十分残酷"的侮辱和体罚。当校长表示"这是一个错误"(p.303)时,斯蒂芬"鞠了个躬,默不作声地走出了房间",然后"他十分激动地在黑暗的走廊里越跑越快",他获得了一种"幸福"和"自由"的感觉。(pp.303-304)显然,这是斯蒂芬首次对邪恶势力的反抗,也是他首次取得的道义上的胜利。小说的第一章以冲突的暂时缓解而告终。

在第二章中,斯蒂芬的经历渐广、阅历渐深,但与此同时,他的孤独感和异化感却日趋严重。家境的破落和环境的敌视对他的心理造成了极大的压力,使这位从小性格内向的白面书生变得更加沉默寡言,忧惧不安。为了摆脱心中的愁闷,"他经常在晚上独自阅读《基度山伯爵》的旧译本"(p.308)。此外,他还努力学习英语词汇,"对那些不懂的词他往往反复默读,直到完全记住为止,并通过它们不时瞥见自己周围那个真实的世界"(p.308)。

孩子们在玩耍时的喧哗使他心烦意乱，他们愚蠢的吵闹声使他比在克郎戈斯教会学校时更加强烈地感受到自己与他们格格不入。他不想玩，而只想到真实的世界中去面对自己经常见到的那个虚幻的形象。（p.311）

随着年龄的增长，斯蒂芬的心理冲突更加激烈，他的意识往往处于极度混乱之中，并经常在夜间为噩梦所缠。他的心理成长也不断因受到外部势力的压抑而处于停滞状态。

引人注目的是，乔伊斯巧妙地采用了一组由"噪音"和"街道"等组成的静态形象来揭示主人公的心理障碍。在小说中，静态形象是社会腐败与道德瘫痪的象征，它们不仅暗示了外部势力对斯蒂芬的压抑，而且也影射了他在心理成长过程中的失望与惆怅。在《青年艺术家的肖像》中，"噪音"是反复出现的一个形象。它象征着陈腐的价值观念和道德准则，代表着一切影响斯蒂芬健康成长的制约因素。事实上，"噪音"成了家庭、教会和社会的喉舌，随时都在向他发号施令：

他经常听到他父亲和老师的噪音，敦促他要首先成为一个有教养的绅士和一个虔诚的天主教徒。现在这些噪音听起来极为空洞……当爱尔兰复兴运动在校园内兴起时，又有一个噪音告诫他要忠于祖国并积极参与其语言和文化的复兴事业。在尘世间，他又发现一个俗不可耐的噪音敦促他去努力扶植其父亲的败业……正是这些空洞的噪音所引起的骚扰使他在追求理想的过程中犹豫不决、停滞不前。（pp.332－333）

斯蒂芬在生活中听得最多的无疑是他父亲的噪音。即使"当他闭着眼睛在黑暗中行走时，他依然能听见父亲的声音"：

斯蒂芬，当你走上社会自谋生路时，我想总有一天你会的，要记住，无论你干什么，你一定要与绅士为伍。告诉你，我年轻时是贪图享受的，我总是与那些有教养的绅士们在一起。（p.341）

父亲的世俗观念和陈词滥调对斯蒂芬产生了极为消极的影响，使"他的头脑变得混乱和虚弱……他几乎难以辨明自己的思想"（p.342）。尽管斯蒂芬竭力试图从社会的束缚和人生的枷锁中解脱出来，但他却发现自己像一只笼中的小鸟，在俗不可耐的噪音中苦苦地挣扎。

在《青年艺术家的肖像》中，另一个反复出现的静态形象是"街道"。都柏林肮脏和狭窄的街道是道德瘫痪和社会腐败的象征。这座城市中污秽的大街小巷在斯蒂芬的意识中留下了深刻的烙印。每当他感到孤独或愁闷时,他便独自到街上去游荡,"迷蒙的秋夜带着他步入一条又一条的街道"(p.350)。

> 他闲逛在黑暗泥泞的街道上,凝视着街旁昏暗的小巷和门道……他感到黑暗中有某种黑色的东西正向他袭来,一种难以名状的、沙沙响的黑东西像潮水一样涌进了他的全身。(pp.350–351)

在"混乱无序、狭窄而又肮脏的街道"(p.351)上,斯蒂芬从那些散发着臭气的小巷中"听到醉汉嘶哑的欢闹声"(p.351),并看到"那些身穿艳丽长袍的女人和姑娘在街旁的房子前徘徊,她们悠闲懒散,香气扑鼻"(p.351)。斯蒂芬在都柏林污秽、昏暗的街道上常常受到各种诱惑,他的所见所闻对其性格的发展无疑产生了极大的消极作用,并使其心理成长受到了严重的阻碍:

> 他以玩世不恭的态度对隐埋在心灵深处那些可耻的念头表现出极大的宽容,常常对自己能耐心地玷污眼前的每一个形象而欣喜若狂。白天黑夜,他出没于外部世界各种扭曲的形象之中。(p.349)

乔伊斯别开生面地采用了"噪音"和"街道"等静态形象来表现主人公的心理障碍及其错综复杂的精神活动。形象与意识的相互对应,用形象反映意识,并使复杂的意识寓于生动的形象之中,这是《青年艺术家的肖像》的一个十分显著的艺术特征。显然,作者的创作技巧自《都柏林人》之后有了进一步的发展。他将创作重点转向了塑造用以表现人物精神世界的客体上,通过具有象征意义的形象来揭示主人公的心理现实,并附之有声有色的物质外壳。不言而喻,这种采用客观、具体和鲜明的形象来折射主观、抽象和朦胧的意识的创作手法不仅反映了乔伊斯新的审美观念,而且也是他在全面运用意识流技巧之前所作的一次有益的尝试。

此外,在第二章中,乔伊斯还较为集中地表现了主人公的心理障碍与性格危机。作者不仅深刻地揭示了斯蒂芬与充满敌意的环境之间的冲突,而且也生动地描绘了他青春的骚动和朦胧的性意识。孤独和愁闷使斯蒂芬更加渴望温柔与爱情。他对在舞会上结识的一位名叫 E. C. 的姑娘萌生了爱慕之情,并试图像浪漫主义诗人拜伦那样写情诗来表达自己对心上人的绵绵情意。然而,当他的一片痴情无法得到回报时,他最终投入了一个妓女的怀抱。"他闭着眼睛,全身心地将自己托付给她,忘却了世上的一切。"(p.352)第二章以斯蒂芬的欲望得到暂时的满足以及他与环境之间的矛盾暂时的缓和而告终。

第三章充满了浓郁的宗教色彩,集中表现了斯蒂芬在犯有罪过之后的退却与忏悔。他与妓女的交欢非但未能平抑其青春的骚动,反而使其备受精神的折磨。该章是整部小说的低潮,也是主人公内心最痛苦、最恐惧的一章。乔伊斯在此对布道、祈祷和忏悔所作的细枝末节的长篇记录充分暴露了爱尔兰的宗教势力对年轻人的摧残与毒害。在主题上,本章反映了主人公的心理矛盾暂时缓解之后的再次冲突,揭示了他日趋严重的精神危机以及他在摆脱危机、寻求精神解放的过程中所遇到的巨大障碍。在结构上,本章位于整部小说的中心,不仅对前面两章与后面两章起到了承上启下的作用,而且还以低潮的形式来烘托将到来的高潮,从而进一步增强了小说的节奏感。这种谋篇布局方式再次表明：乔伊斯的审美意识更趋成熟,其小说艺术也正走向完美的境地。

斯蒂芬的内疚与恐惧极大地妨碍了他的心理成长,使他的意识处于极度混乱之中。在偷吃禁果之后他欲罢不能,多次进入红灯区寻求肉体上的满足。"他自己的灵魂出来寻求经验,在一次又一次的犯罪中得到自我展示。"(p.354)然而,严重的负罪感却使他惶恐不安：

> 他知道自己不止一次而是多次犯罪。当他光为第一次罪恶就面临被永远打入地狱的危险时,接踵而来的每一次犯罪成倍地增加了他的内疚与惩罚。他的日常生活、学习和思考都无法替他赎罪……

斯蒂芬因害怕自己可能遭到上帝的惩罚而去教堂做礼拜。但牧师关于犯罪与惩罚以及关于地狱和魔鬼的长达约 30 页的布道使他更加惊恐不安。他痛苦地意识到："无路可逃了,他只得忏悔,用语言坦白自己所做和所想的一切,将罪恶一桩一桩地说出来。"(p.381)"他谦卑地望着天空,眼睛充满了泪水；他为自己失去纯贞而伤心地哭泣。"(p.395)斯蒂芬无法继续忍受精神折磨,于是决心去教堂忏悔。"上帝会看见他现在很后悔。他将坦白自己的一切罪过。"(p.400)斯蒂芬终于向神父忏悔了自己"不贞的罪孽"。在斯蒂芬看来,"尽管他犯了罪,但他忏悔了,上帝也原谅他了,他的灵魂再次变得美好和神圣起来,神圣而又幸福"(p.402)。第三章结尾,"圣杯来到了他身边"(p.403),从而再次暗示了矛盾与冲突的暂时缓解。

第四章生动地描绘了斯蒂芬在令人窒息的环境中对事业的追求和他

的"精神顿悟"。尽管这是全书最短的一章,但它却是整部小说的高潮。就作品的谋篇布局而言,第四章的高潮不但进一步增强了小说的节奏感,而且也使小说的框架结构获得了极强的美学效果。就主题而言,斯蒂芬的心理障碍已开始被他意识的觉醒所取代,呈现出从消极走向积极、从困惑走向成熟的态势。在经历了一番激烈的心理冲突之后,斯蒂芬断然拒绝了学校希望他担任神职的要求,决定追求崇高的艺术事业。

引人注目的是,乔伊斯巧妙地采用"大海"和"飞鸟"等动态形象来反映斯蒂芬的心理成长。如果说,第二章中的"噪音"和"街道"等静态形象暗示了斯蒂芬的心理障碍与成长过程中的挫折,那么,第四章中的"大海"和"飞鸟"等动态形象则象征着他意识的觉醒和对理想的追求。乔伊斯再次充分显示了运用形象反映意识的创作才华。在小说中,大海这一形象对铺垫气氛和渲染主题起到了极为重要的作用。爱尔兰的地理位置加之历史与文化等因素不仅使大海成为人们心中的偶像,而且也使其具有丰富的象征意义。乔伊斯并没有将大海视作小说中可有可无的场景或无关紧要的点缀物,而是将其视为潜伏在人物意识中的一股巨大的精神力量,对人物的心理成长具有积极的促进作用。大海是自由的象征,对激发斯蒂芬的情感、唤起他意识的觉醒产生了极大的影响。

他举目眺望正在海上飘荡的灰色云朵……它们来自爱尔兰海彼岸的欧洲……一个声音从彼岸的世界正在向他召唤:

> 斯蒂芬,你好!
> 迪德勒斯来了!(p.427)

斯蒂芬从大海的形象中得到了深刻的启迪,看清了自己的生活道路。同时,他仿佛听到海上有人用希腊语在呼喊他的名字。他心潮澎湃,情绪激昂,从中获得了巨大的精神力量:

> 此刻,他首次感到他那奇怪的名字似乎是一个预言……此刻,当他听到那位传说中的能工巧匠的名字的同时,他仿佛隐隐约约地听到了大海的波涛声……一个像鹰一般的人在大海的上空正朝着太阳的方向飞去。这预示着他命里注定要服务于从童年与少年时代起就一直追求的理想。(p.429)

乔伊斯巧妙地采用"飞鸟"的形象来暗示斯蒂芬的觉醒。像大海一样,飞鸟对主人公的意识产生了积极的作用,鼓舞他的斗志,并最终使他远走高飞:

> 他想放开喉咙大声喊叫，这像是空中鹰隼的叫声，对自己能在空中翱翔而欢呼。这是新的生活在对他的灵魂发出召唤……骤然展翅使他获得了自由，内心的呼喊使他情绪激昂。（pp.429－430）

斯蒂芬从飞鸟的形象中获得了精神顿悟，使他终于看清了自己的奋斗目标。若要成为一名真正的艺术家，他必须像神话典故中的迪德勒斯一样展翅飞出迷宫，"去生活、去犯错、去跌倒、去胜利、去从生命中再创生命！"（p.432）

斯蒂芬在海滩踟蹰徘徊时望见"涉水少女"那一刻无疑是全书的高潮。在第四章结尾处，乔伊斯采用了抒情的语气和象征主义的笔触生动地描绘了一位犹如天仙般美丽的"涉水少女"的形象：

> 一位姑娘一动不动地独自站在他面前的海水中，眼睛望着大海。她仿佛被魔术改变过似的，长得极像一只陌生而又美丽的海鸟。她那两条裸露的细长的小腿像仙鹤的腿一样娇嫩，看上去非常纯洁，只是腿上显示出某些宝绿色的水藻的痕迹。她那两条一直裸露到臀部的大腿同象牙一样丰满和美丽……她的胸部像小鸟一样柔软和苗条，像黑色羽毛的鸽子的胸脯那样柔软和苗条。她那美丽的长发显示出一种少女的纯真，而她的脸蛋则具有一种奇迹般的尘世间的美丽。（pp.431－432）

"涉水少女"的形象不仅生动地展示了斯蒂芬的"精神顿悟"，而且也为小说的高潮起到了一定的烘托和铺垫作用。斯蒂芬从这一代表艺术美的形象中既看到了自己的理想和事业，又听到了生活的召唤：

> 他突然转身离开了她，迈步穿过沙滩。他容光满面、浑身洋溢着激情。他的四肢颤抖不已。他不停地向前迈进，远远越过沙滩，向着大海放声歌唱，迎接新生活的到来，生活已经在向他召唤。（p.432）

第四章是整部小说中最充满激情和最富有浪漫主义色彩的一章，也是作者的形象和象征手段运用得最为出色的一章。不仅如此，乔伊斯的语言风格也发生了明显的变化，既体现出散文的特征，又包含着诗歌的意蕴，与小说开头那种充满稚气的儿童用语已迥然不同。像前几章一样，第四章也以矛盾的化解和冲突的缓和而告终。

第五章集中描绘了一个怀才不遇、决意远走高飞的青年艺术家的形象，同时也是各种矛盾和冲突的终结。尽管同前几章一样，主人公在这一章开头也表现出某种怀疑和失落情绪，但读者不仅看到了一个更加成熟、更有才气的斯蒂芬,而且也看到了一个具有反叛意识和独特审美观念的青年艺术家。在第五章中,乔伊斯通过斯蒂芬与系主任及林奇、克兰利等人物的交谈充分揭示了他的异化感、审美感和远走高飞去异国他乡追求艺术事业的决心。引人注目的是,第五章的基本内容由人物之间的戏剧对话组成,而结尾则展示了主人公零碎的日记片段。这不仅体现了易卜生的戏剧对作者的影响,而且也反映了乔伊斯有意采用异乎寻常的方式结尾的现代主义创作倾向。

斯蒂芬同系主任以及同林奇对美学问题的讨论充分揭示了他的审美意识,同时也对进一步刻画他的形象起到了十分有效的辅助作用。从某种意义上来说,斯蒂芬对美学理论的独特见解既显示了他的智慧与才华,也在一定程度上反映了作者本人在大学时代所形成的美学思想。然而,值得一提的是,作者与主人公之间毕竟存在着一定的距离,况且乔伊斯在1904 年之前的美学思想与其 1914 年的审美意识也具有很大的区别。因此,读者不能简单地将斯蒂芬的美学观点与乔伊斯的审美原则相提并论,而只能将主人公对美学的独特见解视作其性格的重要组成部分。尽管西方有些评论家认为斯蒂芬对美学问题的讨论显得过于冗长,但从小说的书名和主题来看,作者安排篇幅长达 20 页的美学讨论的意图是可以理解的。作为"青年艺术家的肖像",小说倘若不表现主人公的艺术思想和美学观念既不合情理,也难以自圆其说。因此,斯蒂芬对美学问题的讨论不仅客观地反映了他个人独特的审美意识,而且对揭示其性格、表现小说主题起到了重要的辅助作用。

在第五章中,一个才华横溢、踌躇满志的青年艺术家的形象已充分地展示在读者的眼前。尽管斯蒂芬尚未找到符合自己创作需要的美学体系,但他对系主任直言不讳地说:"为实现我的意图,眼下我可以借助亚里士多德和阿奎那的一两个观点来从事艺术创作。"(p.449)他将这两位美学大师比作"油灯",试图"借助他们的光芒"来探索艺术的奥秘。"如果油灯冒烟或产生焦味的话,我将修剪灯芯;如果它无法提供足够的灯光,那我就将它卖了,然后再买一个。"(p.449)作为一名尚未崭露头角的青年艺术家,斯蒂芬此刻崇尚亚里士多德和阿奎那的美学思想完全是情理之中的事。他甚至对他的同学林奇声称自己的美学理论是"应用阿奎那学"(Applied Aquinas)。"就这一美学领域而言,阿奎那将指引我前进;""也许阿奎那比你更理解我。"(p.475)在与林奇的讨论中,斯蒂芬"一而再再而三地引用阿奎那的话语,就像一个小家伙围着一个修道士团团转一样"
(p.475)。显然,这位青年艺术家的谈吐往往闪烁着深刻的思辨和智慧的
火花,不时表露出他的真知灼见。

应当指出,乔伊斯通过主人公之口较为坦率地表达了他本人早期的
美学思想。引人注目的是,作者昔日在《巴黎日记》和《斯蒂芬英雄》中表
达过的不少美学观点经他稍做修改或未做修改展示在小说之中,充分表
明了乔伊斯对美学理论的浓厚兴趣。斯蒂芬在一位洗耳恭听的同窗面前
侃侃而谈,对艺术和美学作了一番详细的解释。他将艺术形式分为静态
与动态两种。他认为能使读者产生"怜悯"或"恐惧"的艺术具有静态美的
特征,而使读者产生"欲望"或"厌恶"的艺术则是动态的。"因此引起这
种感情的艺术,无论是色情的或是说教的,都是不恰当的艺术。"(p.470)
"艺术家所表现的美不可在我们心中唤起一种动态的情感或一种纯粹肉
体的感觉。它可以唤起或应当唤起、可以引发或应当引发一种静态美。"
(p.471)在斯蒂芬看来,"艺术是出于某种美学的目的对可感觉或可理解
的事物的一种人工的处理"(p.472),因此,艺术的成功在很大程度上取决
于艺术家的才华和想象力。乔伊斯借主人公之口详细论述了阿奎那关于
"完整、匀称与辐射"的美学原则。在"完整"的艺术中,"一个美的形象以
空间或时间的形式展示在我们面前"(p.478),它被视为一种"独立的"或
"自足的"体系。在"匀称"的艺术中,"你将它视为平衡的,它的各部分之
间在一定程度上是对称的,你会觉得它在结构上有一种节奏感……它的
整体是和谐的"(pp.478 - 479)。而在具有"辐射"功能的艺术中,"那种至
高无上的美或一个光彩夺目的美的形象灿烂地展示在我们面前,它的完
整和匀称使我们获得一种无声和静态的美的享受"(p.479)。显然,乔伊
斯凭借斯蒂芬的喉舌表达了他本人在创作初期的美学思想。从某种意义
上来说,乔伊斯在《青年艺术家的肖像》中已经成功地运用了"完整、匀称
与辐射"的美学原则,从而使这部小说不仅具有深刻的主题和丰富的象征
意义,而且还充分体现了艺术上的和谐与统一。

在第五章中,斯蒂芬除了大谈美学之外,还多次表达了本人对爱尔兰
社会的瘫痪与腐败的无比失望和愤慨。当一个名叫戴文的民族主义分子
试图说服他在一份请愿书上签名时,斯蒂芬断然拒绝,并直言不讳地说:
"这个民族、这个国家和这种生活造就了我,我要按自己的方式来表达自
己。"(p.467)他无疑从爱尔兰民族独立运动领袖帕纳尔的不幸遭遇中看

到了爱尔兰的悲哀：

> 从托恩[12]时代起，帕纳尔是唯一一为你们献出他的热情、青春和生命的一位具有赤子之心和令人尊敬的人，但你们将他出卖给敌人，或当他处境困难时不理他，或谩骂他，背弃他。现在你们请我加盟，我倒盼望你们先进地狱。（pp.467－468）

在斯蒂芬看来，"爱尔兰是一头吃自己小猪的老母猪"（p.468）。它不讲信誉和原则，在一部分势利小人和投机分子的操纵下毁掉了一批爱尔兰的救星。这个国家已经四分五裂，混乱无序，并处于严重的道德瘫痪之中。社会、教会和家庭以及各种习惯势力犹如希腊神话中囚禁能工巧匠迪德勒斯的迷宫，时刻阻碍斯蒂芬的健康成长。对此他不仅深有体会，而且还极为坦诚地表明了自己的态度：

> 当一个人在这个国家出生时有许多张网束缚着他的灵魂，使其无法动弹。你与我谈民族、语言和宗教，可我试图从这些罗网中飞脱。（p.468）

显然，主人公的言论在一定程度上代表了乔伊斯的社会立场和政治态度。同作者一样，斯蒂芬对爱尔兰的社会现实也极为不满，对国家的前途丧失了信心。此刻，他已别无选择，只有像作者一样远走高飞，逃离迷宫才能使自己成为一名真正的、自由的艺术家。在小说结尾时，他坦率地告诉他的朋友："我不会为我不再相信的东西服务，无论它自称是我的家庭、我的国家或我的教会。"（p.518）毋庸置疑，这既是发自一个遭到社会遗弃的青年艺术家心灵深处的呐喊，也是在一个严重异化的时代中西方艺术家的普遍心声。

作为乔伊斯从传统走向革新期间的文学产物，《青年艺术家的肖像》的结尾充分体现了作者的艺术匠心和实验精神。乔伊斯大胆地摈弃了传统小说中司空见惯的一味满足情节或人物发展的需要而又坚守逻辑的结尾方式，别出心裁地运用主人公日记中的某些句法混乱的残章片段和令人费解的随想杂感作为小说的结尾。这些结构松散、内容琐碎的日记写于斯蒂芬赴欧洲大陆之前两个月，大多记录了他生活中的一些日常琐事和感官印象。尽管这些写于3月20日至4月27日期间的日记是严格按照时间顺序排列的，但它们却显得支离破碎，杂乱无章，与其说是日记，倒不如说是主人公头脑中纷乱复杂的意识流。以下是三篇简短的日记，可见一斑：

3 月 21 日，晚。自由。灵魂自由和幻想自由。让死者埋葬死者。唉，让死者与死者结婚吧。

3 月 22 日。与林奇一起跟踪了一个身材高大的医院护士。林奇的主意。不喜欢这样。活像两条又瘦又饿的灰狗在跟踪一头小母牛。

3 月 23 日。自从那天晚上分手后还未见过她。不舒服吗？也许正坐在壁炉旁，肩上披着母亲的围巾。没有闹别扭。一碗好香的粥？你现在想吃吗？(p.520)

上述三段结构松散、内容琐碎的日记原原本本地反映了斯蒂芬在三个不同时刻的心理现实，其语言形式和句法结构非常接近思维的实质。乔伊斯将这些在内容上毫无关系的残章片段交相并置，不仅真实地表现了主人公在远走高飞之前复杂的心理结构与意识反应，而且也打破了传统的现实主义小说在安排结局时应有的逻辑性与合理性。显然，《青年艺术家的肖像》的这种别具一格的结尾方式为作者在《尤利西斯》中全方位地使用意识流技巧提供了一个必要的过渡。

引人注目的是，在《青年艺术家的肖像》中，乔伊斯一改他在《都柏林人》中惯用的那种以人物对道德瘫痪的"精神顿悟"为结局的创作手法，首次为他的第一部长篇小说安排了一个充满激情和振奋人心的结局：

4 月 26 日。母亲整理好了那些我穿过的稍新的衣服。现在她正在祈祷。她说我离开家庭和朋友之后也许能从自己的生活中懂得什么是良知。阿门。诚心所愿！啊，生活！我将一次又一次地接触经验的现实，在我灵魂的熔炉中锻造出我的民族尚未产生的良知。

4 月 27 日。老父亲，老艺人，请你现在并永远帮助我吧。(p.525)

小说结尾，斯蒂芬为摆脱社会、宗教和家庭对他的种种束缚，决意离家出走，赴欧洲大陆追求艺术事业，迎接新生活的挑战。此刻，他已经将自己视作迪德勒斯的门徒，并恳请这位神话中的能工巧匠赐予他从事艺术创作、追求人生理想的信心和勇气。显然，《青年艺术家的肖像》的结局具有一定的积极意义。它不仅在一定程度上反映了作者此时对生活所抱有的乐观主义精神，而且也体现了他在从短篇小说转向长篇小说创作过程中显著的艺术变化。

《青年艺术家的肖像》的问世在西方文坛引起了不小的反响。许多评论家认为，这部小说的成功与其说在于它的主题或人物，倒不如说在于作者独具一格的创作技巧。乔伊斯别开生面地采用印象主义和象征主义的手法表现主人公的精神生活,并巧妙地塑造了各种视觉、听觉和触觉形象以及一系列静态与动态形象来揭示其感官印象和心理变化。作者以其深厚的艺术功力充分显示了运用形象表现意识的创作才华。在他的笔下,每一种形象都具有深刻的象征意义和特殊的表意功能。它就像一个富有弹性的封套,具有无限的扩展性,不仅能映衬主人公变化多端的精神世界,而且还能以一种特殊的刺激作用来触发人物微妙的心理反应。从某种意义上来说,形象已经成为主人公必不可少的忠实伴侣,同时也是他发现自我和探索人生奥秘的重要媒介。随着主人公的不断成熟和觉醒,形象的出现更加频繁,而象征性意境的运用也随之达到了高峰。

综上所述,《青年艺术家的肖像》是一部具有革新意识和实验精神的现代主义小说,同时也是乔伊斯创作生涯中的一个重要转折。今天,这部小说的艺术价值、文学地位和历史意义早已得到批评家和广大读者的充分肯定。尽管它与《尤利西斯》尚不可同日而语,但它以其鲜明的主题、新颖的技巧和深刻的内涵成为现代英国文学史上一部不可多得的实验之作。"这部作品会在任何一个国家的任何一份有关当代小说的书单上显得与众不同,其中对某些具体场面的描写,如圣诞晚餐和牧师布道等,与英国文学中的最佳场面相比毫不逊色。"[13]《青年艺术家的肖像》的问世不仅使其成为"一个新的艺术时代的黎明前的第一道曙光",而且也使乔伊斯成为"一名众所周知的绝顶的艺术家"[14]。毋庸置疑,《青年艺术家的肖像》为乔伊斯创作 20 世纪世界文坛的巅峰之作《尤利西斯》奠定了可靠的基础,同时也为我们深入研究乔伊斯的美学思想和小说艺术提供了极为重要的素材。

注释:

① Quoted from *James Joyce*, A. Walton Litz, Twayne Publishers, Inc., New York, 1966, p.60

② *A Portrait of the Artist as a Young Man, The Portable James Joyce*, The Viking Press, New York, 1955, p.517(正文中有关这部小说的引文的页码在引文后的括号中标出)

③ *James Joyce*, Richard Ellmann, Oxford University Press, New York, 1979, pp.150－151

④ Quoted from *James Joyce*, T. S. Eliot, A. Walton Litz, p.60

⑤ *James Joyce*, Richard Ellmann, pp.416 - 417

⑥ Ibid., p.413

⑦ *James Joyce*, A. Walton Litz, p.61

⑧ Quoted from *Joyce: The Man, the Work, the Reputation*, Marvin Magalaner and Richard M. Kain, New York University Press, 1956, p.109

⑨ Ibid., p.110

⑩ William York Tindall, *A Reader's Guide to James Joyce*, The Noonday Press, Inc., New York, 1959, pp.56 - 57

⑪ Ibid., p.61

⑫ 托恩(Theobald Wolfe Tone, 1763—1798)，爱尔兰民族独立运动领袖，曾要求法国军队入侵爱尔兰帮助爱尔兰人民的抗英斗争，后被英军俘虏，最终自杀身亡。

⑬ *Joyce: The Man, the Work, the Reputation*, Marvin Magalaner and Richard M.Kain, p.103

⑭ Ibid., p.103

第八章

《流亡者》：耐人寻味的间奏曲

生活在疑惑中搁浅，正如世界处于空虚之中。你会发现《流亡者》在一定程度上涉及这一主题。[①]

——乔伊斯

《流亡者》是作者横跨的一步，必要的精神发泄和对当代欧洲大陆思想的解脱。[②]

——庞　德

乔伊斯为何在完成《都柏林人》和《青年艺术家的肖像》之后突然转向他并无多大把握的戏剧创作？不少批评家对此感到困惑不解。乔伊斯唯一的剧本《流亡者》(*Exiles*, 1918) 创作于 1914 年春天，这似乎是作者在完成《青年艺术家的肖像》之后以及起草《尤利西斯》之前艺术上的一次调整。事实上，《流亡者》不仅是乔伊斯在创作道路上"横跨的一步"(a side-step)，而且也是一支耐人寻味的间奏曲。因此，在深入剖析这部剧本之前，很有必要了解它的创作背景和作者的创作动机。

首先，《流亡者》是乔伊斯对自己早期美学思想的一次创作实践。作为一名艺术家，乔伊斯最初关注的是戏剧，其次是诗歌，最后才是小说。早在大学时代，他就对爱尔兰狭隘和平庸的戏剧艺术深感不满，先后撰写了《戏剧与生活》《易卜生的新戏剧》和《吵闹的日子》("The Day of the Rabblement", 1901) 等文章，公开阐明自己的创作观点。他认为，"尽管戏剧与生活之间的关系是而且必须是至关重要的问题，但这在戏剧历史上似乎并非总是如此"[③]。在他看来，古希腊辉煌灿烂的戏剧早已完成了它的历史使命，但现代的爱尔兰戏剧不仅脱离生活，而且还墨守成规，固步自封，因而离欧洲大陆的戏剧水准相距甚远。他认为，爱尔兰剧作家应从自己狭隘的民族文化心理中解脱出来，向挪威戏剧大师易卜生学习，争取早日与欧洲舞台艺术接轨。从某种意义上来说，《流亡者》使长期埋在乔伊斯心中的创作欲望得到了满足。在诗歌中采用了"最初的"抒情形式之后，现在他决意尝试戏剧这一"最高的"艺术形式。因此，他在推出 20 世纪的艺术丰碑《尤利西斯》之前埋头创作《流亡者》是为了了却自己多年的夙愿。

其次，用诗人庞德的话来说，《流亡者》是乔伊斯对本人在海外十余年艺术生涯的一次"必要的精神发泄"（a necessary catharsis）。他自 1902 年离开爱尔兰之后，在欧洲大陆颠沛流离，受尽挫折。其间，他不时受到爱尔兰某些势利小人的恶毒攻击，他的作品也屡次遭到都柏林出版商的拒绝。作为一名离乡背井的艺术家，乔伊斯深知流亡海外的孤独与艰辛。他曾经在自己的笔记中写道："为何采用《流亡者》这一剧名？ 因为一个国家对那些回国后敢于向她清偿债务的人进行惩罚。"④同《青年艺术家的肖像》一样，《流亡者》不仅具有很强的自传性，而且也反映了艺术家在现代社会中所面临的困境。剧中主人公理查德·罗旺是一名侨居意大利的爱尔兰作家，其艺术生涯与生活经历同乔伊斯十分相似。显然，通过这一人物形象，乔伊斯由衷地表达了他流亡海外多年的生活感受。

此外，《流亡者》也是乔伊斯对本人私生活的艺术反映。从某种意义上来说，这个剧本表现了一个人到中年、侨居海外且已有家室的斯蒂芬的婚姻生活。从 1909 年至 1912 年，乔伊斯与诺拉之间的感情一度出现了危机。乔伊斯不但对诺拉已故的恋人博德金耿耿于怀（这在他的诗歌《她在拉荷恩哭泣》和短篇小说《死者》中均有所反映），而且还怀疑诺拉在的里雅斯特与一个名叫科斯格雷夫的花花公子有染。1909 年 6 月，乔伊斯在给诺拉的一封信中伤心地说：

> 我将痛哭几天。我对我爱过的那张脸的信心已经丧失。唉，诺拉，诺拉，你难道不在乎我那可怜的爱吗？ 我不能再用亲密的方式来称呼你了，因为今晚我了解到我唯一信任的人对我不忠。
>
> 哎，诺拉，难道我俩之间的一切就此完了？⑤

由于《流亡者》反映了男女主人公理查德和伯莎之间的感情冲突，因此这部剧本的个人色彩和自传成分是显而易见的。乔伊斯试图通过一部戏剧来表现个人的感情危机，从而使自己成为这部戏剧的真正观众。当然,在强调作品自传性的同时,我们决不能简单地在主人公理查德与乔伊斯之间画等号。

如果说乔伊斯去世后出版的《斯蒂芬英雄》是他最糟糕的一部作品,那么《流亡者》则是他最痛苦的一部作品。剧中充满了人物的妒忌和感情的折磨。像乔伊斯一样,剧中主人公理查德也是一位自我流放到意大利的爱尔兰作家。他于1912年携十年前与其私奔海外的情人伯莎回到都柏林作短暂的访问。其间,理查德爱上了与他志趣相投的音乐教师比阿特丽斯,而伯莎则投向了理查德过去的朋友——一个志得意满的新闻记者罗伯特的怀抱。于是,四人共同陷入了痛苦的情感纠葛之中,而其中最痛苦的则是多愁善感却又自命不凡的理查德。造成这种痛苦的根源是人物的孤独感和异化感。他们虽互相"恋爱",但彼此之间却无法沟通,缺乏理解。乔伊斯通过剧名的复数形式(Exiles)向我们暗示:剧中四个主要人物都是流亡者,而且具有讽刺意义的是,他们无论在国外还是在国内都过着流亡的生活。

《流亡者》全剧分为三幕,时间是1912年夏天,地点分别是理查德和罗伯特位于都柏林郊区的住宅。人物除上述四人外,还有理查德和伯莎的八岁儿子阿尔奇以及理查德家的女佣人布里格德。戏剧的情节始终围绕着理查德和伯莎返回都柏林后的角色转换和情感纠纷而展开。在第一幕中所有人物都先后在理查德的家中得到亮相。其间,理查德对罗伯特的堂妹、他儿子的家庭音乐教师比阿特丽斯表达了爱慕之情,而罗伯特则乘机向伯莎大献殷勤。罗伯特不仅与伯莎多次拥抱亲吻,而且还约定当晚在他家中继续相会。人物的性格与情感以及他们之间的相互关系得到了充分的展示。第二幕表现了人物之间的感情纠葛和激烈冲突。理查德从伯莎口中得知她与罗伯特的约会之后便来到罗伯特家中与他交涉。他严厉谴责罗伯特背叛友谊的行为,并称他为情场上的"小偷"。而不甘示弱的罗伯特则反唇相讥:"世上没有一个男人不想占有他所爱的女人的,这是自然规律。"⑥ 在经历了一番激烈的争执之后,理查德怀着难以名状的心情离去。他在门口遇到了正前来与罗伯特约会的伯莎。随后,在黑暗的房间内,罗伯特与伯莎情意缠绵,纵情交欢。在第三幕中,戏剧场景重新回到了理查德的住宅。当理查德早晨在海滩踱步思索时,伯莎与不速之客比阿特丽斯进行了长时间的交谈。两个女人既针锋相对,又坦诚相见,彼此道出了心中的许多秘密。随后,自感内疚的罗伯特上门向理查德与伯莎告别,他打算离开爱尔兰去英格兰度假。戏剧结尾,伯莎告诉理查德:"我是如此的伤心……我感到我的生活已经结束。"(p.625)而理查德也痛苦地说:"我的创伤使我感到精疲力竭。"(p.626)剧本以理查德和伯莎坐在起居室内互相舔补伤口而告终。

继《都柏林人》和《青年艺术家的肖像》之后,《流亡者》再次表现了爱尔兰人的异化感和焦虑感。剧本通过四个主要人物之间的感情纠葛再次揭示了弥漫于爱尔兰社会的道德瘫痪。这无疑显示了乔伊斯在创作思想与作品主题上的延续性和统一性。在《流亡者》中,四个中年人都生活在孤独与空虚之中。理查德在剧本开头便对比阿特丽斯说:"但愿你此刻能知道我是多么的痛苦!"(p.536)而罗伯特刚与伯莎见面时则说:"我的生活结束了……我只想结束它,摆脱它。"(p.549)同样,两位女主人公也对生活表现出严重的焦虑感。在比阿特丽斯看来:"只有死亡才是终结,其他一切是如此捉摸不定。"(p.537)而伯莎在终场落幕前则痛苦地对理查德说:"迪克,我很孤独,我被你和所有的人遗忘了。"(p.625)显然,剧中四个人物在一个充满危机的时代中茫然若失,不知所措。他们在对异性穷追不舍的同时无法掩盖内心的痛苦和厌世情绪。不言而喻,他们是现代西方社会中地地道道的流亡者。

不难发现,《流亡者》虽未脱离传统戏剧的模式,但也在一定程度上体现了乔伊斯对戏剧的驾驭能力。全剧三幕从理查德家开始,最终又回到理查德家,结构匀称,布局合理。第二幕的场景转向罗伯特家,不仅为全剧的结构起到了平衡的作用,而且也象征着后院起火和情感的转移。此外,三幕戏衔尾相随,情节进展有序,长短也大致相同。不仅如此,乔伊斯对人物关系的处理也有条不紊。除了理查德和伯莎这对已在罗马居住九年却至今尚未结婚的情侣之外,理查德与比阿特丽斯、罗伯特与伯莎也关系暧昧,情意缠绵。于是,剧中四个人物建立起呈三角形的三对恋爱关系(a quadrangular triangle),为作品结构的工整和匀称奠定了重要的基础。引人注目的是,剧中四个人物的姓名也给人一种对称与和谐的感觉。两位男主人公 Richard 和 Robert 的名字均以 R 开头,而两名女主人公 Bertha 和 Beatrice 的名字则均以 B 开头。在安排人物出场时,乔伊斯有意模仿芭蕾舞的程式,每次让两个人物登台表演,依次亮相,而两个人物以上的场面则大都是过渡性的。显然,乔伊斯对《流亡者》的结构与人物的处理颇具匠心,并体现出一定的驾驭能力。

应当指出,《流亡者》是一部反映人物在复杂的人生面前探索自我的心理剧。同《都柏林人》和《青年艺术家的肖像》一样,《流亡者》也表现了主人公发现自我和认识自我的心灵的旅程。作为一名与环境格格不入而又孤高不群的艺术家,理查德仿佛生活在许多飘忽不定的影子中间。他既不了解他人,也不了解自己,因为他人和他自己似乎都成了变幻莫测的影子。他怀着一丝成功的希望努力研究这些影子,并试图从中捕捉真正的自我。就此而言,《流亡者》涉及两个舞台。一个是人物言行和剧情发展的有形的物质舞台,而另一个则是反映人物竭力探索自我的无形的心理舞台。乔伊斯似乎并不强调剧情的逻辑性、趣味性和可演性,而是不断采用暗示的方式来展示人物的心理矛盾。事实上,真正发生的事情大都发生在这一心理舞台上。正因为如此,剧中人物的言行有时显得不合情理,而理查德的表现则更令人费解。然而,细心的读者或观众会发现,在这些看来似乎不合情理和令人费解的言谈举止中包含了极其丰富和复杂的心理内容。尽管乔伊斯因在剧中留下了过多的暗示和空白而使人物探索自我的心灵的旅程显得朦胧晦涩,但他大胆采用无形的舞台来反映人物病态心理的艺术举措无疑具有一定的积极意义。

此外,《流亡者》也是一部以冲突为特征的问题剧。整部作品几乎完全建立在人物的内心冲突以及他们之间的相互冲突之上。乔伊斯曾经在《戏剧与生活》一文中指出:"我认为戏剧应通过各种情感的相互影响来表现真实;戏剧本身是以各种形式来加以展示的冲突、演化和运动。"⑦在《流亡者》中,人物之间的每一次对话几乎都构成了一个冲突的场面。位于冲突中心的是性格孤僻却又自命不凡的理查德。这位在海外流亡多年的艺术家不仅与爱尔兰的社会环境、道德观念和文化氛围格格不入,而且也与伯莎和罗伯特产生了激烈的冲突。然而,更为严重的则是他长期隐而不宣的心理矛盾。一方面,他坚信独立是一个艺术家的安身立命之本,但另一方面,高高挂起和超然物外却使他孤独不堪。他恃才傲物,却又心胸狭窄。尽管他表面上容忍伯莎有选择其他男人的权力,但内心却充满了嫉妒。这种矛盾心理在他与伯莎的最初对话中便得到了充分的展示:

伯　莎:你吃醋了?

理查德:不。

伯　莎:是的,迪克,你吃醋了。

理查德：我没吃醋。为何要吃醋？

伯　莎：因为罗伯特吻了我。

理查德：就这些？

伯　莎：是的，就这些。不过他还问我是否愿意与他约会。

理查德：在外面约会？

伯　莎：不，在他家里。（p.564）

　　……

伯　莎：你同意我去约会吗？

理查德：不。

伯　莎：你阻止我去约会吗？

理查德：不。（p.570）

尽管理查德依然爱着伯莎，但他的傲慢与自负不仅使他缺乏勇气去表白自己的爱情，而且还使他以表面的慷慨来掩饰内心的嫉妒，从而导致其心理冲突的进一步加剧。

在《流亡者》中，乔伊斯通过理查德这一人物形象生动地展示了病态的爱尔兰社会中一个典型的病例。尽管这部戏剧反映的只是几对男女之间的私情，但它却揭示了一个异化的时代中知识分子的病态心理。多年来，由于理查德"过着流亡和贫困的生活"（p.538），因此他对前途、婚姻乃至本人都失去了信心。在他家女佣人的眼中，"他是一个奇怪的家伙"，总是"独来独往"（p.603）。而在伯莎的眼中，理查德则"有点疯了"（p.548）。他的傲慢与嫉妒使其心理失去了平衡，自我出现了分裂。他对伯莎的感情充满了矛盾。他既不愿放弃她，却又怀疑她的不忠。一方面，理查德谴责罗伯特的背叛行为，骂他是情场"小偷"，但另一方面，他却希望罗伯特能与伯莎相好，并以此作为对其自我的一种考验。正如伯莎一针见血地指出：

是你怂恿我这么做的。不是因为你爱我。如果你爱我或懂得什么是爱，你就不会离开我。为了你自己，你怂恿我这么做的。（p.616）

对此，理查德本人在与罗伯特的交谈中也供认不讳：

罗伯特：我知道你很高尚。

理查德：不，不是高尚，而是卑鄙。

罗伯特：怎么？为什么？

理查德：这就是我必须告诉你的。因为在我卑鄙的心中我盼望你和伯莎在暗中、在夜间偷偷地、可耻地、狡猾地背叛我。遭到你、我最好的朋友以及她的背叛。我热切地、卑鄙地盼望这件事情的发生。(p.583)

显然，理查德既是一个性虐待狂(sadist)，又是一个以受异性虐待为快的受虐狂(masochist)。正如乔伊斯在创作《流亡者》时的笔记中所说："理查德的受虐心理是显而易见的……他想通过别人的通奸来分享刺激，通过他朋友的器官来占有伯莎。"⑧然而，理查德这种似乎只有精神病专家才能解释清楚的怪诞行为不仅伤害了伯莎和罗伯特，而且极大地伤害了他的自我。在戏剧结束时，他终于向伯莎表露了自己的痛苦心情：

> 为了你，我伤害了自己的心灵，一种因怀疑引起的无法治愈的严重的创伤。我无法明白，在这个世界上永远无法明白。我不想再明白或相信什么了。我感到无所谓了。(p.626)

不言而喻，理查德最终无法摆脱自己的病态心理，更无法校正自我，展望未来。同《都柏林人》一样，《流亡者》不仅具有一个悲剧性的结尾，而且主人公理查德也获得了"精神顿悟"：他终于找到了一个分裂的自我，一个他"在这个世界上永远无法明白"的病态的自我。

同以往的小说一样，乔伊斯在《流亡者》中也采用一系列形象来渲染主题、连接场景和加强作品的内部结构的凝聚力。引人注目的是，《青年艺术家的肖像》中的"玫瑰"和"母牛"等形象在《流亡者》中也反复出现，对烘托主题起到了一定的辅助作用。"玫瑰"是爱情的象征。罗伯特送给伯莎一束玫瑰花以表达他的爱慕之情。伯莎十分喜欢"这些美丽的玫瑰花"，但罗伯特却说："恐怕它们开得太盛了。"(p.551)当理查德一怒之下"拔出一枝玫瑰花扔在她跟前"(p.568)时，"伯莎弯下腰，从地板上捡起玫瑰花，重新将它插入花瓶。"(p.569)可见，剧中三位主人公对玫瑰表现出截然不同的态度，其象征意义也就不言而喻了。在剧中，另一个重要的形象是"母牛"。阿尔奇想随送牛奶的人去看母牛。以下是他与父亲之间的对话，读来耐人寻味：

阿尔奇：……母牛怎么会产牛奶？

理查德：谁知道呢？你知道什么是送东西吗？

阿尔奇：送东西？知道。

理查德：当你有一样东西时它会被人拿走。

阿尔奇：被盗贼偷走？不是吗？

理查德：但当你将它送人后，你就将它送掉了。再没有盗贼会从你那儿偷走它。当你将它送人后它将永远是你的。

阿尔奇：但是，爸爸？

理查德：怎么啦？

阿尔奇：盗贼怎么能偷母牛呢？人人都会看见他。也许是在夜间。

理查德：是的，在夜间。

阿尔奇：这儿也像罗马一样有盗贼吗？

理查德：到处都有可怜的人。（pp.560-561）

显然，"母牛"是伯莎的象征，而理查德则是个可怜的"送奶人"。他似乎认为将"母牛"送给罗伯特便可达到永远拥有"母牛"的目的。而罗伯特在理查德的眼里是个情场上的"小偷"，犹如一个在夜间偷母牛的"盗贼"。因此父子俩的这场对话不仅包含了深刻的象征意义，而且对揭示作品的主题也具有一定的辅助作用。

此外，"风""雨"和"石头"等自然形象也在作品中反复出现，对烘托主题和渲染气氛产生了一定的艺术效果。在《流亡者》中，风和雨象征着春心和欲望。正当罗伯特像撒旦一样诱惑夏娃（伯莎）时，他说："风越刮越大了，我去关门。"（p.597）此刻，屋外风雨大作，"一阵狂风吹进门廊，树叶哗哗作响，灯火闪烁不停"（p.601）。剧中另一个常见的形象是"石头"。作为自然界的一种物体，石头常以其光滑和圆实而给人一种美感。在剧中，石头无疑是伯莎的象征，这在两位男主人公的对话中可以得到证实：

罗伯特：对我来说，吻一个我喜欢的女人是很自然的事情。为何不？她对我来说很美。

理查德：难道一切美丽的东西你都要吻吗？

罗伯特：一切东西，只要它可以吻。比如这块石头，它是那么阴凉，那么光滑，那么精巧，犹如女人的太阳穴。它沉默不语，接纳我们的感情，而且很美丽。（他将石头放在自己的嘴唇上。）我吻它因为它很美。女人是什么？那也是自然的产物，就像一块石头，一朵花或一只鸟。吻是一种表示敬意的行为。（pp.555-556）

可见，罗伯特之所以将石头比作女人，不仅因为他看到了两者共有的自然美特征,而且因为他欣赏两者的宽容性、接纳性和被动性。他直言不讳地告诉理查德:"这块阴冷美丽的石头对我有益。"(p.556)由于他总是将自己与石头联在一起,因此他游泳时的动作"像一块石头","直落水底","美极了"(p.542)。而他的情人伯莎则对自己的角色感到困惑不解,于是质问她的情敌比阿特丽斯:"难道你认为我是一块石头?"(p.614)不言而喻,形象和象征的使用进一步丰富了作品的内涵。随着剧情的发展,它们轮番迭现,为渲染主题、连接场景、增强作品内部结构的和谐与统一起到了一定的作用。

当然,乔伊斯本质上是一名伟大的小说家,他并不具有创作伟大戏剧的天赋。作为他唯一的一部剧作,《流亡者》在艺术上的不足之处是显而易见的。由于缺乏戏剧创作的实践和经验,乔伊斯往往将小说技巧运用于戏剧创作之中。正如美国著名乔学专家廷德尔指出:"对小说有效的手法对戏剧未必有效。"⑨乔伊斯在塑造人物形象和设计舞台背景时依然沿用了他在小说中的艺术手法,从而在一定程度上影响了剧本的可演性。此外,《流亡者》还体现出过于沉闷和严肃的气氛。剧中缺乏必要的幽默与讽刺,人物的对话有时过于认真,有时偏离主题,而有时则显得冗长乏味。不仅如此,主人公理查德的复杂动机和病态心理只是通过作品的弦外之音和人物的言外之意得到一定的暗示,从而使他的心理层面往往显得朦胧晦涩,令人费解。因此,理查德这一人物形象在舞台上难以表现也就不足为怪了。由于乔伊斯本人离剧本太近,未能像他在《尤利西斯》和《芬尼根的苏醒》中那样与文本保持一定的距离,因此,《流亡者》最终依然是最初的"抒情的"形式,而无法达到作者本人所向往的最高的"戏剧的"形式。

然而,作为乔伊斯创作生涯中"横跨的一步",《流亡者》仍具有一定的美学价值。虽然这部作品今天已鲜为人知,戏剧评论界对其也表现出异常的冷漠,但它为我们深入研究乔伊斯的艺术发展提供了重要的依据。《流亡者》不仅使乔伊斯暂时告别了他的小说,而且也使他得以发泄本人的创作欲望和感伤情绪。它发表于1918年,刚好位于作者四部小说的中间,犹如一支忧伤的间奏曲,今天读来依然耐人寻味。引人注目的是,在《流亡者》中未能成功表现的人物和主题在乔伊斯的下一部经典力作《尤利西斯》中得到了最生动、最完美的表现。

注释：

① *James Joyce*, Richard Ellmann, Oxford University Press, New York, 1959, p.568
② Quoted from *James Joyce*, A. Walton Litz, Twayne Publishers, Inc., New York, 1966, pp.75 - 76
③ "Drama and Life", *The Critical Writings of James Joyce*, edited by Ellsworth Mason and Richard Ellmann, The Viking Press, New York, 1959, p.39
④ *James Joyce*, A. Walton Litz, pp.73 - 74
⑤ *James Joyce*, Richard Ellmann, p.289
⑥ *Exiles, The Portable James Joyce*, The Viking Press, New York, 1955, p.577(正文中有关这部剧本的引文的页码在引文后的括号中标出)
⑦ *The Critical Writings of James Joyce*, edited by Ellsworth Mason and Richard Ellmann, p.41
⑧ Quoted from *A Reader's Guide to James Joyce*, William York Tindall, The Noonday Press, New York, 1959, p.115
⑨ Ibid., p.117

第九章

《尤利西斯》：现代主义文学的丰碑

这是一部关于两个民族(以色列和爱尔兰)的史诗,同时也涉及人体的循环,并且还是一个描写一天生活的小故事。我对尤利西斯这个人物一直很感兴趣,甚至在我还是一个孩子时便迷上了他。真难以想象,十五年前我开始动笔时只是将它作为《都柏林人》中的一个短篇故事。为写这本书我整整花了七年时间——够呛! 这也是一部百科全书。①

我在技巧上给自己制定了这样一个任务,即采用我的同胞们显然不熟悉或尚未听说过的十八种视角和相同数量的语体风格来写一本书,加之所选的典故是如此的晦涩,足以使任何人感到困惑。②

——乔伊斯

1918 年,当乔伊斯的意识流长篇小说《尤利西斯》(*Ulysses*, 1922)在美国《小评论》(*The Little Review*, 1914—1929)杂志上连载发表之前,该刊的经纪人安德森女士曾经十分自豪地向读者宣布:"我们即将推出一部散文杰作……这是我们将要发表的最优秀的作品。"③然而,《尤利西斯》连载发表了二十三期(约占全书的一半)之后便遭到美国邮局的查禁和没收,随后又被送上法庭受审。尽管乔伊斯向法庭竭力解释人类潜意识的本质,但一名法官却气呼呼地说:"得啦,得啦,你也许还可以用俄语写作呢!"④乔伊斯及其代理人的申辩无济于事,他们被迫交了一百美元的罚款。从此,《尤利西斯》的道路一波三折、坎坷不平,其经历同荷马长篇史诗《奥德赛》(*Odyssey*, about 700 B.C.)中的英雄人物的冒险经历一样可谓跌宕起伏,充满了传奇色彩。在经历了八十年的贬褒毁誉之后,《尤利西斯》在世界文坛的重要地位已经不容置疑。1998 年,美国兰登书屋

（Random House）下属的"现代文库"编审委员会评选出了 20 世纪百部最佳英语小说，《尤利西斯》在参评的 450 部经典力作中排名第一，成为 1900 年以来最优秀的英语小说。无独有偶，1999 年，英国著名的水石书店邀请了 47 位专家评选对 21 世纪最有影响的小说，结果《尤利西斯》得票最多，成为 20 世纪最伟大的英语小说。今天，绝大多数评论家认为，《尤利西斯》不但代表了乔伊斯创作的最高成就，而且也充分体现了他的美学思想和小说艺术。

《尤利西斯》也许是西方文学史上最优秀、最重要的一部小说。不仅如此，它也许还是一部最富有实验性和创造性的文学作品。乔伊斯锲而不舍的革新精神和独具匠心的创作技巧在使人们大开眼界的同时对传统的文学观念产生了巨大的冲击。他成功地展示了人物纷乱复杂的心理结构，淋漓尽致地描绘了现代经验和现代意识，并深刻地反映了爱尔兰乃至整个西方社会现代人的精神危机。显然，《尤利西斯》之所以能获得举世公认的艺术成就，其根本原因是乔伊斯不仅向同时代的作家展示了一种全新的观察现实和描写生活的方式，而且也极大地修正了读者的审美意识和阅读习惯。《尤利西斯》几乎汇集了现代主义文学中所有新奇的创作手法。从某种意义上来说，这部驰名西方文坛的意识流杰作对 20 世纪世界文坛几乎所有的新潮艺术都产生过一定的影响。正如著名诗人艾略特所说："这部小说是对当今时代最重要的反映，它是一部人人都能从中得到启示而又无法回避的作品。"[5] 如果说，艾略特同年发表的长诗《荒原》（*The Waste Land*, 1922）是现代主义诗歌的杰出典范，那么《尤利西斯》则无可争议地成为现代主义小说的里程碑。它的问世不仅推动了意识流小说的迅猛发展，而且也使现代主义文学步入了鼎盛期。如同一项新的科学发明一样，《尤利西斯》的发表在西方文坛引起了一场强烈的地震，其震动之猛、影响之深在世界文学史上是罕见的。20 年代初，"巴黎的每一个人都在喋喋不休地谈论乔伊斯"[6]。1925 年，已年近花甲而又力不从心的英国大文豪高尔斯华绥（John Galsworthy, 1867—1933）十分沮丧地承认："一个乔伊斯取代了上帝。"[7] 显然，《尤利西斯》不仅深刻地反映了作者全新的时空观念和现代主义的审美意识，而且也向人们全面展示了 20 世纪初最新潮的艺术形式和最尖端的创作技巧。不言而喻，乔伊斯的这部经典力作标志着世界小说艺术的一次重大突破，同时也是现代主义文学的一座灿烂辉煌的丰碑。

《尤利西斯》充分反映了神话与现实、象征与写实之间的巧妙结合和有机统一。全书由三个部分组成,共18章,近800页。小说十分详尽而又极为生动地描述了1904年6月16日这一天都柏林三位普通居民从早上8点到次日2点40分约19个小时的生活经历和精神感受。乔伊斯以西方文学的源头为基石,不仅以荷马长篇史诗《奥德赛》中的主人公尤利西斯的名字作为小说名,而且还使作品在结构上与这位古希腊神话中的英雄人物传奇般的冒险经历对应起来。作者广征博引,借古讽今,巧妙地凭借《奥德赛》的框架结构和智勇双全的伊塔岛首领尤利西斯在特洛伊战争结束后返回家乡时的故事情节来讽刺20世纪初西方社会的现实。在与《奥德赛》基本对应却并非完全雷同的小说框架中,乔伊斯不仅成功地摄入了大量的现代社会生活镜头,而且还生动地描绘了一日之内三个都柏林人连绵不绝、瞬息万变的精神活动,并深刻地揭示了他们严重的异化感和孤独感。尽管在西方文学史上善于采用神话典故来反映社会现实的作家不计其数,但像乔伊斯这样能使神话与现实如此完美结合、并使作品产生如此深刻内涵及强烈艺术效果的作家则屈指可数。作者巧妙构思,精心设计,将尤利西斯从战场返回家园途中漂流沦落、历尽艰险、九死一生,最终与妻子珀涅罗珀幸福团圆的故事作为小说的基本框架,并使其与大量的无聊、可鄙乃至荒诞的现实生活场面交织一体,使历史与今天、神话与现实以及英雄与反英雄相互映照,产生一种强烈的反衬效果。在作者的笔下,现代的尤利西斯(即小说主人公布鲁姆)是个俗不可耐、懦弱无能的广告兜揽员;20世纪的珀涅罗珀(即布鲁姆的妻子莫莉)却是个水性杨花、放荡不羁的业余歌手;而当今的特莱默克斯(即小说中的斯蒂芬)则是个精神空虚、意志消沉的青年教师。换言之,古希腊神话中的英雄所开创的光辉业绩在现代西方社会中已经蜕化变质,成为既可怜又可鄙的现实。显然,神话与"文明"的彼此对应与有机结合不仅使这部长篇巨著取得了借古讽今的艺术效果,而且也使其产生了极为丰富而又十分广泛的象征意义。这无疑是《尤利西斯》获得成功的一个重要原因。

然而,使《尤利西斯》获得成功的一个更重要的原因是作者独具匠心的小说艺术和标新立异的意识流技巧。尽管由法国作家杜夏丹创作的世界文学史上第一部意识流小说《月桂树被砍掉了》比《尤利西斯》提前三十五年问世,但这两部作品无论在艺术质量还是在美学价值上均不可同日而语。即便是法国现代文坛巨匠马赛尔·普鲁斯特(Marcel Proust,

1871—1922）的七卷本意识流长篇杰作《追忆似水年华》(*A La recherche du temps Perdu*，1913—1927）在谋篇布局和创作技巧方面与《尤利西斯》相比也大为逊色。而至今仍然鲜为人知的英国女作家多萝西·理查森（Dorothy Richardson，1873—1957）创作的第一部英语意识流长篇小说《人生历程》(*Pilgrimage*，1915—1938）更是无法同乔伊斯的经典力作相提并论。可以毫不夸张地说，《尤利西斯》虽不是意识流文学的开山之作，但它却是世界文学史上一部最完美、最优秀的意识流小说。作者果断地摈弃传统小说的形式与结构，刻意遵循以时间、意识和技巧为核心的现代主义艺术原则，极为成功地发展了一种不同凡响的小说艺术和精湛纯熟的创作技巧。著名美国批评家埃德蒙·威尔逊对此发表过十分中肯的见解：

> 乔伊斯在《尤利西斯》中试图用语言尽可能详尽地、精确地而又直截了当地表现我们参与生活时的情景，或者说我们每时每刻生活时的情景。为了使这种记录圆满完整，他不得不摈弃当今尤其在英语国家中人们恪守不渝的许多传统准则。[⑧]

显然，威尔逊先生对乔伊斯的小说艺术推崇备至，同时，他对乔伊斯异乎寻常而又独具匠心的创作技巧更是赞不绝口。他极为坦率地指出：

> 我相信《尤利西斯》早期的读者不只是对乔伊斯使用某些平时在英国文学中罕见的词语感到吃惊，也对他那种表现人性各个方面的方法感到惊讶……然而，我们越仔细阅读《尤利西斯》，便越相信它在描写心理方面的真实性，从而越是对乔伊斯的艺术天赋感到惊诧不已。[⑨]

毋庸置疑，《尤利西斯》是西方文学史上最具有革新精神和创造精神的小说之一。它代表了一种全新的、陌生的美，体现了一种在陈旧的艺术世界和混乱的现实社会中顽强崛起的美学英雄主义。

《尤利西斯》生动地展示了一座人口仅四五十万、面积不过几百平方公里、在西方现代大都市行列中无足轻重且具有十分狭隘的地方观念的普通城市一天的生活。尽管数以百计的都柏林人出现在小说之中，但整部作品集中地表现了斯蒂芬、布鲁姆和莫莉三个人物的意识活动。作者通过三股瞬息万变、连绵不绝的意识流，不仅概括地描述了小说三个人物的全部经历和感性生活，而且也深刻地反映了整整一代人的精神危机，从而使《尤利西斯》成为西方现代意识的一个缩影，并使 1904 年 6 月 16 日的都柏林成为一个永恒的、富有广泛象征意义的以及永远无法回避的绝对而又无情的现实。

为了使《尤利西斯》获得广泛的象征意义和借古讽今的效果，乔伊斯在小说中有意采用与荷马史诗《奥德赛》的故事情节相对应的框架结构，使三位主要人物一天的生活经历与尤利西斯十年的漂泊磨难遥相呼应。不仅如此，乔伊斯在创作过程中还将《奥德赛》中的人名或地名作为小说各章的标题，以便强化和渲染作品的主题。尽管在小说正式发表时作者删去了各章的标题，但他却将《尤利西斯》的"写作提纲"（Schema）透露给了几位朋友，不久便由评论家公布于众。值得一提的是，"写作提纲"的发表在一定程度上影响了某些读者对小说的主题、人物及美学价值的关注，而使他们过于注重研究其框架结构和组织形式，这无疑对深入研究《尤利西斯》产生了一定的离心作用。然而，正如这一"写作提纲"对作者的创作具有某种提示或导向作用一样，它对读者解读这部文学巨著无疑也能产生十分重要的指导作用和参考价值。此外，由于西方学者在评论《尤利西斯》时依然沿用"写作提纲"所列的各章的标题、场景、时间、器官、艺术、颜色、象征和技巧等等，因此，在深入讨论这部小说之前，我们不妨先向读者展示乔伊斯的"写作提纲"（见下表），以便使大家全面了解这部文学巨著的框架结构。

《尤利西斯》的写作提纲

章　　目	场景	时　间	器官	艺术	颜色	象　征	技　巧
I. 特莱默契亚							
1. 特莱默克斯	塔楼	上午 8 点	——	神学	白色、金色	继承人	记叙体(年轻)
2. 内斯特	学校	上午 10 点	——	历史	棕色	马	问答(个人的)
3. 普罗蒂尤斯	海滩	上午 11 点	——	语文学	绿色	潮水	独白(男性)
II. 奥德赛							
4. 卡吕普索	住宅	上午 8 点	腰子	经济学	橙色	仙女	记叙体(成年)
5. 食落拓枣的人	浴室	上午 10 点	生殖器	植物学、化学	——	圣餐	自恋

（续表）

章 目	场景	时 间	器官	艺术	颜色	象 征	技 巧
6. 哈得斯	墓地	上午 11 点	心脏	宗教	白色、黑色	墓地看管人	梦魇
7. 伊奥勒斯	报社	中午	肺	修辞学	红色	编辑	省略三段论
8. 莱斯特吕恭人	午饭	下午 1 点	食管	建筑学	——	警察	肠壁蠕动
9. 西勒和卡吕布迪斯	图书馆	下午 2 点	大脑	文学	——	斯特拉福德和伦敦	辩证法
10. 流浪岩	街道	下午 3 点	血	力学	——	市民	迷宫
11. 塞壬	音乐会	下午 4 点	耳朵	音乐	——	酒吧女招待	赋格曲
12. 独眼巨人	酒菜馆	下午 5 点	肌肉	政治	——	芬尼亚运动成员	巨体
13. 诺西卡	岩石群	晚上 8 点	眼睛、鼻子	绘画	灰色、蓝色	处女	肿胀、消肿
14. 太阳神的牛	医院	晚上 10 点	子宫	医学	白色	母亲	胚胎运动
15. 瑟西	妓院	午夜	运动器官	魔术	——	妓女	幻觉
Ⅲ. 诺斯特斯							
16. 尤迈厄斯	小吃摊	凌晨 1 点	神经	航海学	——	水手	记叙体（老年）
17. 伊塔刻	住宅	凌晨 2 点	骨骼	科学	——	彗星	问答（非个人的）
18. 珀涅罗珀	床上	凌晨 2 点 45 分	肉体			地球	独白（女性）

　　应当指出，我们不应机械地将乔伊斯的"写作提纲"当作解读《尤利西斯》的参考答案，而应将其当作乔伊斯的一份简化的创作方案。毫无疑问，"写作提纲"令人信服地证明了作者借助神话典故来创作一部史诗般的现代小说的意图。乔伊斯的"写作提纲"不仅清楚地表明了小说各章与荷马史诗之间的对应关系，而且还充分显示了作者对小说的精心构思和

巧妙设计。此外,读者还不难发现,乔伊斯并没有完全按照《奥德赛》的情节来设计《尤利西斯》的框架。尽管这两部经典力作在结构上均分为"特莱默契亚"(即尤利西斯的儿子出海寻父)、"奥德赛"(即"尤利西斯的漂泊")和"诺斯特斯"(即"回家")三个部分,但《奥德赛》共有24卷,其三个部分分别包括4卷、8卷和12卷,其卷数循序渐进,逐步递增;而《尤利西斯》则由18章组成,其三个部分分别包括3章、12章和3章,其结构呈中间大、两头小的格局。因此,《尤利西斯》与《奥德赛》之间在人物、结构和情节上只是具有某种基本对应但绝非完全雷同的平行关系。从某种意义上来说,"写作提纲"客观地反映了乔伊斯在运用神话典故时的选择性和灵活性。他并没有使《尤利西斯》的章节和情节完全与《奥德赛》对号入座,而是选择了荷马史诗中最精彩动人的场面来构筑其小说的基本框架。不仅如此,乔伊斯虽然按照小说的章数分别设置了十八个"场景""时间""象征"和"技巧",但他在"器官"和"颜色"等方面却有所保留。这无疑表明,他在构思作品和谋篇布局时并不愿拘泥成例或勉强凑合。显然,他是完全根据艺术效果和作品的需要来设计小说的。不言而喻,"写作提纲"的公布不仅有助于读者全面了解这部典故艰深、结构复杂、技巧新颖和语言晦涩的意识流小说,而且也充分反映了乔伊斯在从事文学实验和追求艺术革新的同时对作品结构的精心构思和认真设计。

《尤利西斯》与《奥德赛》之间的对应关系对于中国读者深刻理解乔伊斯的这部经典力作是至关重要的。长期以来,西方评论家在讨论《尤利西斯》时大都强调这种对应关系的艺术效果和象征意义。为了便于中国读者更好地阅读原著或译作,在深入探讨《尤利西斯》的创作技巧和艺术风格之前,现先将小说各章的故事情节以及同《奥德赛》之间的对应关系介绍如下。

第一部分　特莱默契亚(Telemachia)

第一章　特莱默克斯(Telemachus)

1904年6月16日上午8点钟。在《青年艺术家的肖像》中远走高飞赴欧洲大陆追求艺术事业的斯蒂芬·迪德勒斯因母亲病危于一年前从巴黎返回都柏林。母亲去世后，父亲整日借酒浇愁，家境日趋贫寒。于是，斯蒂芬不得不离家外出，在都柏林以南八九英里的一座圆形塔楼内租了一间屋子，平日靠教书谋生。与他同住的是一个名叫穆利根的医科学生，另外还有穆利根的一个来访的英国朋友海恩斯。狂妄自大、态度傲慢的穆利根一边刮脸，一边与斯蒂芬聊天，然后三人共进早餐。其间，穆利根将斯蒂芬称作《圣经》中那位"寻找父亲的雅弗"。他们还与一个送牛奶的女人闲聊了几句。斯蒂芬平日对穆利根的傲慢无礼极为不满，今又见他与海恩斯出言不逊，便决意搬出塔楼。他临走之前将房间的钥匙交给了穆利根。

在荷马史诗《奥德赛》的第一卷中，伊塔刻岛首领尤利西斯因参加特洛伊战争离开家乡长达二十年。其间，前来向他妻子珀涅罗泊求婚的男人络绎不绝，他们不仅占领了他的家园，而且还搅得母子俩不得安宁。尤利西斯的儿子特莱默克斯已长大成人。见母亲终日受到求婚者纠缠，家庭安全受到威胁，他心急如焚。后经女神雅典娜指点，他离开家园，出海寻父。在《尤利西斯》中，斯蒂芬好比离家出走的特莱默克斯，正在寻找一位精神上的父亲。穆利根和海恩斯代表了那些霸占他家园的求婚者，而那位送牛奶的女人似乎是女神雅典娜的化身。

第二章 内斯特(Nestor)

上午10点钟，斯蒂芬在一所私立小学上完了一堂历史课，然后去校长狄瑟先生的办公室领取薪水。随后，他俩进行了一番交谈，内容涉及经济、社会和历史等领域。狄瑟先生劝斯蒂芬要勤俭节约，管好自己的口袋，并声称"金钱就是力量"[⑩]。狄瑟先生还对他大谈历史，并告诉他"英国已经落入犹太人之手……古老的英国正在死亡"(p.33)。交谈期间，斯蒂芬的意识飘来转去，跳跃频繁，其思绪不时受到狄瑟先生的话语和操场上的喧闹声的影响。斯蒂芬因本人穷困潦倒、备受挫折而讨厌历史，他坦率地说："历史是一场噩梦，我正试图从中觉醒过来。"(p.34)在斯蒂芬临走之前，狄瑟先生交给他一封有关治疗牛的口蹄疫的信，托他尽快找一家报社发表。

据《奥德赛》第三卷记载，特莱默克斯前往博古通今、足智多谋的参加过特洛伊战争的老将内斯特的住处向他打听自己父亲的下落。内斯特坐在他的儿子们中间，向特莱默克斯介绍了特洛伊战争的历史，并劝他到海伦的丈夫曼涅劳斯王那儿去打听父亲的下落。其间,内斯特杀了一头小牛用以祭祀神灵。在《尤利西斯》中,这位老于世故的校长狄瑟先生无疑是那位特洛伊战争中的智多星内斯特的化身。如果说,内斯特坐在儿子们中间的话,那么,狄瑟先生的周围则都是学生。内斯特向特莱默克斯介绍特洛伊战争的历史;狄瑟先生则对斯蒂芬大谈英国的衰落。内斯特宰杀小牛祭祀神灵,而狄瑟先生则撰文讨论如何治疗牛的口蹄疫以促进爱尔兰的贸易。

第三章　普鲁蒂尤斯(Proteus)

上午 11 点钟,斯蒂芬离开狄瑟先生的学校后便独自来到都柏林的森迪蒙特海滩。面对汹涌澎湃的海浪,斯蒂芬百感交集,思绪万千。他一边徘徊于海滩,一边作诗一首。万顷波涛使他产生丰富的自由联想,从人生的无常到自然的变化,从沧海桑田到宇宙万象的本质,从生老病死到艺术的永恒,各种抽象的思维在他的脑海中不断涌现。显然,他对许多问题百思不解,并从滚滚的海浪中感受到一种莫名的孤独与悲哀。

在《奥德赛》的第四卷中,特莱默克斯采纳了内斯特的建议,前往斯巴达国找国王曼涅劳斯打听父亲的下落。曼涅劳斯向特莱默克斯讲述了他在特洛伊战争之后的归国途中如何捉拿埃及海神普鲁蒂尤斯的经过。尽管海神普鲁蒂尤斯变幻无穷,令人莫测,但曼涅劳斯最终迫使其说出脱身方法和包括尤利西斯在内的希腊将领的下落。在乔伊斯的小说中,汹涌澎湃的大海是海神普鲁蒂尤斯的化身。如果说,大海变幻无常、波涛翻滚,那么,斯蒂芬脑海中的意识流也同样瞬息万变、流动不已。不仅如此,他的抽象思维也像茫茫大海那样令人莫测、难以驾驭。

第二部分　奥德赛(Odyssey,
即"尤利西斯的漂泊")

第四章　卡吕普索(Calypso)

上午 8 点钟,小说主人公布鲁姆在离斯蒂芬住的塔楼约十英里的埃克尔斯街 7 号的家中一边喂猫,一边与猫交谈。然后,他上街买了一只腰子。回来后，他将早餐送到妻子莫莉的床前。他俩谈了有关灵魂的转生、文学以及莫莉与其情人波伊兰一起举办音乐会的事。随后，布鲁姆在厨房一边吃早餐，一边阅读女儿米莉的来信。布鲁姆是匈牙利裔犹太人，目前是《自由人报》的广告兜揽员。他的儿子鲁迪于十一年前夭折。多年来，布鲁姆与莫莉同床异梦，夫妻关系名存实亡。作为一个犹太人，布鲁姆时刻具有一种孤独感和异化感。此外，妻子的水性杨花也使他觉得无地自容。

据《奥德赛》第七卷记载，尤利西斯战后率部回乡，不料途中帆船翻沉。他只身漂到海妖卡吕普索占据的海岛，被迫留在岛上与她同居七年。但失去自由的尤利西斯归心似箭，后来得到神的帮助，扎木筏逃离海岛。在《尤利西斯》中，莫莉是海妖卡吕普索的化身。像海妖一样，莫莉剥夺了布鲁姆享受天伦之乐的自由，使其成为生活的囚徒。显然，挂在布鲁姆家墙上的一幅"仙女沐浴"的图画具有象征意义，它巧妙地将莫莉与海妖卡吕普索联系起来。

第五章　食落拓枣的人（The Lotus-eaters）

上午 10 点钟，正当斯蒂芬在为学生上历史课时，布鲁姆开始了他在都柏林街头长达一天的闲逛。由于他正以亨利·弗罗尔的假名在与一个名叫玛莎的女打字员通信调情，因此他首先到邮局取了玛莎的情书，读毕不禁心花怒放，沾沾自喜。继而他来到一家化学品商店为妻子订购一瓶洗面液，并且买了一块肥皂。然后他走进一家公共浴室去洗澡。此刻，布鲁姆感到心旷神怡，他的意识开始活跃起来："现在该舒舒服服地洗个澡了。水真干净。凉丝丝的搪瓷，温暖的池水。这是我的身体。"（p.86）

在《奥德赛》第九卷中，尤利西斯在海上遇到大风不得不在一个岛上登陆。他的部下见到当地有一种甜蜜的落拓枣，便争先恐后地大量食用。然而，他们吃了落拓枣之后便不思家乡，流连忘返。在《尤利西斯》中，乔伊斯生动地描绘了都柏林街头的各种花草树木以及药店里的各种药物，从而巧妙地影射了希腊神话中盛产落拓枣的海岛。布鲁姆的化名亨利·弗罗尔（Flower）无疑具有象征意义。而他在舒适温暖的浴池里那种自我陶醉、悠闲自得的神情则使人联想起荷马史诗中那些吃过落拓枣的彻底健忘和乐不思蜀的水手。

第六章　哈得斯(Hades)

上午 11 点钟,正当斯蒂芬在森迪蒙特海滩踯躅徘徊时,布鲁姆则与几位熟人乘马车去参加他的朋友迪格纳的葬礼。作者再次展示了《都柏林人》中的那种死气沉沉的社会景象。布鲁姆在参加葬礼期间心猿意马,从朋友的死亡中感受到一种莫名的悲哀。在他看来,"爱尔兰人的房子便是他的棺材"(p.110),而他朋友的葬礼则"似乎是一场玩笑"(p.109)。作为一名犹太人,布鲁姆在其他白领中产阶级面前感到自惭形秽。他们在参加葬礼期间窃窃私语,谈论他的妻子与别人私通,他更是无地自容。

据《奥德赛》第十一卷记载,尤利西斯听从女妖瑟西的建议到阴曹地府去了解自己家庭的情况以及本人的前途和命运。哈得斯是主宰阴间的冥王,亦指整个阴曹地府。尤利西斯在阴间看到许多死去的同伴的幽灵。在《尤利西斯》中,乔伊斯将葬礼一幕描绘得凄凉、昏暗,犹如阴间一般。正如尤利西斯神游冥府时见到许多幽灵一样,布鲁姆在葬礼期间也不时联想到已故的父亲和早夭的儿子。作者通过这一章似乎在向读者暗示,瘫痪和腐败的爱尔兰社会犹如地狱一般可怕。

第七章　伊奥勒斯(Aeolus)

中午,以兜揽广告为业的布鲁姆来到《自由人报》的报社找主编克劳福德先生落实凯斯商店的一项广告业务。报社的办公室内噪声杂沓,楼下的印刷车间里机声隆隆。布鲁姆在那里遭到一些记者和编辑的嘲笑。正当他离开时,恰好斯蒂芬走了进来。显然,他试图向报社主编推荐狄瑟先生写的那封有关治疗口蹄疫的信,但主编拒绝发表此信。斯蒂芬只得与一些无所事事的编辑闲聊了一会儿,随后邀请他们去附近的一家酒吧喝酒。

在《奥德赛》第十卷中,风神伊奥勒斯在海岛上盛情款待尤利西斯及其随从人员。在尤利西斯离开之前,伊奥勒斯送给他一只装着所有逆风的牛皮袋,以便使他在回家的航行中一帆风顺。当船即将到达伊塔刻时,一些水手乘尤利西斯打盹之机擅自打开牛皮袋,于是,狂风破袋而出,将船刮回伊奥勒斯的海岛。风神见状勃然大怒,拒绝再次帮助他们。在《尤利西斯》中,报社主编克劳福德先生是风神伊奥勒斯的化身,而报社内的噪音则象征着怒吼的狂风。乔伊斯有意采用常见的新闻报道语体来描绘主人公在报社的场面。

第八章 莱斯特吕恭人（Lestrygonians）

下午1点钟，布鲁姆在前往图书馆寻找一幅广告的途中感到饥肠辘辘，便步入一家名为波顿的小饭馆用午餐。在这家又脏又乱的饭馆里，布鲁姆见到许多都柏林人正在狼吞虎咽，莫莉的情人波伊兰也在大口吞食牡蛎。他们丑态百出，令人作呕。布鲁姆见此情景只得退出，到另一家小餐馆买了一块三明治和一杯饮料充饥。饭后，他独自在街上喂海鸥，并帮助一名年轻的盲人过马路。当他见到前往他家与莫莉约会的波伊兰时，立刻躲进了博物馆。

据《奥德赛》第十卷记载，由于风神不愿再助尤利西斯一臂之力，因此尤利西斯只得率船队离去。他的随从不听劝告，将十一艘船停泊在食肉巨人莱斯特吕恭人居住的海岛旁。不料，莱斯特吕恭人从峭壁上扔下无数巨石，砸翻船只，并将尤利西斯的许多同伴抓去吞食。一向机智聪明、谨慎从事的尤利西斯幸免于难。在《尤利西斯》中，乔伊斯采用一系列与烹调和饮食有关的词语来描绘包括波伊兰在内的都柏林人吃午饭的情景。他们犹如食肉巨人一般，在饭馆里狼吞虎咽，吃相非常难看。

第九章 西勒和卡吕布迪斯（Scylla and Chrybdis）

下午2点钟，斯蒂芬在国立图书馆的馆长办公室内与一位名叫乔治·拉塞尔的诗人及另外三位图书馆工作人员讨论莎士比亚戏剧。随后，穆利根也来参加讨论。斯蒂芬从文学作品自传性的角度论述了莎剧《哈姆雷特》中的父子关系以及莎士比亚与哈姆雷特之间的关系。这也在一定程度上暗示了布鲁姆与斯蒂芬之间的"父子关系"。斯蒂芬推崇亚里士多德的唯理主义哲学，而其他人则奉行柏拉图的理想主义哲学。刚从博物馆来到这里的布鲁姆对他们讨论的问题感到困惑不解，故未能参加讨论。他查阅了一些报纸之后便悄然离去。

据《奥德赛》第十二卷记载，长有六个头的女魔西勒坐在海峡一边的峭壁上。每逢船只从海峡经过，她便吞吃六名船员。位于海峡另一边的是女妖卡吕布迪斯。她每天将海水吸入三次，又重新吐出。每当她吸水时，她必然会将过往船只吞没。尽管六位水手丢了性命，但尤利西斯巧妙地从把守海峡的两个女妖中间通过。在乔伊斯的小说中，西勒和卡吕布迪斯的象征意义表现在两方面。一,她们暗指两种不同的哲学观点,斯蒂芬所推崇的亚里士多德的哲学代表西勒,而穆利根等人所奉行的柏拉图思想则代表了卡吕布迪斯。二,她们亦暗指布鲁姆的连续两次逃避,即他在博物馆成功地躲避了波伊兰之后,又在图书馆巧妙地躲开了这场有关莎士比亚问题的讨论。

第十章　流浪岩(The Wandering Rocks)

下午 3 点钟,都柏林街头人流不尽,车水马龙。本章将此时此刻在都柏林发生的各种事件和形形色色的人物以 19 个短镜头或特写镜头的形式展示在读者面前,使这座城市午间的活动一目了然。除了小说主人公布鲁姆、斯蒂芬和莫莉之外,乔伊斯还生动地描绘了水手、乞丐、神父、卖书的摊贩、波伊兰以及都柏林总督威廉·汉布伯爵等人物。本章位于全书的中间,在风格和情节上与前后两章并无多大关系。它向读者展示了都柏林的道德瘫痪和死气沉沉的社会生活。

在《奥德赛》第十二卷中,尤利西斯追述了自己如何避开流浪岩的经过。女妖瑟西告诉尤利西斯:在他回家的航行途中有两块巨大的岩石,它们在海面上漂浮,时而聚拢,时而分开。岩石周围巨浪翻滚,过往船只必然遭殃。尤利西斯听从瑟西的劝告,避开流浪岩,选择了西勒和卡吕布迪斯两个女妖把守的那条海上通道。在《尤利西斯》中,乔伊斯向读者展示了下午 3 点钟在都柏林街头的 19 个活动场面,旨在暗示人们精神上的瘫痪。像荷马史诗中的"流浪岩"一样,这些活动场面充满了危机和险情。读者从这些行色匆匆的都柏林人身上似乎看到了精神的虚脱和生活的乏味。

第十一章　塞壬(The Sirens)

下午 4 点钟,布鲁姆来到奥蒙德酒吧进餐。此刻,波伊兰也来到了酒吧,但他不久便匆匆离去,到埃克尔斯街 7 号与莫莉约会。在酒吧里,斯蒂芬的父亲西蒙·迪德勒斯和另一个名叫本·多拉德的男子分别用男高音和男低音唱了一首歌,赢得了阵阵掌声。与此同时,两名满头金发的酒吧女招待正在与顾客调情。在令人陶醉的乐曲声中,布鲁姆给他想象中的情人玛莎回了一封情书。

据《奥德赛》第十二卷记载,塞壬是一个人面鸟身的海妖,常以无比美妙的歌声诱惑水手,使船触礁沉没。尤利西斯听从瑟西的劝告,预先用蜡将伙伴的耳朵塞住,并让他人将自己捆在桅杆上。当船驶过塞壬的海岛时,尤利西斯虽被音乐迷惑,但他因不能动弹而安然脱险。在《尤利西斯》中,两名妖艳的吧女是海妖塞壬的化身,而酒吧内悦耳动听的音乐和歌曲则象征着塞壬迷人的歌声。同尤利西斯一样,布鲁姆在酒吧里并未被乐曲和吧女所迷惑。

第十二章 独眼巨人(Cyclops)

下午5点钟,布鲁姆来到巴尼·基尔南酒吧与其朋友马丁·坎尼翰会面。此刻,一个绰号为"市民"的极端民族主义分子一边喝酒,一边与其他酒徒聊天。"市民"的言论充满了反犹太人的情绪,使身为犹太人的布鲁姆大为恼火,与这伙人展开了一场激烈的辩论。当布鲁姆和马丁坐上马车后,他向"市民"大声说道:"你的上帝是犹太人,基督像我一样也是犹太人。"(p.342)"市民"听后恼羞成怒,抓起一只饼干桶朝布鲁姆扔去,布鲁姆与马丁则急忙驱车逃走。

在《奥德赛》第九卷中,尤利西斯追述了他如何对付独眼巨人的经过。库克罗普斯是散居在山洞里的独眼巨人族。尤利西斯及其部下漂流到独眼巨人的岛上后,被其首领波里菲默斯围困在山洞中,六名随从被抓去吃掉。尤利西斯用酒将波里菲默斯灌醉,并用木棍戳瞎他的独眼,随后乘机逃脱。巨人忍痛追到海边,并向尤利西斯的船队投掷一块巨石,幸未击中。由于波里菲默斯是海神之子,因此尤利西斯等人后来在航海时遇到了重重困难。在小说中,乔伊斯采用夸张的手法来表现都柏林人狭隘的民族主义思想。如果说,独眼巨人的石头未能击中尤利西斯,那么,布鲁姆也成功地躲避了"市民"的饼干桶。

第十三章 诺西卡(Nausica)

晚上8点钟,布鲁姆独自坐在森迪蒙特海滩的岩石上休息。一个名叫格蒂的姑娘在海滩上乘凉,她的两个女朋友正与几个孩子在玩球。布鲁姆不时偷看格蒂裙子内的短裤,并想入非非,情欲萌动。格蒂察觉到了布鲁姆的视线,便晃动双腿向他挑逗。随后,他俩均向对方作出了一系列暗示。9点钟,海滩上已漆黑一团。当格蒂动身回家时,布鲁姆才发现她是个瘸子。他坐在岩石上打了个盹,然后去妇产科医院探望一位产妇。

在《奥德赛》第六卷中,尤利西斯因在海上遇风暴袭击而跌入大海,随后被海水冲到一个海岛上。他独自在岩石和灌木丛中昏睡过去。次日清晨,该岛国王的女儿诺西卡与一群女侍在附近抛球玩耍,将尤利西斯吵醒。诺西卡对尤利西斯一见倾心,将他带到宫中去见父王。尤利西斯受到国王的盛情款待,但他婉言谢绝了国王招他当驸马的建议。在《尤利西斯》中,跛足姑娘格蒂无疑是对美貌丽质的诺西卡公主的具有讽刺意义的模仿,而布鲁姆的庸俗与猥琐同尤利西斯的忠贞不渝形成了鲜明的对照。

第十四章　太阳神的牛(Oxen of the Sun)

晚上10点钟,疲惫不堪的布鲁姆来到都柏林的妇产科医院探望一位名叫普福艾太太的产妇。尽管她在产房已有三天,但她依然未能分娩。布鲁姆在医院食堂里见到斯蒂芬与一群医科学生正在一边喝酒,一边高谈阔论。他们以嘲笑的口吻谈论生育问题,其中嗓音最响的要算穆利根。布鲁姆怀着仁慈和博爱的心情独自坐在一旁,等候婴儿出生的消息。11点钟左右,普福艾太太终于生下了一个男婴。这时,早已喝得酩酊大醉的斯蒂芬邀请大家到附近的一个酒吧去继续喝酒。布鲁姆担心斯蒂芬会遇到麻烦,于是,在委托护士向普福艾太太问好之后,他尾随而去。

据《奥德赛》第十二卷记载,尤利西斯的部下不听他的劝告,乘他熟睡之际在太阳神赫里奥斯的岛上宰了几头神牛,然后将它们烤来吃。太阳神闻讯大发雷霆,借天神之威,以雷电击毁船只,使所有船员葬身大海。尤利西斯因未食牛肉而幸免于难,孤身一人漂至卡吕普索的海岛上。在乔伊斯的小说中,正在分娩的产妇普福艾太太是神牛的化身,而神牛则代表女性和生育。正如尤利西斯的部下亵渎神灵、宰杀神牛一样,这群医科学生也大放厥词,嘲笑生育。如果说,尤利西斯未食牛肉的话,那么,布鲁姆也未参加他们的讨论。

第十五章　瑟西(Circe)

半夜12点钟,布鲁姆尾随醉醺醺的斯蒂芬来到蓓拉·科恩夫人开的妓院。不久,两人在昏暗的妓院里渐渐进入狂想和幻觉之中。斯蒂芬在青楼胡言乱语,手舞足蹈,醉意朦胧之中仿佛看见了自己母亲的幽灵。而布鲁姆则在一阵阵幻觉之中不断变换自己的角色,从一个被告、一头猪、一个女人到市长和国王。酩酊大醉的斯蒂芬用手杖击碎了吊灯,然后扔下手杖跑出妓院。布鲁姆见状急忙拾起斯蒂芬的钱包和手杖跟了出去，暗中保护他朋友的儿子。在街上，斯蒂芬与两个喝醉的英国士兵发生了争执，结果被对方击倒在地。尾随而来的布鲁姆俯下身去搀扶斯蒂芬。此刻，他仿佛看到了夭折的儿子鲁迪的身影。

据《奥德赛》第十卷记载，尤利西斯及其部下从食肉巨人莱斯特吕恭人处脱险之后来到女妖瑟西的海岛。尤利西斯立即派一批人上岸侦察。不料，除一人之外，其余的人全被瑟西用魔法变成了猪。尤利西斯借助神的力量破了瑟西的魔法，使猪重新变成人。随后，他与瑟西在岛上同居一年，并从她那里获得了许多脱险的方法。在乔伊斯的小说中，妓院老鸨蓓拉·科恩是女妖瑟西的化身，而将人变成猪则是对妓院最恰当的比喻。

第三部分 诺斯特斯（Nostos, 即"回家"）

第十六章 尤迈厄斯（Eumaeus）

凌晨 1 点钟，布鲁姆搀扶着斯蒂芬来到一个通宵营业的小吃摊前。据说，摊主曾参与著名的都柏林凤凰公园谋杀行动。顾客中有一位刚从船上下来的老水手。他们围在一起谈论各种奇闻趣事。布鲁姆为斯蒂芬买了咖啡和面包，但斯蒂芬并不想吃。过了一会儿，斯蒂芬逐渐清醒过来，发现布鲁姆慈祥和蔼，殷勤好客，与自己心目中的父亲形象十分吻合。布鲁姆也似乎找到了渴望已久的儿子，并给他看了妻子莫莉年轻时的照片。然后，"父子"俩手拉手朝布鲁姆的家走去。

在《奥德赛》第十四卷中，尤利西斯在漂流沦落、历尽艰险之后终于回到伊塔刻。在回宫之前，他乔装成一个穷老头到牧猪人尤迈厄斯家了解情况。尽管尤迈厄斯没有认出尤利西斯，但他盛情款待对方。这时，刚从大陆归来的特莱默克斯也来到尤迈厄斯家。父子俩终于在此相会，并商量回宫杀敌夺回家园的方法。在《尤利西斯》中，那个通宵营业的小吃摊的摊主便是尤迈厄斯的化身，而布鲁姆和斯蒂芬在此小坐则与尤利西斯父子相会遥相呼应。

第十七章 伊塔刻（Ithaca）

凌晨 2 点钟，布鲁姆将斯蒂芬带回家中，随后到厨房为他煮了一杯可可。接着,两人在客厅漫无边际地闲聊许久。布鲁姆想留斯蒂芬在家过夜,被他婉言谢绝。当斯蒂芬告辞之后,布鲁姆上楼进了卧室,并与似睡非睡的妻子聊了几句。他发现房间里的摆设有所变动,并觉察到莫莉的情人波伊兰来过这里的种种迹象。在经历了一番心猿意马、前思后想之后,布鲁姆采取了超然的态度,其心情便随之恢复了平静。

据《奥德赛》第二十二卷记载,尤利西斯与儿子特莱默克斯在牧猪人尤迈厄斯处商量对策后便分别回到宫中。他们在一部分忠仆的帮助下将那些霸占王宫并向王后逼婚者全部杀死。在《尤利西斯》中,布鲁姆与斯蒂芬除了漫无边际地闲聊之外别无选择。如果说,尤利西斯敢于同逼婚者决斗的话,那么,布鲁姆只能采取精神胜利法,以超然物外的态度将妻子的众多情人从记忆中抹去。

第十八章　珀涅罗珀(Penelope)

凌晨 2 点 45 分,布鲁姆与莫莉交谈了几句之后便酣然入睡。莫莉在床上似睡非睡,辗转反侧,过去几十年作为女人的经验和经历展现在她的脑海中。她的意识如小河流水一般奔腾不息,流动不已。布鲁姆、波伊兰、马尔维中尉和斯蒂芬等男人的形象在她的脑海中飘然而过。一个个"他"在莫莉的意识流中此起彼伏,时隐时现,充分展示了她水性杨花的性格特征。然而,位于莫莉的意识中心的依然是她的丈夫布鲁姆。在她眼里,布鲁姆是一位可靠、宽厚、有教养的男人,在现代社会中实在不可多得。

在《奥德赛》第十九卷至二十三卷中,尤利西斯的妻子珀涅罗珀对丈夫忠贞不渝,在杳无音讯的情况下,坚持等待,对众多的逼婚者采取拖延的策略。当尤利西斯等人将逼婚者全部杀死之后,珀涅罗珀面对阔别二十年的丈夫不敢贸然相认。后来她通过唯独她与丈夫才知道的有关床腿的秘密来试探他,才得证实。于是夫妻久别重逢,欢庆团聚。在《尤利西斯》中,水性杨花的莫莉是对忠贞守节的珀涅罗珀的一种讽刺的模仿。莫莉的意识流不仅反映了在传统价值观念急剧变化的年代里一名普通妇女对性的态度和认识,而且也是整个西方资本主义文明衰弱的一个缩影。

以上便是《尤利西斯》的框架结构和故事情节。可见,这部小说同荷马史诗《奥德赛》之间存在着明显的对应关系。就总体而言,《尤利西斯》

的三个部分与《奥德赛》的三个部分遥相呼应。然而，细心的读者不难发现，乔伊斯在充分利用这种不可多得的对应关系的同时，并未严格遵循《奥德赛》的故事线索，而是巧妙地借鉴这部经典文学作品的结构来创作一部划时代的文学巨著。因此，《尤利西斯》的主要人物是对《奥德赛》的主要人物的讽刺性模仿，书中的每一章只是与荷马史诗中的某个情节或片段具有一种比较粗略的对应关系，而且两者在秩序排列上也不尽相同。显然，乔伊斯并未刻意模仿《奥德赛》的框架结构，而是将其视作一个能赋予《尤利西斯》深刻内涵和广泛象征意义的可资借鉴的文学范本。正如著名诗人 T·S·艾略特在一篇关于《尤利西斯》的论文中所说：

> 乔伊斯先生在使用神话和处理现代与古代之间持续的对应关系时，正在寻求一种别人必须跟他学的方法……这完全是一种调控的方法，建立秩序的方法，或是一种能为严重的虚无和混乱（即当代历史）带来形式和意义的方法……[11]

不言而喻，乔伊斯的艺术设计和谋篇方法是成功的。荷马的神话典故不仅为《尤利西斯》提供了一个坚实的艺术框架，而且也能产生一种鲜明的反衬效果和深刻的象征意义。

此外，乔伊斯使《尤利西斯》与《奥德赛》之间在重要人物上的基本对应也取得了良好的艺术效果。在《尤利西斯》中，几乎所有的重要人物都与《奥德赛》中的人物遥相呼应，他们之间显然具有某些相似或相反的特征。尽管西方批评家们大都认为，了解人物的对应关系是理解《尤利西斯》的重要前提，但他们对其中最主要的两个人物（即布鲁姆与尤利西斯）之间的对应关系以及作者的用意却众说纷纭。有人认为乔伊斯采用《奥德赛》旨在进行讽刺性的对照；也有人认为布鲁姆应被视为尤利西斯的现代化身；而著名乔学家艾尔曼先生则将布鲁姆称为一个"神圣的小人物"（the Divine Nobody）[12]。近年来，由于乔伊斯研究的不断深入和发展，人们对布鲁姆这一人物的形象和本质有了更加全面和深刻的认识。

应当指出，乔伊斯在古希腊神话中的英雄尤利西斯与他的小说主人公之间建立对应关系为读者深刻理解布鲁姆这一复杂的人物形象提供了重要的依据。1915 年，当乔伊斯开始描写布鲁姆这一人物时，他对好友弗兰克·伯金说，"尤利西斯是文学中唯一完整的人物……他是欧洲的第一位绅士"[13]。随后，他坦率地告诉自己的朋友：

> 我全方位地看布鲁姆(乔伊斯的尤利西斯),因此,从你们雕刻家对塑像的认识来看,他是一个全面的人。然而,他也是一个完整的人,一个好人。不管怎样,那是我所希望的。⑭

显然,生活在两个世纪交替之际的乔伊斯对尤利西斯的认识与维多利亚时代的读者相比已大相径庭,而布鲁姆与丁尼生(Alfred Tennyson, 1809—1992)诗歌中的"尤利西斯"也不可同日而语。由于乔伊斯以一个现代主义者的目光来审视荷马史诗中的英雄人物,因此,他笔下的布鲁姆必然是一个复杂的、立体的和耐人寻味的人物。同尤利西斯一样,布鲁姆是一个"全面的人"和"完整的人",因为读者不仅看到了他的善良、仁慈、宽厚、忍让和礼貌,而且也看到了他的卑劣、平庸、猥琐、懦弱和苍白。如果说,尤利西斯是"欧洲的第一位绅士",那么,布鲁姆则是现代西方社会中凡夫俗子的具体化身。从人道主义的观点来看,布鲁姆同尤利西斯一样完全是"一个好人"。事实上,作为一个普通的"现代人",布鲁姆既不能令人肃然起敬,也不会使人恨之入骨。他既是一个喜剧性人物,也是一个悲剧性人物。如果说尤利西斯已经成为古代至高无上的英雄主义的象征,那么布鲁姆则代表了一种在严重异化的时代中普遍流行的人生哲学。

应当指出,《尤利西斯》的框架结构和故事情节与荷马史诗《奥德赛》之间的大致呼应和基本对应不仅是乔伊斯的一个重要艺术创举,而且也是他的小说产生广泛的象征意义并获得巨大成功的关键所在。显然,这种呼应和对应使《尤利西斯》成为现代西方最杰出的一部仿英雄诗的讽刺小说,同时,也使布鲁姆成为现代西方最典型的反英雄人物之一。然而,真正使《尤利西斯》成为"世纪之作"的与其说是它与《奥德赛》的平行关系,倒不如说是乔伊斯新颖独特的创作技巧和艺术风格。⑮由于《尤利西斯》几乎汇集了西方现代主义文学中所有的新潮艺术和尖端技巧,因此,不了解《尤利西斯》的技巧和风格,就无法真正了解整个西方现代主义文学。这样说一点也不过分。

《尤利西斯》的成功在很大程度上取决于作者精彩纷呈的创作技巧和变化多端的艺术风格。乔伊斯的技巧和风格既是对自古以来建立在理性基础上的传统文学的强烈挑战,也是英语小说史上的一次重大突破。身居巴黎的乔伊斯从20世纪初的西方艺术世界中摄取了大量的现代主义创作技巧，并成功地借鉴了诗歌、戏剧、电影、摄影、绘画和音乐等艺术领域的各种生动有效的表现手法，从而使他能够轻车熟路、得心应手地去探索人物的精神世界。在《尤利西斯》中，他将一股飘忽不定、流动不已的意识流作为基本内容加以表现，成功地展示了一个难以名状、光怪陆离的心理世界，使读者大开眼界。乔伊斯在作品中使用的意识流技巧可谓五花八门，包括内心独白、自由联想、蒙太奇、时空跳跃、感官印象以及梦境与幻觉等等。这些当时在英美文坛闻所未闻的创作技巧不仅真实地反映了人物头脑中纷乱复杂的意识活动，而且还为正在崛起的现代主义文学运动注入了新的艺术活力。美国著名评论家埃德蒙·威尔逊对乔伊斯的创作技巧赞不绝口。他公开声称，《尤利西斯》"也许是对普通人的意识所拍的最忠实的 X 光片"，并认为"意识流技巧是乔伊斯对小说艺术的重大贡献"[16]。

应当指出，现代心理学的发展为乔伊斯创作《尤利西斯》提供了十分重要的理论依据。当乔伊斯尚在克郎戈斯教会学校读小学时，美国著名心理学家威廉·詹姆斯（William James，1842—1910）在他的经典著作《心理学原理》（Principles of Psychology，1890）中已经提出了意识流之说。他认为，"意识"是人脑对于客观物质世界的反映，是感觉、思维、印象和回忆等各种心理过程的总和，是一股纷乱如麻、奔腾如潮的主观生活之流。詹姆斯在解释人的意识活动时发表了现代心理学界流传甚广的精辟论断：

> 意识本身并非是许多割裂的碎片。乍看起来，似乎可以用"锁链"或"列车"这样的字眼来描述它。其实，这是不恰当的。意识并不是一段一段地联结起来的。用"河"或"流"这样的比喻来描述它才恰如其分……我们就称之为思想流、意识流或主观生活之流吧。[17]

在詹姆斯看来，尽管人的意识存在着时间上的间隔，但间隔之后的意识与先前的意识并未中断，它依然是整个意识领域中的一部分。同样，奥地利心理学家弗洛伊德的"精神分析法"也使乔伊斯等意识流作家深受启迪。弗洛伊德认为：

> 我们赋予心理过程三种品质：意识的、前意识的和无意识的。这样划分既不是绝对的，也不是永远的。我们知道，我们不必加以任何干涉，前意识的会变成意识的；无意识的，经过我们的努力，也会变成意识的。[18]

弗洛伊德的"精神分析法"以及他关于梦的解释使乔伊斯成功地创作了涉及人的全部意识范畴的文学作品,包括人物头脑中最积极、最活跃的神智活动和最消极、最朦胧的感官印象。此外,法国哲学家亨利·柏格森的心理时间学说也对身居巴黎的乔伊斯创作《尤利西斯》起到了一定的催化作用。柏格森在《创造性的进化》(*L'Evolution Creatrice*, 1907)一书中将内心生活中的"绵延"视作唯一的存在,并认为真正的时间应该是意识和心理过程上的时间。他曾对心理时间作出这样的解释:

> 如果我们将绵延视作融为一体的许多时刻,就像被线穿在一起似的,那么,不管这个被选定的绵延有多短,那些时刻的数量是无限的……这种绵延发展到极限便是永恒……一种生命的永恒……一种集中了全部绵延的永恒。[19]

显然,现代心理学的迅速发展和对人的意识的最新研究成果对《尤利西斯》的问世起到了推波助澜的作用。可以毫不夸张地说,如果现代心理学家未能全面而系统地揭示人的心理活动的奥秘和普遍规律,那么乔伊斯既不能深入了解精神世界的本质,也无法推出一系列如此精湛纯熟的意识流技巧。

乔伊斯在《尤利西斯》中采用的创作技巧不仅充分反映了现代主义的艺术特征,而且也标志着西方小说艺术的一次重要革命。尽管"意识"随着人类思维能力的形成便已存在,而"意识流"作为一种心理现象也古已有之,但千百年来,人类的这一内在真实并未引起作家的关注。由于20世纪以前的作家对人类这种固有的精神现象了解甚少,加之传统文学手法的局限性,因此他们既不会将意识流作为作品的基本内容加以表现,也不可能真实地揭示人物的各种理性与非理性的意识层面,包括其最原始、最低程度的模糊感觉和最完善、最高程度的合理思维。尽管包括乔叟(Geoffery Chaucer, 1345—1400)、莎士比亚和乔治·艾略特(George Eliot, 1819—1880)在内的许多传统作家都曾经在诗歌、戏剧和小说中采用过心理描写的手法,但他们所表现的是人物合乎逻辑和条理清楚的内心思考,与《尤利西斯》中的意识流截然不同,因此不可同日而语。在《尤利西斯》中,乔伊斯创造性地采用了一种非交际性的心理语言来反映人物的言语阶段和言语前阶段的意识活动。他自觉地退出小说,原原本本地向读者展示人物交错重叠、杂乱无章及包括明流、暗流和倒流在内的意识活动以及无数稍纵即逝、难以名状的顿悟、幻觉和梦境。不言而喻，这是传统作家难以想象的，也是他们望尘莫及的。

在《尤利西斯》中，乔伊斯不仅成功地为现代主义文学的发展打了一场极为漂亮的攻坚战，而且也巧妙地解决了意识流小说创作中的三大难题：即如何采用合乎理性的创作技巧来表现非理性的精神活动？如何通过人物混乱无序的意识活动来反映社会现实？如何凭借特殊的语言手段来揭示人物不同层次的心理现象？显然，乔伊斯对这些问题的处理是极为成功的。他在小说艺术上的重大突破无疑是《尤利西斯》在西方现代文坛独占鳌头的关键所在。乔伊斯非凡的艺术才华和独特的创作技巧使《尤利西斯》"具有一种顿时让其他所有作品显得厚颜无耻的效果"[20]，而"乔伊斯对头脑的探索迫使我们将其他所有现实主义者都视为懦夫"[21]。

应当指出，虽然《尤利西斯》被公认为 20 世纪最富有实验性的一部小说，但它的开局却与传统小说几乎毫无区别。乔伊斯并没有单刀直入地闯进斯蒂芬的精神领域，毫无顾忌地向读者展示其意识屏幕，相反，他以生动的笔触描绘了穆利根的形象：

> 仪表堂堂、体格健壮的勃克·穆利根出现在楼梯口。他手中端着一碗肥皂沫，上面交叉地放着一面镜子和一把剃刀。他身披一件淡黄色浴衣，没有系腰带，浴衣在习习晨风中飘拂。他将碗高高举起，口中念念有词：
> 我登上了天主的祭台。
> 他停住脚步，低头朝昏暗的螺旋状楼梯望去，并粗鲁地喊道：
> "上来，小赤佬！上来，你这个胆小如鼠的耶稣会成员。"（p.3）

显然，乔伊斯在小说的开头既没有表现出任何描绘意识流的企图，也没有在艺术上展示出任何与众不同之处。他只是挥洒自如地描绘了与斯蒂芬同住一室的穆利根（暗指占领尤利西斯家园的逼婚者）的傲慢与粗鲁。乔伊斯之所以延缓表现人物的意识，其目的在于事先勾勒人物的基本轮廓，揭示人物间的大致关系，并展现一个较为具体的场景，从而为读者全面接纳意识流创造必要的条件。小说中随后两页的描写也并未反映任何意识活动。直到第四页，乔伊斯才首次将读者引入斯蒂芬的精神世界：

> 斯蒂芬弯下身照了举在面前的镜子。镜面上有一道歪歪斜斜的裂纹。

头发倒竖着。穆利根和其他人眼中的我就是这模样。是谁为我选了这么一张脸？活像一只求人替它捉拿跳蚤的小狗。它也在求我呢。（p.6）

读者不难发现，上文的前两句是作者的叙述语，其余均为斯蒂芬在圆形塔楼上与穆利根交谈时的内心独白，对阅读理解似乎并不会造成多大障碍。然而，革新的成分却已有端倪可察。乔伊斯在此悄然播下了意识流的种子，并开始缓慢而又自然地将人物的意识注入小说，并不加说明地使其与第三人称叙述融为一体。于是，我们在读到完全由斯蒂芬的意识流组成的第三章"普鲁蒂尤斯"时就不会感到突然或意外。同样，当我们在第四章中读到布鲁姆的意识流时便不再感到困惑，即便是莫莉在最后一章中所展示的那股没有标点、连绵不绝、奔腾如潮的意识流也不会使我们感到惊诧。由此可见，乔伊斯在大规模、全方位和多层次地表现意识流之前已经成功地解决了如何使读者逐渐接纳意识流这一难题。

在《尤利西斯》五花八门的现代主义技巧中，使用最多、作用最大的莫过于内心独白（interior monologue）。作为《尤利西斯》最基本的一种叙述形式，内心独白对揭示人物性格和反映小说主题具有极为重要的作用。顾名思义，内心独白是一种默然无声、一人独操的心理语言，或者说是一种无声无息、由语言表示的个人意识。众所周知，早在文艺复兴时期，莎士比亚已经在他的戏剧中巧妙地采用独白的形式来表达人物的心理冲突。在维多利亚时代，罗伯特·勃朗宁（Robert Browning，1812—1889）在他的诗歌中已成功地使用"戏剧独白"来反映人物的思想。但这些戏剧独白不仅揭示了人物合乎理性和逻辑的内心思考，而且文字优美、风格典雅，适合表白或表演。因此，乔伊斯在创作《尤利西斯》的过程中所面临的一个重要任务便是攻克叙述形式上的技术难关。他必须进一步开发语言的表意功能，采用一种文理不顺、语义不清的语体来表现人物恍惚迷离、飘忽不定的意识活动。他必须摈弃传统小说语言的文学性和艺术性，采用一种富有真实性和自然性的小说语体来反映人物稍纵即逝、混沌模糊的意识流。从某种意义上来说，《尤利西斯》中挥洒自如的内心独白手法代表了世界小说史上的一次重大的技术突破。它终于使作家能够随心所欲地表现原本距离人类的语言工具十分遥远的意识领域。

通常，乔伊斯在《尤利西斯》中采用直接内心独白来揭示人物的意识，即让主人公用第一人称直接将本人的心理感受和盘托出。乔伊斯似乎从来不用"他想""他感到"或"他对自己说"等解释性词语。读者看到的是人物原原本本的意识活动。由于这种由直接内心独白表现的意识流不受作者的控制或支配，因此极为自然和坦率，的确十分接近思维的实质。读者发现，斯蒂芬、布鲁姆和莫莉三个主要人物的内心独白在小说中不仅通行无阻，而且同作者的第三人称叙述之间的接轨或转轨也十分自然。乔伊斯在叙述语和内心独白之间极少插入其他次要成分，一般不留明显的痕迹，读者往往不知不觉地出入人物的意识领域。以下是布鲁姆在小说中的首次内心独白，从中可见一斑：

> 再添一片黄油面包：三片、四片；行了（A）。她不喜欢盘子装得太满（B）。他转过身，从炉架上取下开水壶，将它侧着放在炉火上（C）。水壶百无聊赖地坐在那里，伸着嘴（D）。马上可以喝茶了（E）。很好（F）。口渴了（G）。猫翘着尾巴，绷紧身子，绕着一条桌腿打转（H）。（p.55）

以上这段引文描述了布鲁姆在厨房准备早餐时的情景。A 句和 B 句是他为妻子莫莉在盘子上装黄油面包时的内心独白，其间没有任何解释性词语。C 句和 D 句是作者的叙述语，尽管采用第三人称表达，但与前两句之间的接轨十分自然。C 句中的"他"向读者发出了过渡与转轨的信号。E、F、G 三句再次表现布鲁姆的意识流，其中的"喝茶"与"口渴"同前两句中的"开水壶"在语义和逻辑上均保持着密切的联系。最后的 H 句又是作者的叙述语，其视角从布鲁姆转向了他家的小猫。整段引文共八句话，呈二、二、三、一格局。人物的内心独白和作者的叙述语时而互相分流，时而交织一体，两者之间的接轨和转轨自然稳妥，读者在神不知、鬼不觉的情况下频繁出入人物的精神世界。

乔伊斯在运用内心独白时充分显示了他转换视角的能力。在《尤利西斯》中，视角的转换不仅在句子之间司空见惯，而且在段落之间也极为频繁。例如，在第六章中，乔伊斯巧妙地利用了视角转换的艺术功能，将布鲁姆参加葬礼时的凝思遐想表现得出神入化：

> 他是否想过等待着他的那个墓穴呢？据说当你想它时你就会在太阳下发抖。有人在墓穴上行走。催场员在发号施令。靠近你了。我的就在那里朝着芬拉斯，那是我买的那块地。妈妈，可怜的妈妈，还有小鲁迪。
>
> 掘墓人拿起铁锹将沉重的土块铲到棺材上。布鲁姆转过眼去。如果他一直都活着？唷！啊呀！那可糟了。不，不，他死了，当然。他当然死了。他

是星期一死的……

　　土块掉下的声音越来越轻了。开始被人遗忘了。眼不见,心不念。
(p.111)

　　以上三段分别描述了布鲁姆在参加葬礼时的真实感受。第一段是他的意识流,原原本本地展示了他面对墓穴时的自由联想。第二段的叙述角度发生了变化,前两句是第三人称叙述,随后便是布鲁姆一段令人捧腹的意识流。第三段开头又转为第三人称叙述,继而再次变为内心独白。可见,作品的视角转换自如,跳跃频繁,犹如电影中的快镜头一般闪烁不停,向读者展示了一幅幅生动、逼真的意识画面。毫无疑问,视角的转换不仅使乔伊斯成功地驾驭了整部小说的进程,而且也为人物的内心独白增添了一定的艺术情趣。

　　在《尤利西斯》中,人物稍纵即逝的内心独白往往使读者产生一种"直接感"和"即时感",同时也有助于读者深刻了解人物的性格与特征。尽管人物的内心独白飘忽不定,变化多端,但其类型大致可分为两种:条理型和自由型内心独白。通常,条理型内心独白较为偏重理性的因素,注重语言流程的连贯性和逻辑性。它所包含的大都是人物比较合理的思考和清醒的意识,而且它的流动也体现出一定的秩序、条理和规律。与此相反,自由型内心独白则偏重非理性因素,文理不顺,语义不清,既不合乎逻辑,也不讲究连贯,它的流动体现出一定的随意性和跳跃性。它所包含的大都是人物朦胧晦涩的印象、幻觉、回忆、联想以及各种支离破碎的意识片断。在《尤利西斯》中,乔伊斯往往根据人物的性格特征来选择适当的独白形式。就书中的三个主要人物而言,斯蒂芬采用的大都是条理型内心独白;莫莉使用的完全是自由型内心独白;而布鲁姆的内心独白则两者兼而有之。在乔伊斯看来,既然人物的性别、年龄、性格、修养和处境千差万别,那么他们的内心独白在形式和语言风格上也就不尽相同。例如,以下两段内心独白同时反映了布鲁姆和斯蒂芬的文学趣味和人文素质,但它们的句法结构和语言风格迥然不同:

布鲁姆:

　　太像诗了,那幅广告。音乐在起作用。音乐能使人着魔。
　　那是莎士比亚说的。一年到头天天有格言。活下去还是不活下去。聪明就得等待。(p.280)

斯蒂芬：

> 无论如何你正在走过去。没错，我正在走，每次一步。有限的时间穿过有限的空间。五步、六步，绝对没错。那是必然的听觉反应。难道我现在正沿着森迪蒙特沙滩走向永恒？咔嚓、嘎吱，你瞧，节奏开始了。我听见了。那是以不完整音步结尾的四步抑扬格。(p.37)

上述两段内心独白在形式和风格上具有明显的区别。布鲁姆的内心独白显得琐碎、凌乱，句子简短，结构单调，且采用的大都是单音节或双音节的常用词汇。此外，他的意识流飘忽不定、跳跃频繁，较为接近自由型内心独白。这无疑与他的性格特征、文化修养和思维习惯十分吻合。相比之下，斯蒂芬的内心独白显得深奥、抽象，富有哲理和学究气。他的句子长短不一、节奏明快，且词汇具有很强的音乐性。他的意识流体现了一定的逻辑性和连贯性，反映了他合乎理性的思考，基本属于条理型内心独白。这同样符合他这位青年教师和艺术家的性格与修养。

同样，布鲁姆的太太莫莉的内心独白也充分反映了她随心所欲、水性杨花的性格特征。乔伊斯似乎认为，人物的年龄、性格及文化程度上的差别必然会影响其思维方式和运用语言的能力。此外，女人和男人也会因性别和经历的不同而使用截然不同的内心独白。以下是莫莉在小说最后一章中长达四十多页的内心独白中的一小段，可见一斑：

> ……轰隆隆火车在远处鸣汽笛这些机车力量真大像巨人水蒸气向四周乱喷就像那首古老的情歌的结尾可怜的男人们不得不离开妻子和家庭在发烫的机车里通宵上班今天真闷热我很高兴我已将那些过期的《自由人》杂志和照片烧掉了一半将东西像那样到处乱放他变得越来越粗心了将剩下的扔进了盥洗室……(pp.754－755)

乔伊斯的内心独白技巧在莫莉身上达到了炉火纯青的地步。读者不难发现，莫莉的意识流完全属于自由型内心独白。纵观全段文字，行文不见标点，毫无停顿之处，语义模糊不清。这种突兀、混沌的语言形式恰好反映了她的朦胧意识。午夜时分，她躺在床上似梦非梦，辗转反侧。由于她对外部世界的印象已经十分模糊，因此她的意识像小河流水一般自由奔流。尽管莫莉的意识流恍惚迷离，游移不定，但细读起来，又仿佛觉得她的意识轨迹仍然依稀可辨，凌乱之中尚有秩序。远处传来的火车"汽笛"使她想起一首"古老的情歌"；而"发烫的机车"则使她感到"今天真闷热"。在莫莉纷乱的意识中,这种思绪与浮想之间不合逻辑却又十分有趣的联系既出人意料,又在情理之中。乔伊斯将潜意识领域的奥秘和活动规律竟然描绘得如此逼真,实在令人感到惊讶。难怪著名评论家埃德蒙·威尔逊说:莫莉的内心独白"是书中最佳部分";"它肯定无疑是现代小说中最优美动人的篇章之一"[22]。

不仅如此,乔伊斯还采用内心独白的手法来表现不同层次的意识。在《尤利西斯》中,人物的意识往往具有丰富的立体感和层次感,并不时以大容量的块状结构展示在读者面前。每个词汇、词组或句子都是这一块状意识结构中的重要部件,相互渗透、彼此交融。它们代表着一个个独立的但却并不完全分散的思想单位,犹如一个杂乱的"原子"或"光圈",持续不断地向四周闪烁和折射,构成一幅纷繁复杂、生动有趣的意识画面。例如:

> (一)不。她什么都不要。此刻,他听到了更轻的一声热乎乎的叹息声。她翻了个身,床架上松动的铜环随之发出了叮叮当当的响声。(二)真的该让人把铜环修一下了。(三)可惜。还是老远地从直布罗陀运来的呢。(四)她原来懂的那一点西班牙语已忘得一干二净了。(五)不知她父亲为这张床花了多少钱。老式的。对,想起来了,当然。是在总督府拍卖时买的。快槌敲定的。老特威迪在讨价还价时一点也不含糊……(p.56)

以上这段内心独白表现了布鲁姆准备为妻子莫莉端早餐时的心猿意马。它虽字数不多,却体现了丰富的层次感和立体感。首先,布鲁姆见躺在床上的妻子不吭声便猜想她也许不想吃早餐。然后,莫莉在床上翻身所引起的响声使布鲁姆的意识跨入了第二个层次:"真的该让人把铜环修一下了。"此刻,布鲁姆想到了这张床的来源,"还是老远地从直布罗陀运来的"。这便是他内心独白的第三个层次。而直布罗陀则使他的内心独白跨入了第四个层次,即莫莉的"西班牙语已经忘得一干二净了"。最后,布鲁姆在他内心独白的第五个层次中竭力回忆莫莉的父亲老特威迪在拍卖场讨价还价时的情景。显然,布鲁姆的这段内心独白呈现出一种大容量的块状结构。其中的五个层次均以"床"为一个中心"原子"或"光圈",不断向四周辐射,从而使原本分散独立的思绪和浮想彼此交融,相互渗透,犹如群星闪耀,相映成趣。显然,在这种大容量的块状意识结构中,不同层次的内心独白既不是完全分散的思想单位,也不是各个独立片断的生硬衔接,而是形成一股来无影、去无踪、混沌复杂、无法分割的意识流。

综上所述,乔伊斯成功地借助语言的表意功能发展了一种足以表现人物瞬息万变的意识活动的内心独白技巧。这种技巧不仅是他刻画人物形象的一种有效手段,而且也是对人物性格的一种曝光。毫无疑问,这种技巧克服了传统小说中第三人称叙述的局限性,为现代主义小说的迅速发展开辟了一条新的途径。难怪意识流小说家伍尔夫对《尤利西斯》的内心独白赞不绝口。她在其著名的《现代小说》一文中指出,乔伊斯的描绘"具有异彩的暗流,具有断断续续、突如其来而又意味深长的闪光,这的确极为接近思维的实质。无论如何,读第一遍就很难否认这是一部杰作。如果我们想要生活,生活在此无疑"[23]。

在《尤利西斯》中,另一种极为有效的创作技巧是自由联想(free association)。这一原本属于心理学范畴的术语在现代主义小说中得到了广泛的应用。所谓"自由联想"是指人物因触景生情或感官受到刺激而产生的合乎或不合乎逻辑的稍纵即逝的主观联想。通常,它受到记忆、感觉和想象三种因素的制约。记忆是自由联想的基础,感觉是引发自由联想的条件,而想象则是赋予自由联想灵活性和跳跃性的根本原因。这三种因素互相依赖,相辅相成,决定了自由联想的形式与特征。在《尤利西斯》中,人物的意识流似乎不具有任何规律或秩序。他们的意识大都只能在一个问题或一种事物上做短暂的停留,即便他们头脑最清醒的时候也不例外。他们往往睹物生情,有感而发,头脑中所想的事情常常因外部客观事物的突然出现而被取而代之。眼前任何一种能刺激五官的事物都有可能打断人物的思路,激发新的思绪与浮想,释放出一系列新的"原子"或"光圈"。一般来说,脑中所想的事物与外部的客观事物之间具有相似或相反的特征,或者具有某种感情上和个人经历上的联系。从表面上看,人物的自由联想仿佛是原原本本的意识活动,未经作者的整治或加工。其实,这种突兀和随意的自由联想是作者精心构思、巧妙安排的结果。

引人注目的是,乔伊斯在小说中对人物的自由联想从不作任何解释或说明,而是毫无顾忌地让各种念头和思绪自由地闪现在人物的脑海中。通常,人物的自由联想令人困惑,不知所云。有些显然缺乏条理,不合逻辑;有些则完全属于人物最隐秘的感触乃至接近本能的生理反应。读者不得不在阅读数行、数页甚至数章之后才能弄清人物某次自由联想的来龙去脉和确切意思,而且这个解谜的答案或线索有时来得又是如此突然或意外。乔伊斯似乎有意经常中断或变换人物的内心独白,以便追求意识的自然性和真实性,从而增强小说的可信性。应当指出,自由联想一旦脱离小说的情景就会显得不合逻辑,甚至会让读者感到是一种莫名其妙的胡思乱想。然而,在小说特定的文脉和语境中,它显然是无可非议的。这恰恰是自由联想的艺术魅力所在。

在《尤利西斯》的三个主要人物中,布鲁姆的自由联想给读者留下了最深刻的印象。已过不惑之年的布鲁姆因性格内向、逆来顺受而习惯于凝思遐想。作为一个犹太人,他时刻具有一种深刻的孤独感和异化感。在爱尔兰白领阶层面前他自惭形秽,而妻子莫莉的水性杨花更使他无地自容。此外,他父亲的自杀、儿子鲁迪的早夭也使他伤心不已。在 1904 年 6 月 16 日的那一天,布鲁姆的意识异常活跃,对周围的事物随时都在作出心理反应。他那极其敏感、郁郁寡欢的性格以及内心深处严重的失落感不仅笼罩着他整个意识领域,而且也随时支配着他的自由联想。他的五官无时不在调节他的主观生活之流,他一天中的所见所闻、所嗅所碰往往引发无数的自由联想。例如:

> 布鲁姆先生非常羡慕地看管人结实的身体。大家都愿意与他交往。一个正派的人,约翰·奥康内尔,一个真正的好人。钥匙?就像凯斯的广告……葬礼结束后我得去办理那笔广告业务。(p.107)

以上这段引文描绘了布鲁姆在参加他朋友迪格纳的葬礼时的意识活动。第一句是作者的叙述语,随后便是布鲁姆的内心独白。挂在墓地看管人身上的几把钥匙突然引发了他的自由联想,尽管钥匙(keys)与凯斯(Keyes)之间毫无关系,但两词的发音相同。凯斯是个酒商,曾托布鲁姆为他做广告。由此,他想到“葬礼结束后我得去办理那笔广告业务”。显然,这是由两个拼写相似、发音相同词的声觉形象引起的自由联想。这似乎有些不可思议,但却在情理之中。由于布鲁姆不断受到外界事物的影响,因此,他的意识变化多端,跳跃频繁,并不时产生一系列丰富和有趣的自由联想。例如:那位已故的朋友迪格纳的名字和他上午在一家化学品商店购买的那块香皂反复出现在他的脑海中。而他下午三点钟在书摊前购买的那本名为《偷情的快乐》的庸俗读物在他的意识中竟然出现了十三次。

不少批评家认为,乔伊斯精湛的自由联想技巧不仅使同时代的现代主义者大开眼界，而且在西方现代小说中也是独一无二的。毫无疑问，这种技巧在布鲁姆身上发挥得最为成功。读者发现，当布鲁姆在都柏林的大街小巷中行走时，笼罩着他精神世界并不时侵袭他的意识的则是他出了毛病的婚姻和家庭。妻子的不忠、儿子的夭折和父亲的自杀成了他头脑中的核心意识，他在街头巷尾的所见所闻随时都会引发他对这些事情的联想。因此，"莫莉""波伊兰""鲁迪"和"爸爸"等名字如鱼儿一般畅游在他的意识长河之中。引人注目的是，莫莉的情人波伊兰的名字在布鲁姆自由联想时经常被"他"取而代之。例如，在第十一章（塞壬）中，当布鲁姆听到四点钟的钟声时，便联想起波伊兰与莫莉的约会："四点约会。难道他忘了？也许是在玩把戏。"（p.266）同样，当布鲁姆联想起莫莉时，也经常用"她"来取而代之。例如，在第八章（莱斯特吕恭人）的结尾，布鲁姆在博物馆门口见到波伊兰时便联想起当天莫莉与他的约会：

> 在阳光下戴着草帽。棕黄色皮鞋。卷边长裤，对，是他。
>
> ……
>
> 也许没瞧见我。阳光正晃在他的眼上。
>
> ……
>
> 不错，没瞧见我。两点多了。就在大门口那儿。她说是下午。（p.183）

显然，"她"指的是布鲁姆的妻子莫莉。尽管传统的读者也许会对这个突如其来的"她"感到莫名其妙，但在小说特定的文脉和语境中，这不仅显得合情合理，而且也充分体现了自由联想的随意性和跳跃性。

同样，布鲁姆已经夭折的儿子鲁迪也是他核心意识的一部分，他的名字在布鲁姆的意识中频繁出现。以下是布鲁姆在不同场合对鲁迪的自由联想：

（一）在第四章（卡吕普索）中，布鲁姆读完女儿米莉的来信后不禁浮想联翩：

> 我还记得米莉出生的那天早晨。跑到丹泽尔大街去敲桑顿太太的门。有趣的老太太。谅必她已经帮助许多婴儿来到了这个世界。她一开始就看出可怜的鲁迪活不长。咳，上帝是对的，先生。她当时就知道。要是他现在还活着已经十一岁了。（p.66）

（二）在第六章（哈得斯）中，牧师对死者的祈祷使布鲁姆心猿意马：

> 他是否想过那个正在等待他的墓穴呢？据说当你在太阳底下发抖时你就会想。有人正从洞穴上走过。催场员在提醒大家。靠近你。我买的那块地在那边，朝着芬拉斯。妈妈，可怜的妈妈。还有小鲁迪。（p.111）

（三）在第十一章（塞壬）中，吧女迷人的歌声唤起了布鲁姆的凝思遐想：

> 一切已经过去，一切已经倒塌。
>
> 我也是啊，种族的末代。米莉是个年轻学生。是啊，也许是我的过错。没有儿子。鲁迪。太晚了。要是还不晚呢？要是还不晚？如果还可以？（p.285）

上述三段引文表明，布鲁姆对鲁迪的自由联想并非偶然，而是具有一定的相关条件和心理基础。从表面上看，他的自由联想显得突如其来，出人意料，但仔细读来似乎在情理之中。他儿子的早夭在他的意识中留下了一个阴影，成为他无法摆脱的一个痛苦的事实，因此，一旦受到相关条件的刺激或影响，他就会不由自主地联想起可怜的鲁迪。在以上三段自由联想中，接生婆"桑顿太太""墓穴"和"种族的末代"分别构成了与"鲁迪"相关的联想条件。

综上所述，在《尤利西斯》中，自由联想也许是最令读者感到困惑的创作技巧，但它同时也是最富有艺术感染力的创作技巧。乔伊斯的艺术手法既生动、形象地反映了人物意识的自然性和跳跃性，又全面、真实地揭示了人物的性格特征和心理现实。毫无疑问，自由联想不仅使《尤利西斯》彻底摆脱了传统小说刻画人物性格的种种局限性，而且更深刻地暴露了人物的复杂心态与悲观意识，并通过那个痛苦的"自我"来反映社会现实。

在《尤利西斯》中，另一种新颖独特和令人眼花缭乱的创作技巧便是蒙太奇（montage）。这一原本属于法国建筑学的术语在 20 世纪初被运用于电影艺术，通常指各种镜头的剪辑、组合或叠化。乔伊斯以一名现代主义者罕见的雄才与胆量，凭借自己非凡的想象力与创造力，将蒙太奇运用于现代意识流小说，从而获得了在创作中重新安排时空的机会和自由。在《尤利西斯》中，乔伊斯出色地运用了蒙太奇手法将同一时刻内的不同事件或不同空间内的相同场面加以剪辑和组合，通过对某些空间形象或生活镜头的并置、穿插或叠化，交织成一幅万花筒式的画面。值得一提的是，在运用蒙太奇时，乔伊斯似乎并不依赖语言的描绘功能，而是十分强调空间形象对读者的感染作用。他的蒙太奇手法大致可分为两种：一种是时间蒙太奇，另一种是空间蒙太奇。乔伊斯在运用时间蒙太奇时往往将某个人物安排在一个特定的空间内，并让他的意识随心所欲地跨越物理时间的界限，自由地往返于过去、现在和未来的经历之间。与此相反，空间蒙太奇往往在某个特定的时间里展示不同的空间内同时发生的事件。如果说，时间蒙太奇大都反映人物的意识变化，那么，空间蒙太奇则多视角地表现在同一时间点上的各种空间形象和生活场面。在《尤利西斯》中，作者经常将这两种蒙太奇手法巧妙地结合起来，使其相辅相成，共同折射出人物稍纵即逝的意识活动和都柏林纷繁复杂的生活场面。应当指出，乔伊斯不仅是最早运用蒙太奇手法的英语小说家，而且也是在运用蒙太奇塑造文学形象和渲染作品主题方面最为出色的艺术家。有些评论家指出，蒙太奇使乔伊斯成功地"探索了一个新的意识领域，像一位业余的欧几里得（Euclidian）几何学家一样切入了现实的平面。这种技巧不仅是语言和修辞的革新，而且是具有参考价值的折射点，能够从历史、文化和宇宙的角度来透视人类"[21]。

在《尤利西斯》中，时间蒙太奇成为作者反映人物意识变化的重要手段。它不仅能使人物所经历的各种事件或人生的各个阶段在一个有限的、特定的空间内得到最充分的表现，而且也能使人物在某一时间内的经历同其另一时间内的经历交错重叠，显示出人物瞬间意识的多元化和立体感。乔伊斯的时间蒙太奇技巧在斯蒂芬身上发挥得最为成功。例如，在第二章（内斯特）中，斯蒂芬下课后来到校长狄瑟先生的办公室领取薪水。他在那里与这位老于世故的校长交谈时心猿意马，浮想联翩。在这一特定的空间内，他的意识飘来转去，跳跃频繁，不时往返于过去与今天、历史与现实之间，展示了一幅又一幅逼真的生活画面。当斯蒂芬刚步入校长办公室时，他的意识便开始了流动：

> 办公室里空气浑浊，烟雾弥漫，同几把旧椅子上淡褐色的皮革气味混在一起。正如第一天他在这里与我讨价时一样。当初如此，现在依然如此。（p.29）

随后，当斯蒂芬从校长手中接过三英镑十二先令的薪水时，他突然联想起自己曾与朋友克兰利拿着钱去跑马场赌博的经历：

> 克兰利带我去找发财的捷径,在那些溅满泥浆的马车间寻找可能获胜的车号。到处都是赌博经纪人,各自占据一块地盘大声招揽顾客;在杂色的泥浆地上飘着一股餐厅的气味。美丽的反叛者,赌注:十比一。(p.32)

不久,当操场上传来一阵学生们为一个好球发出的喝彩声和响亮的哨子声时,坐在校长办公室里的斯蒂芬立刻从球场联想起生活中和战场上的角逐：

> 又进了一个球。我就在这些人中间,在这些挤作一团,相互争斗的身体中间,在生活的角逐中间……角逐。时间受惊后弹跳起来,一次又一次连续受惊。战场上的厮杀与酣战声,战死者留下的僵躯和长矛尖头刺入血淋淋的肚肠时发出的惨叫声。(p.32)

乔伊斯巧妙地采用时间蒙太奇来反映各个时期的生活片断：办公室、赌博、球场和战场——一闪现在人物的意识屏幕上。在校长办公室这一有限、特定的空间内,斯蒂芬的意识不受时间的制约,飘来转去,异常活跃。各种生活镜头迅速更迭,急促变换,令人眼花缭乱,目不暇接。"时间受惊后弹跳起来,一次又一次连续受惊",顷刻之间,斯蒂芬离奇复杂、瞬息万变的精神活动在时间蒙太奇的出色运用中得到了最充分的展示。显然,乔伊斯的这种表现手法不仅是昔日传统的现实主义作家难以想象的,而且也是同时代的作家望尘莫及的。

此外,空间蒙太奇在《尤利西斯》中也体现了极强的艺术表现力。乔伊斯经常凭借这种手法来揭示同一时间内的不同空间形象和生活镜头。他按照现代电影剪辑与组合镜头的方式来谋篇布局,其间不加说明,也不用过渡或转折手段,别开生面地用几何形状来表现空间形象(the geometrization of spatial images)。这无疑是英语小说史上的一大创举。空间蒙太奇在第十章(流浪岩)中运用得最为成功。从结构上讲,"流浪岩"恰好是《尤利西斯》的中间一章。乔伊斯认为该章代表了"情节的休止,尽管它位于小说的中央,但与前后各章毫不相干"[25]。作者把该章的钟表时间定于下午3点,将此刻在都柏林街头发生的各种事件以十九个短镜头或特写镜头的形式展示在读者面前,使这座城市午间的各种生活场面一目了然。"流浪岩"以十九段幕间插曲简洁、生动地记载了约五十个人物的活动,全面揭示了生活在这个道德瘫痪的城市中芸芸众生的人生百态。在这一章中，钟表时间已被降到了可有可无的地位，而空间的作用则显得举足轻重。读者似乎觉得时间的步伐中止了，小说的发展停顿了，取而代之的是一种静态运动，一种象征着精神麻痹和道德瘫痪的无精打采、死气沉沉的都市生活。

在"流浪岩"中，乔伊斯充分发挥空间蒙太奇的艺术功能，巧妙地将十九个场景剪辑组合、交错并置，使形形色色的都柏林人在同一时间点上的活动场面一览无遗，呈现出一幅万花筒般的空间图景和群体画面。乔伊斯在此故设迷津，将有序的空间分解成几何形状，而每个相对独立的场景仿佛是迷津中的迷宫。该章十九个短镜头的大致内容如下：

1. 科米神父走在都柏林肮脏的街道上，见到许多衣着破烂的女人和沦落街头的乞丐。
2. 从事殡葬业的凯勒赫先生站在店门口望着大街，并随地吐了一口痰。
3. 一个女人（可能是莫莉）从窗口将一枚铜钱扔给一个独脚水手。
4. 斯蒂芬的几个妹妹因饿得发慌在家中寻找食物。
5. 波伊兰在前往情妇莫莉家的途中买了一束鲜花。
6. 斯蒂芬与他的音乐老师在街上交谈。
7. 波伊兰的女秘书邓恩小姐在办公室一边工作，一边遐想。
8. 正在患感冒的兰伯特先生领着两名游客在参观城市建筑。
9. 兰尼汉先生在去奥蒙德酒吧的途中向同伴叙述十年前他与莫莉的风流韵事。
10. 布鲁姆在一个书摊上为莫莉买了一本名为《偷情的欢乐》的色情小说。
11. 斯蒂芬的妹妹迪莉在街上向喝醉酒的父亲西蒙讨钱，遭到他的嘲弄。
12. 经商的科南先生做完一笔生意后在马路上一边走，一边凝思遐想。
13. 斯蒂芬在一个书摊前翻阅旧书，随后遇到了妹妹迪莉，两人交谈起来。
14. 西蒙·迪德勒斯在前往奥蒙德酒吧的途中遇到了几位熟人。
15. 马丁·坎尼翰在为已故的朋友迪格纳的妻儿争取救济款。
16. 穆利根与他的英国朋友海恩斯在一家咖啡馆喝午茶。
17. 阿蒂福尼、法雷尔和一位失明的调琴师分别在街上行走。
18. 迪格纳的儿子手中拿着香肠独自走在大街上想入非非。
19. 都柏林总督威廉·汉布伯爵的车队正从闹市区经过。

显然，"流浪岩"的十九个生活镜头以具有同时性和即时性的空间形象展示了都柏林的社会概貌。从某种意义上来说,这一章可以被视为一部微型的《尤利西斯》。应当指出,"流浪岩"的侧重点既不在于叙述小说的情节,也不在于探索人物的意识(尽管其中包含了意识流的成分),而是旨在以重复旋律的形式和同时性的空间图景来取代传统小说中的现实主义描写。引人注目的是,这十九个镜头的安排及其位置的顺序充分体现了乔伊斯的艺术匠心。第一个镜头中的科米神父和最后一个镜头中的威廉·汉布伯爵分别代表了当时统治爱尔兰的两股势力:天主教会和英国殖民主义者,其象征意义也就不言而喻了。作为小说的中心人物,布鲁姆出现在第十个镜头中(即"流浪岩"的中间一幕),这无疑在情理之中。而乔伊斯将斯蒂芬安排在第十三个镜头中,其目的在于通过空间蒙太奇让读者目睹尚未相遇的"父子俩"同时在两个不同的书摊前购书的场面。值得一提的是,几乎所有在前十八个镜头中出现过的人物都涌进了最后一个镜头,从而使分散独立的各个空间形象与总督的游行车队交织一体,构成一个纷繁的群体画面。乔伊斯的好友弗兰克·伯金曾经在他的一本书中写道:

> 乔伊斯在写"流浪岩"时将一张都柏林地图放在面前,上面有红墨水画过的达德得伯爵和科米神父行走的路线。他精确地计算过他的人物跨越这个城市的某段距离所需的时间。[26]

这无疑表明了乔伊斯在运用空间蒙太奇时苦心孤诣的艺术匠心。在"流浪岩"中,每个镜头不仅是对都柏林现实生活的一段速写,而且还揭示了一个耐人寻味的空间形象。虽然这些镜头的距离、角度、节奏和延续的时间不尽相同,但它们在刻画人物性格、渲染小说气氛方面可谓旗鼓相当,充分反映了空间蒙太奇的艺术感染力。

乔伊斯出色的蒙太奇技巧不仅使《尤利西斯》获得了巨大的成功,而且也为现代主义文学的实验与革新起到了推波助澜的作用。《尤利西斯》中的蒙太奇充分展示了灵活性、经济性和概括性的特点。乔伊斯凭借这种现代电影中常见的表现手法得心应手地编排小说材料,并随心所欲地组接和变换镜头来实现自己的创作意图。

在《尤利西斯》五花八门的现代主义技巧中,梦境与幻觉(dreams and hallucinations)是表现人物无意识领域的最佳手段之一。深受弗洛伊德现代心理学影响的乔伊斯在小说中大胆地采用梦境与幻觉的手法来反映人物混沌模糊的潜意识活动。弗洛伊德认为，人的潜意识或无意识包含着种种被压抑的原始冲动、莫名的欲望和暂时不为意识所知的心理活动。它们不时冲撞意识的大门以寻求释放。乔伊斯认为，现代作家应努力揭示人物的梦境与幻觉等无意识活动以塑造完整的人物形象。他在与一位朋友谈论创作时曾经说过：

> 在《尤利西斯》中，我同时记录了一个人所说、所见和所想的一切以及所有这一切对那种被你们弗洛伊德学派称为无意识的东西所产生的影响。[27]

当然，在英国文学史上，乔伊斯并不是第一位将梦境与幻觉纳入文学作品表现范畴的作家。早在文艺复兴时代，莎士比亚和斯宾塞等作家便在作品中生动地描绘过人类的这种精神现象。但乔伊斯的表现手法在西方文学中是绝无仅有的。他巧妙地运用表现主义和超现实主义的技巧来挖掘作家通常无法进入的潜意识领域，成功地展示人物最原始、最朦胧的精神活动。

梦境与幻觉在小说的第十五章（瑟西）中得到了最出色的表现。《尤利西斯》的"写作提纲"表明：在这一章中，乔伊斯所采用的艺术是"魔术"，他的技巧是"幻觉"。乔伊斯别开生面地按魔术师变戏法的方式来设计作品、驾驭人物，并以迅速敏捷的技巧和特殊的艺术场景来掩盖现实，从而使人物备受压抑的冲动和欲望以及长期埋在心灵深处的种种秘密在似梦非梦的幻觉中得到充分的展示。这无疑是"瑟西"一章的内容变幻莫测、朦胧晦涩的根本原因。为了深入挖掘和生动表现布鲁姆和斯蒂芬的种种噩梦与狂想，乔伊斯采用具有现代主义特征的戏剧形式，使一个深夜的妓院变成一个形象地展示人物的梦境与幻觉的昏暗的舞台。就其结构而言，这一长达 180 页（几乎占去全书四分之一篇幅）的章节就像一部传统的包括开场白和收场白的五幕剧，而其中的旁白、独白、梦境和幻觉则彼此交融。"'瑟西'一章进一步表明乔伊斯将观赏与阅读合并成一种新的艺术形式。"[28]显然，以表现主义和超现实主义的戏剧方式表现人物的潜意识不仅反映了乔伊斯的现代主义风格，而且也使他的小说产生极强的艺术感染力。

在"瑟西"一章中，乔伊斯的角色转换手法十分引人注目。他的"魔术"不仅使物体发生变化，而且也常使身体变成游魂，并使人物的角色频繁转换。此刻，在外游荡了近十六个小时且早已疲惫不堪的布鲁姆和斯蒂芬显得昏昏沉沉、失魂落魄。他们的无意识领域已被一天的劳累和感受搅得混乱不堪,各种欲望和冲动纷纷涌上心头,在一阵阵梦境和幻觉中得到发泄和满足。在飘飘悠悠之中,布鲁姆梦见自己的祖父相继变成了一只鸟、一只飞蛾和一条狗。而他自己也不断变换角色,先后变成一个傻瓜、一头猪、一个女人、一位教授,最终成为一名市长。同样,斯蒂芬从一面镜子中发现自己变成了莎士比亚。在此期间,所有人物都举止荒诞,言语失常,显得既可怜又可笑。读者仿佛进入了一个疯人院,目睹了一群精神错乱者的种种变态行为。布鲁姆最神气的时候也许是他幻想自己当上市长的时刻。面对一群拥护他的选民,他一本正经地发表起施政演说:

> 我亲爱的市民们,一个新的时期即将来临,我,布鲁姆,明确地告诉各位,这个新时期已近在咫尺。真的,请相信我布鲁姆的话,不用多久你们便可进入一座金色的城市……(p.484)

布鲁姆梦幻之中的施政演说显然与他平日猥琐平庸、懦弱可欺的样子格格不入,但它却真实地反映了他的政治主张和人道主义思想,生动地揭示了长期隐埋在他性格中的另一侧面。

此外,乔伊斯还采用动作来表现人物的梦幻意识。在"瑟西"一章中,所有人物仿佛都成了演员,无拘无束地将隐埋在潜意识领域的各种欲望在难以名状的梦境与幻觉中"表演"出来。正如斯蒂芬所说,"动作,而不是音乐和气味,将成为一种通用语言"。(p.432)在乔伊斯看来,人物各种丑陋与怪诞的动作具有深刻的象征意义,往往折射出他们的病态心理。例如,斯蒂芬在妓院的所作所为完全是那些埋在内心最偏僻、最遥远的无意识成分的公开表演。他酩酊大醉、斯文扫地,在青楼胡言乱语,手舞足蹈。他在幻觉中再次见到已故的母亲向他走来,要他祈祷和忏悔。他忍无可忍,一怒之下举起手杖打碎了妓院的吊灯,然后扔掉手杖,扬长而去。斯蒂芬挥杖击灯之举不仅是这位平时多愁善感、郁郁寡欢的青年艺术家的无意识领域的一次顽强的表现,而且也象征着他对一切旧势力的不满与反抗。显然,这一动作代表了他精神上的一次重大胜利。有趣的是,人物在表演动作时不但胡言乱语,而且还前言不搭后语。由于他们一味发泄自己的情绪,因此对彼此之间的提问或回答往往不感兴趣。有时,他们在经历了长达数页乃至数十页的梦境或幻觉之后才回过头来回答对方的某个问题。不言而喻,在人物的各种动作中蕴藏着极为深刻的象征意义,几乎包含了他们全部的扭曲心理。

总之，乔伊斯所采用的梦境与幻觉的表现手法使《尤利西斯》在表现最深层的无意识方面获得了巨大的成功。人物的性格与心理矛盾在"瑟西"一章中以戏剧化的方式得到了最充分、最彻底的暴露。正如在梦中一样，潜意识中的欲望、冲动、恐惧和焦虑全都戏剧化了，而人物本身则与背景融为一体。乔伊斯表现梦境与幻觉的技巧取得了惊人的戏剧性效果。不言而喻，"瑟西"一章的艺术手法不仅有效地反映了人物深夜的朦胧意识，而且也为作者以后创作《芬尼根的苏醒》奠定了重要的基础。

毫无疑问，内心独白、自由联想、蒙太奇以及梦境与幻觉等新颖独特的创作技巧使乔伊斯在文学作品如何真实地表现精神世界方面取得了一系列重大的突破，同时也为现代主义文学全面转入内省提供了一个极为成功的先例。当然，这些创作技巧的出现不仅取决于乔伊斯本人的艺术才华和创造精神，而且也与 20 世纪初西方世界的自由化、科学技术的现代化以及文学艺术的多元化密切相关。正如科学发明能对人类社会的发展产生催化作用一样，乔伊斯别具一格的创作技巧对西方现代主义文学的繁荣作出了积极的贡献。

然而，除了种类繁多、精湛纯熟的创作技巧之外，乔伊斯变化多端、精彩纷呈的艺术风格也为《尤利西斯》的成功奠定了重要的基础。显然，他在精心构思小说框架和大胆尝试创作技巧的同时，对小说艺术风格的设计也颇费心机。正如《尤利西斯》的"写作提纲"所显示的那样，这部长篇巨著的十八章在艺术风格上迥然不同。读者不难发现，小说的每一章都体现了一种独特的文体。这种文体不仅与该章的主题及场景十分吻合，而且还对充分揭示人物的意识起到了极为有效的辅助作用。不仅如此，《尤利西斯》的十八种艺术风格使整部小说产生一种明快的节奏感，同时也极大地增强了作品的艺术感染力。正如美国著名乔学专家廷德尔所说：

> 最后的但绝非最小的一个困难是乔伊斯用来表现各种题材的各种方法……乔伊斯找到了符合其需要和意图的形式。虽然他有更多的要说，但他需要更多的方法来说。他的十八章反映了十八个问题，因而需要十八种风格和许多视角，每一种风格与内容及含义十分吻合，就像手套与手完全相配一样。[29]

尽管诸如"记叙体"和"问答"等叙述笔法并非乔伊斯所创,但他巧妙地将十八种不同的艺术风格融为一体,挥洒自如地表现人物的意识活动,的确令人耳目一新。从某种意义上来说,乔伊斯变化多端的艺术风格有力地渲染了《尤利西斯》的主题,同时也使其获得了某种艺术上的统一与和谐。在《尤利西斯》中,十八种艺术风格纷然杂陈,生动活泼,将整部小说有机地交织为一体。每一种艺术风格不仅运用得挥洒自如、恰到好处,而且充分体现了不同的语言特征和文体形式。现将小说中风格比较典型的几章简单地介绍如下。

在第三章(普罗蒂尤斯)中,乔伊斯采用了诗歌化的语言风格来表现斯蒂芬独自在森迪蒙特海滩踯躅徘徊时的意识流。当斯蒂芬面对大海和天空浮想联翩时,小说的焦点始终集中在他的精神世界。由于斯蒂芬为自己的孤独和失意深感苦恼,并对人生的意义和艺术的价值等问题百思不解,因此,乔伊斯采用了诗歌语言中常见的节奏、头韵和拟声等手法来表现他跌宕起伏的心潮。此刻,怀才不遇而又不甘沉沦的斯蒂芬一边闭目倾听海生植物与贝壳被自己的靴子踩碎时发出的噼啪声,一边试图凭借"必然的听觉反应"来构思具有永恒艺术价值的光辉诗篇。乔伊斯对语言精心设计,使节奏与韵律对仗工整,并有意将不同音质的词汇交错配置,获得了极强的仿诗效果。如果我们将斯蒂芬的一段内心独白按诗歌的格式排列,它看上去简直就像一首无可挑剔的自由诗:

> 无论如何你正在走过去,
> 不错,我正在走,每次一步。
> 有限的时间穿过有限的空间,
> 五步、六步,绝对没错;
> 那是必然的听觉反应。
> 难道我正沿着森迪蒙特沙滩走向永恒?(p.37)

可见,乔伊斯的语言风格具有明显的诗歌化倾向。他凭借诗歌的修辞手段来表现人物的精神世界,通过韵律和节奏来渲染人物的意识活动,从而使"普罗蒂尤斯"这一章的语言不仅具有很强的音乐性,而且富有诗歌的品质。

在第七章(伊奥勒斯)中,乔伊斯巧妙地模仿现代印刷技术中的制版排字方式以及新闻报道的形式来描绘布鲁姆在报社的凝思遐想。这一章不仅大量地运用了模仿报纸新闻标题粗黑体的主题句，而且还使用了一系列象征着大风的拟声词。乔伊斯将这一章的技巧称作"省略三段论"，因为其中的叙述分散独立、断断续续，文字多有省略和删节，人物的意识流和报社的工作氛围彼此交融。例如，在标题为"一份伟大的日报是如何出笼的"那一节中，乔伊斯采用十分地道的新闻语体来表现布鲁姆的内心独白和报社的繁忙景象：

一份伟大的日报是如何出笼的

布鲁姆先生在工长瘦小的身子后面停住了脚步，欣赏着他那只发光的秃头。

奇怪他从未见过真正的祖国。爱尔兰我的祖国。学院草地的议员。他大声疾呼，全力鼓吹努力干活的工人立场。周刊要畅销主要靠广告和各种专栏，并非靠官方公报中那些过时的新闻。安妮王后去世。公元一千多少年官方发布。……卡通栏……托比叔叔的娃娃栏，乡巴佬问讯栏。亲爱的编辑先生，治疗肠胃气胀有何良方？我倒喜欢这一栏。一边教别人，一边学到不少东西……几乎全是图片。黄金海岸，穿着泳装的丽人们亭亭玉立。世界上最大的气球。两姐妹同时结婚，双喜临门。两位新郎望着对方开怀大笑……机器以四分之三拍开动着，咣当，咣当，咣当……(pp.118-119)

上述引文的粗黑体标题不仅模仿了报纸新闻的报道形式，而且也渲染了报馆的气氛。第一句是作者的叙述语，句法严格，语体规范。随后便是布鲁姆的心猿意马，其内容大都为报纸新闻，语言风格具有新闻体的特征。然后，作者的笔锋一转，详细描绘起机器印刷的过程。乔伊斯有意采用五花八门的新闻标题和报社内的机器发出的"咣当"声来象征大发雷霆的风神"伊奥勒斯"，并借此折射出爱尔兰的社会风貌。显然，第七章的"省略三段论"不仅生动地描绘了小说人物像尤利西斯当初被大风吹回原地时的沮丧情绪，而且也有力地讽刺了爱尔兰新闻界的低级和庸俗。

在第十一章(塞壬)中，乔伊斯的艺术风格又发生了明显的变化。他将这一章的技巧称作"赋格曲"，旨在模仿音乐的效果。他巧妙地采用了一系列拟声词和声觉形象来表现奥蒙德酒吧内的颓废气氛，并借此影射整个都柏林社会。他在该章一开头便按照音乐作曲的方式将各种音韵别致、节奏强烈的词汇交织一体，组成一曲反映现代都市生活的交响乐：

叮当叮当急促的叮当声。

硬币响,时钟敲。

喧嚣声。唱呀。我会唱的。吊袜带的弹击声。

始终陪伴着你。噼啪。钟声。

手掌在大腿上发出的拍击声。实在令人兴奋。

宝贝,再见。(p.256)

乔伊斯的语言风格充满了印象主义的色彩。在这一章中,语言的声音和节奏对渲染酒吧无聊和颓废的气氛以及人物神魂颠倒、如痴如醉的心态发挥了重要的作用。作者利用语言对声音惟妙惟肖的模拟功能,按照英语词汇不同的音节、音色和音质来组织句子,使语言产生音乐的效果,的确令人耳目一新。这种印象主义表现手法不仅使读者联想起《奥德赛》中的海妖塞壬以迷人的歌声诱惑海员、沉没船只的情节,而且还反映了一种腐败乃至没落的气氛。

第十三章(诺西卡)的语言风格同样别具匠心。该章描绘了布鲁姆独自坐在海滩的岩石上偷窥一位名叫格蒂的十八岁姑娘的内衣时的情景。为了生动地表现布鲁姆与格蒂之间的微妙关系和相互反应,乔伊斯别出心裁地运用了所谓"肿胀"和"消肿"两种截然不同的语言风格。该章的第一部分通过格蒂的视角叙述了她的生活经历。作者有意模仿当时廉价女性杂志用来叙述感伤的爱情故事和风流韵事的陈词滥调,以一种庸俗的笔调来描绘格蒂的相貌和举止:

> 格蒂·麦克道维尔坐在她的伙伴附近。她凝视着远方,处于沉思冥想之中。她是漂亮的爱尔兰姑娘的杰出典范。凡是认识她的人都称她是个美人⋯⋯她那像蜡一样洁白的脸犹如象牙一般纯净,一张玫瑰花蕾般的小口宛如丘比特的神弓,具有希腊人的那种匀称美。她那双显示毛细血管的手像是雪花膏做成的,手指又细又长,只有柠檬汁和高级软膏才能使它们如此白嫩,尽管有关她睡觉时戴羔羊皮手套和用牛奶洗脚的传闻纯属捏造。(p.348)

显然,乔伊斯有意采用具有讽刺色彩的所谓"肿胀"的叙述笔法来描绘格蒂的庸俗和轻浮,取得了良好的艺术效果。这种句子冗长、浓词艳笔的陈腐语体与该章第二部分表现布鲁姆的凝思遐想的意识流语体形成了鲜明的对照。在滔滔不绝地谈论了格蒂之后,乔伊斯突然笔锋一转,单刀直入地插进布鲁姆的精神世界,用一种十分自然而又极为自由的语体来表现他的意识活动：

> 靴子太紧了吗？不。她是个瘸子！哦！
>
> 布鲁姆先生望着她一瘸一拐地离去。可怜的姑娘！难怪她被留下，而别人却全跑光了。总觉得她的动作有点不对劲。被遗弃的美人。女人要是残疾，简直糟糕透顶。但这会使她们懂礼貌。幸好她袒露时我还不知道这一点。不管怎样，她算是个风流的小妞。我不在乎。(p.368)

读者发现，在"诺西卡"的第二部分中，乔伊斯的意识流语体出现了"消肿"的现象。句子简短，词汇通俗，呈口语化倾向，与前一部分中的语体大相径庭。布鲁姆在格蒂的挑逗之下情欲萌生，想入非非，但其内心独白在浪漫之余不时表露出一丝忧郁和悲伤。不言而喻，乔伊斯在"诺西卡"中所采用的两种截然不同的语言风格有力地渲染了该章的主题，同时也加强了前后两部分讽刺性对比的艺术效果。

在第十四章（太阳神的牛）中，乔伊斯的艺术风格出现了新的变化。他十分巧妙地将该章分为九个部分，暗示为期九个月的"胚胎运动"。而其中的某一个部分往往涉及人类历史的某一个时期。由于这一章的情节发生在都柏林的产科医院，因此作者运用了大量的医学词汇。不仅如此，他成功地采用了从远古时期的头韵体及单音节词汇到 20 世纪初包括俚语及黑人英语在内的现代英语来描绘胚胎的发育经过，用语言的演化来象征孩子的出生过程，取得了良好的艺术效果。乔伊斯曾经在信中向一位朋友透露："这一过程还与当天早先的某些事件微妙地联系起来。此外，它还与胚胎发展的自然进程和动物的整个进化过程联系起来。"[30] 在这一章的开头，乔伊斯采用古英语文体来描绘位于霍利斯街的产科医院内的情景：

> 朝南走向霍利斯街。朝南走向霍利斯街。朝南走向霍利斯街。
>
> 光神啊，日神啊，霍霍恩啊，将那孕育于子宫之果赐予我们吧。光神啊，日神啊，霍霍恩啊，将那孕育于子宫之果赐予我们吧。光神啊，日神啊，霍霍恩啊，将那孕育于子宫之果赐予我们吧。
>
> 呼撒，男娃啊男娃，呼撒！呼撒，男娃啊男娃，呼撒！呼撒，男娃啊男娃，呼撒！(p.383)

上述三段的语体模仿了远古时代的语言形式，充满了原始主义的色彩。第一段将读者引向了产科医院。第二段是对日神赫俄斯的呼唤，既暗示了原始社会的人们祈求天神恩赐的迫切心理,也反映了人们盼望婴儿出世的心情。而第三段则是助产士在接生时的吆喝声。乔伊斯运用叠言的手段使语言产生出强烈的节奏感,并借此来象征大地母亲的自然节奏和临产时的"胚胎运动"。显然,乔伊斯在本章开头的语言风格不仅朦胧晦涩,而且富有象征意义。

当婴儿出生的时间逐渐临近时,乔伊斯的语言风格也随之发生了变化。开头三段之后便是盎格鲁·撒克逊的头韵体。随后是中世纪、文艺复兴时期、18 世纪、19 世纪和 20 世纪初的散文体,其中包括马罗礼(Thomas Malory, 1395—1471)、笛福(Daniel Defoe, 1660—1731)、斯威夫特(Jonathon Swift, 1667—1745)、艾迪生(Joseph Addison, 1672—1719)、哥尔斯密(Oliver Goldsmith, 1730—1774)、蒲伯(Alexander Pope, 1688—1744)、狄更斯(Charles Dickens, 1812—1870)以及卡莱尔(Thomas Carlyle, 1795—1881)等著名作家的散文风格,还有《圣经》和近代医学文献语体等等。细心的读者不难发现,各类文体纷然杂陈,文野雅俗,应有尽有。从某种意义上来说,"太阳神的牛"仿佛是一章英语语体的发展史。不仅如此,乔伊斯还有意采用俚语、黑话和残言破句来表现已有几分醉意的斯蒂芬和其他医科学生的谈话内容。不言而喻,"太阳神的牛"反映了作者对各种语体惊人的模仿能力,同时也在一定程度上增强了《尤利西斯》的艺术魅力并展示了它的美学价值。

第十七章(伊塔刻)的艺术风格同样令人耳目一新。乔伊斯将该章的技巧称为(非个人的)"问答"对话,使其与第二章(内斯特)中斯蒂芬和狄瑟校长之间(个人的)"问答"对话形成了鲜明的对照。在"伊塔刻"中,布鲁姆与斯蒂芬("父子俩")两人深夜在布鲁姆的家中进行了一番交谈。乔伊斯别开生面地采用以问答形式像教徒解释教义与教规的小册子中常见的那种机械刻板的文体来表达两人的对话。他在给他的朋友弗兰克·伯金的一封信中曾对该章的风格作了如下的说明:

> 我正在以数学问答的形式撰写"伊塔刻"。所有的事件都已化成宇宙的、物理的和心理的相等物……于是读者会了解一切,并以最单调的和冷冰冰的方式来了解这一切。[31]

尽管该章的内容涉及人性并具有一定的主观色彩,但作者的艺术风格却体现出极为客观和非个性化的特点。例如,乔伊斯在该章一开头便不加说明地运用起"问答"对话的形式：

> 布鲁姆和斯蒂芬在回家途中走的是哪条路线？
>
> 他们均以正常的步行速度从贝雷斯福德广场出发，按照下、中加德纳街的顺序走到蒙乔伊广场的西端……
>
> 这两位大人物在途中谈论些什么？
>
> 音乐、文学、爱尔兰、都柏林、巴黎、友谊、女人、卖淫、饮食、煤气灯、弧光灯以及白炽灯……
>
> 布鲁姆是否从他们俩各自对经验的相同与不同的反应中发现某些类似的共同点？
>
> 两人均对艺术的印象十分敏感，对音乐要比对造型或绘画艺术的印象更加敏感……（p.666）

显然，"伊塔刻"中非个性化的"问答"形式显得枯燥、呆板，具有一般简化论的性质。一切多余的或修饰性的成分都被剥得一干二净，剩下的干巴巴的内容显示出某种仿科学的特征。难怪乔伊斯用"骨骼"和"科学"分别来描绘这一章的"器官"和"艺术"。毫无疑问，他在这一章中所采用的艺术风格不仅完全符合此刻布鲁姆和斯蒂芬精疲力竭和无精打采的状态，而且也与他们隔靴搔痒的谈话方式极其吻合。

在《尤利西斯》的最后一章（珀涅罗珀）中，乔伊斯采用了一种人类语言史上前所未有的意识流语体来表现莫莉睡眼矇眬的模糊意识。该章长达四十五页，共两万余词，完全由一股行文不见标点、毫无停顿之处和恍惚迷离的意识流组成。乔伊斯在给他的朋友弗兰克·伯金的一封信中透露了自己对这一章的构思：

> "珀涅罗珀"是全书最吸引人的一章。第一个句子长达二千五百个词。该章共有八个句子。它以一个富有女性味的词"好吧"开头，并以该词结束。这一章就像一个正在缓慢、平衡而又准确无误地旋转的巨大地球。[32]

他在另一封信中告诉他的资助人维弗女士："'珀涅罗珀'没有开局、中间和结尾。"[33]该章一开始，读者仿佛跌入了一条奔腾不息的激流之中：

> 好吧因为他以前从未这样做过要求把带有两只鸡蛋的早餐送到他床前自从在市臂旅馆那时起就没这样做过那时他经常在床上装病嗓子不好摆出一副了不起的样子想讨那个干瘪老太婆赖尔登的欢心他自以为她会听他的可她一个铜板也没给咱们留下全都捐给了教堂……（p.738）

莫莉的内心独白飘忽不定、混乱无序,不但接近人类意识活动的实质,而且也完全符合她反复无常、水性杨花的性格特征。乔伊斯的意识流技巧在此达到了炉火纯青、无以复加的地步。著名心理学家荣格(Carl Jung,1875—1961)对乔伊斯能如此真实地揭示一位都柏林妇女的意识活动赞叹不已:"多么丰富,多么无聊!简直是印度和中国智慧中的无价之宝。"㉚乔伊斯已经完全退出了小说,原原本本地展示莫莉交错重叠、杂乱无章、犹如小河流水般的意识活动,并使她的性格在朦胧晦涩的语体中逐渐展示出来。令读者耳目一新的是,整部小说以"好吧"(yes)一词在莫莉的意识长河中的此起彼伏和交相迭现而告终:

> 我几乎透不过气来**好吧**他说我是山之花**好吧**我们都是花女人的身体**好吧**那是他一生中所说的唯一的真话今天太阳为你发出光辉**好吧**我喜欢他因为我发现他明白和体贴女人我知道我能让他随叫随到能使他心满意足能牵他的鼻子直到他要我说**好吧**……**好吧**当我像安达卢西姑娘那样把玫瑰插在头发上要我戴一朵红的**好吧**他是怎样地吻我啊我想**好吧**别人行他也行随后我用眼睛问他再一次问他**好吧**然后他问我**好吧**要我说**好吧**我的山之花然后他先用双手搂住我**好吧**将他朝我身上拉他碰我的乳房一身香味他简直疯了我说**好吧**我会的**好吧**。(pp.782-783)

显然,莫莉的内心独白不是乔伊斯信笔涂鸦、乱涂一通的结果。恰恰相反,这种混沌模糊、凌乱不堪的意识流语体蕴含着他苦心孤诣的艺术匠心,不时流露出他对语言精心提炼和反复加工的痕迹。在莫莉长达两万余词的内心独白中,"好吧"一词犹如江河中的航标时隐时现,无时不在调节其奔腾不息的意识之流。"好吧"一词似乎像个标点符号,又似乎像个引导词,它的出现往往使意识的流动产生某种短暂的停顿和微弱的晃动。此外,"好吧"一词暗示了莫莉对情欲的认可和对两性关系的肯定,同时也高度地概括了她所信奉的并且在西方社会颇为流行的一种价值观念:不负责任而又无所节制的欢乐原则。

综上所述,乔伊斯别具一格的创作技巧和变化多端的艺术风格是《尤利西斯》获得成功的重要原因。作者从20世纪初的西方哲学、美学、心理学和文艺学的最新学说中找到了从事小说革新的理论依据,并成功地借鉴了诗歌、戏剧、电影、摄影、绘画和音乐等艺术领域的各种富有现代特色的表现手法。乔伊斯在现代主义文学的大潮中独步一时,不仅表现出一种全新的审美意识和创作理念,而且还成功地重建了现代小说的秩序。显然,他在《尤利西斯》中创造性地发展了一种新颖的小说艺术,取得了惊人的成就。

《尤利西斯》充分体现了时间、意识和技巧三位一体的现代主义艺术核心。在时间问题上,乔伊斯大胆地摈弃了传统小说中有条不紊、循序渐进的梯子形结构,巧妙地使钟表时间和心理时间融为一体。一方面,这部小说仍具有传统的时间顺序,即从早上 8 点起到次日凌晨 2 点 40 分止,人物的一切活动都按钟表时间的顺序进行,具有明显的连贯性和延续性。而另一方面,《尤利西斯》又跨越了时间的界限,成功地将过去、现在和将来压缩在一个基点上,使 1904 年 6 月 16 日成为无始无终的一天,并使这一天的都柏林成为一个永恒的世界。毋庸置疑,《尤利西斯》不仅将现代作家从时间的桎梏中解放出来,而且还将人们对文学作品的时间概念提高到了一个新的层次。

在表现意识方面,《尤利西斯》为西方现代主义文学提供了一个极为成功的范例。尽管法国作家杜夏丹和普鲁斯特以及英国女作家理查逊比乔伊斯更早在小说中表现意识,但《尤利西斯》的问世使西方文坛首次出现了涉及人类全部意识范畴的文学作品,其探索的笔锋已经横向到边、纵向到底、无所不至。乔伊斯在小说中创造性地采用了一种非交际性的心理语言来描述人物言语阶段较为清醒的意识,并成功地揭示了人物非理性的属于言语前阶段的朦胧混沌的无意识活动。《尤利西斯》既生动地表现了人物连绵不绝的直线形意识流程,又深刻地反映了大容量的放射形块状意识结构。不仅如此,作者还采用不同风格的语体来表现不同性别、性格、年龄和文化修养的人物所具有的不同形式的意识流。这在世界文学史上是绝无仅有的。

在技巧上,《尤利西斯》同样取得了一系列重大的突破。乔伊斯在这部小说中的创作技巧可谓五花八门,精彩纷呈,无论在改革的力度还是在实验的结果上都空前绝后、无与伦比。令人惊讶的是,《尤利西斯》几乎汇集了所有新奇的创作手法,成为 20 世纪上半叶西方新潮艺术的集锦和现代主义文学技巧的荟萃之地。在既没有路标也没有样板的情况下,乔伊斯对现代小说的创作技巧进行了大胆的实验和全方位的改革,并成功地解决了小说家在探索人物的精神世界,揭示心灵的奥秘时所遇到的诸多技术上的难题。因此,不了解《尤利西斯》的创作技巧,就无法真正了解西方现代主义文学的本质与特征。这样说一点也不过分。

《尤利西斯》在世界文学史上的重要地位是不容置疑的,它对西方现代文学的影响也是难以估量的。它所揭示的与其说是都柏林三个普通市民一天的感性生活,倒不如说是整个西方社会的精神危机。乔伊斯采用了由里及表、由微观到宏观的创作原则,使《尤利西斯》不仅成为"可爱、肮脏的都柏林"(dear, dirty Dublin)的真实写照,而且还向读者展示了西方现代意识和现代经验的一个缩影。从某种意义上来说,《尤利西斯》的问世标志着中世纪以来西方英雄文学的结束。乔伊斯笔下的布鲁姆既是一位地地道道的"现代人",又是西方现代主义文学中最典型的反英雄人物。毫无疑问,《尤利西斯》不仅代表了 20 世纪现代主义文学的最高成就,而且将继续成为令小说家们望尘莫及、令文化人肃然起敬的辉煌灿烂的艺术丰碑。

注释:

① *Letters of James Joyce*, edited by Stuart Gilbert, The Viking Press, New York, 1957, pp.146 – 147

② Ibid., p.167

③ *Joyce: The Man, the Work, the Reputation*, Marvin Magalaner and Richard M. Kain, New York University Press, 1956, p.162

④ Ibid., p.166

⑤ "Ulysses, Order and Myth", T. S. Eliot, *Critiques and Essays on Modern Fiction, 1920 – 1951*, The Ronald Press Co., New York, 1952, p.424

⑥ *Joyce: The Man, The Work, The Reputation*, Marvin Magalaner and Richard M. Kain, p.169

⑦ Ibid., p.169

⑧ *Axel's Castle*, Edmund Wilson, The Fontana Library, London, 1961, p.175

⑨ Ibid., p.176

⑩ *Ulysses*, James Joyce, Vintage Books, A Division of Random House, New York, 1961, p.30(正文中有关这部小说的引文的页码在引文后的括号中标出)

⑪ Quoted from *James Joyce*, T. S. Eliot, A. Walton Litz, Twayne Publishers, New York, 1966, p.81

⑫ "Ulysses the Divine Nobody", Richard Ellmann, *Yale Review* XLVII, Autumn, 1957, pp.56 – 71

⑬ *James Joyce*, A. Walton Litz, p.89

⑭ Ibid., p.89

⑮ *Joyce: The Man, the Work, the Reputation*, Marvin Magalaner and Richard M. Kain, p.172

⑯ Ibid., p.179

⑰《心理学原理》,威廉·詹姆斯,转引自《意识流》,柳鸣九主编,中国社会科学出版社,北京,1989 年 12 月,第 346 页。

⑱《精神分析概念》,西格蒙德·弗洛伊德,转引自《意识流》,柳鸣九主编,第 357 页。

⑲ 转引自《意识流》,柳鸣九主编,第 378 页。

⑳ *Joyce: The Man, the Work, the Reputation*, Marvin Magalaner and Richard M. Kain, p.172

㉑ Ibid., p.80

㉒ Ibid., p.179

㉓ "Modern Fiction", Virginia Woolf, *The Norton Anthology of English Literature*, W. W. Norton, New York, fifth edition, Vol. 2, 1986, p.1997

㉔ *Joyce: The Man, the Work, the Reputation*, Marvin Magalaner and Richard M. Kain, p.200

㉕ *A Reader's Guide to James Joyce*, William York Tindall, The Noonday Press, New York, 1959, p.179

㉖ Quoted from *The Bloomsday Book*, Frank Budgen, Harry Blamires, Methuen, London, 1986, p.94

㉗ *The Stream of Consciousness and Beyond in Ulysses*, Erwin R. Steinberg, University of Pittsburgh Press, 1973, p.3

㉘ *James Joyce*, Richard Ellmann, p.377

㉙ *A Reader's Guide to James Joyce*, William York Tindall, p.132

㉚ *Letters of James Joyce*, edited by Stuart Gilbert, p.139

㉛ Ibid., pp.159－160

㉜ Ibid., p.170

㉝ Ibid., p.172

㉞ *Joyce: The Man, the Work, the Reputation*, Marvin Magalaner and Richard M. Kain, p.256

第十章

《芬尼根的苏醒》：
后现代主义文学的先声

在我看来,对我的新作的某些不友好的批评是愚蠢的。[①]

—— 乔伊斯

百感交集,一点麻烦,有谁能理解我？在千百年的茫茫黑夜中有谁呢?[②]

——《芬尼根的苏醒》

《芬尼根的苏醒》就是关于《芬尼根的苏醒》。也就是说,这本书不仅包含一切,而且还关于如何记录并解释这一切。这种记录,包括创作和阅读,构成了这本书的内容,或至少是它的大部分内容。因此,如果说《芬尼根的苏醒》就是关于它自己,就等于说《芬尼根的苏醒》就是关于我们对它的看法,包括我们的现实……[③]

—— 廷德尔

80多年前,当乔伊斯的最后一部长篇小说《芬尼根的苏醒》(*Finnegans Wake*)出版时,有人曾经问他："你为何要这样写小说?"乔伊斯微笑着说："为了使评论家们忙上三百年。我要求读者投入毕生的精力来阅读我的作品。"[④]继《尤利西斯》之后,乔伊斯花了整整十七个春秋完成了一部连专家学者都望而却步的意识流小说。也许只有乔伊斯这样的艺术天才方能写出《芬尼根的苏醒》这样的小说。也许世界文坛今后不会再出现这样的小说了。也许这只是在一个特殊的年代中出现的一部特殊的文学作品。概括地说,《芬尼根的苏醒》是一部在西方文坛地位极高、争议极大、问津者极少而至今仍无人能完全读懂的小说。一位美国评论家曾对《芬尼根的苏醒》做过这样的描述：

　　一位开始翻阅《芬尼根的苏醒》的读者无疑会发现这是他所读过的最奇怪的一本书。他仿佛觉得，人间的罪孽披着典雅的服装，在优美的笛声中从他眼前悄然飘过。《芬尼根的苏醒》的读者还会发现他曾依稀梦见过的事物突然变得真实起来了……这是一部没有情节的小说……它是以一种令人好奇的优雅的文体来创作的，既生动，又朦胧，充满了隐语、古语、术语和复杂的释义。⑤

　　阅读《芬尼根的苏醒》的困难程度既令人震惊，又令人生畏。对英语国家的读者来说，阅读这部长篇意识流小说的难度绝不亚于阅读一部古代拉丁文作品。而对置身于西方文化之外的中国读者来说，它无疑是一部天书。当我们翻开它的第一页，便能见到一个刚好由 100 个字母组成的表示雷声的拟声词，而其周围则是一大堆令人莫名其妙的文字谜语。于是，小说的艰涩程度顿时跃然纸上。显然，在他最后一部作品中，乔伊斯进一步背离了文学创作的规范与准则，表现出更加不愿与读者携手合作的创作态度。令人遗憾的是，《芬尼根的苏醒》与读者之间存在着一道简直无法逾越的美学屏障。然而，《芬尼根的苏醒》绝对不是作者故意跟读者开的一个荒唐的文学玩笑。恰恰相反，它是一部极其严肃、充满艺术匠心的文学作品。继《尤利西斯》之后，乔伊斯在西方文坛名声大振。平心而论，他完全可以凭借自己超人的智慧和非凡的艺术才华改写其他既有美学价值又能受读者青睐的作品来确保本人在文坛的领导地位。但他在女儿精神失常、本人胃病恶化和几乎双目失明的困境中呕心沥血、锲而不舍，以惊人的毅力完成了这一艰巨的创作任务。因此，我们对《芬尼根的苏醒》既不能简单地肯定，也不能断然否定，而应采取客观和科学的态度来评判它的艺术价值和历史意义，并将它作为深入探讨乔伊斯创作后期的美学思想和小说艺术的重要依据。

　　应当指出，《芬尼根的苏醒》的问世标志着 20 世纪西方文学发展的一个重要转折。正如这部小说的书名（Fin-again-Wake）所暗示的那样，文学的发展和演变永远不会终止。1939 年在西方现代文学史上具有特殊的意义。它不仅表明了 30 年代的结束和第二次世界大战的开始，而且还向人们展示了西方文坛的一个新的里程碑。近几年来，越来越多的西方批评家将《芬尼根的苏醒》的问世看作后现代新纪元的第一道曙光，因为他们从这部作品中看到了"以自我为中心的现代主义"向"以语言为中心的后现代主义"的过渡与转折。他们认为，"乔伊斯的'语言自治'和'新的词汇艺术'导致了一个继续发展现代主义的某些积极性的创作新阶段"⑥。如果说,长篇意识流小说《尤利西斯》代表了现代主义文学的最高成就,那么,《芬尼根的苏醒》的问世则悄然拉开了后现代主义文学的序幕。正如美国当代著名评论家哈桑(Ihab Hassan,1925—2015)所说,《芬尼根的苏醒》"是我们后现代主义可怕的预言……是某种文学的预示和理论依据"⑦。无独有偶,美国另一位评论家象征性地用《苏醒之后》(*After the Wake*,1980)作为他一本关于后现代主义文学的论文集的总标题。尽管"后现代主义"这一名称直到70年代才得以广泛运用,但这并不影响我们对1939年的界定,也不影响《芬尼根的苏醒》作为后现代主义文学的先声在西方文学史上的特殊地位和象征意义。

如果我们将乔伊斯的《青年艺术家的肖像》与《芬尼根的苏醒》作一认真的比较研究,那么两者之间的区别便显而易见了。《青年艺术家的肖像》体现了新质的萌生,是作者朝着现代主义方向迈出的难能可贵的第一步。它代表了20世纪现代主义文学的一个总体倾向和艺术原则:认识论(epistemological)的观点。乔伊斯在这部小说中向同时代的作家发出了内省的号召。他别开生面地将创作焦点转向了用以表现人物精神活动的客体上,凭借一系列动态与静态形象来反映主人公错综复杂的意识活动,并通过其意识屏幕来使读者认识爱尔兰的社会本质。而《芬尼根的苏醒》则在一定程度上体现了后现代主义者所信奉的本体论(ontological)的创作观念。在这部小说中,乔伊斯热衷于开发语言的符号和代码功能,醉心于探索新的语言艺术,并试图通过"语言自治"(the autonomy of language)的方式来创作一个独立的"反身文本"(self-reflexive text)。由于作者试图构筑一个完全自足的语言体系来取代文学作品应有的"外指性"(referentiality)和"关于性"(aboutness),因此,他不愿走出自己的文本,而是向读者展示了一个本体上独立的、基本封闭的小说世界和令人永远无法走出的迷宫。显然,在《芬尼根的苏醒》中,乔伊斯对语言实验和文本构造的关注超越了合理的界限,从而使"现实"存在于用来描绘它的语言之中,而"意义"则存在于作者的创作和读者的解读过程之中。毋庸置疑,《芬尼根的苏醒》不仅体现了第一次世界大战之后盛极一时的现代主义文学的重要演变,而且也对20世纪下半叶后现代主义文学的发展产生了极大的影响。

《芬尼根的苏醒》最显著的一个后现代主义特征便是它的语言体系。

乔伊斯似乎并不愿意走出自己的文本,他所关注的是如何用语言来制造一个小说世界。在创作《芬尼根的苏醒》的过程中,乔伊斯刻意追求一种新的语言艺术,通过一种人类语言史上绝无仅有的"梦语"和无数令人费解的文字谜语将荒诞不经的现实世界埋在混乱无序的文本之中。他通过对英语词汇的改编或重新组合创造出无数令人困惑的杜撰新词。乔伊斯仿佛并不满足于英语现有双关语的表意功能,他往往将几个词的多种意义注入同一个词汇,并利用语言的有声外壳及其音韵效果来渲染小说的主题。此外,他还运用了十几种外国文字,使《芬尼根的苏醒》几乎成了一个充满文字谜语的语言殿堂。他曾对《芬尼根的苏醒》的语言作了这样的解释:

> 在描述夜晚的时候,我觉得我不能使用普通的语言,我确实不能这样做。普通的语言无法表达夜间不同阶段的事物——意识、前意识,还有无意识。⑧

显然,乔伊斯有意违背人们使用语言的基本准则,将小说的主题与内涵埋在一种隐晦复杂的语言结构之中,从而极大地淡化了文学作品"反映"生活和描绘现实的基本功能。不言而喻,《芬尼根的苏醒》的语言体系超越了普通读者的理解能力和审美范畴,成为乔伊斯个人的语言实验或文字表演。《芬尼根的苏醒》的问世不仅再次修正了现代读者的审美意识,而且也成为20世纪下半叶崛起的后现代主义小说的先声。

应当指出,《芬尼根的苏醒》的创作过程同世界局势的变化以及作者本人创作观念的转变密切相关。《芬尼根的苏醒》创作于人类现代历史上最为黑暗的两次世界大战期间。流亡在欧洲大陆的乔伊斯目睹了德国和意大利法西斯极权统治的种种残酷暴行,从而对西方文明的发展产生了怀疑,对人类未来的命运表示出无比的担忧。他曾经在聚餐时问一位朋友:"难道这个希特勒不是一种奇怪的现象? 不妨想一想,让整个民族跟在你屁股后面跑是怎么回事。"⑨

乔伊斯曾经与同在欧洲大陆流亡但比他小一辈的爱尔兰作家贝克特(Samuel Beckett, 1906—1989)谈及德国纳粹迫害犹太人的罪行。"乔伊斯指出,类似的迫害在历史上已经发生过。"⑩1938 年,他曾经意味深长地对一位朋友说:"《芬尼根的苏醒》这本书是由我所见过或熟悉的人写成的。"⑪显然,乔伊斯试图让《芬尼根的苏醒》包含西方社会的全部内容,并使其成为人类历史活动的一个缩影。从某种意义上来说,法西斯集团的黑暗统治、人类社会的暗淡前景以及作者本人的半失明状态使他的创作观念发生了明显的变化。这种变化在《尤利西斯》的第十五章(瑟西)中已有端倪可察,在第十八章(珀涅罗珀)中已不容置疑,而在《芬尼根的苏醒》中则完全一目了然了。在他的晚年,乔伊斯试图通过自己最后一部小说来涵盖爱尔兰乃至整个西方社会的集体无意识。他的创作手法也由成熟走向老练,由清晰变得晦涩,并体现出越来越朦胧化的趋势。为了使这部小说具有丰富的内涵和深刻的象征意义,乔伊斯不断引经据典,广征博引,在作品中掺入了大量的宗教神话、历史典故、爱尔兰民间传说乃至他本人的生活经历。几乎所有在他看来可用的素材都堂而皇之地走进了作品,林林总总,纷然杂陈。最终,他将文学创作推向了极限,并向世界展示了一个令人永远无法走出的迷宫。显然,这一迷宫不仅象征着两次世界大战期间西方暗无天日、混乱无序的社会现实,而且也在一定程度上体现了作者对所谓的现代文明的怀疑乃至否定态度。

此外,《芬尼根的苏醒》的创作在很大程度上受到了 18 世纪初意大利著名哲学家维科的历史循环论的影响。这部小说在主题与结构上均表现出作者晚年美学思想和小说艺术的重大变化。当乔伊斯于 1922 年发表《尤利西斯》之后,他似乎心满意足地告别了自己恪守多年的阿奎那的美学原则。他仿佛认为,尽管"完整、匀称和辐射"是文学作品从内部结构到外部形式获得完美的静态平衡的重要前提,但这不足以构成其最后一部小说的美学基础。乔伊斯的传记作家艾尔曼先生曾在书中写道,1923 年,"乔伊斯重新研究了维科。他对这位'阔头颅的那不勒斯人'使用词源和神话来揭示各种事件的意义的做法颇感兴趣……他对维科果断地将人类历史分成无数重复的周期的做法也十分欣赏"[12]。维科认为,人类历史处于反复更迭和不断循环之中,每一个周期包括"神灵时代""英雄时代""凡人时代"和"混乱时代"四个历史阶段,尔后又回到起点,周而复始,循环不已。在维科看来,人类社会必然从上帝创世记开始,经过君王贵族和民主政治阶段,最终走向虚无主义和极端无政府主义,这是历史发展的自然模式和基本规律。乔伊斯似乎对维科的历史循环论十分赞赏,并认为人类历史正处于维科所说的第四阶段—— 一个动荡不安、危机四伏、混乱无序的时代。他坦率地告诉朋友:"当我阅读维科的著作时,我的想象力也随之丰富起来。"[13]在刚开始起草《芬尼根的苏醒》时,乔伊斯曾经向他人透露:"我把维科的循环周期作为一种框架。"[14]不过,他向他的资助人维弗女士表示："我不会过分关注这些理论的。"⑤ 显然，维科的历史循环论唤起了乔伊斯的创作灵感和再次进行美学尝试的决心，同时也为他发展一种新的小说艺术提供了重要的依据。应当指出，《芬尼根的苏醒》的结构与维科的历史循环论之间存在着明显的对应关系。这部小说由四个部分组成，共17章。第一部分"人类的堕落"（一至八章），同亚当与夏娃因偷吃禁果而被上帝赶出伊甸园的"神灵时代"完全吻合。第二部分"斗争"（九至十二章），与维科所说的"英雄时代"恰好呼应。第三部分"人性"（十三至十六章），与维科的"凡人时代"基本对应。而小说的最后部分"更生"（第十七章）则明显地反映了维科关于时代交替更迭、历史循环不已的哲学观点。

从某种意义上来说，《芬尼根的苏醒》是《尤利西斯》的姐妹篇；或者说，它是《尤利西斯》的继续与扩展。无论从小说的时间与布局，或从作品的主题与技巧来看，这两部意识流巨著之间存在着某种美学和艺术上的联系。如果说，《尤利西斯》生动地展示了醒着的都柏林人在白天的感性活动，那么，《芬尼根的苏醒》则以更晦涩的笔触描绘了一个睡着的家庭在黑夜的梦幻意识。引人注目的是，这两部作品不但均以人的意识为中心，而且还均采用了以一日为框架的小说结构。不仅如此，它们在时间安排上也保持着明显的对应关系。《芬尼根的苏醒》以傍晚开局，并以次日清晨结束。仅仅一夜之间，爱尔兰和全世界的历史都从主人公的醉梦中飘然而过，上下几千年，纵横数万里，一切有形无形、虚虚实实的事物像幽灵一般在茫茫黑夜中飘来转去，在人物的梦幻意识中游荡。在《芬尼根的苏醒》中，钟表时间的作用与其在《尤利西斯》中相比已显得微不足道，它只是为小说勾画了一个模糊的轮廓与框架。应当指出，《芬尼根的苏醒》从傍晚到黎明的小说框架不仅与《尤利西斯》从早晨到深夜的结构布局形成了一个统一的艺术整体，而且也同作者的历史循环及自然循环的观点协调一致。日落月升，昼去夜来，这既是自然界的必然规律，又象征着乔伊斯小说创作中一个圆满的艺术周期。

然而，《芬尼根的苏醒》和《尤利西斯》是两部截然不同的小说。如果说，《尤利西斯》在创作技巧上完全超越了传统小说的界限，那么《芬尼根的苏醒》则比它走得更远。如果说，《尤利西斯》充分体现了语言的作用和可能性，那么《芬尼根的苏醒》则将语言的表意功能推向了极端。如果说，《尤利西斯》通过其无序的表层结构揭示了一个混乱复杂的精神世界，那么《芬尼根的苏醒》本身便是一个混沌无序的小说世界,并且被认为是迄今为止形式最朦胧、语言最晦涩的文本。正如一位西方评论家所说:"也许《尤利西斯》代表了一种将形式赋予混乱的最艰难的尝试,但《芬尼根的苏醒》本身就是混乱和深渊,并构成了我们所拥有的一个最令人畏惧的形式飘忽、语义不清的文本。"⑯ 如果说,《尤利西斯》生动地描述了都柏林人白天的意识活动,那么《芬尼根的苏醒》则集中表现了他们夜间的梦幻意识。因此,这部小说在总体设计上体现了梦的作用和效应。从某种意义上来说,《芬尼根的苏醒》不仅反映了乔伊斯对梦的兴趣,而且也展示了一种建立在梦的逻辑之上的全新的小说文本。读者发现,书中人物的身份大都模糊不清,各种事件经常交错重叠,某个事实或对某个事实的回忆往往通过一系列奇怪的形象展示出来。同样,小说的语言也反映了这种梦的逻辑。乔伊斯以最自由、最出人意料的方式来组词造句,旨在获得一语双关或一词多义的效果。正如他所说:"我发现不能通过词汇通常的关系和联系来表现夜间的意识。当然,当早晨来临时,一切将重新变得清晰起来。"⑰ 总之,对已经获得现代审美意识的《尤利西斯》的读者来说,《芬尼根的苏醒》既是一部关于混乱、黑暗和变形的夜晚的史诗,又是一部关于历史与未来、现实与梦境以及死亡与更生的神话小说。今天,《芬尼根的苏醒》在西方文坛的地位和影响虽不及《尤利西斯》,但其丰富的内涵和深刻的象征意义是不言而喻的,其艺术价值和历史作用也是毋庸置疑的。

作为现代主义向后现代主义转折期间的文学产物,《芬尼根的苏醒》的故事情节不但十分简单,而且平淡无奇。就此而言,它与《尤利西斯》有着惊人的相似之处。由于《芬尼根的苏醒》是一部致力表现人物夜间的梦魇与幻觉的意识流小说,因此,它的轮廓与故事情节比《尤利西斯》更加朦胧与晦涩。这无疑表明作者一贯遵循形式与内容必须保持一致的创作原则。尽管乔伊斯曾戏称《芬尼根的苏醒》能"使评论家忙上三百年",但在一批有志献身于"乔伊斯工业"的忠实学子的共同努力下,不到半个世纪,《芬尼根的苏醒》的基本内容和故事情节已见端倪。虽然西方评论家对《芬尼根的苏醒》的艺术成就和美学价值众说纷纭,但他们对这部小说的基本内容与情节的认识却大致相同。由于《芬尼根的苏醒》是一部难以卒读、令专家学者都望而却步的文学作品,因此,在深入探讨其创作主题、表现技巧、艺术形式和语言风格之前,很有必要先将这部小说的故事梗概向读者作一简单的介绍。

第一部分 人类的堕落(The Fall of Man)

第一章 巨人之墓(The Giant's Grave)

黄昏时分,雷声隆隆。在都柏林郊外,一些人正在为一个因喝醉酒而从梯子上坠地身亡的名叫蒂姆·芬尼根的砖工守灵。亲友们按照爱尔兰的习俗在死者身边放了一些酒,默默地守在灵床周围。芬尼根犹如一个正在酣睡的巨人,他的头颅躺在都柏林的豪斯城堡,而两条腿则伸进几英里之外的凤凰公园的一个仓库内。此刻,这个与都柏林著名的威灵顿纪念碑相距不远的仓库仿佛变成了一个历史博物馆。一个名叫"凯特"的管理员开始向人们介绍爱尔兰和英国的历史,其中包括具有"铁公爵"之称的英国陆军元帅威灵顿与拿破仑在滑铁卢战役中的冲突,远古时期爱尔兰土著人默特人与侵略者朱特人之间的对话以及一个名叫普兰奎因的捣蛋鬼所叙述的他与伊厄威克家庭的纷争。本章结尾,守灵者沉痛悼念芬尼根,并向他致哀告别。

第二章 伊厄威克(H.C. Earwicker)

本章详细地叙述了主人公获得伊厄威克这一名字的经过。据说,在中世纪,一位国王见到一个人正在用手捉花盆内的蜈蚣(earwig),便给那人起了个名字叫 Earwicker。小说主人公伊厄威克在都柏林的凤凰公园内遇到了一个无赖。这个手拿笛子的二流子向年长的伊厄威克询问时间。伊厄威克见对方不怀好意,便手提大衣,扭头就走。然而,有关他俩在凤凰公园相遇的谣言四起,各种有关伊厄威克行为不轨的流言蜚语不胫而走,其中包括他在两名妓女面前的裸露行为以及他与三个英国士兵的同性恋行为等等。不过,作者并未直截了当地描绘这些事情,因此,读者并不清楚究竟发生了什么事情。

第三章 伊厄威克的传说(The Epic of Earwicker)

本章开头,天空灰暗,大雾弥漫。包括作曲家和歌手在内的造谣者们相继离去。人们开始对伊厄威克的真实面貌产生了种种猜测,并听到了有关他的罪恶的种种传说。其间,被认为与伊厄威克有瓜葛的两名妓女和三个士兵也散布了不少流言。这一章的后半部分较为清晰地叙述了有关伊厄威克的两个故事。根据第一个故事的记载,酩酊大醉的伊厄威克在雾中遭到一个拿着左轮枪的强盗韦恩的抢劫。当伊厄威克回到自己的酒店时,他在门外大吵大闹。他的家人都愤怒地冲下楼来看个究竟。第二个故事描述了某夜酒店打烊后的情景。一名顾客在酒店外猛敲店门,想要进店喝酒遭拒绝后便对酒店老板伊厄威克肆意辱骂。本章结尾,有关伊厄威克的死亡及复活的谣言继续流传,虚虚实实,真真假假,令人困惑。

第四章　审判(The Trial)

本章开头,伊厄威克梦见自己躺在棺材里。他在墓中的噩梦与狂想揭示了他内心最深刻、最隐蔽的秘密。他梦见自己在凤凰公园的丑行败露,被人推向了审判台。他在都柏林法院的四名法官和十二名陪审团成员面前战战兢兢,语无伦次。与此同时,包括同伊厄威克有瓜葛的那个无赖、两名妓女和三个士兵在内的许多证人纷纷到庭作证。他的两个儿子森(Shem)与桑(Shaun)则充当了律师,前者盘问,后者辩护。这一章还描述了各种纷争,其中包括爱尔兰异教徒和天主教徒之间的斗争以及伊厄威克的两个儿子森与桑之间的冲突。此外,本章还展示了审判著名爱尔兰民族运动领袖帕纳尔的场面。审判委员会听取许多证词,但不知如何对他进行判决。随后,已故的帕纳尔重新复活,但他却变成了一只正在遭到众人捕猎的狐狸。本章结尾,在伊厄威克的梦境中出现了他的妻子安娜·利菲娅·普鲁拉贝尔的形象。

第五章　书信(The Letter)

本章除了用阿尔巴尼亚语和亚美尼亚语撰写的几段内容外,被乔伊斯认为是全书"最容易"的部分。尽管如此,其中许多内容依然令人费解。这一章主要围绕一封书信的内容展开叙述。一只母鸡在垃圾堆中扒出了一封信,而一个名叫凯文的小孩则自称是他发现的。这封既没有收信人姓名,也没有写信人姓名的信于某年 1 月 31 日寄自美国波士顿。由于这封信在垃圾堆中的时间太长,其字迹已经模糊不清。这封匿名信引起了不少学者的兴趣,包括语言学家、铭文学家、古文书学家和心理学家在内的专家学者纷纷对此信作出了各自的解释。不过,他们大都认为,信中所谈的似乎是一个名叫迈克尔的神父的情况,并且还提到了玛吉、双胞胎、蛋糕和可可粉等等。本章就此信出于何人之手展开了讨论。人们对此众说纷纭,莫衷一是。有人甚至认为,这封信是由一只黑猩猩在一台打字机上胡乱敲击键盘之后形成的。最终,这场讨论不了了之,而有关这封信的许多问题也悬而未决。显然,乔伊斯在此将评论家们嘲弄了一番。

第六章　问题与答案(Questions and Answers)

本章以"问题"与"答案"的形式展开叙述,内容大都涉及都柏林、伊厄威克家庭的成员以及这部小说本身。全章共包括十二个充满文字谜语的问题与答案。这些问题大都令人费解,而答案则同样使人感到莫名其妙。第一个问题涉及伊厄威克的形象,他被描绘成一个"大于生活"的人和"最伟大的神话创造者"。第二个问题涉及伊厄威克的妻子安娜,她被描绘成共同的母亲。一家酒吧门上的题词和有关都柏林的一个谜语构成了第三和第四个问题的基本内容。第五个问题涉及一则招聘临时工的广告。第六和第七个问题分别介绍了凯特和 12 名顾客的情况。第八个问题涉及镇上的 28 位姑娘。《芬尼根的苏醒》的主题、梦境和夜景构成了第九个问题的基本内容,并得到了充分的描述。第十个问题集中描绘了伊厄威克的女儿伊莎贝尔的性格与爱好。第十一个问题暗示了森与桑两兄弟之间的冲突。森提问,桑则以"琼斯教授"的身份回答,他试图证实空间比时间更重要。第十二个问题和答案非常简短,但用模棱两可的拉丁语表示。问:"是可憎还是神圣?"答:"我们都一样!"

第七章　森(Shem)

本章是全书最有趣的部分,也是最易懂的部分。这一章集中展示了一个青年艺术家的形象。伊厄威克的儿子森同《青年艺术家的肖像》中的主人公斯蒂芬十分相似。他不愿担任神职,而在一所小学教书。尽管他平时也喜欢舞文弄墨,但他写的东西大都文笔粗糙,内容乏味,难以发表。森性格内向,沉默寡言,经常胡思乱想。同斯蒂芬一样,他自命不凡,与环境格格不入。本章还对森的房间、社交和生活习惯做了大量的描述。此外,作者还将本人 1904 年之后在生活中所经历的某些事件也掺入了作品。在这一章中,森在梦境中不断变换角色:艺术家、耶稣、理查三世和该隐等等。本章结尾,森在母亲面前表示愿意与其兄弟桑握手言和。

第八章　安娜·利菲娅·普鲁拉贝尔(Anna Livia Plurabelle)

这是全书最出色的一章,也是最有名的一章。1930 年,作者曾将这一章以单行本的形式发表,并亲自为它的最后几页配音。本章以古希腊史诗和神话的形式叙述了都柏林利弗河的渊源和历史以及伊厄威克的妻子安娜的生活经历。作者通过傍晚在利弗河边洗衣服的两个妇女之间的闲聊来揭示安娜的永恒价值。本章一开始便展示了两个女人之间的对话:"哦,给我说说安娜·利菲娅的情况。我想听听有关她的一切。唷,你认识安娜·利菲娅? 是的,当然啰,我们全都认识她。"(p.196)两个妇女谈论了安娜与伊厄威克之间的关系,她孩子的情况以及有关她的种种传说。与此同时,暮色已经降临,周围的一切都变得模糊不清,只有河水在源源不断地自由奔流。最终,这两个妇女仿佛变成了岸边的榆树和石头。本章结束,四周已是漆黑一团。在这一章中,乔伊斯使用了世界各国六百多条河川的名字来描述安娜,以影射她的特殊身份和象征意义,强调她所代表的自然力量和更生原则。

第二部分　斗争(Conflict)

第九章　玩耍的孩子们(Children at Play)

本章描述了伊厄威克的三个孩子与伊莎贝尔班上的 28 位女同学在酒吧外的街道上玩耍的情景。他们在演一出名叫"天使、魔鬼和颜色"的传统戏。桑扮演"天使",森扮演"魔鬼",而伊莎贝尔和她的同学们则扮演彩虹的各种颜色。她们向"魔鬼"提问,要他解答一个谜语。"魔鬼"回答不上,被众人奚落了一顿。随后,姑娘们围着"天使"跳起舞来,将他捧为心中的偶像。"魔鬼"号啕大哭,并质问大家:"生活是否还有意义?"(p.230)其间,"魔鬼"两次羞愧地逃走。不久,夜色降临,群星闪耀。酒吧内十二位顾客还在畅饮,伊厄威克来到门外叫孩子们回家做作业。此刻,都柏林凤凰公园中的动物正纷纷躺下休息。

第十章 家庭作业(Homework)

本章属于《芬尼根的苏醒》中难以卒读的部分,形式奇特,语言艰涩。不过,它的情节却十分简单。伊厄威克在店里忙于接待顾客,他的三个孩子在楼上做家庭作业。同往常一样,森与桑争吵不断,而伊莎贝尔则在一旁打毛线,一副毫不在乎的样子。兄弟俩先做语法练习,然后做历史课和几何课的家庭作业。其间,三个孩子都不同程度地心游神移、凝思遐想了一番。森故意让桑学着画一个侮辱母亲的极为下流的图形。桑发现后大怒,一拳将对方击倒在地。然而,兄弟俩很快恢复了平静。随后,三个孩子一起到楼下吃晚饭。本章的结构模仿了学术论文的形式,页边左右两个空白处均有旁注。森的旁注在左边,桑的旁注在右边。在这一章的中间,两人的旁注交换了位置。不仅如此,几乎每页的下方都有伊莎贝尔的脚注,大都反映了她对男人的态度。

第十一章 酒吧中的故事(The Tale of a Pub)

本章较长,主要由酒吧中的三个故事组成。12名顾客在伊厄威克的酒吧内喝酒,收音机不时发出一阵阵喧闹声。店主伊厄威克一边做生意,一边为顾客讲故事。与此同时,顾客们私下传播着有关伊厄威克的种种谣言。店主向大家讲了两个故事。一个是"海员与裁缝"的故事,另一个是有关"俄国将军"的故事。前者叙述了一名挪威船长因定做的衣服不合身而与裁缝争吵并最终与裁缝的女儿成亲的故事。后者描绘了一名俄国将军在战场上解手时得到了与其对阵的爱尔兰士兵的宽容,而当他用绿色树叶擦屁股时却被愤怒的士兵击毙的故事。伊厄威克所讲的这两个故事风趣幽默,令人捧腹。本章的第三个故事叙述了伊厄威克在酒店打烊后的情况。当顾客全部离去后,已有几分醉意的伊厄威克将他们杯中剩下的啤酒和威士忌喝得一干二净。此刻,他已经酩酊大醉,在上楼睡觉时从楼梯上摔倒在地,失去了知觉。

第十二章 特里斯坦(Tristan)

这是全书最短的一章,由两个部分组成。第一部分以诙谐的口吻描述了爱尔兰中世纪骑士特里斯坦与康沃尔王马克的妻子伊索尔达之间的爱情。第二部分展示了四个老头模糊不清的内心独白,反映了他们对特里斯坦的浪漫爱情的态度。这一章集中描绘了老少两代人之间的冲突。马克是伊厄威克的化身,而特里斯坦则代表了桑的形象。年轻英俊的特里斯坦在返回康沃尔的船上与马克的妻子伊索尔达一见倾心,坠入情网。面对这一情景,约翰、马克、卢克和马修四个行将就木的老人在一阵阵哀叹声中道出了各自的内心独白。前三个老人的意识流虽断断续续,但还能读懂,而最后一个老人的内心独白则混乱无序,令人莫名其妙。本章以特里斯坦为庆祝胜利而唱的一首颂歌结束。他的颂歌分四段,象征着爱尔兰的四个省份和维科所说的四个历史阶段。

第三部分　人性(Humanity)

第十三章　邮递员桑(Shaun the Post)

本章集中表现了伊厄威克的儿子桑的形象。作为一名邮递员,桑被认为是"人类最纯真的一员"(p.431)。四位老人和他们的驴相继以友好的口吻向桑提问。在他们看来,虽然桑具有贪食、嫉妒和骄傲等缺点,但这些都是凡人常有的弱点,因此,他们充分肯定了桑的人格。桑拥有一副金嗓子,他唱的歌悦耳动听,备受人们的青睐。他向四个老头叙述了一个寓言,劝诫人们接受上帝的圣恩。他以一首诗作为寓言的结尾,该诗揭示了现代艺术家与资产阶级之间的冲突。然后,四个老头与桑谈论了有关他手中一封信的情况。桑既看不懂信封上的地址,也无法投递。四个老头认为桑的文笔绝不亚于他的兄弟森,如果他努力习作练笔,一定能比森写得更好。桑听后非常高兴,但他未必能诉诸行动。随后,桑与他们的驴进行了交谈,内容涉及爱尔兰邮政局内的丑闻、爱尔兰作家斯威夫特的私生活以及桑与森的关系等等。本章包含数以百计的文字谜语,同时,历代哲学家、男高音歌手和音乐家的名字也充斥字里行间。

第十四章　璜的布道(Jaun's Sermon)

这是《芬尼根的苏醒》中较为轻松、有趣的一章。桑以西班牙传奇中的浪子唐璜的身份向镇上的 29 位姑娘讲道。利弗河水奔腾不息,姑娘们坐在岸上,她们的 58 条腿伸在水中。璜坐在一只漂在河上的水桶里向她们喋喋不休地讲道。他的布道内容广泛，显得故作庄重，具有说教性。他告诫姑娘们要向包括圣诞老人在内的圣人学习，注意饮食，保持身心健康。他建议她们不仅要读一点狄更斯的小说，而且要熟悉瓦格纳和莫扎特等人的音乐。然后，璜就人们当时普遍感兴趣的一些问题发表了看法，其中包括计划生育和环境保护等。作为桑的化身，璜自然谈到了他的兄弟森。他认为森满脑子怪念头，不务正业，并告诫妹妹伊丽莎白及其伙伴们要提防森的不良影响。本章结尾，璜似乎显露原形。姑娘们看见邮递员桑坐在木桶里随着利弗河的波浪逐渐朝下游漂去。

第十五章 尧恩（Yawn）

在这一章中，桑变成了尧恩，躺在位于爱尔兰中部的一个坟墓中。四个爱管闲事的老头充当验尸官。所谓"验尸"，其实是一次精神诊断会。四个老头相继对尧恩提问，打听其父亲伊厄威克及家庭的秘密。此刻，尧恩代替父亲躺在墓中，他的潜意识纷乱如麻，骚动不安。面对四个老头的提问，他语无伦次，或答非所问，其目的似乎在小心翼翼地保护易受伤害的自我。在四个老头的轮番盘问下，安娜和伊莎贝尔的影子先后出现在尧恩的脑海中。安娜竭力替丈夫伊厄威克辩护，而伊莎贝尔则装腔作势地站在镜子前。四个老头不得不向伊厄威克家的女佣凯特打听秘密。凯特带他们找到了躲在地下室的伊厄威克。此刻，这位"真正的缺席者"（p.536）凭借尧恩的喉舌侃侃而谈，发表了自己对生活和爱尔兰社会的看法。他首先对妻子安娜大加赞扬了一番，并否认了人们对他的指控和有关他的种种谣言。然后，他向四个老人介绍起城市的发展，谈到都柏林、伦敦、纽约、巴黎和罗马等城市的变迁，指出了现代城市中的贫困、卖淫和骚乱等社会弊病。本章采用了一系列形象与象征的手段暗示天堂和地狱的生活。

第十六章 卧室（The Bedroom）

本章是《芬尼根的苏醒》中最晦涩的部分之一。黎明前夕，老板伊厄威克、他的妻子安娜以及他们最小的孩子杰丽正在卧室睡觉。其余三个孩子和女佣凯特也正在各自的卧室内睡觉。此刻，杰丽因尿床而哭了起来，伊厄威克和安娜被惊醒后前来抚慰婴儿，然后他俩回到床上开始做爱。与此同时，森与桑却在窥视父母的秘密。四个爱管闲事的老头再次出现在读者面前,并不时对眼前发生的事情评头论足。然而,这里的一切显得十分朦胧,具体情节被一系列抽象的隐喻所掩盖。小说前面提到的各种虚虚实实、真真假假的人物和事件再次出现,其中包括凤凰公园的两名妓女和三个士兵,甚至包括英国国王亨利八世的婚事。

第四部分　更生(Renewal)

第十七章　黎明(Dawn)

鸡鸣报晓,黎明来临,芬尼根开始苏醒。黑暗与噩梦在灰色的晨曦中悄然离去。夜去昼来,月落日升,东方的太阳预示着生命复苏和万象更新。本章是全书的终结。小说中出现过的主题、人物、事件、时间和空间在此重新展现。与此同时,字里行间充满了东方哲学和印度宗教的神秘色彩。本章由四个部分组成:即有关爱尔兰六世纪圣人凯文的传说,对默特人和朱特人的讨论,安娜写给伊厄威克的一封信以及安娜长达十页的内心独白。本章的四个部分同《芬尼根的苏醒》的四个部分以及维科的四个历史阶段互相对应,形成小说内部结构与艺术形式上的统一与和谐。安娜在信中原谅了丈夫伊厄威克所做的和可能做的一切错事。此刻,安娜已经两鬓苍苍。她望着身边集丈夫、儿子和父亲于一体的伊厄威克,不禁百感交集、思绪万千。所有时间和全部空间都从她的头脑中飘然而过。利弗河水急流滚滚,奔腾不息。安娜仿佛与利弗河融为一体,一起流向茫茫大海。

在浏览了《芬尼根的苏醒》的故事梗概之后,读者不难发现,这部小说的"情节"不仅缺乏逻辑性和连贯性,而且虚实难辨,缺乏应有的"事实密度"(factual density)。与《尤利西斯》不同的是,《芬尼根的苏醒》不是一部建立在"反映论"或"认识论"基础上的现代小说,而是一种崇尚"本体论"的相对自足、基本封闭的反身文本。在这部小说中,乔伊斯对语言功能和文本构造的关注超过了他对人的精神活动和社会生活的关注。显然,《芬尼根的苏醒》是一个后现代主义的文本。它以一种"扩散性""不确定性"的语言体系和一种"反形式""反释义"的文本结构展示在读者面前，为 20 世纪下半叶西方后现代主义小说的崛起开了先河。在《芬尼根的苏醒》中，都柏林的生活气息和社会现实显得如此朦胧晦涩，神秘莫测，就连西方研究乔伊斯的专家学者都感到困惑不解。正如梦呓中的主人公伊厄威克所说："所有这些事件就像任何其他从未发生或可能发生过的事件一样可能发生过。"（p.110）因此，《芬尼根的苏醒》不仅向世人展示了一种"反叙述"的解体文学的文本，而且还展示了一个不可思议、难以名状的小说世界。它与《尤利西斯》已不可同日而语，而与《青年艺术家的肖像》之间则存在着天壤之别。正如当代美国著名评论家哈桑所说："一名作家在他（她）的一生中可以自由自在地写现代主义的作品和后现代主义的作品（对比一下乔伊斯的《青年艺术家的肖像》和《芬尼根的苏醒》）。"⑱事实上，我们"在后期的乔伊斯……中，找到了后现代主义的因素"⑲。

《芬尼根的苏醒》的开局充分反映了维科关于历史不断循环的哲学观点。乔伊斯巧妙地借助语言形式来暗示历史的循环模式。他采用一个小写字母并以一个句子的后半句作为小说的开头：

> 河水奔流，经过夏娃与亚当的乐园，从弧形的海岸流向曲折的海湾，经过一个宽广的维科再循环将我们带回了豪斯城堡和都柏林市郊。（p.3）

作者试图通过语言的循环模式来影射他关于历史循环的观点的创作意图在此已经表露。作为小说开头的这后半句话内涵丰富，寓意深刻，顿时点明了整部作品的主题。"河水奔流"象征着一种不可抗拒的自然运动，时间与空间都显得无关紧要。百川异源而皆归于海，然后化作雨水卷土重来。作者有意将"亚当"和"夏娃"的姓名秩序倒置，不仅暗示了逆转与循环，而且还强调了女性作为一种自然再生力量在更生与复苏中的重要作用。此外，"弧形的海岸"和"曲折的海湾"也暗示了人类历史的回旋与循环。值得一提的是，乔伊斯在小说一开始便玩起了他的文字游戏。句中提到的"豪斯城堡和都柏林市郊"（Howth Castle and Environs）三词的第一个字母（HCE）合在一起恰好是小说主人公伊厄威克（Humphrey Chimpden Earwicker）的姓名缩写。不仅如此，为了进一步使语言形式同小说的主题相吻合，乔伊斯别出心裁地让《芬尼根的苏醒》以小说第一句的前半句结尾：

> 这遥远的、孤独的、最后的、可爱的、漫长的。（p.628）

可见，作者按照本人的创作意图，并根据小说主题的需要创造了一种新的语言体系。他成功地挖掘了英语词汇和句型的表意功能,使形式为内容服务,收到了良好的艺术效果。这种语言体系充分反映了他关于历史循环不已的观点,即生活像河水一样处于周而复始、循环不已的演变之中,而历史只是各种行动与事件的重复和更迭。这种观点无疑构成了《芬尼根的苏醒》的基调,同时也在一定程度上反映了作者创作后期的世界观。乔伊斯曾经对朋友说,这部小说既没有开头,也没有结尾,读者从它的任何部分读起都可进入这个循环。然而,这种表现手法不仅使《芬尼根的苏醒》成为语言的迷宫,完全超越了普通读者的阅读和鉴赏能力,而且也使阅读小说变成了破译密码。因此,《芬尼根的苏醒》虽然在当今西方文坛享有极高的地位,但它只能是一部争议极大、问津者极少且至今仍无人能完全读懂的小说。

然而,《芬尼根的苏醒》在向读者展示一种后现代主义的文本的同时,还生动地展示了各种具有象征意义的人物。这部小说仿佛是一本夜间的日记,模糊却又详尽地记录了都柏林郊外一个家庭的无意识活动,其中绝大部分是酒店老板伊厄威克的梦魇和幻觉。这个家庭的其他成员包括伊厄威克的妻子安娜,他们的一对孪生儿子森和桑(同《圣经》中诺亚的两个儿子的名字刚好一样),还有他们的女儿伊莎贝尔和婴儿杰丽。此外,小说中还出现了其他一些次要的人物:酒店的两个帮工乔与凯特,在店堂饮酒的 12 位顾客,爱管闲事的 4 个老头,在镇上玩耍的 28 个女孩,以及在凤凰公园内行为不轨的两名妓女和三个士兵等等。与伊厄威克的家庭成员相比,这些人物显得有而若无,实而若虚,同其他一切有形无体的东西一样在小说中飘然而过。在乔伊斯看来,伊厄威克一家具有广泛的代表性和普遍的象征意义。店主伊厄威克是平庸、无聊和鄙俗的现代西方人的化身。他嗜酒成性,心理变态,经常喝醉之后胡思乱想,噩梦联翩。他的太太安娜则代表了一种更生原则和自然力量。在第八章中,乔伊斯采用了世界各国六百多条河川的名字来描述她,以强调自然生命的循环与更生。他们的两个儿子森与桑虽然是一对孪生兄弟,但却代表了两种不同的价值和两股不同的势力。森代表了自命不凡,玩世不恭的艺术家的形象,而桑则代表了晓畅俗务、讲究实际的普通青年。兄弟俩常常为琐事争吵不休。女儿伊莎贝尔虽活泼开朗,但不爱学习,只是像她父亲一样对内衣内裤颇感兴趣。在乔伊斯看来,伊厄威克一家的人际关系与日常活动完全超出了一般意义上的家庭范畴。父亲养育了两个儿子,当他倒下(在醉梦中)时,长大成人的儿子便争权夺利,妄图取而代之。这种事例无论在神话中还是在历史上都不胜枚举。显然,作者试图通过揭示这一普通家庭各成员之间的关系来影射包括全部神话和全部历史在内的人类的普遍经验和生存规律。

在作者的笔下,伊厄威克是一个地地道道的"现代人"。乔伊斯在作品中经常用伊厄威克的姓名缩写 HCE 来称呼他,以便抹去他的个性而强调他的典型性和代表性。作者不止一次地将 HCE 解释为现代社会的凡夫俗子(Here Comes Everybody, p.32)或像我们一样是个"犯错误但可以原谅的人"(human, erring and condonable, p.58)。乔伊斯甚至让伊厄威克"到处拥有孩子"(Haveth Childers Everywhere, p.535),使其成为所有孩子的共同父亲。伊厄威克驼背、耳聋、其貌不扬,平时对妻子唯命是从。他胆小怕事,郁郁寡欢,处处受人嘲弄,常常因无法摆脱各种流言蜚语而深感苦恼。从这一点来说,他与布鲁姆一样,心里始终咀嚼着一种莫名的悲哀。他酒后的梦幻意识揭示了他内心最深层、最隐蔽的秘密,甚至包括那些近似于本能的生理反应。这些秘密与反应纷然涌现,不受时间与空间的制约,像一个个"分子"活跃地闪现在他的无意识领域,每个"分子"继而又放射出无数的"原子"。各种难以捉摸的欲望、冲动、梦魇和幻觉纷至沓来,在小说中飘然回荡,流转徘徊。伊厄威克先后梦见自己在都柏林凤凰公园同两名妓女和三个士兵之间的不轨行为。丑行败露后,流言四起,随后他被人推向了审判台。在都柏林法院的四个老年法官面前,他战战兢兢,语无伦次。乔伊斯采用了大量的潜台词和潜对话来展示法庭审判的场面。在小说中,伊厄威克的梦呓不断扩展和延伸,各种存在或不存在的事物、发生或未发生的事件在他的头脑中不断涌现。他时而梦见自己的妻子和子女,时而梦见酒店的常客。然而,更多的时候,他放纵无度地发泄着平日备受压抑的冲动和欲望。像布鲁姆在"瑟西"一章中那样,伊厄威克在阵阵梦呓和幻觉中不断变换自己的角色:从耶稣、诺亚、以萨迦、克伦威尔、罗马教皇、俄国将军到一名水手和裁缝,继而又成为一条鲸鱼、一只昆虫、一头山羊和一棵大树等等。其中每个角色又引发出一连串的人物和梦境,而每个梦境往往涉及一系列宗教典故、民间传说和历史事件。伊厄威克朦胧晦涩的意识活动和无休止的梦中之梦不仅使他成为世界文学史上最难以捉摸的人物,而且也使《芬尼根的苏醒》成为一个甚至连西方的乔学专家都感到困惑的小说文本。

在《芬尼根的苏醒》中,伊厄威克的两个儿子森与桑不仅扮演了十分重要的角色,而且具有深刻的象征意义。兄弟俩的冲突与矛盾暗示了人间两股互相抗衡的势力和彼此永无休止的纷争。乔伊斯将森比作一棵大树,而将桑比作一块磐石。他们的纷争象征着变化与存在、时间与空间的对立与矛盾。然而,代表着"对立的均衡势力"的兄弟俩却经常互相转换角色,各自表现出对方的某些性格与特征。他们不时从对抗转为互相妥协和承认,随后又形成新的抗争。这无疑暗示了人类社会分、和、离、合的发展规律。作者对历史悲剧的不断重演只能无可奈何地叹息和祈祷:"以前人与后人以及兄弟相煎的名义:阿门。"(p.19)他试图通过森与桑的纠纷与妥协来揭示人类历史的战争、和平、再战争、再和平的循环进程以及人类对此所表现出的令人难以置信的冷漠:

> 维科之路迂回曲折,周而复始,回旋不已。我们对这种循环依然无动于衷,对循环者并不感到震惊。我们心安理得,你不必犯愁。(p.452)

在乔伊斯看来,森与桑既不是成功者,也不是失败者,既不是英雄,也不是恶棍。他们只是代表了人世间不同的价值与原则。读者不仅能从这对孪生兄弟身上看到现代西方社会中凡夫俗子的种种优点和缺点,而且也能隐约地看到作者本人的身影和生活经历。

《芬尼根的苏醒》的另一个重要人物是伊厄威克的太太安娜·利菲娅·普鲁拉贝尔。同布鲁姆的妻子莫莉一样,安娜更多地出现在丈夫的梦幻意识中。然而,与莫莉相比,安娜似乎是一个更成熟、更富有内涵的女人。如果说,莫莉对男人随心所欲的话,那么,安娜则对男人表现出极为宽容的态度。莫莉崇尚性爱,而安娜则热爱生活。同《芬尼根的苏醒》中的其他人物一样,安娜的名字也具有丰富的象征意义。安娜体现了她个人的身份;利菲娅与都柏林利弗河的名字以及英语中"生活"一词谐音,是水和生活的象征;而普鲁拉贝尔则是由英语和法语组成的复合词,代表了所有女性。在小说中,安娜同样扮演了多种角色:夏娃、圣母玛利亚、潘多拉、诺亚的妻子、拿破仑的妻子约瑟芬,继而成为一只母鸡、一名妓女和一个水坑。乔伊斯以轻松而诙谐的笔调刻画了一位具有复杂性格的现代女性的形象。在他的笔下,安娜无疑是一位大地母亲式的人物。她不仅是更生与复苏的代理人,而且也是一位超越时间与空间的人物:"过去的安娜,现在的利菲娅,未来的普鲁拉贝尔。"(p.215)乔伊斯采用浓郁的印象主义色彩并通过光、声、色、影等形象来影射安娜的特殊身份。例如，在第八章中，当两位都柏林妇女在利弗河边谈论安娜时，周围的一切变得模糊不清。在暮色中，只有河水在源源不断地自由奔流。利弗河仿佛在逐渐扩展和延伸，河水哗哗作响，越流越急，最终这两个妇女仿佛分别变成了岸边的榆树和石头，人与自然融为一体。正如这两个妇女所说："这是夏娃的土地！无数的时代与回复。循环不已。"（p.215）此刻，乔伊斯的文字犹如滔滔河水，气势浑厚，充分渲染了利弗河神秘莫测的气氛及其追溯人类历史、回归原始的历程。作者凭借形象思维，采用了一系列黑白分明、动静交融、有声无声的形象以及具有明快节奏感和音韵美的语体，展示了一幅具有浓郁印象主义和象征主义色彩的艺术画面。

然而，乔伊斯对人物的描写方式与他在《尤利西斯》中采用的手法已大相径庭。由于他在创作《芬尼根的苏醒》时比以往更加关注语言实验和文本构造，因此，他笔下的人物已不再是有血有肉、栩栩如生，而是有形无体、若隐若现，犹如夜间的萤火虫一般，令读者难以捉摸。显然，乔伊斯在《芬尼根的苏醒》中超越了一般现实主义乃至现代主义作家的创作意图，放弃了对作为小说主体的人物形象的进一步塑造，从而使作品不再建立在矛盾冲突的主体上。与《尤利西斯》相比，《芬尼根的苏醒》不但进一步淡化了故事情节，而且也进一步淡化了人物形象。这无疑表明：乔伊斯在创作后期不再试图通过揭示人物的性格与特征来反映现实生活，而是高度关注语言的实验与革新，热衷于开发语言的符号和代码功能，并倚重文本结构的无序性和混沌性。因此，《芬尼根的苏醒》基本上是一种自我封闭的反身文本。正如英国著名现代主义作家塞缪尔·贝克特所说："《芬尼根的苏醒》不是关于某种东西，其本身就是某种东西。"[20]显然，乔伊斯后期的创作思维和艺术手法对20世纪下半叶勃然兴起的后现代主义小说产生了重要的影响。

应当指出，《芬尼根的苏醒》的后现代主义特征较为集中地体现在它的语言形式上。在促使文本结构全面解体的同时，乔伊斯企图通过制作一个独立的语言符号体系来取代以往文学作品所具有的"外指性"和"关于性"。这无疑使他的最后一部小说脱离了反映论和认识论的基础而陷入了本体论的圈子。如果说，乔伊斯在创作《尤利西斯》时"像造物主一样隐匿于他的作品之内、之后或之外，无影无踪，超然物外"，那么，在创作《芬尼根的苏醒》时，他由于一味追求新的语言艺术而不愿走出文本，有意将自己埋在一种隐晦复杂的语言结构之中,甚至到了难以自拔的地步。乔伊斯新的语言艺术和"词汇革命"主要表现为以下几种形式。

首先,他通过对英语词汇的重新组合与改编来杜撰新词。最为典型的例子是小说的第一个词 riverrun。这个词在任何词典中都无法查到。读者也许能凭借自己的英语能力来猜测它的词义,但却难以弄清它的词性。假如它是动词,前面缺少主语;假如它是名词,前面则缺少冠词;假如它是句子,应被写作"River runs"或"River,run!"尽管任何一位懂英语的读者都不会否认这个词的可读性和可辨性:river+run,但他必须根据自己的审美意识和解读能力对此作出反应。这便使《芬尼根的苏醒》的语言显得含混不清,难以捉摸。在小说中,由乔伊斯杜撰的新词俯拾即是。例如:

> sleeptalking(p.459),说梦话;模仿 sleepwalking
>
> punman(p.93),说话模棱两可者;模仿 penman
>
> museyroom(p.8),使人心游神移的房间;模仿 museum
>
> whosethere(p.19),在那边的那个人;由 who is there 转换而成
>
> plaidboy(p.27),穿方格花呢的小青年;模仿 playboy
>
> wholeborrow(p.15),全部借用;模仿 wheelbarrow
>
> gracehoper(p.416),期望天恩者;模仿 grasshopper
>
> mother-in-lieu(p.220),替补母亲;模仿 mother-in-law
>
> cyclological(p.220),符合循环规律的;模仿 psychological
>
> venissoon(p.126),即刻;模仿 venison
>
> andthisishis(p.177),他的;模仿 antithesis

乔伊斯在创造词汇和组合新词方面充分体现了他的艺术匠心。他大胆突破语言常规的限制,以前所未有的方式杜撰新词,显示出极强的创造性和极大的自由度。这些词大都是由两个词的音义合并组成的混合词(portmanteau),新颖别致,令人回味。在《芬尼根的苏醒》中,杜撰新词的出现率高得惊人,简直到了无以复加的地步。尽管它们在具体的意境中往往能产生特殊的表现力,但也经常使读者感到困惑不解。

其次,乔伊斯不时采用双关语来表现人物错综复杂的经验。为了将现实分解成一个原始、晦涩而又令人费解的梦幻世界,作者有意将建立在现代文明与文化之上的英语转换成一种原始和混沌的语言,并借此建立一种新的不受传统规则束缚的小说秩序。在他看来,能够有效地表现这种原始的梦幻世界的无疑是双关语。例如,在第九章中,当森与桑在酒

店外与姑娘们玩耍时,森因无法解谜语而被大家奚落了一顿,于是他"号啕大哭"。叙述者借此发问：Was liffe worth leaving? 并随即回答：Nej! (p.230)显然,他的问题具有双关意思。他不仅在问："生活是否有意义?"而且还对大自然的循环与回复提出疑问。Liffe 一词与 Liffey(利弗河)一词谐音。都柏林的利弗河水是小说中最主要的形象之一,它象征着生活和自然力量。利弗河水奔腾不息,"离开"都柏林流入大海,最终又将以云雾和雨水的形式再次进入循环。在此,叙述者似乎围绕小说的这一主题在发问："利弗河水是否应该离去?"引人注目的是,他的回答 Nej 同样是一个双关语,意为 no 和 yes,即表明了他既否定又肯定的态度。不言而喻,这种具有双关意义的问答生动地反映了生活的复杂性和作者对循环的矛盾心理。在《芬尼根的苏醒》中,双关语比比皆是,充塞了作品的字里行间。即使书名 Finnegans Wake 也曾一度变成了 Funnycoon's Wick (p.499)。作者十分诙谐地将桑称为 the Latterman (p.603),一是表明桑的名字排在森之后,二是暗示他邮递员的职业(the letter man)。又如,Life Wends(p.95)既可表示"life goes on",又可表示"life ends"。同样,28 位姑娘中有一位经常阅读 Jungfraud's messonge book(p.460)。在此,乔伊斯不仅巧妙地将德语词汇 jungfrau(年轻女士)与两位著名心理学家荣格(Jung)和弗洛伊德(Freud)的名字交织一体,而且还成功地使 message(消息)、songes(梦)和 mensonge(谎言)三个词融为一体,从而将一组复杂的关系和几个不同的概念注入同一个词语之中。可见,双关语新鲜活泼,寓意深刻,令人回味无穷。

此外,乔伊斯还运用大量的象声词来塑造外部的声觉形象,使语言的音韵与作品的意境有机地结合起来,并使小说产生一种美妙的音乐效果。例如,在小说开局,作者模仿世界各国语言中用以表现雷声(thunder)的各种象声词创造了一个长达一百个字母的拟声词：

bababadalgharaghtakamminarronnkonnbronntonnerronntuonnthunntrovar-rhounawnskawntoohoohoordenenthurnuk! (p.3)

乔伊斯所创造的这个象声词不仅反映了人类文化的初生和原始状态(暗指新一轮循环的开始),而且还巧妙地将许多外国语言的碎片糅合在一起。显然,他试图通过这种拟声手法来创造一种维科所说的"所有民族的共同语言",从而使《芬尼根的苏醒》获得广泛的象征意义。作者的拟声手段在第八章"安娜·利菲娅·普鲁拉贝尔"中运用得最为出色。为了充分强调安娜所代表的循环原则和自然力量,乔伊斯不仅采用了世界各国六百多条河川的名字来描述她,而且还运用了大量模仿河水奔流的象声词。以下是两个正在利弗河边洗衣服的妇女之间的对话,从中可见一斑:

> And what was the wyerye rima she made! Odet! Odet! Tell me the trent of it while I'm lathering hail out of Denis Florence MacCarthy's Combies. Rise it, flut ye, pian piena! I'm dying down off my iodine feet until I lerryn Anna Livia's cushingloo, that was writ by one and rede by two and trouved by a poule in the parco! I can see that, I see you are. How does it tummel? Listen now. Are you listening? Yes, Yes! Idneed I am! Tarn Your ore ouse! Essonne inne!
> (pp.200 – 201)

以上这段对话不仅包含了许多河川的名字,而且具有不少象声词。Wyerye 一词由 Weary(令人厌倦的)一词同 Wye 和 Rye(欧洲两条河的名字)合并而成;意大利语 rima 代表 rhyme(韵),即这两个妇女正在谈论安娜所写的诗歌。Odet! Odet! (意为 O that! O that!)是模仿河水奔流的拟声词,既表示颂诗(ode),又暗指欧洲的两条大河(Odette 与 Oder)。Trent (即 trend,动向)在此暗指英格兰中部的特伦特河(Trent)。Lathering(拍打)为象声词,表示洗衣服时发出的声音。Rise it, flut ye, pian piena! 一句使人联想起两种乐器 flute 和 piano,这无疑为对话增添了一种音乐效果。此外,意大利语 pian piena 不仅是象声词(意为 softly),而且还与俄罗斯的一条大河 Piana 同名。在最后两句中,洗衣者的说话声在河水的滔滔声中仍然依稀可辨: Tarn you ore ouse. Essonne inne. (Turn Your ear also. Listen in.)不过,作者在此并未放弃他的文字游戏: Tarn 意为"山中小湖",是水的象征,而 Ouse, Essonne 和 Inn 则分别是英国、法国和中欧的河名。显然,象声词的运用加之一系列代表河川名字的双关词语的频繁出现不但进一步丰富了安娜的象征意义,而且渲染了小说的主题,并增强了作品内部的和谐与统一。难怪不少西方评论家认为,读者只有大声朗读这部小说才有可能理解它的含义。

不仅如此,乔伊斯还经常采用"转换引语"(transforming citation)的手法对某些事物进行讽刺性的模仿(parody)。这种手法在《尤利西斯》中已颇为引人注目。例如,在第十四章"太阳神的牛"中,乔伊斯巧妙地模仿从远古时代到 20 世纪初的各种英语语体、用语言风格的演变和发展来暗示婴儿的出生过程。在《芬尼根的苏醒》中，他的模仿更多地建立在名人名言的转换之上。他经常将著名诗人的诗句转换成趣味盎然的小说语言，使之产生强烈的讽刺效果。以下便是一组极为典型的例子。

1. "plunders to night of you, blunders what's left of you, flash as flash can!" (p.188)   "Cannon to right of them, Cannon to left of them, Cannon in front of them, Volley'd and thunder'd. Someone had blunder'd." (Tennyson; "The charge of the Light Brigade")

2. "A king off duty and a jaw for ever!" (p.162)   "A thing of beauty is a joy for ever." (Keats; "Endymion")

3. "Mades of ashens when you flirt spoil the lad but spare his shirt!" (p.436)   "Maid of Athens, ere we part, Give, oh give me back my heart!" (Byron; "Maid of Athens")

显然，乔伊斯在此巧妙地转换了经典文学中脍炙人口、广为流传的诗句，其目的不在于模仿，而在于讽刺，并使他的"转换引语"产生一种强烈的反衬效果。就此而论，这种"转换引语"所产生的讽刺意义不仅仅与小说的上下文有关(contextual)，而且还具有文本互涉的特征(intertextual)。它使作者在玩弄文字的同时捕捉一种以往文本中现存的、优美的语汇，通过精心转换创造出一种令人耳目一新而又妙趣横生的句子。然而，《芬尼根的苏醒》中大多数"转换引语"的含义及其艺术效果对英语国家中缺乏文学背景知识的普通读者来说是难以领略的，而对置身于英美文化环境之外的外国读者来说则更加不知所云了。

当然，在文学作品中采用杜撰新词、双关语、象声词和"转换引语"既不是乔伊斯首创，也不能成为我们将《芬尼根的苏醒》称作后现代主义文本的理由。然而，乔伊斯在《芬尼根的苏醒》中对语言实验的关注以及运用语言的方式已经超越了一般现代主义的界限，完全淡化乃至取消了语言寄情表意和反映生活的基本功能。他向世人展示了一种全新的语言艺术：一种具有开放性、解体性和扩散性的语言艺术。不仅如此，《芬尼根的苏醒》中的大量词汇已经成为无数令人费解的代码或谜语，逻辑和连贯的原则已被公然抛弃。正如美国当代著名评论家哈桑所说：

> 后现代主义还显示为人类——即语言——的扩散……"回到"宇宙形成

的最初时期(大爆炸学说),"远及"宇宙之边缘(类星体学说),深入到空间的黑洞或潜意识文学"之中"——处处都是语言。[21]

毫无疑问,《芬尼根的苏醒》的语言体系已经取代了小说文本的"外指性"和"关于性"。读者发现,所谓的"现实"仅仅存在于用以描绘它的语言之中,而所谓的"意义"也只存在于小说的创作和解读过程之中。因此,乔伊斯在《芬尼根的苏醒》中所运用的语言艺术不但充分体现了他的独创性,而且还使现代英语小说脱离了现代主义的轨迹,为后现代主义叙述形式(postmodernist discourse)的兴起提供了一个极为重要的范例。

《芬尼根的苏醒》的语言体系为艺术和社会提供了一种新的调和方式。它最终导致了一种开放、嬉戏、转换、模糊或混沌的文论形式。一位意大利评论家指出:"自乔伊斯以来存在着两种截然不同的叙述形式。第一种传递有关人的事实及其具体的关系。它使故事的'内容'产生意义。而第二种则凭借其自身的技术结构展开一种绝对形式化的叙述。"[22]这位评论家继而指出:

> 《芬尼根的苏醒》是当代这种艺术倾向的第一个也是最引人注目的文学样板……它标志着一种新的人类叙述形式的诞生。这种叙述形式不再描述世界……在这种叙述形式中,"事物"获得了与表达它们的词汇有关的各种功能。也就是说,事物"用来传递词汇,支持并证实词汇"。[23]

显然,这种将"事物用来传递词汇"的叙述方式是一种后现代主义的艺术倾向。它不仅改变了"指示者"(signifier)与"被指物"(signified)之间的辩证关系,而且也能充分利用"指示者"(即词汇)之间的关系来探索各种重新解释"被指物"(即事物)的可能性。事实上,《芬尼根的苏醒》向我们展示的是一个由无数词汇织成的"关系网";它表明我们对现实的认识是复杂的,有限的,甚至是矛盾的。乔伊斯成功地将混乱置于某种由语言构成的秩序之内,并以一种纯属其个人的逻辑原则和审美意识来解释人类、历史和宇宙。尽管《芬尼根的苏醒》并不能证明语言的胜利,但它的确向我们证实了语言的潜力与可能性。

作为一个后现代主义文本,《芬尼根的苏醒》的另一道不可逾越的障碍便是其大量的引喻(allusions)。为了使这部小说涵盖西方社会的全部内容并成为人类历史活动的一个缩影,乔伊斯引经据典,广征博引,在作品中掺入了大量有关宗教神话、历史典故、民间传说、文学艺术方面的内容,甚至包括其本人的生活经历。几乎所有可用的素材都堂而皇之地走进了作品,林林总总,纷然杂陈。尽管如此,《芬尼根的苏醒》中的引喻大致可归纳成三大类。第一类是涉及文学艺术作品的引喻。作者从以往的小说、诗歌、音乐、歌剧和民歌中引用了大量的素材,其中涉及最多的是莎士比亚和浪漫主义诗人的作品。即便连小说的书名也借用了一首欢快的爱尔兰民歌(Finnegan's Wake)的歌名。第二类是有关宗教神话的引喻。《芬尼根的苏醒》涉及大量的宗教典故和神话传说,有关《圣经》、天主教和东方神话的引喻俯拾皆是。乔伊斯有时几乎是在讽刺地模仿19世纪英国作家詹姆斯·弗雷泽(Sir James Frazer, 1854—1941)的名著《金枝》(*The Golden Bough*, 1890—1915)的内容。第三类是有关西方历史和爱尔兰地域风情的引喻。在《芬尼根的苏醒》中,乔伊斯不仅引用了无数的历史事件和西方文明中的典型事例来影射维科的历史循环论,而且还不时提及都柏林的地理环境和风俗习惯,包括那里的街道、建筑、机构、商店、酒吧以及都柏林人的玩笑、嗜好和饮食习惯等等。显然,引喻的广泛使用既丰富了《芬尼根的苏醒》的内涵和象征意义,也给阅读和理解这部小说带来了极大的困难。平心而论,有些引喻,除了与乔伊斯同龄的都柏林人之外,即便连今天的爱尔兰人也会感到困惑不解。

　　《芬尼根的苏醒》的叙述笔法与《尤利西斯》相比有了明显的变化和发展。在《尤利西斯》中,乔伊斯将小说叙述形式作为其离传统之经、叛常规之道的突破口。他不仅对小说的叙述方式作了全方位的改革,而且还发展了一种能真实、自然、生动而又准确地表现人物稍纵即逝的精神活动的意识流语体,获得了良好的艺术效果。然而,在《芬尼根的苏醒》中,乔伊斯将小说的叙述笔法推向了极端,使之完全超越了英语国家中一般具有文学修养的读者的理解能力。尽管作者有时也试图像他在《尤利西斯》中那样采用某种特定的笔法来叙述某一章节(如第十章的学术论文形式、第十四章的"阴性"笔法、第十五章的"阳性"笔法以及最后一章中安娜的内心独白等),但就总体而言,《芬尼根的苏醒》的叙述笔法并未显示出风格的发展,而是体现出某种稳定性。它不仅使语言发生了严重的变异,而且还具有非理性的特征。正常的逻辑关系已被打破,作者似乎更加关注语言的多义性和抒情性及其声音、韵律与节奏的艺术效果。《芬尼根的苏醒》的叙述笔法与其说属于散文,倒不如说更贴近诗歌。作者对语言精心安排,重新组合,有意将不同音质的词汇交错并置,从而使语言产生极强的音乐性和仿诗效果。引人注目的是,《芬尼根的苏醒》的叙述笔法体现了扩展性和多元性的特点。作者似乎有意将这部小说献给"患有理想的失眠症的理想的读者"(p.120)。在小说中,"每一个词犹如一只躺在一堆彩色的缎带中的田鼠那样狡猾地躲在一块混乱的编织物中"(p.120)。一种意义往往包含了多种意义;一组意象经常引发另一组意象。每个词仿佛都与整部小说的秘密有关,而每句话的位置与顺序则可能影响读者对作品的理解。从某种意义上来说,读者如果事先不了解这部小说的内容,便无法明白其中单独一页的意思。显然,这种具有扩展性和多元性的叙述笔法创造的是一个由无数暗喻、引喻、双关语和谜语组成的词汇的殿堂或语言的迷宫,它全方位、大规模地展示了一种"后现代"的艺术倾向。

引人注目的是,同《尤利西斯》一样,《芬尼根的苏醒》以女主人公安娜长达近十页的内心独白而告终。此刻,晨光熹微,鸡鸣报晓。安娜躺在床上,倾听着利弗河水急流滚滚、奔腾不息的滔滔声,不禁百感交集,思绪万千:

> 美好的早晨,我的城市!我像利弗河那样在说话……所有的黑夜都落在我的长发上。万籁俱寂。听!既没有风也没有词。只有一片树叶,随后便是许多树叶。树林总是十分可爱,因为我们是林中的孩子……起床吧,人们,你们已经睡得太久了!(p.619)

安娜的内心独白是全书最优秀的片段之一。女主人公以利弗河的身份回忆往事,展望未来。她想到了自己的童年、爱情、婚姻、丈夫和孩子,并且意识到她的女儿伊莎贝尔即将取代自己的地位:"是的,你在变化……我感觉到你正在从女儿变成妻子……她正朝我走来。"(p.27)此刻,她不禁感到有些悲伤。她仿佛觉得自己将与利弗河一起流入大海:"啊,苦涩的结局!在人们起床前我将漂走。他们不会见到我了,他们不会明白,也不会怀念我。"(p.627)最终安娜想到了自己的父亲(海神的象征):"我回到你身边了,我冷酷的父亲,我冷酷而又咆哮的父亲……是的,带我走吧,父亲……芬尼根苏醒了!"(p.628)安娜的内心独白既是对她个人生活的一种忏悔,也是献给利弗河的一首挽歌;既是对世上所有女性的一种认同,也是对历史循环和自然更生的一种呼唤。

《芬尼根的苏醒》别开生面地以一夜为布局的框架结构和离经叛道的艺术形式创作了一个西方现代文明的神话。作者不仅巧妙地通过小说的艺术循环(即作品的结构形式和语言模式)来揭示维科的历史循环论,而且还试图通过一个普通家庭各成员之间的相互关系来影射包括全部神话和全部历史在内的人类的普遍经验和生存规律。显然,《芬尼根的苏醒》是西方文学中的现代主义向后现代主义转折时期的一部异乎寻常而又极为重要的实验小说。它无论在改革的力度上还是在实验的结果上都超过了以往任何小说。然而,乔伊斯在《芬尼根的苏醒》中表现出的极端形式主义和令人费解的文字谜语不仅无法使这部小说产生应有的社会效果,而且也无法使其在普通读者中引起共鸣。尽管作者在最后的创作生涯中以顽强的意志和极其严肃的态度完成了这部文学巨著,但他最终向世人展示了一个令人永远无法走出的迷宫。因此,半个多世纪以来,《芬尼根的苏醒》虽然受到一部分乔学专家的重视,但却始终无法唤起广大读者的兴趣。这也就不能不令人感到遗憾了。

然而,作为西方后现代主义文学的先声,《芬尼根的苏醒》在世界文学史上具有特殊的地位。这部由一个伟大的艺术家呕心沥血花费十七个春秋写成的文学巨著代表了第二次世界大战之后涌现的一股新的文学思潮。尽管《芬尼根的苏醒》并没有像《尤利西斯》那样解决小说创作中的一系列艺术与技术问题,但它为英语小说从描绘生活、反映意识转向语言实验开了先河。迄今为止,西方评论家对这部小说的艺术成就与美学价值依然众说纷纭,莫衷一是。然而,在世界各地涌现出一批批有志献身于"乔伊斯工业"的忠实学子,他们正在对《芬尼根的苏醒》作苦心研究或译介,锲而不舍、乐此不疲。显然,《芬尼根的苏醒》不仅是乔伊斯义无反顾地向小说形式的极限奋力冲刺的结果,而且也是西方"后现代"文化的一个先兆和预言。它既是一个混乱时代的产物,也是对混乱性的一种物质的、有形的比喻。毫无疑问,《芬尼根的苏醒》为西方现代作家提供了一种新的视角和选择,同时也对他们探索艺术境地、开辟文学方向以及发展多元文化产生了重要的影响。

注释:

① *Letters of James Joyce*, edited by Stuart Gilbert, The Viking Press, New York, 1957, p.259

② *Finnegans Wake*, James Joyce, Faber and Faber, London, 1975, p.627(正文中有关

这部小说的引文的页码在引文后的括号中标出）

③ *A Reader's Guide to James Joyce*, William York Tindall, The Noonday Press, New York, 1959, p.237

④ *James Joyce*, Richard Ellmann, Oxford University Press, New York, 1959, p.761

⑤ *Joyce: The Man, the Work, the Reputation*, Marvin Magalaner & Richard M. Kain, New York University Press, New York, 1956, p.216

⑥ *Modernist Fiction*, Randall Stevenson, Harvester Wheatsheaf, New York, 1992, p.195

⑦ Ibid., p.196

⑧ Quoted from *James Joyce*, Richard Ellmann, p.559

⑨ Ibid., p.722

⑩ Ibid., p.722

⑪ Ibid., p.5

⑫ Ibid., p.565

⑬ Ibid., p.706

⑭ Ibid., p.565

⑮ Ibid., p.565

⑯ *The Aesthetics of Chaosmos: The Middle Ages of James Joyce*, Umberto Eco, translated by Ellen Esrock, Harvard University Press, Massachusetts, 1989, p.61

⑰ Ibid., p.62

⑱《现代主义文学研究》，哈桑，上册，袁可嘉等编选，中国社会科学出版社，北京，1989 年 5 月，第 322 页。

⑲ 同上，第 323 页。

⑳ Quoted from *James Joyce and The Revolution of the Word*, Samuel Beckett, Colin McCabe, The Macmillan Press Ltd., New York, 1978, p.133

㉑《现代主义文学研究》，哈桑，上册，第 328 页。

㉒ *The Aesthetics of Chaosmos: The Middle Ages of James Joyce*, Umberto Eco, 1989, p.86

㉓ Ibid. pp.86 – 87

第十一章

乔伊斯的小说艺术

"天知道我的小说写的是什么,但它却悦耳动听"。[①]

模仿别人的风格是不足取的。你必须根据情感而不是根据理性来写作。[②]

——乔伊斯

在他早期的作品中,乔伊斯迫使现代文学接受新的风格,新的题材,新的情节和新的刻画人物的方式。而在他后期的作品中,他又迫使现代文学接受一种新的艺术领域和新的语言。[③]

——艾尔曼

乔伊斯在本质上既不是一位诗人,也不是一位剧作家,而是一位小说家。他毕生追求小说的改革与创新,在文学道路上披荆斩棘,探幽索隐,取得了举世瞩目的艺术成就。在 20 世纪初,正当现实主义小说经历了 19 世纪灿烂的鼎盛期而无法再创辉煌时,乔伊斯毅然摈弃传统,打破常规,奋笔疾书,创作了四部别具一格、富有独创精神的实验小说,其改革力度之大在同时代的作家中实属罕见。从相对清晰明朗的《都柏林人》开始到极其朦胧晦涩的《芬尼根的苏醒》为止,乔伊斯不断开发小说创作的实验领地,为现代小说艺术的发展作出了积极的贡献。他的小说几乎涵盖了 20 世纪所有的小说艺术,既有现实主义的传统技巧,又有现代主义与后现代主义的新奇手法,体现了覆盖面广、跨度大的特点。乔伊斯的小说艺术不仅高度集中地展示了 20 世纪英语小说的改革成就,而且也客观地反映了这一文学样式的发展历程。因此,不了解乔伊斯的小说艺术,就难以真正了解现代英语小说的艺术特征与历史概貌。

应当指出,乔伊斯的小说既是现代西方社会急剧演变的产物,也是对混乱时代的一种强烈反应。20世纪初,科学技术突飞猛进,哲学和文学思潮呈现了多元化的倾向,第一次世界大战之后精神危机笼罩着整个西方世界。显然,这对乔伊斯小说艺术的发展起到了强烈的催化作用。作为一名具有现代主义思想的流亡作家,乔伊斯义不容辞地在西方世界的文化废墟上承担起英语小说的重建工作,执着地探索小说艺术的发展途径。尽管像大多数作家一样,他在作品中将自传成分与虚构内容交织一体,但他的创作思路和审美意识却与众不同。正如著名现代主义诗人艾略特在评价乔伊斯的创作成就时所说:"我确信,这是朝着现代世界可能成为艺术再现的对象所迈出的一大步。"④

从某种意义上来说,乔伊斯的小说艺术不仅成为西方现代主义文学的象征,而且也代表了现代英语小说的最高成就。如果我们将乔伊斯的小说同19世纪英国批判现实主义大师狄更斯的小说作一简单的比较,我们不难发现,乔伊斯的作品在反映生活和社会本质方面毫不逊色,而在艺术手法和创作技巧上则更胜一筹。乔伊斯以其丰富的想象力和非凡的创作才华拓宽了小说表现艺术的疆界,发展了一种全新的小说模式。他的创作实践使同时代的作家首次看到了未来小说文本的开放性与多元化以及探索前人尚未探索过的领域的可能性。就此而论,乔伊斯的小说艺术不仅体现了重要的美学价值,而且还具有划时代的意义。今天,当我们全面回顾和考察乔伊斯的小说创作时,我们大致可发现以下四个过程。

一、乔伊斯近四十年的创作实践客观地反映了英语小说从现实主义转向现代主义继而又向后现代主义过渡的演变过程。读者能从他的四部小说中看到新旧时期英语小说的不同艺术特征和发展轨迹,同时也能从中看到20世纪上半叶西方各种文学理论与思潮的表现。尽管乔伊斯是一位坚定的现代主义者,但他是在现实主义的土壤中成长起来的小说家。他是在经过传统文学的熏陶并感受到其局限性之后才萌生改革意识的。他在蔑视传统文学中某些刻板、僵化和过时的成分的同时,有选择地、批判地吸收了现实主义的精华。因此,他的小说艺术既有独辟蹊径、标新立异的一面,又有承前启后、继往开来的一面。纵观乔伊斯的小说创作,读者不难发现,《都柏林人》基本上是一部现实主义的短篇小说集,尽管作者已经发出了告别传统的信号。《青年艺术家的肖像》体现了新质的萌生,其中现实主义和现代主义的成分兼而有之。他的意识流长篇巨著《尤利西斯》无疑是一部现代主义的杰作,但其中依然顽强地流动着不少富有生命力的现实主义细胞。然而,在《芬尼根的苏醒》中,现实主义的成分已经微乎其微,现代主义开始被后现代主义所取代,无数令人难以捉摸的梦魇与幻觉以及各种有形无形、虚实难辨的东西像幽灵一般在茫茫夜空中飘然回荡。由此可见,乔伊斯对小说艺术的探索贯穿了其创作的全过程。他在既无先例,又无路标的情况下执着追求,大胆实验,为现代英语小说的发展开辟了新的方向。

二、乔伊斯的整个创作体现了从诗歌开始并且以小说的诗化而告终的过程。当我们翻阅他的最后一部小说《芬尼根的苏醒》时,我们不禁会想起他的处女作《室内乐》,对他早期的抒情诗记忆犹新。乔伊斯的小说往往体现了明显的仿诗效果。在《都柏林人》的压轴篇《死者》中,作者采用了诗歌般的、具有优美旋律的语言来描绘主人公加布里埃尔的"精神顿悟"。《青年艺术家的肖像》因其自传内容的主观性也大量采用了抒情诗的笔法。在小说的最后两章中,作者的语言风格不断升华,优美典雅、富于形象化,越来越显示出诗歌化的倾向。尤其当小说进入高潮时,主人公情绪激昂,奔向海滩拥抱大海的一幕体现出浓郁的诗意。在《尤利西斯》中,乔伊斯叙述笔法的诗化现象更趋明显,小说的仿诗效果也更为强烈。作者往往凭借诗歌的修辞手段来表现人物的精神世界。他的意识流语体句子结构简单,词汇颠倒错置,注重音韵与节奏的艺术效果。例如,斯蒂芬在森迪蒙特海滩踯躅徘徊时的内心独白(如按诗歌的格式排列)简直就像一首无可挑剔的自由诗。作者在叙述笔法上的诗歌化倾向在《芬尼根的苏醒》中得到了进一步的施展。他采用了一种人类语言史上绝无仅有的"梦语",通过对英语词汇的重新组合创造出无数新的词汇,并利用这些词汇的特殊音质和音韵来渲染人物的梦幻意识。诗歌中常见的头韵、拟声、谐音、和音及联觉等修辞手段在《芬尼根的苏醒》中屡见不鲜,使作品产生了极强的音乐性和仿诗效果。难怪乔伊斯对友人说:"天知道我的小说写的是什么,但它却悦耳动听。"毫无疑问,乔伊斯小说的诗歌化倾向不仅丰富了作品的内涵,增强了艺术感染力,而且也充分体现了小说的内在统一与和谐。

三、乔伊斯的小说在文理叙事上呈现出不断朦胧化的过程。他的小说创作从相对清晰明朗的短篇小说集《都柏林人》开始,经过自传体实验小说《青年艺术家的肖像》和万花筒般的意识流巨著《尤利西斯》,最后以朦胧艰涩、难以卒读的梦幻小说《芬尼根的苏醒》而告终。他在文学实验的道路上义无反顾地勇往直前,将意识流小说推向高潮之后走向极端。他的小说不仅一部比一部成熟,而且一部比一部更加创新,并呈现出不断朦胧化的倾向。随着其小说实验的难度的进一步加大,乔伊斯在每一部小说上所花的时间也越来越多。这种朦胧化的现象既体现在小说的内容上,也反映在小说的形式和语言上。如果说,《尤利西斯》无情地修正了现代读者的审美意识和阅读习惯,那么,《芬尼根的苏醒》则肯定会使读者感到力不从心。"一个翻阅《芬尼根的苏醒》的读者无疑会发现这是他读过的最奇怪的一本书。"⑤应当指出,导致乔伊斯的小说不断朦胧化的倾向大致有两个原因。一是内因,即他本人在创作过程中审美意识的变化。作为一名彻底的现代主义者,乔伊斯似乎并不满足自己在《都柏林人》和《青年艺术家的肖像》中所取得的革新成果,从而加快了实验步伐,加大了对小说的改革力度。他仿佛认为,一部小说的成功与否一是取决于它的丰富内涵和象征意义,朦胧的作品似乎更能反映经验的复杂性和现实的不确定性。二是外因,即构成其小说创作的宏观背景的急剧变化。乔伊斯的长篇小说全都发表于两次世界大战期间。史无前例的浩劫与屠杀沉重地打击了资本主义世界,残酷地夺走了千百万人的生命,并且严重地摧残了亿万人的心灵。法西斯主义的日益猖獗和社会局势的不断恶化使整个西方世界处于极度混乱之中。这无疑为作者的小说创作提供了相适应的气候与土壤。因此,乔伊斯的小说在文理叙事上不断朦胧化的过程既有内因,又有外因,这不仅与他本人审美意识的变化密切相关,而且也是一个混乱时代的必然产物。

四、乔伊斯的小说创作体现了反映意识到语言实验的转变过程。这一过程既反映了乔伊斯小说艺术的走向,也与现代主义向后现代主义过渡的发展轨迹十分吻合。自从他放弃当诗人的念头而改写小说的那一刻起,乔伊斯便对人的精神世界产生了浓厚的兴趣。他在《都柏林人》中用自然主义和象征主义的手法表现了形形色色的人物的"精神顿悟"之后,便将创作的焦点完全转向了人物的意识领域。在《青年艺术家的肖像》和《尤利西斯》中,他运用了一系列现代主义的创作技巧来表现人们稍纵即逝、错综复杂的意识活动,深刻反映了在严重异化的社会中备受压抑与伤害的"自我"。尽管乔伊斯并不是第一个将意识流作为小说题材加以表现的作家,但他无疑是西方文坛最优秀、最具有独创精神的意识流小说家。

然而引人注目的是,他在创作后期出人意料地转向了语言实验。在创作
《芬尼根的苏醒》的十七个春秋中,乔伊斯热衷于开发语言的符号和代码
功能,醉心于探索新的语言艺术,向世人发出了现代主义朝后现代主义过
渡的信号。正如著名乔学专家艾尔曼所说:在他后期的作品中,乔伊斯
"迫使现代文学接受一种新的艺术领域和新的语言"。由此可见,在现代
西方小说史上,乔伊斯曾经凭借《尤利西斯》和《芬尼根的苏醒》先后两次
掀起小说革新的浪潮,为同时代的作家开辟了发展英语小说艺术的新
途径。

乔伊斯的小说艺术代表了 20 世纪上半叶一种主张脱离经典和传统
表达方法而追求违时绝俗、标新立异的创作风格的艺术观。这种艺术观
不受任何现存标准或固有模式的束缚,而是按照自己独特的美学原则来
反映现代经验,置现实于想象之中,不断将小说艺术推向深奥、微妙和新
奇的领域。随着现代主义运动的不断深入与发展,乔伊斯的小说艺术在
西方文坛逐渐成为一种无形的、高度自觉的艺术风格。显然,它既有健
康、合理的一面,也有离谱、灾变性的一面。但就总体而言,它对现代世界
文学的繁荣与发展起到了积极的促进作用。

综观乔伊斯的小说创作,其艺术形式大致体现了以下三个原则。

一、乔伊斯的小说创造性地运用了时间、意识和技巧三位一体的艺术
原则。自从步入文坛以后,乔伊斯刻意将对时间的处理、对意识的表现和
对技巧的创新作为其小说实验的兴奋点和突破口。在处理时间问题上,
他遵循了柏格森的"心理时间"学说,毅然摆脱了长期以来钟表时间对小
说的影响,大胆地采用了以一日为框架或以一夜为布局的小说模式。此
外,他在意识流小说中经常将时间颠倒或重叠,用有限的时间展示无限的
空间,并成功地将人物几十年的复杂经历压缩在十几小时之内加以集中
表现。在表现意识方面,乔伊斯不仅独步一时,而且也为同时代的小说家
树立了榜样。他果断地潜入人物的精神领域,将他们最真实、最自然的意
识活动原原本本地展示在读者面前。这无疑是传统作家难以想象的,也
是他们望尘莫及的。而在创作技巧的革新上,乔伊斯充分体现了一个现
代主义者的实验精神和改革意识。他的艺术手法可谓光怪陆离,五花八
门,简直到了令人眼花缭乱的地步。"其作品中引起早期的读者最大兴趣
的是意识流技巧。"[⑥]"它无疑激励了 20 世纪富有创新精神的作家,并成为
小说的一种基本技巧。"[⑦]应当指出,时间、意识和技巧不仅构成了乔伊斯

小说改革中三位一体的艺术核心,而且也成为几乎所有现代主义作家所关注的焦点。就乔伊斯的小说而言,这三大要素是相辅相成的,对小说改革所起的作用可谓旗鼓相当,缺一不可。乔伊斯巧妙地驾驭了三者之间的关系并使其交织一体,产生强烈的艺术效果。

二、乔伊斯的小说充分体现了以小见大、以微观展示宏观的艺术原则。在长达四十年的文学生涯中,乔伊斯始终将创作焦点集中在他的家乡——都柏林,一座当时在欧洲大都市行列中微不足道而且具有狭隘的地方观念的普通城市。他不厌其烦地描绘那里的街道、学校、商店、酒吧、旅馆、教堂、公园和妓院等,并深刻地揭示都柏林人的孤独感和异化感。显然,都柏林构成了乔伊斯全部小说唯一的创作背景。就此而论,他可算是一位"乡土文学"作家。然而,乔伊斯以小见大,用都柏林的微观世界来反映西方资本主义的宏观世界,使都柏林成为整个欧洲大陆的精神危机和严酷现实的一个缩影。正如乔伊斯本人所说:"我之所以选择都柏林为背景因为我觉得这座城市是瘫痪的中心。"⑧在乔伊斯的小说中,另一个重要的微观世界是家庭。作者高度集中地描绘普通家庭中的婚姻关系和人际关系以取得微言大义的效果。例如,短篇小说《一朵浮云》中的小钱德勒和《死者》中的加布里埃尔家庭,以及长篇小说《青年艺术家的肖像》中的迪德勒斯、《尤利西斯》中的布鲁姆和《芬尼根的苏醒》中的伊厄威克家庭,他们的困境与危机不仅是个别的或私人的现象,而且是普通都柏林人乃至广大西方现代人的真实写照。乔伊斯表现微观世界的技巧体现了精微和高度集中的艺术特征,其描写手法是如此的细致、具体和生动,从而使都柏林的生活及其笔下的每个家庭的境况一览无余。然而,这种如同显微镜般的表现手法随即获得了放大镜般的艺术效果,以小见大,引申出广泛的象征意义。

三、乔伊斯的小说体现了形式与内容相统一的原则。一般来说,作品的艺术形式与其所表现的内容相吻合是一部小说获得成功的重要条件。乔伊斯在创作中紧紧抓住面临严重精神危机的病态的"自我",以透视的方式竭力表现人物的意识活动。由于人物在危机四伏和荒诞不经的社会环境中往往会产生孤独感、焦虑感和绝望心理,其思维与言行也往往显得混乱无序乃至不可思议,因此,传统的艺术手法对此已力不从心。乔伊斯通过大胆实践创造了与现代小说这一基本内容相适应的艺术形式。在结构上,他改变了传统小说戏剧化的特征,极力淡化小说的情节。在他看来,现代小说所表现的内容已经发生了质变,如采用传统的谋篇布局方式显然不合时宜,且无法唤起读者的真实感受。于是,他遵循"完整、和谐与辐射"的美学原则,努力使小说从内部结构到外部形式达到一种完美的静态平衡。此外,他巧妙地按照荷马史诗《奥德赛》和维科的历史循环论来设计《尤利西斯》和《芬尼根的苏醒》的框架结构,不仅取得了良好的艺术效果,而且也为现代小说家谋篇布局提供了新的思路。在语言上,乔伊斯同样大胆实验,勇于创新。他采用了一种符合人物心理特点,与其意识活动相适应的小说语体来揭示他们的精神世界。为了反映意识活动的真实性和自然性,他时而采用自由松散、支离破碎、残缺不全乃至表层结构混乱无序的短句、单句或单部句,时而采用飘忽不定、朦胧晦涩或毫无停顿而又不见标点的意识流语体,充分体现了形式与内容相统一的原则。当然,以恰当的形式来表现内容,使形式与内容协调一致并非乔伊斯的专利,而是任何一位试图有所作为的艺术家孜孜不倦追求的目标。然而,在乔伊斯的小说中,形式与内容的和谐与统一不仅达到了相当完美的艺术境地,而且还充分体现了作者勇敢的革新精神和独特的审美意识。

应当指出,乔伊斯的小说艺术是西方社会急速现代化、科学技术突飞猛进和文学艺术革故鼎新的转型期的产物。它既体现了乔伊斯本人的创作智慧和艺术胆略,也反映了整个现代主义文学的创作潜力和艺术水准。乔伊斯的四部小说虽然都以都柏林为背景,且塑造的人物也属于 20 世纪初的中产阶级,但它们的结构形式和语言风格却迥然不同。尽管每一部小说都体现了作者的革新精神,但其改革的力度和实验的结果却不可相提并论。当我们仔细考察和比较乔伊斯的四部小说时,我们也许会发现,它们之间在艺术上既有延续性,又有中断性。所谓延续性,是指他的四部小说不仅在主题和背景上具有统一性(包括某些人物在不同的作品中重复出现的现象),而且一部小说一个艺术台阶,其难度步步递增,内涵越来越丰富。这便是乔伊斯小说的延续性。所谓中断性,是指他的四部小说在艺术风格上大相径庭。他几乎在每一部作品中都采用多种(而不是一种)新的艺术风格。例如,在《都柏林人》中,《阿拉比》《一朵浮云》和《死者》的艺术风格不尽相同;《青年艺术家的肖像》的五章和《尤利西斯》的十八章在艺术风格上也相去甚远;而《芬尼根的苏醒》则与前三部作品毫无雷同之处。正如乔伊斯的好友、著名现代派作家贝克特在《芬尼根的苏醒》发表两年之后写的一首离合诗(acrostic)中所说:乔伊斯的小说体现了一种"美妙的无形风格"（the Sweet noo Style）⑨。一位西方批评家指出，"乔伊斯风格的新颖之处在于它的'无形'（no-ness）和小说艺术的中断性，人们无法从中追溯一种特定的风格"⑩。事实上，乔伊斯的小说风格是复合型和多元化的，人们无法确定究竟《尤利西斯》中的哪一章代表了乔伊斯的艺术风格，更无法像模仿伍尔夫或劳伦斯的艺术风格那样来模仿乔伊斯。在1919年7月20日写给资助人维弗女士的一封信中，乔伊斯称自己的艺术风格具有某种"烧焦的效果"（the scorching effect）：

> 对于我有些迷信的头脑来说，"烧焦"一词颇有意义，这不是因为涉及写作本身的质量或优点，而是因为一部小说的进展其实像一种喷沙过程……衔尾相随的每一章在运用某种艺术文化（包括修辞、音乐或辩证法）的同时，往往在其后面留下一片烧焦的土地。⑪

显然，在乔伊斯看来，小说的艺术风格只能发展或创新而不能保留或重复。因此，他的艺术风格往往是发展一种便随之"烧焦"一种，不断将创作实践和文学批评抛入"废墟"。难怪他在撰写《芬尼根的苏醒》时曾有意问别人是谁创作了《尤利西斯》。不言而喻，正是这种艺术上的延续性和中断性才使乔伊斯的小说不同凡响，耐人寻味。

此外，乔伊斯的小说艺术充分体现了一种"含糊策略"（a strategy of hesitation）。作为反映"道德瘫痪"的文学作品，他的小说文本往往拒绝我们下任何确切的定义，也不允许我们轻易掌握其真正的内涵。事实上，这种"含糊策略"从他的短篇小说集《都柏林人》开始便已存在，并且一脉相承，贯穿始终。在他的短篇小说中，人物的"精神顿悟"不是一个语言碎片，而是对"道德瘫痪"的反映。然而，乔伊斯并没有对"精神顿悟"进行过多的点缀或说明，而是点到为止，从容收笔，从而使人物这种"猝然的心领神会"显示出某种含糊性、开放性和包容性，并给读者留下了极大的想象空间。在《青年艺术家的肖像》中，乔伊斯仿佛为小说的意义盖上了一层薄纱，从而使他的叙述朦胧地、含糊地展开。主人公斯蒂芬在"道德瘫痪"的环境中似乎既没有确切的位置，也没有简单的现实可言。作者的"含糊策略"将主人公置于"位置"和"无位置"之间，把他从一个场面带到另一个场面，使他"白天黑夜出没于外部世界各种扭曲的形象之中"（p.99）。不言而喻，这种含糊和朦胧的叙述笔法使小说产生了强烈的艺术效果。长篇意识流小说《尤利西斯》进一步体现了作者的"含糊策略"。这部作品仿佛建立在无数彼此关联、互相渗透的朦胧的片段之上。这些片段"含糊地"交织一体,构成了整部作品的内涵。《尤利西斯》以一种无休止的叙述笔法几乎跨越了所有小说形式的界线,时而将各种形式交替并置,时而打乱它们固有的秩序,使布鲁姆和斯蒂芬从早晨到深夜的活动在一种"意义分离"(disengagement from sense)的过程中进行。读者只有了解整部小说的内涵才能真正领会每一个具体片段的含义。乔伊斯的"含糊策略"在《芬尼根的苏醒》中达到了无以复加的地步。他的"词汇新艺术"使 letter变成 litter,使 literature 变成 litterature(FW, p.114),而主人公伊厄威克的姓名缩写 HCE 的顺序颠倒过来则一度代表了 *eternal Chimera hunter*(p.107)。《芬尼根的苏醒》的每一句话几乎都可能引发新的意义。这种语言艺术的"含糊"程度也就不言而喻了。然而,乔伊斯的"含糊策略"绝不是为实验而实验,也不是为了愚弄读者,而是为了使其小说展示一种对"道德瘫痪"的否定效果。

　　在乔伊斯的小说中,另一个引人注目的艺术手法是"异质材料的组合"(assemblage of heterogeneous material)。乔伊斯毅然摈弃了长期以来人们对小说材料必须稳定和统一的认同原则,将取自各种渠道的截然不同的材料引入自己的小说,使语境成为多种借用材料的"组合"。乔伊斯曾在 1931 年对友人说:"如果后人将我视作一个爱用剪刀和糨糊的人,我便心满意足了,因为这在我看来是一种不客气的但绝非不公正的描述。"⑫显然,他是指自己在《尤利西斯》和《芬尼根的苏醒》中所采用的一种"组合"手法。乔伊斯的一位好友在他关于《尤利西斯》的一部著作中写道:

　　　　我看见他(乔伊斯)在几个小时中收集了许多最奇怪的材料:一部模仿《杰克建造的房屋》的讽刺作品、一种毒药的名称及作用、在教练船上用笞杖打孩子的方法、一句犹豫不决地停顿下来的乏味而未完成的句子、一个爱吃喝交际的人将自己的眼镜片朝里翻的神经质般的动作、一个在瑞士杂耍剧场中用瑞士方言说的具有双关意义的笑话……⑬

同样,在创作《芬尼根的苏醒》时,乔伊斯在信中向他的资助人维弗女士透露:

　　　　我为了写目前这一片段正在使用许多书,其中包括玛丽·科里、斯维登堡、圣·托马斯、《苏旦战争》、印度流浪者、《英国法律制度下的妇女》、关于圣·海伦娜的描述、弗拉马里翁的《世界末日》,还有关于几十种来自德国、法

国、英国和意大利的边唱边玩的游戏的书……⑭

应当指出,这些"异质材料"本身对乔伊斯小说意义的统一性和稳定性并无多少价值。"在教练船上用笞杖打孩子的方法"与"瑞士杂耍剧场中的笑话"之间并无联系,而《英国法律制度下的妇女》与《世界末日》两本书之间也毫不相干。它们的价值在于一种置换性,即作者在无休止地操纵各种对应关系的过程中巧妙地消除了这些"异质材料"之间的距离,并成功地将一种材料"置换"成另一种与小说主题相关的材料。在《尤利西斯》和《芬尼根的苏醒》中,正如一种语境无法阻止其本身产生多种意义的可能性一样,作者的叙述也没有阻止"异质材料"的表意功能和象征作用。从某种意义上来说,"异质材料的组合"所产生的异质性和多相性使乔伊斯的小说获得了一种内在的、深层次的统一性。

不仅如此,乔伊斯对神话的使用也为其小说增添了极强的艺术感染力。同传统作家一样,他也热衷于凭借神话典故来衬托小说的主题。早在短篇小说《死者》中,乔伊斯便引用了《圣经》中的题材。在《青年艺术家的肖像》中,他借用了古希腊神话中有关能工巧匠迪德勒斯的传说来影射主人公的形象。他的意识流长篇小说《尤利西斯》不仅以荷马史诗《奥德赛》中的英雄的名字作为小说的书名,而且还使作品在结构上与古希腊神话中的英雄传奇般的故事情节对应起来,借古讽今,取得了强烈的反衬效果。同样,在《芬尼根的苏醒》中,乔伊斯将维科的神话体系作为一种艺术框架,在此基础上编织一个现代神话。从某种意义上来说,《芬尼根的苏醒》涉及的不是一个神话,也不是一组神话,而几乎是人类各种文化体系中的大部分神话。由此可见,神话的运用是乔伊斯小说艺术的重要组成部分,是他用来探索现实的有效手段,也是他对混乱的材料加以系统化的一种机制。正如著名诗人艾略特所说:"这完全是一种调控的方法,建立秩序的方法,或是一种能为严重的虚无和混乱(即当代历史)带来形式和意义的方法。"⑮美国诗人庞德也将乔伊斯这种神话与现实的对应手法视为"一种组建方式,被结果证明是合理的……其结果是形式的胜利"⑯。乔伊斯本人在谈及《芬尼根的苏醒》的创作时说:"当然,我也没有刻板地采纳维科的神话,我用他的循环学说作为一种格子构架(a trellis)。"⑰显然,乔伊斯不仅将神话作为创作源泉,而且将其视为一种支撑小说结构、烘托小说主题的逻辑。他在强调神话的象征意义的同时,还赋予其一种新的艺术功能。正如庞德所说,其结果给小说带来了"一种平衡,一种具有无休止的编织功能和阿拉伯式图案的基本纲要"[18]。

引人注目的是,乔伊斯的小说艺术几乎涵盖了 20 世纪上半叶在西方勃然兴起的各种新潮艺术和时髦理论。他的小说不仅与西方各种艺术思潮的发展息息相关,而且几乎成为现代主义最新理论和尖端技巧的实验场,其中运用得最活跃、最出色的莫过于印象主义、立方主义和结构主义创作手法。这些原本属于西方现代绘画艺术的表现手法在乔伊斯的小说中得到了成功的尝试,让同时代的小说家大开眼界,深受启迪。

印象主义是 19 世纪下半叶起源于欧洲并在资产阶级唯美主义和自然主义基础上形成的艺术风格,最初反映在绘画中,不久便渗透到戏剧领域。印象派艺术家摈弃了传统作品中常见的创作技巧和主题,追求表现人的自我感受与瞬间印象,并强调光、色、声、影、形的艺术功能及其对感官的刺激作用。乔伊斯是最早将印象主义艺术运用于小说创作的现代主义作家之一。在他的第一部长篇小说《青年艺术家的肖像》中,他以生动的笔触和丰富的形象表现了斯蒂芬在成长过程中变化多端的感官印象。这种印象主义的风格在《尤利西斯》中不但更加成熟与完善,而且为作者的意识流技巧提供了重要的基础。在第三章(普罗蒂尤斯)中,乔伊斯采用一系列鲜明的听觉和视觉形象生动地描绘了斯蒂芬独自在海滩徘徊时面对袭来的阵阵海浪所产生的感官印象。在此,作者的表现手法与他在《青年艺术家的肖像》中相比有了明显的发展。随后,乔伊斯的印象主义手法在布鲁姆身上也发挥得淋漓尽致。例如,在第十一章(塞壬)中,作者巧妙地采用一系列拟声词,按音乐作曲的方式将各种音韵别致、节奏强烈的词汇交织一体,以此来表现奥蒙德酒吧内的颓废气氛。而在第十三章(诺西卡)中,乔伊斯则以"肿胀"和"消肿"两种截然不同的语言风格来描绘布鲁姆独自坐在海滩上偷窥妙龄少女格蒂的内衣时离奇复杂的感受。作者的印象主义手法几乎贯穿了作品的全过程,且达到了炉火纯青的地步。如果说,印象派画家往往拒绝对客观物体的直接描绘,而强调物体的光、声、色、影、形在瞬间对人产生的特殊印象,那么,乔伊斯的印象主义叙述笔法则有意回避"照相机般"的、逼真的描写方式,而充分依赖形象和语言碎片的艺术功能。在运用印象主义手法时,乔伊斯成功地处理了局部(碎片)和整体(小说)之间的关系,不仅避免了无数支离破碎和纷乱复杂的印象主义片段可能对整部小说的和谐与统一带来的负面影响,而且使文理叙事上的印象主义色彩对烘托小说主题、渲染作品气氛起到了至关重要的作用。

其次,立方主义艺术手法也在乔伊斯的小说中得到了充分的展示。立方主义是 20 世纪初起源于法国巴黎的一个艺术流派,其代表人物是毕加索。立方主义画家不仅将人或物体分解成几何形或立方块,而且使其与背景融为一体,并通过对其重新组合多层次、多视角地折射出深刻的意义。立方主义画家大都以复杂的城市生活为背景,这与乔伊斯的创作焦点不谋而合。在西方文坛,除了一部分诗人曾一度热衷于创作立方主义诗歌之外,小说家采用这种艺术的寥寥无几。乔伊斯无疑看到了立方主义在小说中的艺术潜力。他在《尤利西斯》中大胆地尝试这种现代主义的艺术手法。例如,在第七章(伊奥勒斯)中,他别出心裁地用五花八门的粗黑体新闻标题、大量的省略句和删节的文字片段来折射都柏林的"道德瘫痪"。此外,他还在该章中有意采用纳尔逊纪念碑、印刷机和有轨电车等形象来反映资本主义的城市气息和机械文明,从而使这一章的每一页看上去就像一幅用毫不相干的图案和残片凑合而成的抽象派拼贴画(collage)。显然,乔伊斯这种创作技巧与毕加索在画中将人或物体分解成几何状或立方块的表现手法如出一辙,取得了同立方主义的画作十分相似的艺术效果。不言而喻,乔伊斯在打破传统小说的叙述常规的同时,创造性地运用了立方主义的美学原则,为现代小说重组时空秩序提供了一种新的方式。

此外,由立方主义派生出来的结构主义表现艺术也为乔伊斯的小说艺术注入了新的活力。结构主义艺术流派受到索绪尔(Ferdinand de Saussure, 1857—1913)的结构语言学和冯特(Wilhelm Wundt, 1832—1920)的构造心理学的影响从 1913 年起在俄国形成。当时乔伊斯正潜心创作长篇意识流小说《尤利西斯》。结构主义者排斥传统艺术的审美标准,通常以直线、圆形或长方形等各种形态来构筑所谓"没有表现对象"的抽象形体,对现代雕塑、绘画、文学、美术、音乐和语言学的发展曾产生一定的影响。瑞士著名心理学家、日内瓦心理学派创始人皮亚杰(Jean Piaget, 1896—1980)曾对结构做过这样的解释:"结构的概念包括三个主要观念,即完整、转换和自我调节。"[19]在皮亚杰看来,"完整"意味着各种成分应根据组合定律排列而不是随意拼凑;所谓"转换",是指结构的各部分应能够互相转换或替代;而所谓"自我调节",则是指结构内部应能像生命体那样自我修正或调节。从某种意义上来说,《尤利西斯》的结构刚好从三个方面体现了皮亚杰提出的上述三个观念:一、全书十八章不仅按照荷马史诗《奥德赛》的基本框架展开叙述,而且还完整地描绘了三个主要人物从早晨到深夜一天的生活经历和精神感受,并且使整部小说的结构获得了艺术上的和谐与统一。二、像转换生成语法用自身的规则描写语言那样,在《尤利西斯》的结构中,有些成分也可按某种规则互相转换或替代。例如,布鲁姆与尤利西斯以及斯蒂芬与布鲁姆夭折的儿子鲁迪之间在精神上或象征意义上的联系便体现了一种"转换"原则。三、全书的十八章虽然风格迥异,但每一章不仅有序可循,而且在完成其艺术职能的同时,自然地为下一章的叙述奠定了基础。整部小说就像一个有机的生命体一样在结构上具有某种自我调节的功能。

　　结构主义的艺术手法在《尤利西斯》的不少章节中时有体现。例如,第十四章(太阳神的牛)明显地建立在结构主义的运行机制之上。该章描述了布鲁姆到都柏林妇产科医院探望普福艾太太以及斯蒂芬与一群医科学生在那里高谈阔论的情景。该章的结构建立在六组叙述材料之上,其中两组分别表现了布鲁姆现在的活动和他对过去的凝思遐想;另外两组同样用以反映斯蒂芬的言行和意识流;而最后两组分别叙述了医科学生高谈阔论以及婴儿出生的情况。作者在每一组叙述材料中采用的语体都恰到好处。例如,他采用19世纪中叶狄更斯和卡莱尔的散文风格来描绘婴儿的出世,与生物种族发展的时代十分吻合。同样,该章结尾时那些喝得醉醺醺的医科学生的胡言乱语使作品在结构上出现了一种反映产后喧闹场面的语言的转换。引人注目的是,在"太阳神的牛"中,尽管历代英语语体的发展建立在一种按时间顺序排列的梯子形结构之上,但乔伊斯并没有因此而向读者展示一个直线形的故事情节。相反,他采用了各个时代的散文风格多视角地描绘了产科医院中的情景。这一章的语言大致体现了三条规则:一、所有事件采用一系列代表历代英语散文风格发展的喉舌来叙述;二、每一种喉舌与被叙述的事件相吻合;三、这些喉舌显然是对普遍公认的散文风格的讽刺性模仿。不言而喻,上述三条规则同结构语言学创始人索绪尔关于语言的共时性和历时性的理论在本质上是一致的。

　　综上所述,乔伊斯的小说艺术充分体现了他的创新能力和实验精神。他在文学革新的道路上独辟蹊径,以离经叛道、新颖独特的艺术形式来表现两次世界大战期间西方人的精神危机。他的小说不仅全面反映了现代主义文学的艺术特征,而且也展示出一种独特的美学体系。他的创作先后影响了现代主义与后现代主义两代作家,为西方现代文学的两次变革与转型起到了推波助澜的作用。显然,锲而不舍的革新精神、卓尔不群的创作才华以及无与伦比的艺术成就使乔伊斯无可争议地成为现代世界文学史上最杰出、最有影响的作家之一。

注释:

① Quoted from *James Joyce*, Richard Ellmann, Oxford University Press, New York, 1959, p.715

② Ibid., p.520

③ Ibid., p.730

④ Quoted from *Modernism / Postmodernism*, edited by Peter Brooker, Longman, London, 1992, p.9

⑤ *Joyce: The Man, the Work, the Reputation*, Marvin Magalaner and Richard M. Kain, New York University Press, New York, 1956, p.216

⑥ Ibid., p.153

⑦ Ibid., p.154

⑧ Quoted from *James Joyce*, A. Walton Litz, Princeton University, Twayne Publishers Inc., New York, 1966, p.48

⑨ Quoted from *James Joyce*, Richard Ellmann, 1959, p.714

⑩ *Post-Structuralist Joyce: Essays from the French*, edited by Derek Attridge and Daniel Ferrer, Cambridge University Press, London, 1984, p.33

⑪ *Letters of James Joyce*, edited by Stuart Gilbert, The Viking Press, New York, 1957, p.129

⑫ Ibid., p.297

⑬ *James Joyce and the Making of Ulysses*, Frank Budgen, Grayson, London, 1934, p.176

⑭ *Letters of James Joyce*, edited by Stuart Gilbert, p.302

⑮ Quoted from *James Joyce*, A. Walton Litz, p.81

⑯ Quoted from *Post-Structuralist Joyce: Essays from the French*, Ezra Pound, edited by Derek Attridge and Daniel Ferrer, p.47

⑰ Ibid., p.48

⑱ Ibid., p.47

⑲ Quoted from *In Search of James Joyce*, Robert Scholes, University of Illinois Press, Chicago, 1992, p.123

第十二章

乔伊斯批评史概述

> 乔伊斯先生是精神主义者。他不惜任何代价来揭示内心火焰的闪光……将一切在他看来是外来的因素统统抛弃。[①]
>
> —— 伍尔夫

> 乔伊斯的一生,从表面上看,似乎总是漂泊不定、颠沛流离。但它的根本意义,同他的作品一样,在于一种坚定不移的目标。他凭自己的才华写出了他的作品,并以同样的才华迫使全世界阅读他的作品。[②]
>
> —— 艾尔曼

> 虽然世界上对乔伊斯的看法因人而异,但我个人认为,他要为"我的祖国的精神解放"而写出"我的一章道德史"的理想是高尚的,他那独辟蹊径为文学创新而进行的艰苦实验,是不可一笔抹煞的。[③]
>
> —— 夏　衍

乔伊斯是现代世界文坛的一位罕见的艺术天才。自从他步入文坛那天起,他便以革新者和先锋派的面貌出现,在欧洲大陆独步一时,以惊世骇俗的实验主义精神导演了一场前所未有的文学革命。尽管乔伊斯的小说因手法新颖、形式奇特、语言晦涩而常常使读者感到困惑不解,但敏感的读者会从中察觉到一种只有伟大的史诗才能拥有的异常的魅力。不言而喻,理解乔伊斯、研究乔伊斯是一种无休止的探索。在现代西方文坛上,像乔伊斯那样取得如此巨大的艺术成就的作家屈指可数。然而,像他那样遭到如此多的褒贬和毁誉的作家则并不多见。从某种意义上来说,20 世纪的乔伊斯批评不仅客观地反映了乔学家们仁者见仁、智者见智的过程,而且也充分展示了现实主义与现代主义之间的冲突与纷争。

通常,文学批评旨在评价作家的创作思想及其文本的主题、结构、语言和风格,并向读者揭示其美学价值和社会意义。乔伊斯批评自然也不例外。然而,随着历史的发展和社会的演变,批评家们对乔伊斯小说的认识与态度也发生了极大的变化。读者不难发现,一百年前的乔伊斯批评同 20 世纪末有关他的文论及专著之间已不可同日而语。由于历史的局限性,早期的批评家所持的许多观点在今天看来已经不可靠、不正确或不足取了。不过,今天的乔学是在昔日乔伊斯批评的基础上发展起来的。尽管早期的批评家发表的某些观点已经过时,但其中也不乏真知灼见,对今天的读者依然具有重要的参考价值。

乔伊斯的创作大约可追溯到 1900 年,但乔伊斯批评则在 1914 年(即《都柏林人》问世的那一年)才萌生。在这之前他发表的一些文章和诗歌似乎并未引起评论界的多大关注。批评家们对乔伊斯的短篇小说集《都柏林人》的态度褒贬不一、毁誉参半。一些对这部作品持否定态度的评论家大都认为这些短篇"简单""笨拙"或"狭隘"。当时,由于短篇小说在爱尔兰和英国尚处于发展的初级阶段,19 世纪的现实主义长篇小说依然受到人们的青睐,因此,爱尔兰和英国的读者不像俄国和法国的读者那样爱读短篇小说。就《都柏林人》而言:"没有人指责其更为激进的象征主义内容,那是因为没有人发现它的存在。不过,当乔伊斯与现代短篇小说的关系确立之后,这种深奥的内容才更加有效地得到评价。"④ 在早期的评论家中,对《都柏林人》持肯定态度的也大有人在。1914 年 6 月,一位名叫杰拉德·古尔德的批评家在《新政治家》杂志上撰文指出:乔伊斯是"一位具有独创精神和成熟见解的天才人物"⑤。美国著名诗人庞德无疑对早期的乔伊斯批评产生了重要的影响。他在《自我》杂志上对《都柏林人》大加赞赏。他指出,乔伊斯"既没有转向伤感或幻想,也没有转向滑稽或恐怖,他写得真实,并且避免对你说你不想知道的东西"⑥。庞德还为《青年艺术家的肖像》的出版四处奔走,并通过《小评论》杂志开始向美国读者介绍和宣传乔伊斯的小说。

《青年艺术家的肖像》的问世为乔伊斯批评增添了新的内容,同时也使其更趋活跃。令那些胆小怕事的英国出版商感到惊讶的是,《青年艺术家的肖像》一开始便在评论界获得了较好的评价。一位意大利批评家将乔伊斯视为"一名具有新形式和新目标的作家,这使他的小说成为新艺术的第一道曙光"⑦。一些批评家认为,乔伊斯具有"非凡的艺术才华","他的独创几乎令人倾倒。这部作品会引人注目地出现在任何国家的任何一份当代小说的书单上"[⑧]。当然,也有一些批评家对"乔伊斯坚持走自然主义的叛逆道路感到伤心,然而他们不得不承认他具有不容置疑的艺术魅力"[⑨]。由于他们中间有些人并不知道乔伊斯的创作意图,因此,在他们看来,这部小说"基本上毫无意义"。此外,有些评论家则抱怨"乔伊斯对都柏林好的一面一无所知"[⑩]。不过,就总体而言,《青年艺术家的肖像》比《都柏林人》获得了更多的赞誉。在不少评论家看来,《青年艺术家的肖像》的价值不仅在于其对人物心理描写的真实与坦率,而且还在于其"新的词汇"和"新的风格"。庞德高度赞扬了乔伊斯的风格,认为它是"当代英语中离福楼拜最近的风格"。同样,著名现代派诗人艾略特将《青年艺术家的肖像》视为"过去三年中对英语文学最重要的贡献"。显然,在第一次世界大战期间,乔伊斯在沸沸扬扬的褒贬声中已经崭露头角。

　　在乔伊斯批评史上,20年代无疑是最富戏剧性的一个阶段,同时也是决定乔伊斯在现代西方文坛地位的最关键时期。意识流长篇巨著始终"处于酣战之中"(in thick of the fight)。首先包括作家和评论家在内的许多读者对《尤利西斯》的内容感到困惑不解。例如,当初正在创作《达罗卫夫人》的英国女作家伍尔夫对《尤利西斯》许多现在看来是极为简单的问题一筹莫展。她不仅无法弄清布鲁姆与斯蒂芬之间的关系,甚至还将广告经纪人布鲁姆误认为是报社编辑。今天,我们也许会觉得伍尔夫当初的困惑十分有趣,但我们不能忘记那是她在缺乏参考材料和作品指南的情况下对原著作出的最初反应。其次,不少评论家对乔伊斯采用的意识流技巧的科学性提出了质疑。例如:语言文学究竟能否确切、真实地表现人的意识? 用衔尾相随的句子来描绘错综复杂的意识是否可靠? 内心独白与第三人称叙述不加说明地混在一起是否合理? 这些都是当时评论家们争议的热点问题。然而,更多的批评家则对乔伊斯的意识流技巧表现出更为宽容的态度,对所谓的科学性与合理性不以为然。在他们看来,艺术毕竟不是科学。不管怎样,乔伊斯的技巧深入探索了人物神秘的精神世界,大胆地表现了距离人类的语言最遥远的意识领域和纯属私人的最朦胧的感官印象。

　　引人注目的是,20年代活跃在文坛上的许多作家纷纷对《尤利西斯》作出了强烈的反应。不言而喻,他们的观点因人而异,且互相矛盾,但大致可归纳为现实主义、现代主义或两者兼而有之三种不同的审美观念。

事实证明,现实主义作家大都对《尤利西斯》持否定态度。英国小说家贝内特也许是最早谴责《尤利西斯》的文坛名流之一。他对这部小说将所有事件安排在"几乎是最乏味的一天"之内描述的手法提出质疑。他认为,"只要有足够的时间、纸张、幼稚的念头和固执的脾气,谁都可以写出这样的书"[11]。他指责乔伊斯晦涩的文本未能将"文学通常的优点"传递给大众。贝内特在他的文章中以一个刚镇压了一次农民起义的将军的口气将乔伊斯数落了一番。同样,英国小说家威尔斯也对《尤利西斯》的内容十分反感,并嘲笑它的作者是一个"迷恋厕所"的人[12]。而赫胥黎则认为《尤利西斯》中除了一堆"废渣和卷心菜"一般的引语之外别无他物。然而,也有不少作家对《尤利西斯》采取了较为客观的态度,既没有赞扬之心,也没有中伤之意,而是坦率地表达了自己的真实感受。英国现代小说家福斯特不无感慨地说:

> 乔伊斯的作品我读得越多,就越觉得他是个天才。我决不会欣赏他,我想我决不会试着这么做。但每当阅读他的作品时,我便感到自惭形秽[13]。

同样,美国现代作家菲茨杰拉德表示,阅读《尤利西斯》不仅使他产生"一种空虚、惨淡的感觉",而且也使他"对自己的渺小而大吃一惊"。但他同时认为"乔伊斯的拼写非常糟糕"。当然,像福斯特和菲茨杰拉德那样对乔伊斯毁誉参半的作家还大有人在,如叶芝、萧伯纳和曼斯菲尔德等。不过,具有革新思想的现代主义作家大都给予了《尤利西斯》高度的评价和充分的肯定。英国现代女作家伍尔夫极为赞赏乔伊斯"偏重精神"的创作手法,认为《尤利西斯》的结构与技巧别具一格,并称乔伊斯是"青年作家中的佼佼者"[14]。著名诗人艾略特对《尤利西斯》发表了十分中肯的见解:"这部小说是对当今时代最重要的反映。它是一部人人都能从中得到启示而又无法回避的作品。"[15]以现代主义的代言人著称的美国诗人庞德再次为乔伊斯的文学实验鸣锣开道。他认为乔伊斯"成功地将一大堆东西嘲弄了一番",他的小说是一部表现"愚蠢"和"病态心理"的百科全书。庞德称乔伊斯的与众不同之处是像福楼拜那样对整个世纪的文学提出了挑战。

在二三十年代,乔伊斯批评异常活跃,并初具规模。在一系列研究乔伊斯的文论和著作中,美国评论家戈尔曼(Herbert Gorman)的《詹姆斯·乔伊斯:最初四十年》(*James Joyce: The First Forty Years*, 1924)也许是最早一部系统研究乔伊斯的专著。尽管戈尔曼未能在理论上获得新的突破,但他向读者提供了许多颇有价值的信息。随后,《詹姆斯·乔伊斯的"尤利西斯"解析》(*A Key to James Joyce's Ulysses*, 1927, by Paul Jordan Smith)、《詹姆斯·乔伊斯与普通读者》(*James Joyce, and the Plain Reader*, 1932, by Charles Duff)以及《詹姆斯·乔伊斯》(*James Joyce*, 1933, by Louis Golding)等著作相继问世。由于历史的局限性,这些著作大都是介绍性的,且观点大相径庭,但其中也不时闪烁出作者智慧的火花。30年代初,著名文学批评家埃德蒙·威尔逊(Edmund Wilson)在他的重要著作《阿克瑟的城堡》(*Axel's Castle*, 1931)中对《尤利西斯》作了极为精彩的介绍,在文学评论界引起了强烈的反响。此外,吉尔伯特·斯图亚特(Gilbert Stuart)的《詹姆斯·乔伊斯的〈尤利西斯〉》(*James Joyce's Ulysses*, 1931)和弗兰克·伯金(Frank Budgen)的《詹姆斯·乔伊斯和〈尤利西斯〉的创作》(*James Joyce and the Making of "Ulysses"*, 1934)均对《尤利西斯》作了详细的介绍、深入的探讨和透辟的分析。这两部评论专著不仅反映了30年代乔伊斯批评的重要成果,而且对第二次世界大战之后的乔伊斯研究产生了深刻的影响。

　　20世纪40年代,随着《芬尼根的苏醒》的问世、作者的去世以及第二次世界大战的爆发,乔伊斯批评步入了低潮。其间,最重要的著作也许是乔学家哈里·莱温(Harry Levin)发表的《詹姆斯·乔伊斯:批评性介绍》(*James Joyce: A Critical Introduction*, 1941)一书。作者不仅对乔伊斯的小说作了详细的介绍和透辟的分析,而且还颇有说服力地将他视作欧洲整个现代主义思潮的核心人物,从而使乔伊斯在学术界进一步得到肯定与尊敬。然而,正当评论家们在对《尤利西斯》进行了长达二十年的讨论后开始取得某些共识时,他们对乔伊斯的最后一部"怪作"《芬尼根的苏醒》又展开了激烈的争论。此刻,一些原本对《尤利西斯》抱有偏见的评论家变本加厉地抨击作者异乎寻常的创作手法。他们称《芬尼根的苏醒》为世上"最大的文学玩笑",并称乔伊斯为"精神上的隐居者"。而一些态度较为温和的批评家则认为,《芬尼根的苏醒》向人们展示的东西太多却又太少。对于那些热衷于探索形象、引喻、谜语或模式的人来说,《芬尼根的苏醒》也许真能使他们"忙上三百年"。但对那些试图寻找故事情节、圆形人物、叙述的统一性或道德启示的人来说,《芬尼根的苏醒》无疑会使他们大失所望。包括庞德、艾略特以及乔伊斯的许多朋友在内的原先为《尤利西斯》摇旗呐喊者现在对《芬尼根的苏醒》也出言谨慎,或守口如瓶。由于人们一时无法找到可靠的解读方法和理论依据,《芬尼根的苏醒》在 40 年代不仅遭到了广大读者的冷落,而且也使大多数批评家望而生畏。然而,一些立志献身于"乔伊斯工业"的忠实学子却在含辛茹苦、孜孜不倦地研究《芬尼根的苏醒》,不厌其烦地为读者解疑、注释和提供各种阅读指南或词语索引。其中坎贝尔(Joseph Campbell)和鲁宾逊(Henry Morton Robinson)两位学者于 1944 年在美国出版的《〈芬尼根的苏醒〉的万能钥匙》(A Skeleton Key to "Finnegans Wake")最为引人注目。这本对整部小说逐页进行解释的不可多得的阅读指南不仅首次撩开了《芬尼根的苏醒》神秘的面纱,而且是对《芬尼根的苏醒》的"一种有力的重组行为",因而对乔伊斯批评的发展产生了一定的促进作用。然而,有趣的是,当美、英、法、德和意大利等国的一些学者正试图将乔伊斯列为文学经典作家之际,在爱尔兰却出现了不少冷嘲热讽者。例如,小说家奥康纳(Frank O'Conner)对乔伊斯"没完没了的技巧革新"颇有微词。他认为"乔伊斯在处理小说材料时与其说像艺术家,倒不如说像大学教授,因此他只是为那些能终生研究其文本的博士们在写作"[16]。就总体而言,《芬尼根的苏醒》是 20 世纪 40 年代乔伊斯批评所关注的焦点。但由于战争的原因,这一时期有关乔伊斯的研究成果在数量和质量上同其他时期相比均稍逊一筹。

20 世纪 50 年代是乔伊斯批评史上极为重要的一个时期。经过了三十年的争鸣与论战,人们对乔伊斯的评价已基本稳定,他作为西方现代主义的核心人物和经典作家的地位已不容置疑。战后日益强大的媒体和批评机器进一步扩大了乔伊斯的影响,使其名声大振。其间,《乔伊斯书信集》(Letters of James Joyce, 1957)和《乔伊斯文论集》(The Critical Writings of James Joyce, 1959)相继出版,使评论家获得了深入研究乔伊斯的珍贵资料。与此同时,乔伊斯批评发展迅猛,不少新成果竞相问世,其中包括《都柏林的乔伊斯》(Dublin's Joyce, 1956, by Hugh Kenner)、《乔伊斯:人格、作品和声誉》(Joyce: The Man, the Work, the Reputation, 1956, by Marvin Magalaner and Richard Kain)以及《乔伊斯和阿奎那》(Joyce and Aquinas, 1957, by William T. Noon)等重要著作。它们从不同的角度深入探讨了乔伊斯的创作思想、小说艺术和美学价值,并充分肯定了他在推动现代小说发展的过程中所起的积极作用。此外,乔伊斯的弟弟斯坦尼斯勒斯的传记作品《我哥哥的看护人》(My Brother's Keeper,

1958）生动地记载了乔伊斯青年时代的生活经历,向读者提供了许多鲜为人知的事实。尤为引人注目的是,牛津大学英国文学教授理查德·艾尔曼于 1959 年发表了长达八百多页的著名文学传记《詹姆斯·乔伊斯》,首次从人文主义的角度全面、系统地介绍了乔伊斯的生活经历和创作道路。艾尔曼教授的传记在文学评论界和广大读者中引起了强烈的反响,被认为是 20 世纪最优秀的文学传记之一,并荣获 1959 年美国“国家图书奖”。总之,50 年代是乔伊斯研究硕果累累的年代,也是乔伊斯的地位更加巩固的年代。

　　20 世纪 60 年代无疑是乔伊斯批评史上最重要的时期。当时,各国的批评机器似乎全部开足马力,而乔伊斯的名字也几乎传遍欧美大陆。1962 年,双月刊《“苏醒”札记》(*A Wake Newslitter*)在澳大利亚纽卡斯尔大学问世。1963 年,《詹姆斯·乔伊斯季刊》(*The James Joyce Quarterly*)在美国塔尔萨大学开始出版。与此同时,《“苏醒”通讯》(*A Wake Newsletter*)也在英国埃塞克斯大学诞生。这三本专门研究乔伊斯的文学刊物发表了一系列最新的研究成果,为促进乔伊斯批评的发展起到了十分积极的作用。1967 年,“乔伊斯基金会”(James Joyce Foundation)在美国宣告成立,使不少乔学专家从事研究工作和学术活动获得了必要的经济资助。此外,西方一些国家先后举行了不同规模的乔伊斯学术研讨会,进一步扩大了乔伊斯在广大读者中的影响。不仅如此,《芬尼根的苏醒》的研究在 60 年代有了新的突破,其中较为引人注目的是《〈芬尼根的苏醒〉词语索引》(*The Concordance to Finnegans Wake*, 1963)和廷德尔的《〈芬尼根的苏醒〉导读》(*A Reader's Guide to Finnegans Wake*, 1969)等。应当指出,乔伊斯批评在 60 年代的迅猛发展主要得益于美国学者的热情参与和积极投入。事实证明,大部分有关乔伊斯的学术交流和研讨活动是在美国进行的。从某种意义上来说,当时乔伊斯在美国比在英国或爱尔兰似乎更加引人关注。但与此同时,苏联的一些学者由于受“左”倾思潮的影响对乔伊斯的小说进行了严厉的批评。他们虽肯定乔伊斯的艺术才华,却并没有对其作品的社会意义和历史价值作出客观的评判,有的甚至干脆将其排在“颓废作家”或“虚无主义者”之列。尽管如此,乔伊斯的艺术成就在 60 年代已经获得了普遍的认同。此刻,他的文学地位与 20 年代相比已不可同日而语。

　　20 世纪七八十年代,乔伊斯批评呈现出更加专业化和国际化的倾向。

如果说,二三十年代的批评家大都热衷于对乔伊斯的小说作宏观描述或全面介绍,那么,七八十年代的批评家则更加注重对其小说的内涵、结构、语言和美学原理从理论上进行深刻剖析。西方学者不遗余力地拓宽乔学领域,成功地发掘了一系列新的研究课题,陆续发表了有关"乔伊斯与但丁""乔伊斯与炼金术""乔伊斯与政治""乔伊斯与毕加索""乔伊斯与符号学"以及"乔伊斯与结构主义"等专业性较强的著作。与此同时,各地学者对《尤利西斯》的翻译工作以及对《芬尼根的苏醒》的注释工作也在紧锣密鼓地进行。有的学者对《芬尼根的苏醒》的译介几乎到了细针密缕、无以复加的地步,有时对小说一页的注释篇幅竟长达 50 页!在各国乔学专家们的努力下,一批颇有独创见地和学术价值的专著相继问世,其中《詹姆斯·乔伊斯和词汇革命》(*James Joyce and the Revolution of the Word*,1978,by Colin MacCabe)、《乔伊斯的政治立场》(*Joyce's Politics*,1980,by Dominic Manganiello)以及《后结构主义者乔伊斯》(*Post-Structualist Joyce*,1984,edited by Attridge and Daniel Ferrer)等著作在乔学界产生了较大的影响。值得一提的是,乔伊斯批评在七八十年代呈现出更加国际化的倾向。如果说,法国巴黎是现代主义运动的发源地,那么,这个国际大都市在七八十年代则成为乔伊斯批评的中心。不少法国批评家运用流行于欧洲的各种新的文学理论来探讨乔伊斯的小说艺术,从立方主义、结构主义、后结构主义和符号学、语义学、语用学等角度来分析他的文本,取得了一系列重大的突破。美国的乔学家们同样忙得不亦乐乎。他们既不追随也不反对法国评论家的时髦观点,而是按照自己独特的目光来审视乔伊斯的文本。在英国,乔伊斯批评的发展似乎有些耐人寻味。一方面,英国整个评论界对乔伊斯小说的反应不如美国那样强烈;而另一方面,不少英国学者积极加盟法国批评家的行列,发表了一系列最新的研究成果。其中,英国评论家斯蒂芬·希思(Stephen Heath)用法语(而不是用英语)发表的研究成果尤为引人注目。然而,"在爱尔兰,正如乔伊斯的小说引起的文学地震在那里姗姗来迟一样,乔伊斯批评进程缓慢,发展滞后。都柏林离巴黎还十分遥远"[17]。就总体而言,乔伊斯批评在七八十年代盛况空前,其专业化和国际化进程不断加快。

进入 20 世纪 90 年代,乔伊斯批评的发展势头有增无减。随着西方后现代主义文学的日益繁荣,乔伊斯不仅成为一批后现代主义者的榜样,而且也成为当代评论家们关注的焦点。越来越多的批评家认为,乔伊斯在推动现代英语小说改革的进程中功勋卓著,他的小说实验不仅对西方后现代主义文学的崛起产生了强烈的催化作用,而且已经获得了相当稳定和极其高度的评价。时至今日,世界各国的乔学家们依然在孜孜不倦地研究乔伊斯的美学思想和小说艺术,不断采用新的视角来评介他的作品,对"乔伊斯工业"的发展起到了积极的促进作用。概括地说,乔伊斯批评在 20 世纪 90 年代步入了攻坚阶段,其研究课题已呈现出多种学科彼此交叉和互相渗透的倾向。例如:《詹姆斯·乔伊斯与批评理论》(*James Joyce and Critical Theory*,1991,by Allan Roughley)、《乔伊斯与瓦格纳》(*Joyce and Wagner*,1991,by Timothy Martin)和《探索詹姆斯·乔伊斯》(*In Search of James Joyce*,1992,by Robert Scholes)等著作从符号、音乐和绘画艺术的角度探讨了乔伊斯的小说。显然,这些文论著作具有内容艰涩与选题深奥的特点,仿佛是当代乔学家们彼此之间的心得交流,而普通读者往往只能望"书"兴叹了。

在我国,由于新中国成立前战争频繁、社会动荡以及成立后"左"倾思潮的影响,乔伊斯批评起步较晚。尽管乔伊斯的名字早在 20 年代末就进入了燕京大学的课堂,但在《尤利西斯》发表后的半个世纪中,乔伊斯研究在我国几乎是一片空白。70 年代末,随着改革开放的到来和对外文化交流的发展,我国学者对乔伊斯的小说艺术给予高度的重视。40 多年来,乔伊斯研究在中国大致经历了从初步介绍、宏观描述、微观剖析到全面深化的过程。钱钟书、萧乾、王佐良和陈嘉等著名学者曾先后对乔伊斯的小说艺术作了精辟的论述,对我国的乔伊斯批评产生极为重要的影响。1979 年,张英伦等文学批评家主编的《外国名作家传》较为详细地介绍了乔伊斯的小说。作者袁可嘉先生认为:"他(乔伊斯)所开创的以描写人物意识状态为特色的'意识流'小说在当代欧洲文学中有相当大的影响。"1981 年,由袁可嘉等学者选编的《外国现代派作品选》第二册首次收入了金隄先生翻译的《尤利西斯》的第二章(内斯特)。袁可嘉先生在译文前的短评中指出:"作者在形式上进行了广泛的实验,经常采用内心独白、倒叙、时空混淆等手法来描写不断流动着的意识状态。"1982 年,乔伊斯批评在我国出现了新的发展势头。是年 6 月,全国文联在北京召开了乔伊斯诞辰一百周年纪念大会,中国社会科学院外国文学研究所研究员朱虹在会上做了"西方现代主义文学的开拓者乔伊斯"的学术报告。全国文联副主席夏衍先生在会上明确指出:"虽然世界上对乔伊斯的看法因人而异,但我个人认为,他要为'我的祖国的精神解放'而写出'我的一章道德史'的理想是高尚的,他那独辟蹊径为文学创新而进行的艰苦实验,是不可一笔抹煞的。"夏衍先生也许是国内最早公开对乔伊斯予以肯定的权威人士。他的论断不仅对我国文学评论界大胆摆脱"左"倾思潮的困扰具有十分积极的意义,而且对我国新时期乔伊斯批评的发展产生了重要的影响。1985年,上海外国语大学侯维瑞教授在他的《现代英国小说史》中以近四万字的篇幅对乔伊斯的小说艺术作了详细的介绍和精辟的论述,无疑是当时我国的乔伊斯批评中最杰出的篇章之一。与此同时,乔伊斯小说的翻译工作在我国正式启动。1984年,孙梁等学者翻译的《都柏林人》由上海译文出版社出版。1987年金隄教授翻译的《尤利西斯》的部分章节在天津出版。1994年是乔伊斯小说的翻译工作在我国的丰收之年。著名学者萧乾先生和他的夫人文洁若女士合译的《尤利西斯》由译林出版社出版。同时,金隄先生的《尤利西斯》译本也由人民文学出版社出版。显然,《尤利西斯》的两个中译本在同年发表不仅充分反映了我国学者对乔伊斯小说创作的高度关注,而且也进一步扩大了乔伊斯在我国读者中的影响。

综观乔伊斯批评的发展历史,我们不难发现,批评家们对他的小说的种种褒贬毁誉不仅反映了他们在审美意识和批评方式上的差异,而且也是乔伊斯的文学实验与革新所导致的必然结果。从某种意义上来说,乔伊斯已经成为现实主义与现代主义之间长期争论的焦点。显然,这种争论是有益的,它既使人们更加深刻地理解乔伊斯小说的丰富内涵和独到之处,又不断修正了人们对现代主义作品的阅读习惯和审美意识。近八十年来,乔伊斯批评走过了一条如同荷马史诗中的英雄尤利西斯的旅途一样崎岖不平、艰难曲折的道路。在世纪末的今天,尽管人们对乔伊斯的创作成就已经取得了基本的共识,并对他的文学地位及其作品的历史价值也已有了较为明确的定论,但是,乔伊斯是一位超越时空的人物。他的美学思想和小说艺术不仅成为世界文学宝库中的珍贵遗产,而且也将对21世纪人类文学事业的发展产生重要的影响。

注释:

---

① "Modern Fiction", Virginia Woolf, *The Norton Anthology of English Literature*, W. W. Norton, New York, fifth edition, Vol.2, 1986, p.1997

② *James Joyce*, Richard Ellmann, Oxford University Press, New York, 1959, p.756

③ 引自 1982 年 6 月 22 日《新民晚报》

④ *Joyce: The Man, the Work, the Reputation*, Marvin Magalaner and Richard M. Kain, New York University Press, New York, 1956, p.57

⑤ Ibid., p.55

⑥ Ibid., p.56

⑦ *The Egoist*, Diego Angeli, February, 1918

⑧ *Joyce: The Man, the Work, the Reputation*, Marvin Magalaner and Richard M. Kain, p.103

⑨ Ibid., p.102

⑩ Ibid., p.103

⑪ "Concerning James Joyce's *Ulysses*", Arnold Bennett, *The Bookman*, LV, August, 1922, p.567

⑫ Quoted from *Joyce: The Man, the Work, the Reputation*, H.G. Wells, p.283

⑬ Ibid., p.188

⑭ "Modern Fiction", Virginia Woolf, *The Norton Anthology of English Literature*, p.1997

⑮ "*Ulysses*, Order and Myth", T.S. Eliot, *Critiques and Essays on Modern Fiction*, 1920‒1951, The Ronald Press Co., New York, 1952, p.424

⑯ *Leinster, Munster and Connaught*, Frank O'Conner, R. Hale, London, 1950, pp.30‒31

⑰ Quoted from *Post-Structuralist Joyce: Essays from the French*, edited by Derek Attridge and Daniel Ferrer, Cambridge University Press, London, 1984, p.9

结　语

　　在全面考察了乔伊斯的美学思想和小说艺术之后，我们不难发现，他在创作主题、艺术形式、文学技巧和语言风格上均自出机杼，成一家风骨，为西方现代主义文学的发展开辟了新的方向。乔伊斯无疑是现代世界文坛上一位罕见的艺术天才和现代主义文学的伟大开拓者。他的小说实验不仅使传统的创作观念和艺术准则受到了前所未有的冲击，而且也为20世纪西方作家在文学两次转型期间树立新的创作理念和探索新的小说模式提供了一个杰出的范例。毋庸置疑，乔伊斯的美学思想是西方整个现代主义文学思想体系的重要组成部分，而他的小说则代表了20世纪世界文学的最高成就。

　　然而，长期以来，批评家们对乔伊斯的政治立场及其作品的社会意义众说纷纭。有人将乔伊斯视为一个只关注文学实验而不关心政治的小说家，或一个孤傲不群、超然物外的唯美主义者；有的批评家因热衷于研究乔伊斯的小说艺术和创作技巧而忽略了其政治态度和社会立场；有的甚至干脆将他排在"颓废作家"或"虚无主义者"之列。那么，乔伊斯究竟是否关心政治？他的小说究竟具有何种政治内涵与阶级属性？它们体现了怎样的社会效果？显然，这些都是我们在研究乔伊斯的过程中不该回避的问题。

　　应当指出，作为一名心灵受到极大伤害的小资产阶级知识分子，乔伊斯的政治态度是复杂的，甚至是矛盾的。一方面，他对政治感到厌倦，对人类的整个历史和存在价值表示出某种怀疑和轻蔑的态度。而另一方面，他对天主教会、现存制度和资产阶级政客深恶痛绝。1939年，乔伊斯曾对他的弟弟斯坦尼斯勒斯说："看在上帝的分上，别谈论政治。我对政治不感兴趣。唯一使我感兴趣的是文体。"①此外，乔伊斯的朋友弗兰克·伯金也明显地感觉到他对政治的沉默："在一个问题上他比我认识的任何人都守口如瓶：那就是政治问题。"②这似乎表明乔伊斯只是一个追求文学革新而对政治局势漠不关心的艺术家。然而，乔伊斯所揭示的主题及反映的现实却十分明显地展示了他的政治态度与社会立场。尽管他不厌其烦地表现人物的意识活动,但他的目光从未离开过都柏林的社会现实。各种尖锐的社会矛盾、敏感的政治问题以及严重的精神危机通过人物的意识屏幕得到了充分的展示。此外,乔伊斯还经常通过人物的喉舌来抨击或讽刺教会与现存制度。他曾在信中写道:"我对教会恨之入骨……我在当学生时就曾偷偷地反对过它,拒绝担任神职……如今,我要公开对它口诛笔伐。"③乔伊斯在对一位出版商谈及《都柏林人》的创作意图时曾经说:"我深信,在按照现在的方式谱写了这章道德史之后,我已经向我们国家的精神解放迈出了第一步。"④同时,乔伊斯对英国殖民主义者进行了严厉的谴责,多次借人物之口称其为"家里的陌生人",表达了他对异族统治者的痛恨。在小说中,乔伊斯采用由里及表、由微观到宏观的创作方法,通过描绘那些精神孤独、心灵扭曲的人物来反映西方社会的混乱与荒诞。这无疑体现了他对资本主义社会中日趋严重的精神危机的密切关注以及对当时社会局势的高度重视。所有这些都最清楚不过地表明了他的政治态度和社会立场。

　　然而,乔伊斯在揭示现代意识、暴露社会本质的同时并没有放弃他的小资产阶级立场。他本人也曾告诉我们:"千万别把我当作英雄,我只是一个普通的中产阶级成员。"⑤尽管乔伊斯对他所属的阶级颇有微词,但他却未能摆脱它的消极影响。他虽然表现出对旧世界的不满情绪和反叛意识,但同时却体现出不少旧世界的残迹。因此,他的小说不可避免地带有小资产阶级的局限性。事实上,他对社会本质的暴露有时是肤浅的或狭隘的,而他对人类历史的认识有时也是片面的,甚至是错误的。他的小说不时反映出某种黑色幽默或悲观主义情绪,有的意识流片断甚至传达人物的颓废思想和虚无缥缈的人生观。就此而言,乔伊斯的小说具有十分明显的资产阶级属性。不仅如此,《尤利西斯》和《芬尼根的苏醒》因内容艰涩、手法新颖及语言隐晦而难以在普通读者中产生共鸣。这不仅在一定程度上削弱了这些小说的启示作用,而且也影响了它们的社会效果。

　　尽管如此,乔伊斯是一位卓越的小说家,同时也是一位严肃的社会批评家。在他看来,当时最严重的政治问题莫过于西方文明的沉沦与没落以及由此引起的道德瘫痪与精神危机。他试图通过揭示人物的意识活动来反映现实生活、暴露社会本质。显然,这种以精神世界折射现实社会的创作方式本身不但具有一定的政治意义,而且也是一种政治行为。当然,乔伊斯既未参加过爱尔兰的政治集会、示威游行、罢工运动或选举活动,也未加入任何政党或提出任何政治口号与主张,但这并不意味着他脱离政治。相反,上述政治行为在他看来都无法与他的艺术创作相提并论。他显然认为,艺术家应该比普通公民具有更强的政治意识和社会责任感,但这并不一定非得表现在投票箱内或政党的集会上。其实,乔伊斯的政治态度已经通过《青年艺术家的肖像》的主人公斯蒂芬得到了明确的表达:"我将以某种生活方式或艺术形式来自由地、充分地表达自己的思想。"[6]"在我灵魂的熔炉中锻造出我的民族尚未创造出来的良知。"[7]乔伊斯曾经坦率地对他的弟弟斯坦尼斯勒斯说:"你错误地将我的政治观点当作一个博爱者的观点,事实上它们是一个社会艺术家的观点。"[8]可见,西方有些学者将乔伊斯看作一位远离尘嚣、不关心政治的小说家是毫无根据的。作为一名长年流亡海外的自由作家,乔伊斯不仅具有一颗悲天悯人的赤诚之心和刚正不阿的性格,而且还体现了与现存制度毫不妥协的坚定立场。总之,乔伊斯是一位富有正义感的作家,他的小说对 20 世纪上半叶西方社会严重的社会矛盾和精神危机具有不可忽视的暴露作用和认识价值。

乔伊斯的创作已经具有世界意义。他在 20 世纪世界文学中的地位与作用是不容置疑的。他不仅是现代西方文坛叱咤风云的人物和文学革新的开路先锋,而且也是数百年来世界上最杰出的小说家之一。尽管乔伊斯批评已历时八十余年,且有关他的文论著作已堆积如山,然而,正如他在给资助人维弗女士的一封信中所说:"我想他们的批评也许有些道理,但这不是我的全部写照(也不是《尤利西斯》的全部写照)。"[9]今天,乔伊斯已经成为一个超时空和跨文化的人物。他的美学思想和小说艺术必将对 21 世纪世界文学的发展产生重要的影响。

注释:

① *James Joyce*, Richard Ellmann, Oxford University Press, New York, 1959, p.710

② *Joyce's Politics*, Dominic Manganiello, Routledge & Kegan Paul, London, 1980, p.1

③ *James Joyce*, Richard Ellmann, p.169

④ Quoted from *Joyce: The Man, the Work, the Reputation*, Marvin Magalaner and Richard M. Kain, New York University Press, 1959, pp.54-55

⑤ *James Joyce*, Richard Ellmann, p.5

⑥ *A Portrait of the Artist as a Young Man, The Portable James Joyce*, The Viking

Press, New York, 1955, p.518

⑦ Ibid., p.525

⑧ *Joyce's Politics*, Dominic Manganiello, p.44

⑨ *Letters of James Joyce*, edited by Stuart Gilbert, The Viking Press, New York, 1957,
p.166

乔伊斯大事年表

年　份	重　要　事　件
1882 年	乔伊斯于 2 月 2 日出生在都柏林南郊的一个中产阶级家庭。
1885 年	乔伊斯的弟弟斯坦尼斯勒斯于 12 月 17 日出世。
1888 年	乔伊斯进入克朗戈斯·伍德教会寄宿学校读书。
1891 年	因父亲失业,乔伊斯被迫退学。同年 10 月,爱尔兰民族独立运动领袖帕纳尔去世。乔伊斯写了一首题为《而你,希利!》的讽刺诗。
1893 年	乔伊斯于 4 月进入贝尔维迪教会学校读书。
1897 年	乔伊斯荣获全爱尔兰最佳作文奖。
1898 年	乔伊斯进入都柏林大学攻读语言课程。
1899 年	乔伊斯拒绝在部分学生对叶芝的话剧《凯瑟琳伯爵夫人》的抗议书上签名。
1900 年	乔伊斯在《双周评论》上发表《易卜生的新戏剧》一文。同年,他在学校文学协会宣读题为《戏剧与生活》的论文。
1901 年	乔伊斯的论文《吵闹的日子》公开发表。
1902 年	乔伊斯提交了一篇关于 19 世纪爱尔兰诗人詹姆斯·曼根的学士论文。同年 10 月,他获学士学位,年底赴巴黎攻读医科。
1903 年	因母亲病危,乔伊斯从巴黎返回都柏林;8 月 13 日,他母亲去世。
1904 年	乔伊斯开始撰写《斯蒂芬英雄》和《都柏林人》中的一些短篇;6 月,他结识农家少女诺拉,10 月与诺拉赴欧洲大陆,随后在普拉的伯利兹语言学校任教。
1905 年	乔伊斯转到的里雅斯特任教;7 月,他的儿子吉奥吉尔出世;12 月,他将《都柏林人》(12 个短篇)的书稿寄给出版商。
1906 年	乔伊斯于 7 月赴罗马,在一家银行任职。
1907 年	乔伊斯返回的里雅斯特任教;5 月,他的第一部诗集《室内乐》出版;7 月,女儿露西娅·安娜出世。
1909 年	为《都柏林人》的出版事宜乔伊斯于 8 月回到都柏林;9 月,他返回的里雅斯特;在几位企业家的资助下,他于 10 月返回都柏林开设一家电影院。
1910 年	乔伊斯于 1 月初返回的里雅斯特,不久电影院破产转让。
1911 年	出版商要求乔伊斯删除《都柏林人》中的某些内容,并决定推迟出版该书。

1912 年	乔伊斯最后一次回到都柏林与出版商交涉《都柏林人》的出版事宜；谈判破裂后，他于 9 月返回的里雅斯特，并愤怒地写下了一首题为《炉中煤气》的讽刺诗。
1913 年	经叶芝介绍，乔伊斯于 12 月结识了美国诗人庞德。
1914 年	《青年艺术家的肖像》从 2 月初开始在《自我》(*The Egoist*) 杂志上连载发表；6 月，《都柏林人》正式出版；同时，他开始起草《尤利西斯》，但不久又转向《流亡者》的创作。
1915 年	《流亡者》于春天脱稿；6 月，乔伊斯与家人移居苏黎世；8 月，他在庞德和叶芝等人的帮助下获得皇家文学基金的资助。
1916 年	乔伊斯于 9 月获得英国文库基金的资助；12 月底，《青年艺术家的肖像》在美国出版。
1917 年	2 月，《青年艺术家的肖像》在英国出版；8 月，乔伊斯的右眼动手术。
1918 年	《尤利西斯》从 3 月开始在《小评论》(*The Little Review*) 杂志上连载发表；5 月，《流亡者》在英国和美国同时出版。
1919 年	乔伊斯从 5 月开始获维弗女士的经济资助；10 月，他回到的里雅斯特，在那里一边教英语，一边创作《尤利西斯》。
1920 年	7 月，在庞德的劝说下，乔伊斯携家人移居巴黎；10 月，《尤利西斯》因受指责而停止连载。
1921 年	《小评论》杂志因连载《尤利西斯》而在纽约地方法院遭起诉；10 月，《尤利西斯》脱稿。
1922 年	2 月 2 日乔伊斯 40 岁生日，《尤利西斯》在巴黎正式出版。
1923 年	乔伊斯从 3 月开始起草《芬尼根的苏醒》。
1924 年	《芬尼根的苏醒》的开头部分于 4 月在《大西洋两岸评论》(*Transatlantic Review*) 杂志上发表；《青年艺术家的肖像》的法译本在巴黎出版；第一部研究乔伊斯的专著《詹姆斯·乔伊斯：最初的四十年》出版。
1925 年	2 月，《流亡者》在纽约上演；7 月，《芬尼根的苏醒》的部分内容在《标准》(*The Criterion*) 杂志上发表。
1926 年	《流亡者》在伦敦上演。
1927 年	7 月，诗集《每只一便士的苹果》在巴黎出版；《芬尼根的苏醒》的部分内容在《转折》(*Transition*) 杂志上发表；《尤利西斯》的德译本问世。
1928 年	《安娜·利菲娅·普鲁拉贝尔》的单行本出版。
1929 年	《尤利西斯》的法译本问世；乔伊斯的女儿露西亚患精神分裂症。
1930 年	乔伊斯的眼疾复发，并接受了几次手术治疗；批评家吉尔伯特的《詹姆斯·乔伊斯的〈尤利西斯〉》出版。
1931 年	乔伊斯与诺拉于 7 月 4 日正式登记结婚；12 月底，他父亲去世。

1932 年	乔伊斯的孙子斯蒂芬于 2 月出世;《尤利西斯》的日译本出版。
1933 年	纽约地方法院宣布《尤利西斯》并非色情小说。
1934 年	《尤利西斯》于 2 月在纽约出版。
1935 年	乔伊斯以女儿露西亚的名义出版了《乔叟入门》。
1939 年	《芬尼根的苏醒》于 5 月在伦敦和纽约同时出版。
1940 年	法国沦陷,乔伊斯一家移居苏黎世。
1941 年	1 月 13 日,乔伊斯因溃疡穿孔、手术无效去世。
1942 年	T·S·艾略特的《介绍詹姆斯·乔伊斯》一书出版。
1944 年	《斯蒂芬英雄》在纽约出版。
1948 年	《詹姆斯·乔伊斯:二十年的批评》在纽约出版。
1950 年	英国广播公司自 2 月起开设《青年艺术家的肖像》连播节目。
1951 年	乔伊斯的妻子诺拉于 4 月去世,葬于乔伊斯墓附近。
1954 年	6 月 16 日,都柏林举行集会纪念"布鲁姆日"50 周年。
1955 年	乔伊斯的弟弟斯坦尼斯勒斯去世。
1957 年	《詹姆斯·乔伊斯书信集》在纽约出版;《詹姆斯·乔伊斯评论》(*James Joyce Review*) 杂志创刊。
1958 年	斯坦尼斯勒斯·乔伊斯的传记作品《我兄弟的看护人》出版。
1959 年	艾尔曼的著名传记《詹姆斯·乔伊斯》在英国出版;《詹姆斯·乔伊斯文论集》在英国出版。
1962 年	都柏林当局决定将《尤利西斯》第一章中描绘的圆形炮塔作为乔伊斯博物馆;《"苏醒"札记》(*A Wake Newslitter*) 在澳大利亚纽卡斯大学创刊。
1963 年	《詹姆斯·乔伊斯季刊》(*James Joyce Quarterly*) 在美国塔尔萨 (Tulsa) 大学创刊;《〈芬尼根的苏醒〉通讯》在英国埃塞克斯 (Essex) 大学创刊。
1967 年	"詹姆斯·乔伊斯基金会"在美国成立;首次"乔伊斯国际研讨会"在美国举行。
1972 年	《都柏林研讨会上对乔伊斯的新发现》一书在美国出版。
1973 年	《与乔伊斯谈话录》在伦敦出版。
1977 年	艾尔曼的《乔伊斯的意识》一书在伦敦出版。
1981 年	上海文艺出版社出版《外国现代派作品选》(第二册),其中收入金隄先生翻译的《尤利西斯》第二章的译文,并附袁可嘉先生的评语。
1982 年	乔伊斯一百周年诞辰,世界各国纷纷开展纪念活动;北京召开纪念大会,中国文联副主席夏衍先生发表重要讲话,中国社会科学院朱虹先生做学术报告。
1984 年	《尤利西斯》的新版本在英美两国同时发行;孙梁等人翻译的《都柏林人》中译本在上海出版。

1985 年　　上海外国语大学侯维瑞教授在《现代英国小说史》一书中对乔伊斯的小说作了长达四万字的评论。

1987 年　　由金隄先生翻译的《尤利西斯》部分章节在天津出版。

1992 年　　由萧乾先生和文洁若女士合译的《尤利西斯》第一章在《译林》杂志第二期发表。

1994 年　　由萧乾先生和文洁若女士合译以及由金隄先生独译的《尤利西斯》两个中译本分别在南京和北京出版。

1998 年　　美国兰登书屋下属的"现代文库"编辑委员会评选出 20 世纪百部最佳英语小说,《尤利西斯》排名第一,《青年艺术家的肖像》排名第三。

1999 年　　英国著名的水石书店邀请专家评选对 21 世纪最有影响的小说,结果《尤利西斯》得票最多,成为 20 世纪最优秀的英语小说。

参考书目

一、乔伊斯的原著

The Critical Writings of James Joyce, edited by Ellsworth Mason and Richard Ellmann, The Viking Press, New York, 1959

Finnegans Wake, Faber and Faber, London, 1980

Letters of James Joyce, edited by Stuart Gilbert, The Viking Press, New York, 1957

The Portable James Joyce, The Viking Press, New York, 1955

Stephen Hero, edited by Theodore Spencer, New Directions, New York, 1944

Ulysses, Vintage Books, A Division of Random House, New York, 1961

二、有关乔伊斯的专著

Adam, Robert Martin, *James Joyce: Common Sense and Beyond*, Random House, New York, 1967

Atrridge, Derek and Ferrer, Daniel, *Post-Structuralist Joyce: Essays from the French*, Cambridge University Press, London, 1984

Beckett, Samuel, ed., *Our Examination Round his Factification for Incamination of Work in Progress*, Faber and Faber, London, 1972

Budgen, Frank, *James Joyce and the Making of Ulysses*, Grayson, London, 1934

Chance, William, M., *Joyce: A Collection of Critical Essays*, Prentice-Hall, Inc., New Jersey, 1974

Campbell, Joseph and Robinson, Henry, M., *A Skeleton Key to Finnegans Wake*, Harcourt Brace and Co., New York, 1944

Eco, Umberto, *The Aesthetics of Chaosmos: The Middle Ages of James Joyce*, Harvard University Press, Massachusetts, 1989

Ellmann, Richard, *James Joyce*, Oxford University Press, New York, 1959

Gilbert, Stuart, *James Joyce's "Ulysses"*, Alfred A. Knopf, Inc., New York, 1952

Givens, Seon, ed., *James Joyce: Two Decades of Criticism*, Vanguard Press, New York, 1963

Hart, Clive, *The Concordance to Finnegans Wake*, University of Minnesota Press, Minneapolis, 1963

Hodgart, Matthew, *James Joyce, A Student's Guide*, Routledge & Kegan Paul,

London, 1978

Joyce, Stanislaus, *My Brother's Keeper*, The Viking Press, New York, 1958

Kenner, Hugh, *Dublin's Joyce*, Indiana University Press, Bloomington, 1956

Levin, Harry, *James Joyce: A Critical Introduction*, New Directions, New York, 1960

Litz, A. Walton, *James Joyce*, Twayne Publishers, Inc., New York, 1966

MacCabe, Colin, *James Joyce and the Revolution of the Word*, The Macmillan Press Ltd., London, 1978

Magalaner, Marvin and Kain, Richard, *Joyce: The Man, the Work, the Reputation*, New York University Press, New York, 1956

Manganiello, Dominic, *Joyce's Politics*, Routledge & Kegan Paul, London, 1980

Martin, Timothy, *Joyce and Wagner*, Cambridge University Press, New York, 1991

Noon, William, *Joyce and Aquinas*, Yale University Press, New Haven, 1957

Roughley, Allan, *James Joyce and Critical Theory*, The University of Michigan Press, Ann Arbor, 1991

Scholes, Robert, *In Search of James Joyce*, The University of Illinois Press, Chicago, 1992

Tindall, William York, *A Reader's Guide to James Joyce*, The Noonday Press, New York, 1959

三、其他著作

Booker, Peter, *Modernism / Postmodernism*, Longman, London, 1992

Eliot, Thomas, *Critiques and Essays on Modern Fiction*, The Ronald Press, Co., New York, 1952

Eysteinsson, Astradur, *The Concept of Modernism*, Cornell University Press, Ithaca and London, 1990

Ford, Boris, ed., *The Pelican Guide to English Literature: The Modern Age*, Penguin Books, Britain, 1961

Ghent, Dorothy Van, *The English Novel, Form and Function*, Harper & Row, Publishers, New York, 1961

Holman, Hugh, *A Handbook to Literature*, The Odyssey Press, Indianapolis, 1978

Muller, Herbert J., *Modern Fiction, A Study of Values*, McGraw-Hill Book Company, New York, 1937

Schorer, Mark, *Modern British Fiction*, Oxford University Press, New York, 1961

Stevenson, Randall, *Modernist Fiction*, Harvester Wheatsheaf, New York, 1992

Wilson, Edmund, *Axel's Castle*, The Fontana Library, London, 1961

侯维瑞:《现代英国小说史》,上海外语教育出版社,上海,1985 年

段宝林:《西方古典作家谈文艺创作》,春风文艺出版社,沈阳,1980 年

袁可嘉:《现代主义文学研究》,中国社会科学出版社,北京,1989 年

蔡　仪:《文学概论》,人民文学出版社,北京,1979 年

瞿世镜:《意识流小说理论》,四川文艺出版社,成都,1989 年